金學叢書
第二輯 28

吳 敢
胡衍南 霍現俊
主編

洪濤《金瓶梅》研究精選集

洪濤 著

臺灣學生書局 印行

金學叢書第二輯序

　　2013 年 5 月第九屆（五蓮）國際《金瓶梅》學術討論會期間，胡衍南、霍現俊忙裏偷閒，時而小聚，漢書下酒，就中便有本叢書編輯出版一事。當時即擬與吳敢商談，以期盡快成議。只是吳敢當時會務繁多，此議終未提及。2013 年 7 月 3 日，胡衍南到徐州公幹，當晚至吳敢舍下小酌，此事即進入操作程序。此後電郵往來，徐州、臺北、石家莊三方輾轉，叢書編撰框架日漸明朗。2013 年 11 月 23 日，胡衍南再度到徐州公幹，代表臺灣學生書局與吳敢詳盡商談編輯出版事宜，本叢書遂成定案。

　　此「金學叢書」之由來也。

　　中國古代小說研究，重大課題眾多。近代以降，紅學捷足先登。20 世紀 80 年代，金學亦成顯學。明代長篇白話小說《金瓶梅》是中國文學史上一部里程碑式的重要作品，其橫空出世，破天荒打破以帝王將相、英雄豪傑、妖魔神怪為主體的敘事內容，以家庭為社會單元，以百姓為描摹對象，極盡渲染之能事，從平常中見真奇，被譽為明代社會的眾生相、世情圖與百科全書。幾乎在其出現同時，即被馮夢龍連同《三國演義》《水滸傳》《西遊記》一起稱為「四大奇書」。不久，又被張竹坡譽為「第一奇書」。《紅樓夢》庚辰本第十三回脂評：「深得《金瓶》壺奧」。魯迅《中國小說史略》認為「同時說部，無以上之」。

　　自有《金瓶梅》小說，便有《金瓶梅》研究。明清兩代的筆記叢談，便已帶有研究《金瓶梅》的意味。如明代關於《金瓶梅》抄本的記載，雖然大多是隻言片語的傳聞、實錄或點評，但已經涉及到《金瓶梅》研究課題的思想、藝術、成書、版本、作者、傳播等諸多方向，並頗有真知灼見。在《金瓶梅》古代評點史上，繡像本評點者、張竹坡、文龍，前後紹繼，彼此觀照，相互依連，貫穿有清一朝，形成筆架式三座高峰。繡像本評點拈出世情，規理路數，為《金瓶梅》評點高格立標；文龍評點引申發揚，撥亂反正，為《金瓶梅》評點補訂收結；而尤其是張竹坡評點，踵武金聖歎、毛宗崗，承前啟後，成為中國古代小說評點最具成效的代表，開啟了近代小說理論的先聲。明清時期的《金瓶梅》研究，具有發凡起例、啟導引進之功。

　　20 世紀是人類歷史上可足稱道的一個百年。對中國人來說，世紀伊始，產生了驚天動地的兩件大事：1911 年封建王朝的終結，1919 年「五四」新文化運動的興起。中國人

心裏承接有豐富的傳統，中國人肩上也負荷著厚重的擔當。揚棄傳統文化，呼喚當代文明，這一除舊佈新的文化使命，在中國用了大半個世紀的時間。觀念形態的更新、研究方法的轉變、思維體式的超越、科學格局的營設一旦萌發生成，便產生無量的影響，具有劃時代的意義。《金瓶梅》研究即為其中一例。

以 1924 年魯迅《中國小說史略》出版，標誌著《金瓶梅》研究古典階段的結束和現代階段的開始；以 1933 年北京古佚小說刊行會影印發行《金瓶梅詞話》，預示著《金瓶梅》研究現代階段的全面推進；以 30 年代鄭振鐸、吳晗等系列論文的發表，開拓著《金瓶梅》研究的學術層面；以中國大陸、臺港、日韓、歐美（美蘇法英）四大研究圈的形成，顯現著《金瓶梅》研究的強大陣容；以版本、寫作年代、成書過程、作者、思想內容、藝術特色、人物形象、語言風格、文學地位、理論批評、資料彙編、翻譯出版、藝術製作、文化傳播等課題的形成與展開，揭示著《金瓶梅》的研究方向。一門新的顯學——金學，已經赫然出現在世界文壇。

20 世紀 70 年代以來的當代金學，中國的吳曉鈴、王利器、魏子雲、朱星、徐朔方、梅節、孫述宇、蔡國梁、甯宗一、陳詔、盧興基、傅憎享、杜維沫、葉朗、陳遼、劉輝、黃霖、王汝梅、周中明、王啟忠、張遠芬、周鈞韜、孫遜、吳敢、石昌渝、白維國、陳昌恆、葉桂桐、張鴻魁、鮑延毅、馮子禮、田秉鍔、羅德榮、李申、魯歌、馬征、鄭慶山、鄭培凱、卜鍵、李時人、陳東有、徐志平、陳益源、趙興勤、王平、石鐘揚、孟昭連、何香久、許建平、張進德、霍現俊、陳維昭、孫秋克、曾慶雨、胡衍南、李志宏、潘承玉、洪濤、楊國玉、譚楚子等老中青三代，辨章學術，考鏡源流，營造了一座輝煌的金學寶塔。其考證、新證、考論、新探、探索、揭秘、解讀、探秘、溯源、解析、解說、評析、評注、匯釋、新解、索引、發微、解詁、論要、話說、新論等，蘊含宏富，立論精深，使得金學園林花團錦簇，美不勝收，可謂源淵流長，方興未艾。中國的《金瓶梅》研究，經過 80 年漫長的歷程，終於在 20 世紀的最後 20 年登堂入室，當仁不讓也當之無愧地走在了國際金學的前列。

此「金學叢書」之要義也。

本叢書暫分兩輯，第一輯為臺灣學人的金學著述，由魏子雲領銜，包括胡衍南、李志宏、李梁淑、鄭媛元、林偉淑、傅想容、林玉惠、曾鈺婷、李欣倫、李曉萍、張金蘭、沈心潔、鄭淑梅，可說是以老帶青；第二輯為中國大陸 20 世紀 80 年代以來學人的《金瓶梅》研究精選集，計由徐朔方、甯宗一、傅憎享、周中明、王汝梅、劉輝、張遠芬、周鈞韜、魯歌、馮子禮、黃霖、吳敢、葉桂桐、張鴻魁、陳昌恆、石鐘揚、王平、李時人、趙興勤、孟昭連、陳東有、孫秋克、卜鍵、何香久、許建平、張進德、霍現俊、曾慶雨、楊國玉、潘承玉、洪濤諸位先生的大作組成，凡 31 人 30 冊（其中徐朔方、孫秋克，

傅憎享、楊國玉，王平、趙興勤，因字數兩人合裝一冊），每冊 25 萬字左右。

　　天津師範學院（今天津師範大學）朱星是中國大陸金學新時期名符其實的一顆啟明星，他在 1979 年、1980 年連續發表多篇論文，並於 1980 年 10 月由百花文藝出版社結集出版了中國大陸新時期《金瓶梅》研究的第一部專著《金瓶梅考證》。朱星的研究結論不一定都能經得住學術的檢驗，但朱星繼魯迅、吳晗、鄭振鐸、李長之等人之後，重新點燃並高舉起這一支學術火炬，結束了沉寂 15 年之久的局面，這一歷史功績，應載入金學史冊。遺憾的是，朱星先生 1982 年逝世，後人查訪困難，只能闕如。

　　香港夢梅館主梅節可謂《金瓶梅》校注出版的大家，1988 年由香港星海文化出版有限公司出版《全校本金瓶梅詞話》；1993 年由梅節校訂，陳詔、黃霖注釋，香港夢梅館出版《重校本金瓶梅詞話》（該本後由臺灣里仁書局 2007 年 11 月初版，2009 年 2 月修訂一版，2013 年 2 月修訂一版八刷）；1998 年梅節再為校訂，陳少卿抄寫，香港夢梅館出版《夢梅館校定本金瓶梅詞話》。前後三次合共校正詞話原本訛錯衍奪七千多處，成為可讀性較好的一個本子。梅節由校書而研究，關於《金瓶梅》作者、傳播、成書、故事發生地等問題的認識，亦時有新見。可惜的是，梅節先生的論文集《瓶梅閒筆硯──梅節金學文存》2008 年 2 月由北京圖書館出版社出版，版權協商匪易，未能入選。

　　上海音樂學院蔡國梁 20 世紀 50 年代末即開始研習《金瓶梅》，寫下不少筆記，1980 年前後即依據筆記整理成文，1981 年開始發表金學論文，1984 年出版第一部專著[1]，累計出版金學專著 3 部[2]、編著 1 部[3]，發表論文多篇，內容涉及《金瓶梅》的思想、源流、人物、作者、評點、文化等諸多研究方向，是早期《金瓶梅》研究的主力成員。無奈聯繫不上，不得已而割愛。

　　國人研究《金瓶梅》的論著，最早是闞鐸的《紅樓夢抉微》[4]，但其只是一個讀書筆記。天津書局 1940 年 8 月出版之姚靈犀《瓶外卮言》，嚴格說也只是一個資料彙編。香港大源書局 1961 年出版之南宮生著《金瓶梅》簡說，算得上是一個原著導讀。臺北時報文化出版公司 1978 年 2 月出版之孫述宇著《金瓶梅的藝術》，可說是第一部文本研究的學術著作。該書全文收入石昌渝、尹恭弘編選的《臺港金瓶梅研究論文選》[5]。2011 年 3 月上海古籍出版社再版，增加了一篇作者自序，更名為《金瓶梅：平凡人的宗教劇》。

1　《金瓶梅考證與研究》，西安：陝西人民出版社，1984 年。

2　另兩部為：《明清小說探幽──明人、清人、今人評金瓶梅》，杭州：浙江文藝出版社，1985 年；《金瓶梅社會風俗》，天津：百花文藝出版社，2002 年。

3　《金瓶梅評注》，桂林：灕江出版社，1986 年。

4　天津大公報館 1925 年 4 月鉛印。

5　南京：江蘇古籍出版社，1986 年。

孫述宇先生本已與上海古籍出版社洽商同意編入金學叢書，並授權主編代理，忽中途撤稿，原因還是版權問題。

還有其他一些因故未能入選的師友：或已作仙遊[6]，或礙於本輯叢書的體例[7]，或因為版權期限，或失去聯繫等。凡此種種，均為缺憾。

儘管如此，第二輯連同第一輯 14 人 16 冊總計所入選的此 45 人 46 冊，已經是中國當代金學隊伍的主力陣容，反映著當代金學的全面風貌，涵蓋了金學的所有課題方向，代表了當代金學的最高水準。

此「金學叢書」之大略也。

臺灣學生書局高瞻遠矚，運籌帷幄，以戰略家的大眼光，以謀略家的大手筆，決計編撰出版「金學叢書」，實金學之幸，學術之福。主編同仁視本叢書為金學史長編，精心策劃，傾心編審。各位入選師友打造精品，共襄盛舉。《金瓶梅》研究關聯到中國小說批評史、中國小說史、中國文學史、中國文學評點史、中國文學批評史等諸多學科，是一個應該也已經做出大學問的領域。為彌補本叢書因為容量所限有很多師友未能入選的不足，特附設一冊《金學索引》[8]，廣輯金學專著、編著、單篇論文與博碩士論文，臚列學會、學刊與所舉辦之金學會議，立此存照，用供備覽。本叢書的編選，既是對過往的總結，也是對未來的期盼。本叢書諸體皆備，雅俗共賞，可以預測，將為金學做出新的貢獻。

此「金學叢書」之宗旨也。

金學已經不是一座象牙塔，而是一處公眾遊樂的園林。三百多部論著，四千多篇學術論文，二百多篇博碩士論文，既有挺拔的大樹，也有似錦的繁花，吸引著越來越多的研究者與愛好者探幽尋奇。不容置疑，傳統的金學，加上以文化與傳播為標誌的、以經典現代解讀為旗幟的新金學，必然展示著甯宗一先生的經典命題：說不盡的《金瓶梅》。

此「金學叢書」之感言也。

吳敢、胡衍南、霍現俊（吳敢執筆）

2014 年元旦

6　如王啟忠、鮑延毅、孔繁華、許志強諸先生等，駕鶴西去的徐朔方先生的精選集由其高足孫秋克代為編選，劉輝先生的精選集由其摯友吳敢代為編選。

7　本輯叢書乃論文精選集，字典、詞典與小塊文章結集便未能入選，《金瓶梅》語言研究的幾位專家如白維國、李申、張惠英、許仰民等因此失選。

8　吳敢編著，分上下兩編。

洪濤《金瓶梅》研究精選集

目　次

下卷　《金瓶梅》的本源、生成與流傳

上卷
《金瓶梅》的英譯
與學術問題

詮釋篇

《金瓶梅詞話》卷首「行香子」詞的解釋與金學中的重大問題

一、引言

《新刻金瓶梅詞話》的卷首有四首「行香子」詞，有「鷓鴣天」詞（「酒、色、財、氣」四貪詞）。[1]四貪詞在金學史上很受學者重視，論者認為四貪詞和明萬曆十七年雒于仁上「四箴疏」相關。這個問題是學術界的焦點之一，讀者可以參閱魯歌和馬征《金瓶梅縱橫談》、卜鍵《金瓶梅作者李開先考》、劉輝和楊揚編《金瓶梅之謎》、陳詔《金瓶梅小考》、鄭慶山《金瓶梅論稿》、陳東有《金瓶梅詩詞文化鑒析》等。[2]

四貪詞之前的「行香子」詞，沒有四貪詞那樣矚目，但是，論者也善用這四首「行香子」來論證金學上重要的問題：寫作時間、寫作地點、《金瓶梅詞話》的前身、作者的身分等等。

關於「行香子」詞的詮釋問題，管見所及，學術界中似乎還沒有人做過專題回顧。因此，本文擬以此題為中心，討論其中的關鍵。

1　四首「行香子」詞原無總稱，僅冠以「詞曰」二字。有學者用「四季詞」作為總稱。四首詞的詞牌是「行香子」。本文引用前人論著時，論文用〈〉標示，書籍用《》標示。另，文中凡文字下劃線，皆筆者所為，目的是引起注意。

2　另參鄭培凱：〈酒色財氣與《金瓶梅詞話》的開頭〉，見於《中外文學》12卷4期（1983年9月）、《中華文史論叢》1983年3輯。

二、卷首「行香子」詞的各種解釋

《金瓶梅詞話》中的四首「行香子」，依次是 1.「閬苑瀛洲」。2.「短短橫牆」。3.「水竹之居」。4.「淨掃塵埃」。不少研究者用這四首詞來推演他們的看法，所涉及的，都是金學史上關係重大的問題。以下先就這一方面展開論述，以顯示卷首詞是何等重要。

(一)論證《金瓶梅》的著作時間

魏子雲先生（1918-2005）是最早論及「行香子」詞的學者，1980 年，他的〈《金瓶梅》頭上的皇冠〉已經指出：「因為《金瓶梅詞話》的寫作動機是入世的，這四闋引詞【行香子】則是出世的。可以說兩者間的意想並不相關聯。」[3]

魏先生結合其他引首文字，推測「《金瓶梅詞話》之前，極可能還有一部諷諭神宗寵鄭貴妃的《金瓶梅》。」而且魏先生認為這部《金瓶梅》，是正當「冊立太子事件的高潮」，即萬曆二十四年（1596）寫成的。[4]

魏先生這一段話有兩個重要論點：一、《金瓶梅詞話》有「前身」，現存的《金瓶梅詞話》已是改寫過的。二、這部前身，大約成於萬曆二十四年（「萬曆說」），是「入世的」。換言之，對「行香子」詞的研判，是魏先生「萬曆說」的一部分。[5]

第一個論點，魏先生在 1983 年的《金瓶梅劄記》一書中，又再提及：「回目前的詞四闋，所寫純為出世之思，而《金瓶梅詞話》，則全篇所賦，悉為清河惡霸西門慶的身家興衰，所寫仍官場入世的榮辱之事。這四闋詞的出世之思，極難冠乎西門慶的故事頭上。看來，這四闋詞的傅設〔鋪設〕，不是為了《金瓶梅詞話》吧！〔……〕基乎此，我們或者可以想到《金瓶梅詞話》以前的《金瓶梅》，其內容似乎是另一傅設。」[6]

至於第二個論點，即「萬曆說」，在 1983 年的〈詞曰·四貪詞·眼兒媚〉一文中，又有申說：「如從體式來看，自亦屬於萬曆間的作品，非前後七子的擬古風標。像這類詩文的隨興自然的體式與境界，在有明一代，則正切合文長、卓吾這個時期，甚而還要

3　見靜宜文理學院中國古典小說研究中心編：《中國古典小說研究專集 2》（臺北：聯經出版事業公司，1980），頁 224。（全文見頁 221-243。）又見於魏子雲：《金瓶梅的問世與演變》（臺北：時報文化出版公司，1981），頁 84。

4　此處指魏先生所推想的那部書。

5　「嘉靖說」「萬曆說」等簡稱沿襲自黃霖主編：《金瓶梅大辭典》（成都：巴蜀書社，1991）。參看該書頁 1100 的介紹。

6　魏子雲：《金瓶梅劄記》（臺北：巨流圖書公司，1983），頁 41。

稍後一些。〔……〕豈不是更可證明《金瓶梅詞話》乃萬曆間人的作品乎！」[7]這次魏先生換了一個角度：不再著眼於內容（「出世」），而是就四首詞的「體式與境界」來論證《金瓶梅》成書於萬曆年間。

魏先生推出的「萬曆說」當然還有其他論據，然而，單就對「行香子」的詮釋而言，出現了一個魏先生始料不及的情況——這四首詞能否支持「萬曆說」？[8]（請看下文。）

另一位研究者趙興勤（1949-）也對「行香子」詞作過探研，他得出的成書時間，卻要比魏先生的「萬曆說」早許多年。

趙興勤在〈也談《金瓶梅》的作者及其成書時間〉一文中認為：四首「行香子」詞「與《金瓶梅》的思想基調並不諧合。〔……〕此類描寫，恰與馮惟敏的思想情趣相合。〔……〕所發抒的感慨竟如出一口，所描寫的地理環境也大致相類，這就不能不引起我們的深思了。」[9]

趙興勤似乎在暗示：四首「行香子」詞出自馮惟敏（1511-1580?）之手。至於四首「行香子」與《金瓶梅》內文不協調，趙、魏二家的看法倒是一致的。

「馮惟敏說」其實源於金學史上舉足輕重的「嘉靖大名士」之說。[10]朱星（1911-1982）在《金瓶梅考證》透露：「馮惟敏說」是孫楷第（1898-1986）提出的，理由是：「只因他〔馮惟敏〕是臨朐人，又是嘉靖名士，並無旁證。」[11]

馮惟敏隆慶壬申（1572）棄官歸隱。趙興勤討論過馮氏的活動後，認為「《金瓶梅》產生的時間，大致在隆慶至萬曆初年。也正是馮惟敏優遊林下之時。」[12]按照這篇文章的分析，《金瓶梅》書中許多片段，都是寫嘉靖年間事（趙興勤提及：南河南徙、大興土木、

7　原載於《中外文學》1984 年 5 月號。收入《臺港金瓶梅研究論文選》（南京：江蘇古籍出版社，1986），有關引文見頁 165。

8　筆者發現，到了 1985 年（或稍前），魏先生對「行香子」詞的研判已有修訂。魏子雲：《金瓶梅原貌探索》（臺北：臺灣學生書局，1985），頁 19 已刪掉論證「亦屬於萬曆間作品」的段落。還保留的論點是「不協調論」，他說：「可是，把它冠在《金瓶梅詞話》的頭上，這四首詞的詞義，與《金瓶梅詞話》的內容，可就扞格了。作者的這四首前置詞，只是企圖想逃離《金瓶梅詞話》那個社會的感慨而已。『詞曰』的慎獨之情與出世之思，以及這『四貪詞』勸戒旨意，都是早期《金瓶梅》的引詞，《金瓶梅詞話》的改寫者，付梓時未予擯棄而已。」（《金瓶梅原貌探索》，頁 23。）

9　趙興勤：〈也談《金瓶梅》的作者及其成書時間〉，載於劉輝、杜維沫編：《金瓶梅研究集》（濟南：齊魯書社，1988），頁 261-262。

10　沈德符（1578-1642）在《萬曆野獲編》中說：「聞此為嘉靖間大名士手筆，指斥時事。」參其《萬曆野獲編》（北京：中華書局，1959），頁 652。此後循這個方向做研究的學者甚多。

11　朱星：《金瓶梅考證》（天津：百花文藝出版社，1980），頁 32。

12　劉輝、杜維沫編：《金瓶梅研究集》（濟南：齊魯書社，1988），頁 279。

嚴家醜事、山東大旱、太監管磚廠等）。總之，趙興勤認為「《金瓶梅》寫的是嘉靖年間事。」

和魏子雲主張的「成於萬曆後半期」相比，「馮惟敏說」的成書時間，足足早了二十年，基本上傾向於「嘉靖說」。

卜鍵（1955-）也就「行香子」發表過意見。他的《金瓶梅作者李開先考》認為第四首「淨掃塵埃」是《金瓶梅》作者所補作。[13]他認為這一首「意涵畢竟〔與其餘三首〕不同」；詞中的「明朝事天自安排，知他富貴幾時來？」之句，「透露出期待和期久不至的焦躁，透露出退仕者渴思一朝復出的私衷。這不就是李開先嗎？」

總之，在卜鍵眼中，第四首是李開先的抒情之作，摹寫李開先「殷殷不甘的複雜情緒」（頁293）。其他三首詞的異文，也都「把自己〔李開先〕的創作思想滲透到詞句中」，例如「不赴高官的意志」「罷官後李開先的憤激心理。」（頁296）

卜鍵主張《金瓶梅詞話》的寫作時代「當在嘉靖晚期」，[14]他對「行香子」的詮釋，支持了他的「李開先是作者」之論，也支持了他的「嘉靖說」。李開先，1502年生，1568年卒，而萬曆元年是西元1573年。

另一位研究者潘承玉（1966-）對「閬苑瀛洲」的處理，在方法上，也跟趙興勤、卜鍵有雷同之處。潘承玉認為詞中的「瀛洲」是《金瓶梅》全書「最重要的」典實，是《金瓶梅》作者「生活理想和人生追求的文字訴說。」他認為《金瓶梅》的作者是徐渭（1521-1593，生於正德16年，卒於萬曆21年），而徐渭的〈瀛洲圖〉和〈壽學使張公六十生朝序〉寫了「瀛洲」，「境界與小說【行香子】全同」。[15]

附帶一提，潘承玉認為「李開先說」不能成立。理由是，作者既要隱去姓名，又何必把自己的作品整段抄進《金瓶梅》之中。[16]也就是說，在潘承玉的論述中，「行香子」第一首，成了「徐渭是《金瓶梅》作者」的證據之一。

鄭慶山（?-2007）同樣用「閬苑瀛洲」來立論，他認為這首詞「可以看作賈三近平生事業一半家居的注腳。」[17]鄭慶山傾向於支持賈三近（1534-1592）是作者。

綜上所述，趙興勤從「行香子」看到馮惟敏，卜鍵從「行香子」看到李開先，潘承玉從「行香子」看到徐渭，鄭慶山從「行香子」看到賈三近。他們對「行香子」的研判，都能和他們的「作者論」配合無間。

為甚麼趙興勤從「行香子」看不到李開先、徐渭或賈三近的身影？為甚麼卜鍵從「行

13　卜鍵：《金瓶梅作者李開先考》（蘭州：甘肅人民出版社，1988），頁291。

14　卜鍵：《金瓶梅作者李開先考》，頁22。

15　潘承玉：《金瓶梅新證》（合肥：黃山書社，1999），頁173。

16　參潘承玉：《金瓶梅新證》，頁157。

17　鄭慶山：《金瓶梅論稿》（瀋陽：遼寧人民出版社，1987），頁75。

香子」看不到馮惟敏、徐渭或賈三近的身影？為甚麼潘承玉從「行香子」看不到馮惟敏、李開先、賈三近的身影？為甚麼鄭慶山……？

這幾個問題可能有同一個答案：趙、卜、潘、鄭四位學者心目中已有各自的「作者人選」，所以「行香子」詞也成為「論據」。從後設批評（meta-critical）角度看去，他們詮釋、論證過程似乎是這樣的：四位學者有特定人選橫亙於胸，所以他們一讀四首「行香子」，自然會聯想到他們心中的作者。換言之，他們心目中的「作者人選」可能對他們的判斷產生了影響。

對「行香子」詞的解讀結果，又反過來進一步「支持」他們的「作者論」。（至於四首「行香子」是否馮惟敏、李開先、徐渭、賈三近所作，我們下文要詳細論證。）18

除了時間因素外，值得我們特別注意的是，趙興勤提出了四首「行香子」詞所寫的「地理環境」與《金瓶梅》作者的處身之地有關係。這又涉及金學中的「南北之爭」——著作地點之爭。（也涉及作者原籍之爭。）

(二)論證《金瓶梅》的著作地點

1990 年周雙利的《閑話金瓶梅》就用了這四首行香子來論證《金瓶梅》的著作環境：

這組題詞，為我們勾畫出這位《新刻金瓶梅詞話》修定者的身分：他不像是大名士、大官僚一流人物。也許是幾經小小的官吏生涯之後，厭倦了州衙與縣衙的惡濁，便歸隱田園，過著鄉居閑適生活。他的詩詞充滿了獨慎之情與出世之思，樂天知命，安貧守道。……鄉居生活是……。他的住所，頗似江南水鄉：……。從這些描繪中，我們可以看出這位修定者只是一位清貧的儒士。他生活的地區，如從物候學的角度來考察，我國古代北方也生長竹子與梅花，《詩經》中有綠竹，唐詩中北方尚有梅花；經過數千年的氣候變遷，近代中國，竹子已經退居長江以南，梅花退居黃河以南。我們這位清貧的儒士生活在有竹有梅的地方，大約是江南水竹之地吧？正因為如此，經這位文人先生修定的《金瓶梅詞話》，時作吳語，

---

18 這種情況使我們想起 Richard Palmer (1933-), *Hermeneutics: Interpretation Theory in Schleiermacher, Dilthey, Heidegger and Gadamer* (Evanston: Northwestern University Press,1969) 一書中所說的：What we understand forms itself into systematic unities, or circles made up of parts. The circle as a whole defines the individual part, and the parts together form the circle. [...] By dialectical interaction between the whole and the part, each gives the other meaning; understanding is circular, then. Because within this "circle" the meaning comes to stand, we call this "the hermeneutical circle". （頁 87。）

也就毫不足奇了。[19]（濤按：引文中省略之處是引者所省。）

周雙利這段話有兩個要點：第一點涉及「南北之爭」，第二點涉及作者身分。（清貧的儒士？）周雙利這一詮釋，意味著「行香子」詞被用來支持「作者是南方人」的說法。

《金瓶梅》的作者是南方人還是北方人，這也是《金瓶梅》著作權論爭中的一個焦點。主張「南方人」之說的有劉師古、魏子雲、黃霖、陳詔等。多年前，劉師古、魏子雲已經提出「南方人之說」。[20]

魏子雲《金瓶梅探原》（臺北：巨流圖書公司，1979）提及此看法。到 1981 年的《金瓶梅的問世與演變》有「作者不是山東人是江南人」一節。[21]1989 年魏子雲又有〈證見《金瓶梅》乃南方人所作〉一文。[22]黃霖（1942-）在《金瓶梅漫話》同意「南方人」之說。[23]陳詔《金瓶梅小考》也認為《金瓶梅》作者：「他生活地點似在南方，不是在北方。」[24]

另一方面，力主「北方人」之說的學者有徐朔方（1923-2007）、魯歌、馬征、鄭慶山等人。徐朔方《小說考信編》說：「它的作者當也是山東或淮北地區人，不會如同有的論者所設想的那樣是南方人。」[25]魯歌、馬征《金瓶梅及其作者探秘》說書中有鄙視南方人的情緒。[26]鄭慶山甚至連南人居北地的想法也否定掉，他說「不大可能是南方人在山東創作的。」[27]

至於作者身分（「大名士」與「非大名士」之爭），「行香子」詞引出了另一對矛盾：按周雙利的解讀，從四首「行香子」詞可以推斷作者「不像是大名士」，這正好跟趙興勤、卜鍵的看法相反。趙興勤推舉出來的馮惟敏，亦頗有名——「以才名稱於齊魯間」。[28]「齊魯」屬於中國北方。

19　周雙利：《閒話金瓶梅》（呼和浩特：內蒙古人民出版社，1990），頁 138。

20　劉師古：《金瓶梅研究》（臺北：宋氏照遠出版社，1996），頁 194。濤按：該書 1977 年由臺北石室出版公司初版，原名《閒話金瓶梅》，題「東郭先生著」。

21　魏子雲：《金瓶梅的問世與演變》（臺北：時報文化出版公司，1981），頁 132。

22　魏子雲：《金瓶梅的作者是誰》（臺北：臺灣商務印書館，1998），頁 62-86。

23　黃霖：《金瓶梅漫話》（上海：學林出版社，1986），頁 191。

24　陳詔：《金瓶梅小考》（上海：上海書店，1999），頁 127，頁 137。陳詔將地點定於「南方江浙」一帶，參頁 128。

25　徐朔方：《小說考信編》（上海：上海古籍出版社，1998），頁 204。

26　「王穉登說」即以「鄙視南方人」作為「作者論」的其中一點。參魯歌、馬征：《金瓶梅及其作者探秘》（西安：華岳文藝出版社，1989），頁 63。

27　鄭慶山：《金瓶梅論稿》（瀋陽：遼寧人民出版社，1987），頁 163。

28　錢謙益：《列朝詩集小傳》（上海：上海古籍出版社，1983），丁集上，〈馮舉人惟健〉，頁 390。

(三)「行香子」詞所寫的是現實還是理想？

周雙利認為「行香子」的內容都是現實的寫照。不過也有論者將詞中的境界視為作者心目中的「理想」。

有學者認為第二首「<u>真實地抒發了自己的生活理想。</u>」第三首「<u>敘述理想</u>中的『吾廬』。」[29]魏子雲先生也用「這分意念」來描述詞中內容。[30]大概魏先生也不覺得「行香子」詞描述的是寫作者的「居處實景」。

這樣一來，「行香子」的詮釋又出現了「實」與「虛」二說並存的局面。不過，筆者斷定：如果詞中所寫真是「寫實」的話，恐怕也不會是晚明時期的「實景」。（下文有詳細論證。）

綜上所述，在「行香子」詞「出自《金瓶梅》作者（或修訂者）之手」的前設下，論者憑著「行香子」的內容構想出好幾種情況——作者的寫作年代、作者的寫作環境、作者的社會地位（名望）、作者的心境。[31]

如果我們探究一下四首「行香子」詞的來源，我們會得出這樣的結論：各種構想、各種作者形象可能只是隱含作者（implied author），未必是歷史上的作者（historical author）。[32]（請看下文。）

三、卷首「行香子」詞的作者和時代

以上諸位學者的說法，都是在「行香子」詞來歷不夠清楚的情況下作出的。其實，「行香子」在明朝之前已見於載籍。如果這些文獻不是偽託的話，四首「行香子」對上面諸說的支持就要打個折扣。

以下，我們要調查四首「行香子」在哪些典籍上出現過。調查的結果，<u>將幫助我們認識一個事實：有些論證方法全不可靠。</u>

29　黃霖主編：《金瓶梅大詞典》（成都：巴蜀書社，1991），頁519。

30　魏子雲：《金瓶梅的問世與演變》，頁84。

31　上述論者，現在可能已改變了對「行香子」詞的研判。本文的焦點，純粹放在他們「怎樣藉行香子詞來論證」，他們的通盤論說並不會因此而被否定。

32　布斯（Wayne C. Booth）曾提出「隱含作者」的概念。Booth 的「隱含作者」指的是：讀者在閱讀時為作者所構想的形象或性格，有別於「歷史作者」（即真實世界中的作者），又稱「經驗作者」。參尼爾斯（William Nelles），"Historical and Implied Authors and Readers", *Comparative Literature*. vol.45, no.1, (Winter 1993), p.22-46. (p.27)。

(一)元朝彭致中《鳴鶴餘音》

四首「行香子」的第一、第二、第四首（無「水竹之居」），早見於元人彭致中的《鳴鶴餘音》卷六。[33]這三首詞均不著撰者。[34]

彭致中，元至正年間人，仙游山全真道士，屬龍門派。[35]按照該書的敘文推斷，其書成於 1347 年前後。

《鳴鶴餘音》所載錄的「行香子」與《金瓶梅詞話》所載錄的「行香子」，文字稍有出入，例如，第一首「金谷<u>重</u>樓」（《道藏輯要》本同），「古佚小說刊行會」本（「北圖藏本」[36]）《金瓶梅詞話》作「金谷陵樓」。《金瓶梅》大安本也作「金谷陵樓」。[37]

徐朔方《小說考信編》認為第一首六十五字「可以看作是『也宜春』之前刊落一字。」[38]《正統道藏》和《道藏輯要》所錄「行香子」，該句應作「<u>卻</u>也宜春」。

不過，校勘問題不是我們的焦點。言歸正傳，《鶴鳴餘音》輯錄的是金元詞，憑這一點我們知道三首「行香子」詞的年代，可惜我們不知道撰者是誰。

(二)明中葉程敏政《天機餘錦》

明人程敏政（1445-1499）編有《天機餘錦》。《鳴鶴餘音》所無的「水竹之居」，見於《天機餘錦》，連同其他三首，都題「張天師撰」。[39]

33　《叢書集成》初編收有虞集《鳴鶴餘音》。但是，這部《鳴鶴餘音》沒有《金瓶梅》卷首那四首「行香子」詞。柳存仁認為「這書〔《鳴鶴餘音》〕實是『仙遊山道人彭致中集』」。參看柳存仁：《和風堂文集》（上海：上海古籍出版社，1991），〈全真教和小說西遊記〉一文，頁1331。

34　筆者所用彭致中《鳴鶴餘音》是收入《正統道藏》（原刊於1445年）的本子。三首「行香子」見於《正統道藏》（臺北：新文豐出版公司，1985），太玄部，《鳴鶴餘音》，卷六第五，頁848。另見於康熙間彭定求輯：《道藏輯要》（成都：巴蜀書社，1985重印），第21函，觜集8，頁71b-72a。亦無「水竹之居」。另，四庫全書存目叢書編纂委員會編：《四庫全書存目叢書》（臺北：莊嚴文化事業公司，1997）集部，第422冊收《鳴鶴餘音》，「行香子」詞的情況相同。按，該書底本係原北平圖書館藏明鈔本。

35　參看胡孚琛主編：《中華道教大辭典》（北京：中國社會科學出版社，1995），頁181。另參任繼愈主編：《道藏提要》（北京：中國社會科學出版社，1991），頁1236。

36　據魯歌、馬征：《金瓶梅及其作者探秘》（西安：華岳文藝出版社，1989），頁109。

37　梅節校訂：《梅節重校本金瓶梅詞話》作「金谷瓊樓」。查清沈雄《古今詞話》所錄也作「金谷瓊樓。」出處見下文。

38　徐朔方：《小說考信編》，頁165。

39　《天機餘錦》（瀋陽：遼寧教育出版社，2000）有注：「此題張天師〔撰〕，誤。張天師乃漢代人，其時尚無詞。」語見頁367。趙萬理校輯：《校輯宋金元人詞》（臺北：臺聯國風出版社，1982）亦收「元闕名輯」《天機餘錦》，收詞十六首，卻無「行香子」詞。

「張天師」三個字提供了四首詞的「作者」，這比《鳴鶴餘音》的「不著撰者」好一點。其實，說好也好不了多少，因為「張天師」是漢代張道陵（?-156）後裔的封號。[40]具體是哪一位張天師，仍是不明不白。

按照明人沈德符（1587-1642）《萬曆野獲編》補遺卷四〈釋道·張天師之始〉條，宋真宗（趙恆，968-1022，997-1022 在位）時張氏後人已有「天師」之稱。元至正十三年（1354），始命張氏三十六代道士張宗演為「輔漢天師」，遂真拜「天師」。[41]

《天機餘錦》所錄的「張天師」，是哪個時代的張天師？

沈德符記載明朝洪武元年（1368）八月始，革去教主天師之號。《明史》卷二百九十九列傳第一百八十七、《明史》卷七十四志第五十記其事。[42]因此，這個「張天師」，或許不是明朝的「張天師」吧？

至於《天機餘錦》的編者程敏政，《明史》卷二百八十六、列傳第一百七十四〈文苑二〉說他「學問該博」「才高負文學」。[43]他是成化二年（1466）進士，這年下距嘉靖元年（1522）五十六年。程敏政的卒年 1499 年是明弘治十二年，下距嘉靖元年二十多年，如果《天機餘錦》由程氏編成，[44]那麼，《天機餘錦》成書的時間只能是在嘉靖朝之前。

卜鍵《金瓶梅作者李開先考》曾認為第四闋是《金瓶梅》作者所補，[45]今天看來，也許需要重新考慮（因為在嘉靖之前，第四闋已經存在）。[46]其他論者認為四首「行香子」寫於晚明，同樣要考慮四首「行香子」是否如此晚出。

(三)清朝朱彝尊《詞綜》

朱彝尊（1629-1709）編有《詞綜》一書，第二十四卷錄有「閬苑瀛洲」，置於「于真人」名下。[47]

40　葛洪（281?-341）《神仙傳》（北京：學苑出版社，1998）卷五已稱呼張道陵為「天師」（頁 24。）

41　沈德符：《萬曆野獲編》，頁 918。

42　張廷玉等：《明史》（北京：中華書局，1974）記載：「張正常，字仲紀，漢張道陵四十二世孫也。世居貴溪龍虎山。元時賜號天師。太祖克南昌，正常遣使上謁，已而兩入朝。洪武元年入賀即位。太祖曰：『天有師乎？』乃改授正一嗣教真人，賜銀印，秩視二品。設僚佐，曰贊教，曰掌書。定為制。」（頁 7655。）另參《明史》卷七十四，志第五十，頁 1817。

43　《明史》，頁 7343：「程敏政　字克勤。休寧（今屬安徽）人。信子，以神童詔讀書翰林院。成化二年（1466）進士。授編修、左諭德。學問淵博為一時冠。」

44　《天機餘錦》（瀋陽：遼寧教育出版社，2000）的校訂者對此點有懷疑。

45　《金瓶梅作者李開先考》（蘭州：甘肅人民出版社，1988），頁 291。

46　當然，《金瓶梅》作者可以抄錄前人的著作。

47　朱彝尊編：《詞綜》（鄭州：中州古籍出版社，1990），頁 363。

于真人身世不詳。《詞綜》「于真人」三字之下有注:「調見彭致中《鳴鶴餘音》。按北宋有盧靖真君詞,內有和于真人作。」[48]

《詞綜》這條注等於說:于真人是北宋或者北宋之前的人。至於盧靖,料為北宋著名道士徐守信。徽宗崇寧二年(1103)賜徐氏號「盧靖沖和先生」,其著作見於《道藏》正一部。[49]北宋時已有「閬苑瀛洲」一詞,不能說是明人所撰。

(四)沈辰垣等《御選歷代詩餘》

康熙四十六年(1781)[50]沈辰垣等編《御選歷代詩餘》卷四十四亦題「于真人」。[51]可惜該書卷一百七《詞人姓氏》並無標示「于真人」的名字。(「于真人」列入「失名」欄目之中。)[52]如果我們知道于真人是誰,就有可能確定四首「行香子」的寫作年代。

綜上所述,由元人彭致中開始到康熙年間,關於本文論題(「行香子」詞是誰寫的),載籍所見,「答案」頗不一致。但是,有一點是相同的,[53]即「出於道教之徒」:《鳴鶴餘音》錄的是道士羽流之作,其他集子上的「張天師」「于真人」也是道士無疑。

不過,清代的一些文獻,卻異口同聲說「行香子」詞出自和尚之手。雖然各書所錄之數不一(或兩首,或三首),但比較一致的是,都聲稱是中峰禪師(明本,1263-1323)所作。以下我們檢閱沈雄《柳塘詞話》、王奕清等《歷代詞話》、張宗橚《詞林紀事》的記載。

48　朱彝尊編:《詞綜》,頁362。《道教文化詞典》(南京:江蘇古籍出版社,1994)中錄有「于真人胎息法」(頁786)。不知這個「于真人」有沒有寫過「行香子」詞。

49　參任繼愈主編:《道藏提要》,頁990。另參:脫脫《宋史》卷二百五,志第一百五十八。

50　據趙國璋、潘樹廣主編:《文獻學詞典》(南昌:江西教育出版社,1991),頁123。

51　沈辰垣等編:《御選歷代詩餘:附篋中詞,廣篋中詞》(杭州:浙江古籍出版社,1998),頁226。

52　《御選歷代詩餘:附篋中詞,廣篋中詞》,頁482。但《御選歷代詩餘》卷一百十九〈詞話〉又從《筆記》中引一條云:「天目中峰禪師與趙文敏為方外交,同院馮海粟學士甚輕之。一日,松雪強中峰同訪海粟,海粟出所賦梅花百絕句示之,中峰一覽畢,走筆成七言律詩如馮之數,海粟神氣頓攝。嘗賦行香子詞云:『短短橫牆……閬苑瀛洲……水竹之居……』若不經意出之者,所謂一一天真,一一明妙也。」(北京內府清康熙46年本頁22-23,筆者所用為香港大學馮平山圖書館藏本,索書號為:山 833 34-1 v.48;浙江古籍出版社,1998版,頁529)。筆者又查陳繼儒《筆記》(叢書集成初編 2929)卷二,發現:只有「天目中峰禪師與趙文敏為方外交……海粟神氣頓攝」一句,卻未引錄中峰的詞作。(頁24)因此,《御選歷代詩餘》卷一百十九〈詞話〉中說的「嘗賦行香子詞云:……」,不知是據何本引錄。

53　按,各書所錄數量不一,此處不一一分述。

(五)清初沈雄《柳塘詞話》

沈雄《柳塘詞話》記載：「余經鶯脰湖殊勝寺，掛壁有中峰明本國師題詞，後書至正年號，乃行香子也。」下面即引「短短橫牆」「閬苑瀛洲」兩首。[54]然後評道：「若不經意出之者，所謂一一天真，一一明妙也。」所謂「至正年號」，即公元 1341-1368 年，是元朝（元惠宗）的最後一個年號。

關於明本，《元詩紀事》說他：「明本號中峰，錢塘人。出家吳山聖水寺。後為天目僧。有《中峰廣錄》《梅花百詠》行世。」[55]另外 Chun-fang Yu 有 "Chung-feng Ming-pen and Ch'an Buddhism in the Yuan" 一文，長達五十八頁，可以參看。[56]

(六)清朝王奕清等《歷代詞話》

王奕清等《歷代詞話》記錄中峰作「七言律詩」。然後話題又轉入中峰作詞之事。下面即引「短短橫牆」「閬苑瀛洲」「水竹之居」三首，接著也有評語「若不經意出之者，所謂一一天真，一一明妙也。」[57]這一評語與沈雄《柳塘詞話》中的評語完全相同。

王奕清等《歷代詞話》中的「水竹之居」，卻是沈雄《柳塘詞話》所無。不知錄自何處。（《歷代詞話》此條之內容與北京內府清康熙 46 年本沈辰垣等《御選歷代詩餘》卷一百十九〈詞話〉全同。）

(七)清朝張宗橚輯《詞林紀事》

清乾隆時張宗橚（fl. 1722-1732）輯《詞林紀事》卷二十二，錄第一、第二、第三首，置於「天目中峰禪師」名下。沒有第四首「淨掃塵埃」。[58]

《詞林紀事》也可能只是沿襲成說。

總之，沈雄《柳塘詞話》、王奕清等《歷代詞話》、張宗橚《詞林紀事》都沒有「淨

---

54 《柳塘詞話》八卷，沈雄撰。收入吳興王文濡校閱：《詞話叢鈔》（上海：大東書局，1921），頁 7。筆者所用的是香港中文大學藏本，索書號為 PL2338 T93 v.1 c.2。另參唐圭璋編：《詞話叢編》（北京：中華書局，1986），第一冊，頁 795。

55 陳衍（1856-1937）：《元詩紀事》（上海：上海古籍出版社，1987），頁 776。

56 Chun-fang Yu, "Chung-feng Ming-pen and Ch'an Buddhism in the Yuan", in *Yuan Thought: Chinese Thought and Religion under the Mongols*, ed. Hok-lam Chan and Wm. Theodore de Bary (New York: Columbia UP, 1982), pp.419-77.

57 收入唐圭璋編：《詞話叢編》，第二冊，頁 1293。

58 張宗橚編，楊寶霖補正：《詞林紀事·詞林紀事補正》（上海：上海古籍出版社，1998），頁 1330。《詞林紀事》引書往往係轉錄，故價值稍低。

掃塵埃」，其餘都說是中峰明本所作。

近人論著，大多說《金瓶梅詞話》卷首的「行香子」詞是中峰明本之作。這一說法，似承襲一些清朝人的記載。

清朝人的記載，與前人大異，其可靠性如何，值得再加推敲。（此點關係到《金瓶梅》的作者論，已如前節所論。）若依其說，則「行香子」詞是元人的作品。

四、結語

從以上的討論可以得知，《金瓶梅詞話》卷首的「行香子」詞，前人已指出其作者。如果當代的金學家要聲稱四首詞屬於明嘉靖、萬曆間的作品，實在有必要先推翻前人的記載和說法。

前人的記載雖然不一致，但畢竟也有相同之處，即四首詞的產生年代，不會是晚明。即使依照清人「中峰明本」之說，那中峰明本禪師（1263-1323）也是元朝的人，[59]不能用來支撐《金瓶梅》研究中的「嘉靖說」和「萬曆說」。

在釐清四首詞的來龍去脈之前，就將四首詞的著作權撥歸「《金瓶梅》的作者」並加以發揮（論證寫作時間、地點、作者身分等），恐怕是一件危險的事；由此得出的結論，恐怕也不穩固。

這四首詞引發出來的詮釋問題，值得後學者警戒：論證方法不當，論證的結果難有公信力。（2014 年春校訂）

59　釋有晃：〈元代中峰明本之禪學思想與禪法略探〉，載於《中華佛學研究》第 10 期（2006），頁 199。全文載於頁 199-237。

《金瓶梅詞話》卷首「行香子」詞英譯的文化差異問題

一、引言

《金瓶梅詞話》卷首的「行香子」詞除了引起詮釋的問題外，也引起翻譯上的問題。本文的討論重點是後者。

美國學者芮效衛（原名是 David T. Roy）翻譯過《金瓶梅詞話》，名為 *The Plum in the Golden Vase*。此書卷首有四首「行香子」詞的英譯，我們若能細讀 Roy 的譯文，當可明白文化差異是譯者要面對的一大難題。

二、關於超現實的境地：仙境和天

《金瓶梅詞話》卷首「行香子」詞第一首中的「閬苑」「瀛洲」，和第四首中的「天」（明朝事天自安排），都是文化色彩濃厚的詞語。

(一)關於「閬苑」

閬苑，是古代傳說中的神仙住處，亦稱「閬風苑」。這一名稱，古代典籍較常提到，例如《離騷》已有「登閬風而緤馬」之句。[1]酈道元（約 470-527）《水經注》卷一記載：「崑崙之山三級：下曰樊桐，一名板桐；二曰玄圃，一名閬風；上曰層城，一名天庭：是為太帝仙居。」[2]東晉葛洪《神仙傳》載有「閬風苑」。

「閬苑」既然與仙人境地相關，後世文人就把它當作修飾語用，表示「超凡脫俗」之義。《水滸傳》第八十一回這樣描寫：「李師師在窗子後聽了多時，轉將出來。燕青看

---

1 王泗原：《楚辭校釋》（北京：人民教育出版社，1990），頁 45。
2 酈道元撰，陳橋驛校證：《水經注校證》（北京：中華書局，2007），頁 1。

時，別是一般風韻：但見容貌似海棠滋曉露，腰肢如楊柳裊東風，渾如<u>閬苑</u>瓊姬，絕勝桂宮仙姊。」[3]所謂「<u>閬苑</u>瓊姬」，自是指其人有脫俗之美。

《金瓶梅詞話》第五十四回有「真同<u>閬苑</u>風光，不減清都景致。」[4]《紅樓夢》第五回有「一個是<u>閬苑</u>仙葩，一個是美玉無瑕」之句。[5]現實世界，也有人採用此名，例如，《輿地紀勝·利東路閬州》記唐初魯王、滕王建有「閬苑」。[6]

芮效衛（David Roy）將「閬苑」譯成 Gardens of Paradise。查 Paradise 帶有基督教的意味，在《聖經》中，Paradise 指伊甸園，是阿當和夏娃的住處。《新約》Revelation 2.7 描述：He that hath an ear, let him hear what the Spirit saith unto the churches; To him that overcometh will I give to eat of the tree of life, which is in the midst of <u>the paradise of God</u>.[7] 《聖經》和合本中譯：「聖靈向眾教會所說的話，凡有耳的，就應當聽。得勝的，我必將<u>神樂園</u>中生命樹的果子賜給他喫。」這句中的「神樂園」，現代英文譯本（TEV）作 "Garden of God"；現代中文譯本（TCV）作：「上帝園」。

話說回來，芮效衛用 Gardens，其實已略為淡化了 Gardens of Paradise 的基督教色彩：Gardens 是複數形態，因此，Gardens of Paradise 也就不專指基督教裏的伊甸園了。

事實上，翻譯大師如霍克思（David Hawkes，1923-2009）也用 paradise 來翻譯（表達）道教和佛教概念。[8]

(二)關於「天」

與「閬苑」性質相近的是「天」。芮效衛將「天」譯成 Heaven。第四首中的「明朝事天自安排」變成 As for the events of the morrow, leave them to <u>Heaven</u>。

中國古人認為天是有意志的神，是萬物的主宰。[9]「聽天由命」和「順天知命」這類

3　《水滸傳》（北京：人民文學出版社，1975），頁 1103。

4　梅節校訂：《夢梅館校本金瓶梅詞話》（臺北：里仁書局，2007），頁 828。

5　《紅樓夢》中「閬苑仙葩」似乎是指薛寶釵，但也有人認為是暗指絳珠仙子林黛玉。（「美玉無瑕」則指賈寶玉。）「一個是閬苑仙葩」，David Hawkes 的 *The Story of the Stone* (Harmondsworth: Penguin Books, 1973) 是：One was a flower from <u>paradise</u>. (vol.1, p.140) 楊憲益夫婦的 *A Dream of Red Mansions* 中，「閬苑」變成 fairyland. (vol.1, p.80)

6　王利器：《金瓶梅詞典》（長春：吉林文史出版社，1988），頁 310。

7　摘自《聖經》的 King James Version（KJV），即欽定本。

8　例如，在 *The Story of the Stone* 的第一冊中，警幻仙子所居處（遣香洞）是 <u>the Paradise</u> of the Full-blown Flower (p.138)。又如，「<u>西方</u>寶樹喚婆娑，上結著長生果」被翻譯成："In <u>Paradise</u> there grows a precious tree / Which bears the fruit of immortality". (p.143) 有趣的是楊憲益夫婦的 *A Dream of Red Mansions* 把這個「西方」翻譯成 "the west" (vol.1, p.82). 目前，The West 多指歐美。

9　《辭源》（北京：商務印書館，1988），頁 369。

話,中國人很常說。

關於第四首「行香子」和《金瓶梅》主旨的關係,臺灣學者李志宏這樣說:「這樣的出世思想表現,似乎與敘事進行所展現的人物欲望追求構成了一種敘事意圖的矛盾和衝突。其主要原因即在於,寫定者雖然刻意針對潘金蓮與西門慶的偷情事件和西門慶欲望進行擴張書寫,但實際上欲在各種評論干預之中,傳達傳統天命思想如何對人物命運和生命歷程產生必然的影響與制約,並企圖使之成為後設思想命題之所在。」[10]李宏志討論的重點是「天命思想」,他特別看重的,當是第四首「行香子」中「明朝事天自安排」這一句。

也許因為「天」有意志,所以有時候譯者也將 God 和「天」等同。英國傳教士馬禮遜(Robert Morrison,1782-1834)《英漢詞典》有以下說明:God by the Jesuits at one time was called 上帝; they seem also to have used 天, heaven, in this sense; but subsequently the Latin church has ordered 天主, "The Lord of Heaven," to be used for the True God.[11]這段話的意思是:耶穌會士似乎也將「天」等同於 God,將「天主」等同於 the True God。

英語中的 Heaven 是居所,是上帝之所居,住滿天使,由聖彼得(Saint Peter)守衛。在宗教場合中,用中文表達 Heaven,一般會說成「天堂」或者「天家」。欽定本《聖經·新約》St. John I 描寫道:And he saith unto him, Verily, verily, I say unto you, Hereafter ye shall see heaven open, and the angels of God ascending and descending upon the Son of man.[12]這句話描述得很清楚:heaven 是會打開的,可見是一處所。以下摘錄現代英文譯本(TCV)的文字,以供對照:He then added, "Very truly I tell you, you will see heaven open, and the angels of God ascending and descending on the Son of Man."[13]

猶太神學認為:天有七重,每重天都各有職司。英文成語 in seventh heaven,指「在第七重天」,是上帝的居所,也就是至樂的境界。[14]

10　李志宏:《演義:明代四大奇書敘事研究》(臺北:大安出版社,2011),頁 502。

11　馬禮遜:《華英字典／A Dictionary of the Chinese Language》(鄭州:大象出版社,2008),頁 190。按,《華英字典》的第六卷是《英漢詞典》。

12　二十世紀初出版的和合本:「我實實在在地告訴你們,你們將要看見天開了,神的使者上去下來在人子身上。」可見,和合本中的「天」,相當於英語的 heaven。

13　摘自 New International Version(NIV)。

14　*Oxford English Dictionary* 這樣解釋 heaven 一詞:In the Christian tradition (and hence more widely): the abode of God and of the angels and persons who enjoy God's presence, traditionally regarded as being beyond the sky; the final abode of the redeemed after their life on earth; a state or condition of being or living with God after death; everlasting life. 在第五義項下,載有 seventh heaven。(筆者用的是網絡版,無頁碼。)

關於明末清初「天」和「上帝」觀念引起的紛爭，可參看方豪（1910-1980）的《中西交通史》第四篇第十二章第六節。[15]也可以參看洪濤《從窈窕到苗條：漢學巨擘與詩經楚辭的變譯》（南京：鳳凰出版社，2013）的第四部分。

(三)關於「瀛洲」與 Isles of The Blest

第一首行香子詞中的「瀛洲」，是道教氣味濃厚的詞語，常與「仙人」相提並論。《史記・秦始皇本紀》記載：「齊人徐市等上書，言海中有三神山，名蓬萊、方丈、瀛洲，仙人居之。」[16]舊題東方朔所撰《十洲記》說：「瀛洲在東海中，地方四千里。……上生神芝仙草；又有玉石，高且千丈，出泉如酒，味甘，為玉醴泉，飲之令人長生。」[17]這些記述，把「瀛洲」說得極為迷人。

小說《西遊記》也寫到「瀛洲」，第二十六回描寫孫悟空「駕雲復至瀛洲海島，也好去處。有詩為證。詩曰：珠樹玲瓏照紫煙，瀛洲宮闕接諸天。青山綠水琪花艷，玉液錕鋙鐵石堅。五色碧雞啼海日，千年丹鳳吸朱煙。世人罔究壺中景，象外春光億萬年。」[18]

大概是因為道家道教的典籍常有「瀛洲」這個詞，所以一提及「瀛洲」，人們往往聯想起道教神仙和超凡的人生境界，例如，中國學者潘承玉認為《金瓶梅》卷首的「瀛洲」反映了作者的心境，是全書「最重要的」典實。[19]

瀛洲是島，在東海之中，而閬苑在崑崙山上，二者雖皆為仙人之居所，其實不盡相同。

芮效衛把「瀛洲」翻譯成 Isles of the Blest。譯文中的 the Blest 今人聯想到基督教概念。Blest，是動詞 bless 的過去式及過去分詞，常用義是 favoured by God，即「受上帝眷顧、恩賜」，例如，基督之母即稱為 The Blessed Virgin。這裏摘錄《聖經》的一段，以示 bless 的一般用法。《聖經・新約》Ephesians 記述：Blessed be the God and Father of our Lord Jesus Christ, who hath blessed us with all spiritual blessings in heavenly places in

---

15　方豪：《中西交通史》（上海：上海人民出版社，2008），頁 698。

16　司馬遷：《史記》（北京：中華書局，1959），第一冊，頁 247。

17　摘自「維基文庫」。

18　吳承恩：《西遊記》（北京：人民文學出版社，1989），頁 336。筆者手頭上的《西遊真詮》上沒有此詩。

19　潘承玉：《金瓶梅新證》（合肥：黃山書社，1999），頁 173。

Christ.[20]

因此，從文本互涉（intertextuality）的角度看，芮效衛筆下的 the Blest，甚有基督教的色彩。這是在宋朝（背景）的中土故事中摻入西方宗教的氣息，是一種歸化手段（domestication），有利西方讀者讀懂譯作。[21]

不過，歸化手段容易引起源語文化（source culture）中人的抨擊，例如，David Hawkes 的譯文："God <u>bless</u> my soul!" Zhou Rui's wife exclaimed.[22]就受到一些譯評家的非議，理由是這樣做會限制文化交流的程度。[23]

三、松、竹、梅的國俗語義

《金瓶梅詞話》的「行香子」詞也出現了松、竹、梅（尤其是第四首）。松竹梅，向稱歲寒三友，在漢人文化中有特定的象徵意義，然而，松竹梅在西方文化體系中似無相同的文化意蘊。

就詞語對應（譯成英語）而論，松竹梅三字要逐字直譯並非難事，但是，如果我們顧及譯文的「讀者接受」（reception），那麼，我們必須考慮「松竹梅」的國俗語義能否由直譯來傳達？

(一)關於竹

四首「行香子」詞中有三首提及竹：第二首有「竹几」，第三首有「水竹之居」，第四首有「數竿竹」。

看來，作者似乎偏愛竹？我們聯想起《世說新語》記載王子猷指著竹說：「何可一日無此君？」[24]

芮效衛把「竹」翻譯成 bamboo 是無可非議的，因為譯者別無選擇。但是，譯文讀者難免會有疑問：何以作品中一而再再而三提及 bamboo？有特別含義嗎？

在中國人心目中，竹子四季常青，象徵著頑強的生命；竹子空心，代表虛懷若谷；

20　這段話摘自《聖經》的 King James Version（KJV），即「欽定本」。《聖經》的 *New International Version*（NIV）中，此句作：Praise be to the God and Father of our Lord Jesus Christ, who has blessed us in the heavenly realms with every spiritual blessing in Christ.

21　參看 Lawrence Venuti, *The Translator's Invisibility* (London and New York: Routledge, 1995), p.23.

22　Zhou Rui's wife 即原著中的「周瑞家的」。見《紅樓夢》第七回。

23　吳友富主編：《國俗語義研究》（上海：上海外語教育出版社，1998），頁 299。

24　見於《世說新語·任誕第二十三》。

竹子生而有節，象徵高風亮節……[25]這些國俗語義，都是英語 bamboo 這個詞難以清楚表現的。[26]

(二)關於松

松同樣有獨特的文化意義。中國人認為「松有貞心、有勁節、有氣質、有前途、有作為，正與一個受人敬重的君子身分相當。」[27]孔子一句「歲寒，然後知松柏之後凋也」，已為中國人尊敬松柏定下基調。

中國人往往用松樹來比喻君子剛直不屈的人格。李白詩：「太華生長松，亭亭凌霜雪。天與百尺高，豈為微飆折。桃李賣陽豔，路人行且迷。春光掃地盡，碧葉成黃泥。願君學長松，慎勿作桃李。受屈不改心，然後知君子。」[28]這類例子不少，不必一一引述。

芮效衛把「行香子」詞中的「數株松」翻譯成 a few boles of pine，已盡譯者之職。不過，松在漢文化中有「思想上慣性的聯結」，而且「已獲得全民族的認許」，這兩項「任務」是英語單詞 pine 難以「肩負」的。[29]

(三)關於梅

梅這種植物凌冬耐寒，象徵堅貞、剛毅、聖潔，也深獲中國人喜愛。民國政府（1929年）將梅花定為國花。

精通德語的學者李士勳認為：「梅、李、杏的拉丁文名稱很清楚，都『姓』薔薇 Prunus，梅名叫 Mume，李名叫 Salicina，杏名叫 Armeiniaca。因為中國之外有 Pflaume（李）、Aprikose（杏），所以德文等外文中有對應的名稱；因為外國沒有梅，所以沒有對應字。這也反證了梅花原產於中國。」[30]《金瓶梅》法文全譯本書名作 *Fleur En Fiole D'or*，其中那 Fleur 是「花」（泛指詞），並不是特指詞。

25　金庸《天龍八部》中有一個男主角名為「虛竹」。

26　臺灣學者黃永武撰有〈詩人眼中的梅蘭竹菊〉一文，論及竹有「雅俗共賞」的格調，他說：「竹不僅為詩人雅士所愛，也為鄙俗市儈所愛」。參看黃永武：《中國詩學·思想篇》（臺北：巨流圖書公司，1996），頁31。

27　黃永武：《中國詩學·思想篇》（臺北：巨流圖書公司，1996），頁44。

28　詩題為〈贈韋侍御黃裳二首其一〉，摘自「維基文庫」。

29　黃永武認為：「中國詩人將松與龍、君子聯想在一起，數千年來，已成思想上慣性的聯結，這種聯想或許是來自儒家，然已獲得全民族普遍的認許。到今天，早成為中國文化中最具民族特色的優美象徵。」語見黃永武《中國詩學·思想篇》（臺北：巨流圖書公司，1996），頁47。

30　摘自 http://www.leader-system.com/test/xueni/essay/wmsy.htm.

　　互聯網上有學者指出：「西洋人把梅、李、杏分得不清不楚。『plum』在英文裏原本指的是李，但是在翻譯上常和我們所謂的梅搞混。實際上我們稱為梅的植物，正確的英文名稱應該是 Japanese apricot 或是 ume；這是由於原產於中國的梅，最早是經由日本介紹給西方人認識的，所以西方人就以另一種他們較熟悉且類似的植物『apricot』冠上日本之名來稱呼。至於『ume』則是直接由日語發音而來。」[31]但是，網絡版 *Oxford English Dictionary* 之中，沒有 ume 這個詞條。

　　筆者查看手頭上的文獻，發現：十九世紀七十年代，plum 已經被用來翻譯「梅」。《詩經·召南》裏有這樣的詩句：「<u>摽有梅</u>，其實七兮！求我庶士，迨其吉兮！……」英國蘇格蘭漢學家 James Legge（理雅各，1815-1897）把「梅」翻譯成 the plum-tree：

> Dropping are the fruits from <u>the plum-tree</u>;
>
> There are [but] seven [tenths] of them left!
>
> For the gentlemen who seek me,
>
> This is the fortunate time![32]

當然，James Legge 未必是始作俑者（可能 Legge 之前已經有人將梅譯作 plum）。無論如何，後來的翻譯名家 Bernhard Karlgren（高本漢）和 Arthur Waley（韋利）也都將 plum 和「梅」等同起來。

　　「摽有梅」，Karlgren 譯作：Shedding is <u>the plum-tree</u>，[33]而 Waley 譯成：Plop fall <u>the plums</u>。[34]中國譯者汪榕培、任秀樺譯為：You see <u>the plums</u> drop from the tree。[35]

　　David Hawkes 翻譯的《紅樓夢》，也有這樣的話：<u>The Winter plum</u> in the gardens of the Ning Mansion was now at its best…[36]原文是：「寧府花園內<u>梅花</u>盛開」。[37]楊憲益夫婦的譯本作：As <u>the plum blossom</u> was now in full bloom in the Ning Mansion's gar-den…[38]

---

[31]　摘自 http://hsiangfu.pixnet.net/blog/post/29926371.

[32]　James Legge, *The Chinese Classics: The She King; Or, the Book of Poetry* (Hong Kong: Lane, Crawford & Co.,; London: Trubner & Co.,1871), p.30.

[33]　B. Karlgren, *The Book of Odes* (Stockholm: Museum of Far Eastern Antiquities, 1950), p.12.

[34]　Arthur Waley, *The Book of Songs* (London: George Allen & Unwin, 1937). Joseph Allen 重排本 *The Book of Songs* (New York: Grove Press, 1996), p.20.

[35]　汪榕培、任秀樺譯：*The Book of Poetry*（瀋陽：遼寧教育出版社，1995），頁 77。許淵沖則譯為 mume-tree。見其 *Book of Poetry*（長沙：湖南出版社，1993），頁 35。

[36]　David Hawkes, *The Story of the Stone* (Harmondsworth: Penguin Books, 1973), vol.1, p.125.

[37]　《紅樓夢》（北京：人民文學出版社，1964），頁 52。

[38]　*A Dream of Red Mansions* (Peking: Foreign Languages Press, 1978), vol.1, p.68.

總之，把「梅」翻譯成 plum，似乎已經成為文學翻譯中的既定事實，David Roy 只是襲用了「梅＝plum」這個「對等式」。

英語「plum 兼指梅、李」這個現象，從《金瓶梅》第二十七回的譯文清楚反映出來。該回寫到西門慶用李子（玉黃李子）戲弄潘金蓮，David Roy 將「李子」翻成 damson <u>plum</u>（vol.2, p.146）。其實，在第九回，plum 又等於「梅」，因為「春梅」被 Roy 翻譯成 Spring <u>Plum</u> Blossom（vol.1, p.171）。[39]

無論「梅」翻譯成哪個英語詞，我們也很難寄望那個詞語有「梅」引起的聯想意義（高潔），況且中國還有源遠流長的「梅文化」。[40]

四、結語

找尋翻譯用的基本對等語，不是件難事，因為許多詞書可以助譯者一臂之力。但是，文化詞語所附帶的國俗語義，涉及幾千年累積下來的傳統文化，不是簡單的「詞語對等」所能應付的。上述幾個例子，都說明了「文化的不可譯性」（cultural untranslatability）這種說法有一定的道理。[41]

【附記】

拙文之作，由梅節先生觸發。梅先生因整理出版《夢梅館定本金瓶梅詞話》而注意到「行香子」的文字校勘問題，我的探究即從校勘問題而引發。書此以誌此段因緣，並向梅節先生致謝。

對於「小說作者論」感興趣的讀者，請參看洪濤《紅樓夢與詮釋方法論》一書。

附錄（《金瓶梅詞話》開篇詞）：

閬苑瀛洲，金谷陵樓。算不如茅舍清幽。野花繡地，莫也風流。也宜春，也宜夏，也宜秋。酒熟堪酌，客至須留。更無榮無辱無憂。退閒一步，著甚來由。但倦時眠，渴時飲，醉時謳。

短短橫牆，矮矮疏窗。忔憎兒小小池塘。高低疊峰，綠水邊傍。也有些風，有些月，有

39　第二回的「梅湯」，Roy 翻譯成 damson punch. (vol.1, p.55)。

40　程杰：《梅文化論叢》（北京：中華書局，2007）。

41　J. C. Catford, *A Linguistic Theory of Translation* (Oxford: Oxford University Press, 1965), p.73.

些涼。日用家常，竹几藤床。靠眼前水色山光。客來無酒，清話何妨。但細烹茶，熱烘盞，淺澆湯。

水竹之居，吾愛吾廬。石嶙嶙裝砌階除。軒窗隨意，小巧規模。卻也清幽，也瀟灑，也寬舒。懶散無拘，此樂何如？倚闌干臨水觀魚。風花雪月，贏得功夫。好炷心香，說些話，讀些書。

淨掃塵埃，惜爾蒼苔。任門前紅葉鋪階。也堪圖畫，還也奇哉。有數株松，數竿竹，數枝梅。花木栽培，取次教開。明朝事天自安排，知他富貴幾時來。且優遊，且隨分，且開懷。

從東吳弄珠客「《金瓶梅》序」看詮釋及英譯問題

一、引言

　　《金瓶梅詞話》有一篇東吳弄珠客寫的序,崇禎諸刊本大多存有。[1]據學者介紹:「北大本與天理本,將其他序文統統刪去,只留下了東吳弄珠客一篇序文」。[2]清朝的張竹坡(1670-1698)評本雖然沒有弄珠客序,但是張評本上的謝頤序文卻提及「弄珠客教人生憐憫心」。[3]

　　以上這些事實,說明弄珠客序文在《金瓶梅》版本史上有一定的地位。若論弄珠客序文對後人的影響,我們可以舉清初宋起鳳為例。宋起鳳說:「世但目為淫書,豈穢書比乎?亦楚《檮杌》類歟!」[4]這論調完全是承襲自東吳弄珠客。至於弄珠客的「為世戒」之說、「方許他讀」之論,同樣後繼有人,例如,張竹坡、劉廷璣等人都借用過弄珠客的話。[5]

　　東吳弄珠客這篇序文只有區區 336 字,內容卻觸及幾個金學上的關鍵問題,例如:命名和用意、作者著書動機、讀者類型和心態。過往,各方學者較為關注「東吳弄珠客

1　梅節校註:《夢梅館校本金瓶梅詞話》(臺北:里仁書局,2007),序文部分,頁 4。齊煙、汝梅校點本有一段說明文字:「吳曉鈴藏抄本有目錄無此序,內閣文庫藏本、首都圖書館藏本此序失去,殘存四十七回本此序存,并有扉頁。」參看齊煙、汝梅校點:《新刻繡像批評金瓶梅》(香港.濟南:三聯書店.齊魯書社聯合出版,1990),頁 2。

2　許建平:《金學考論》(石家莊:河北教育出版社,1999),頁 67。

3　王汝梅校註:《皋鶴堂批評第一奇書金瓶梅》(長春:吉林大學出版社,1994),「序」,頁 1。

4　黃霖編:《金瓶梅資料彙編》(北京:中華書局,1987),頁 237。

5　「方許他讀《金瓶梅》」,清初大評家張竹坡也說過。詳後文。劉廷璣徵引過弄珠客「憐憫心」「效法心」等言論。參看方銘編:《金瓶梅資料匯編》(合肥:黃山書社,1986),頁 186。今人也支持「世戒」之論,例如,許建平也講「勸戒」,參看其《金學考論》,頁 239。

是誰」這問題，卻對這篇序言所涉及的詮釋問題著墨較少。[6]有見及此，拙文打算對弄珠客序文的要點稍作闡釋，並考究它到底涉及哪些金學問題。此外，本文也將討論美國翻譯家 David Roy（自改漢名「芮效衛」）的翻譯手法。[7]

二、關於《金瓶梅》書名的來歷和全書主旨

東吳弄珠客認為，書名取自書中三女角，有警戒意味：「諸婦多矣，而獨以潘金蓮、李瓶兒、春梅命名者，亦楚《檮杌》之意也。」弄珠客這種看法，和當時頗流行的「王世貞著《金瓶梅》」之論頗有出入。

王世貞著書之說，也可以稱為「影射之說」，即以金、瓶、梅三人之淫行影射嚴世蕃家女人的淫行。顧公燮在《消夏閑記摘抄》說：「〔鳳洲〕一日偶謁世蕃，世蕃問坊間有好看小說否？答曰有。又問何名，倉猝之間，鳳洲見金瓶中供梅，遂以《金瓶梅》答之。」[8]根據顧公燮的解釋，《金瓶梅》的書名即指金色的花瓶裏插著梅花，先有這信口開河胡謅出來的三個字，才杜撰出潘金蓮、李瓶兒和龐春梅三個人物形象來譏刺嚴家。

顧公燮所言，正好配合「王世貞報父仇」的說法。他把《金瓶梅》的創作目的定為譏刺嚴世蕃：「暗譏其閨門淫放。」金、瓶、梅三人與「閨門淫放」相關。[9]

弄珠客的解釋，與「譏刺、影射」之說不同，而是另立「示戒之說」，重點在「戒」不在「刺」。「刺」的對象只限於嚴家，充其量包括嚴家女眷。「示戒」之說則面向廣大讀者，冀盼在閱讀效果上超出特定歷史（或歷史人物）的羈絆。

弄珠客指《金瓶梅》之得名是以書中三個女主角之名連綴而成，這說法平平無奇，例如，袁中道（1570-1623）在《遊居柿錄》中也提及：「『金』者，即金蓮也；『瓶』者，李瓶兒也；『梅』者，春梅婢也。」但是，袁中道接下來直指「此書誨淫」，評價是負面的。[10]

弄珠客正相反，他「挖掘」的是《金瓶梅》的積極意義。他特別指出，三主角盡皆

6　許建平推測弄珠客就是馮夢龍，David Roy 也是這樣看。霍現俊認為弄珠客是沈德符，參看霍現俊：《金瓶梅發微》（北京：中國社會科學出版社，2002），頁 336。也有人認為東吳弄珠客是嘉興人李日華。

7　參看 *The Plum in the Golden Vase, or, Chin P'ing Mei.* Translated by David Tod Roy (Princeton: Princeton University Press, 1993), vol.1, p.6.

8　方銘編：《金瓶梅資料匯編》（合肥：黃山書社，1986 年），頁 189。

9　王世貞「為報父仇毒害嚴某」的說法，連主張《金瓶梅》是王世貞作的學者許建平，也斥為不可信。參看許建平《金學考論》，頁 97。

10　黃霖編：《金瓶梅資料彙編》，頁 229。

慘死收場:「金蓮以姦死,瓶兒以孽死,春梅以淫死,較諸婦為更慘耳。借西門慶以描畫世之大淨,應伯爵以描畫世之小丑,諸淫婦以描畫世之丑婆、淨婆,令人讀之汗下。<u>蓋為世戒,非為世勸也</u>。」換言之,弄珠客相信《金瓶梅》是以「三人慘死」來「促戒」的。這說法有助於擺脫「淫書說」的羈絆。[11]這種「警戒論」在欣欣子《金瓶梅詞話・序》中又得到和應,欣欣子認為:「關係世道風化,<u>懲戒</u>善惡,滌慮洗心,不無小補。」[12]

翻譯問題方面,「金瓶梅」三字要用英語來表述,殊不容易,因為漢語原文的金瓶梅三字除了用作名字外,三字串連又容易令人望文生義產生聯想,例如,三字足以令人在腦海中構成一幅「瓶中插梅」的圖畫。[13]但是,經過連綴拼音(Jin Ping Mei)後,英譯本中那三個音節本身不表義,英語讀者不易理解,更難單憑拼音詞在腦海中營構意象。

David Roy 的譯本,明明是以 *The Plum in the Golden Vase* 命名,但是,這弄珠客序中提及以三人名字為書名,卻難以用 *The Plum in the Golden Vase* 來表述。也許是這個緣故,David Roy 翻譯這篇序文時竟完全放棄 *The Plum in the Golden Vase* 不用,而改用副題中的文字,即拼音化的 *Chin P'ing Mei*。

我們揣測他的心意:用這 *Chin P'ing Mei* 可以看出是三個發音單位,細心的讀者應該會發現 *Chin P'ing Mei* 是從 P'an <u>Chin</u>-lien、Li <u>P'ing</u>-erh、Ch'un-<u>mei</u> 三名中各取一個「單位」連綴而成。也只有這樣,Roy 的解釋 including them in his title 才不會淪為空言。

三、關於「《檮杌》」與作者意圖的掌握

(一)攀援史籍

東吳弄珠客還提到「楚《檮杌》」。依筆者看,弄珠客的做法是**攀援史籍**,這是中

---

[11] 清代張竹坡不相信小說中的三個女主角是影射嚴家的女眷,他說:「劈空撰出金瓶梅三個人來,看其如何收攏一塊,如何發放開去。」語見黃霖編:《金瓶梅資料彙編》,頁 65。

[12] 梅節校註:《夢梅館校本金瓶梅詞話》(臺北:里仁書局,2007),頁 2。

[13] 參看王汝梅校註:《皋鶴堂批評第一奇書金瓶梅》(長春:吉林大學出版社,1994),頁 52、111。例如,張竹坡想像:「此書內雖包藏許多春色,卻<u>一朵一朵一瓣一瓣,費盡春工,當注之金瓶,流香芝室</u>,……」又說:「《金瓶梅》何言之?予又因玉樓而知其名《金瓶梅》者矣。蓋言雖是<u>一枝梅花,春光爛熳,卻是金瓶內養之者</u>。夫即根依土石,枝摻煙雲,其開花時,亦為日有限,轉眼有黃鶴玉笛之悲。奈之何折下殘枝,能有多少生意,而金瓶中之水,能支幾刻殘春哉?明喻西門慶之炎熱危如朝露,飄忽如殘花,轉眼韶華頓成幻景。總是為一百回內、第一回中色空財空下一頂門針。」這些都是基於金瓶梅三字意象的聯想和引伸發揮。

國小說批評中慣常的做法，例如，張竹坡（1670-1698）說：「《金瓶梅》是一部《史記》」「史公文字」「龍門再世」。[14]這種攀援史籍的做法不是人人接受，李綠園就譏刺道：「三家村冬烘學究，動曰此左國史遷之文也。」[15]然而，我們知道，史鑑作用在中國學術史上一向公認是有益於修身治國的，單憑這點就有望蓋過小說宣淫之惡名。

「楚《檮杌》」是何意？《孟子·離婁》記載：「王者之跡熄而《詩》亡，《詩》亡然後《春秋》作。晉之《乘》，楚之《檮杌》，魯之《春秋》，一也。」[16]唐朝的張萱《疑耀》卷四說：「檮杌，惡獸，楚以名史，主於懲惡。又云，檮杌能逆知未來，故人有掩捕者，必先知之。史以示往知來者也，故取名焉。亦一說也。」[17]張萱所說的「示往知來」，等同於中國史學中的「鑑」，接近弄珠客要闡發的「為世戒」之論。

「楚《檮杌》之意」在英語世界中很難找到等效（equivalent-effect）的對應詞語：如果我們把「楚《檮杌》」直接翻譯成 *T'ao-wu* of the State of Ch'u，字面上算是做了翻譯，但是，譯文讀者很可能感到不易索解。也許，有鑑於此，David Roy 翻譯時就作了些解釋，衍成：the type of historiography exemplified by the *T'ao-wu* of the State of Ch'u。這句譯文中，historiography 和 state 都有增飾解說（amplification）的作用。

相信 David Roy 覺得上面這種 intra-text gloss（文內註釋）還是語義不夠清楚，因為 the type of historiography 的含意有賴於上文那 admonitory，而讀者未必能領會這種上下文關係（coherence），因此，他在註釋中還進一步解說 T'ao-wu 到底是什麼意思：*t'ao-wu* was the name of a ferocious mythological beast and was chosen as the title of a historical work because it was expected to serve as an admonitory negative example.（p.462）實際上也就是把 *t'ao-wu* 的 admonitory 作用說得更清楚一點。

(二)訴諸權威

弄珠客序又提到「袁石公亟稱之，亦自寄其牢騷耳，非有取于《金瓶梅》也。」這

14　王汝梅校註：《皋鶴堂批評第一奇書金瓶梅》（長春：吉林大學出版社，1994），頁 39、45、47。參看拙著《四大奇書變容考析》。

15　黃霖編：《金瓶梅資料彙編》，頁 257。

16　劉殿爵（1921-2010）的英譯可供參考。譯作是：After the influence of the true King came to an end, songs were no longer collected. When songs were no longer collected, the *Spring and Autumn Annals* were written. The *Sheng* of Chin, the *T'ao U* of Ch'u and the *Spring and Autumn Annals* of Lu are the same kind of work. 參看 *Mencius*. Translated by D. C. Lau (Hong Kong: Chinese University Press, 1984), p.164.

17　張萱：《疑耀》（臺北：新文豐出版公司，1984），頁 76。張萱還提到「鑿齒，乃惡獸名，與檮杌同類。余怪晉習鑿齒薄以之為名，未審其意。」

種做法，是**訴諸名人權威**，可以增加序文的說服力。

袁石公，就是袁宏道（1568-1610），字中郎，號石公，當時聲譽極隆。萬曆二十四年（1596）他給董其昌的信中評論《金瓶梅》，他說：「雲霞滿紙，勝於枚生〈七發〉多矣。」[18]

David Roy 將「〔寄〕其牢騷」譯為 his own discontent。按，discontent 相當於「牢騷」，這明顯是直譯。但是，全句是 In praising it as highly as he did, Yuan Hung-tao was merely giving indirect expression to his own discontent, not bestowing his approbation on the *Chin P'ing Mei*. 到底 praising it（稱讚）而又表達 discontent（牢騷）是怎麼一回事？譯文沒有交代。

我們不能厚責譯者，因為在原序文中「亟稱之」和「寄牢騷」兩者之間的關係本來就不夠清楚：袁宏道的「牢騷」是什麼？評論家阿英（1900-1977，原名錢德富）直斥弄珠客：「這很明白是對〔袁〕中郎《金瓶梅論》的曲解，或有意為之掩飾。」[19]

我們試試替弄珠客略作解釋：從袁石公「雲霞滿紙，勝於枚生〈七發〉多矣」一句看，「雲霞滿紙」應該就是「亟稱之」，即直接稱讚《金瓶梅》是傑作。「枚生〈七發〉」一語是指西漢枚乘的〈七發〉。〈七發〉以夸飾的語言敘述享樂之事，而帶有諷勸楚太子之意。「勝於枚生〈七發〉多矣」很可能是指《金瓶梅》比枚乘的〈七發〉更能發揮諷諫作用，也就是讓讀者目觀色慾淫情之餘，心中有所警惕，不要重蹈西門慶的覆轍。[20]我們推測，袁宏道的「牢騷」也許就是藉著這句「勝於枚生〈七發〉多矣」隱晦地表達出來？換言之，「牢騷」可能是針對當權者。袁世碩先生有〈袁宏道贊金瓶梅「勝於枚生七發多矣」釋〉一文，值得參考。本文不贅述。[21]

18　黃霖編：《金瓶梅資料彙編》，頁 227。另參錢伯城：《袁宏道集箋校》（上海：上海古籍出版社，1981）卷六《錦帆集之四‧尺牘》。

19　阿英：《小說閒談四種》（上海：上海古籍出版社，1985），第一種《小說閒談》，頁 30。另見於方銘編：《金瓶梅資料匯編》（合肥：黃山書社，1986），頁 237。

20　〈七發〉的創作時地不詳，大抵不出枚乘仕於吳梁之際。舊解務求「知人論世」，故產生五臣注《文選》所謂：「恐孝王反，故作〈七發〉以諫之」的說法，見李善等注《六臣注文選》（上海：上海古籍出版社，1987），中冊，卷 34。

21　袁世碩先生撰有〈袁宏道贊金瓶梅「勝於枚生七發多矣」釋〉一文，載於《明清小說研究》2008年 2 期，頁 120-124。袁先生認為：〈七發〉，按其開頭吳客說楚太子的病因，是由於「久耽安樂，日夜無極，邪氣襲逆，中若結轖」，「縱耳目之欲，恣肢體之安者，傷血脈之和」，中間陳述音樂、飲食、車馬、宴游、狩獵、觀潮六事，自然是作為應當有限度、警惕、防戒的事，不要過於侈靡。但是，吳客的陳述卻是用夸飾的語言極言六事之美好、壯觀、有樂趣，只有在談音樂一段裏，才有表述出美好的音樂會使人喪志，說是「此亦天下之至悲也」。吳客陳述此六事，多未明示揚棄的意思，只是表明由「久耽安樂」而致「有疾」的楚太子已經不能享受了，最後吳客提出聖哲們的「要言妙道」，使之恍然大悟，找到了養生修身之方，這才顯示出前六事的負面意義。（語見頁 121。）

如果筆者上述的分析言之成理，那麼，David Roy 似乎可以考慮用譯註（footnote）闡述袁石公的 intertextuality（文本互涉）之論，也就是《金瓶梅》與〈七發〉之間的「相同點」，使讀者更明白「牢騷」（discontent）的底蘊。

四、關於讀者類型和道德判斷

弄珠客雖然把「蓋為世戒，非為世勸也」講了兩次，著重強調「為世戒」，說是作者本意。但是，他應該心裏明白：只強調作者本意，不顧讀者的領受（reception），只會是一廂情願。

明清之際，詩評家已經有很強的讀者意識，例如王夫之（1619-1692），他在《詩繹》中提到「詩可以興，可以觀，可以群，可以怨……出於四情之外，以生起四情，游於四情之中，情無所窒。作者以一致之思，讀者各以其情而自得。」[22]這段話承認作者之思未必能直接影響每一個讀者，相反，讀者總會有自家的讀書心得。古代詩論家如王夫之這類言論，與西方讀者反應批評（reader-response criticism）的旨趣，差可比擬。

弄珠客大概也是這樣設想，所以，他闡述「作者亦自有意」之後，又說：「余嘗曰：讀《金瓶梅》而生怜憫心者，菩薩也；生畏懼心者，君子也；生歡喜心者，小人也；生效法心者，乃禽獸耳。」

他這番言論，與《文心雕龍》的說法可以相提並論，劉勰說：「慷慨者逆聲而擊節，醞藉者見密而高蹈，浮慧者觀綺而躍心，愛奇者聞詭而驚聽。會己則嗟諷，異我則沮棄，各執一隅之解，欲擬萬端之變。所謂東向而望，不見西墙也。」[23]我們說「可以相提並論」，是指劉勰按讀者反應而分類，弄珠客同樣按讀者反應而分類。

既然「作者亦自有意」可能不足以規約讀者的閱讀活動，弄珠客就把他首肯的讀者視為「菩薩」「君子」，把他鄙夷的那類讀者歸入「小人」「禽獸」之類。他這番用心，有如張竹坡所謂「淫者自見其為淫耳」。[24]好像作者、作品不大需要為閱讀效果負責任似的。[25]

雖然，弄珠客在「菩薩」「君子」「小人」「禽獸」四項之後沒有多加申論，也沒有下價值判斷，但是，憑常識，我們深知價值判斷和道德判斷已經寄寓於其中：世人都

22　王夫之撰，戴鴻森箋注：《薑齋詩話箋注》（北京：人民文學出版社，1981），頁 4。

23　劉勰撰，范文瀾註：《文心雕龍註》（香港：商務印書館，1960），頁 716。

24　王汝梅校註：《皋鶴堂批評第一奇書金瓶梅》，頁 14。

25　關於這一點，請參看拙著《紅樓夢與詮釋方法論》（北京：北京圖書館出版社，2008）第二章。

不願被人視為「小人」和「禽獸」。

David Roy 將這段序文中的「君子」翻譯成 a superior man，將「小人」翻譯成 a petty person。

實際上，君子、小人都算是「文化專有項」（culture-specific items）。David Roy 以逐字翻譯為主，或尚有可商榷之餘地，例如 petty，在 *New Oxford Dictionary of English* 的第一義項是 Of little importance; trivial，而 *OED* 的第一義項是 Of secondary or lesser importance, rank, or scale; minor; subordinate。[26]這一詞典釋義明顯不涉及人的品格。但是，漢文化中的「小人」，一般是從道德上、人格上來講的。相對於「君子」而言，「小人」大致上就是人格卑下的人，也就是 a base or mean person; vile character。

一般中國人心目中，「君子」「小人」兩者是相對的概念，如果用 superior man 代表「君子」，那麼，「小人」似乎可以翻譯為 inferior man？[27]其實，一般而言，「君子」也是從品格上來判斷，所以，所謂 superior，應該是 morally superior 之意吧。

五、關於「前理解」（Pre-understanding）

最後，筆者想指出，弄珠客有強烈的規約意識（prescriptivism），[28]也就是說，他的主觀願望是很想規約《金瓶梅》的閱讀活動，他希望《金瓶梅》讀者都有某種「前理解」（pre-understanding）。

西方詮釋學中有「前理解」的觀念，認為詮釋會受到詮釋者的「前理解」所導引（"All interpretation […] is guided by the interpreters' preunderstanding."）[29]弄珠客所謂「識得此意」，實際上也就是他希望讀者有「正確的前理解」。以下，我們要略作解釋。

26　筆者用的是電子版。電子版無頁碼。

27　韋利（Arthur Waley）用 the Small Man 來翻譯「小人」，用 a true gentleman 來翻譯「君子」，見 *The Analects*. Translated by Arthur Waley（北京：外語教學與研究出版社，1998），p.93. 韋利用 the Small Man，也是直譯，但用了大寫英文字母，似乎暗示該詞有特殊含意。劉殿爵的《孟子》英譯本，則只用小寫的 the small man 來翻譯「小人」。參看 *Mencius*. Translated by D. C. Lau (Hong Kong: Chinese University Press, 1984), p.95.

28　這裏說的 prescriptivism 是相對於 descriptivism（描述主義）而言。參看 *Configurations of Culture: Essays in Honour of Michael Windross*. Edited by Aline Remael & Katja Pelsmaekers (Antwerpen: Garant, 2003) 中 Dirk Delabastita 的 "Descriptive Linguistics and the Descriptivism of Descriptive Translation Studies" 一文。

29　R. E. Palmer, *Hermeneutics: Interpretation Theory in Schleiermacher, Dilthey, Heidegger and Gadamer*. (Evanston: Northwestern University Press, 1969), p.51.

　　東吳弄珠客在序文中講了一個故事：「余友人褚孝秀偕一少年同赴歌舞之筵，衍至《霸王夜宴》，少年垂涎曰：『男兒何可不如此！』褚孝秀曰：『也只為這烏江設此一著耳。』同座聞之，嘆為有道之言。若有人識得此意，方許他讀《金瓶梅》也。不然，石公幾為導淫宣欲之尤矣！奉勸世人，勿為西門慶之後車，可也。」

　　其中，「識得此意」正是覆述這故事的目的所在。這結語，是從「歌舞之筵演《霸王夜宴》」引導出來的。故事中，「男兒何可不如此！」應指男子漢生於世上就要像項羽那樣徵歌逐色，而「烏江」是指項羽最終在烏江敗亡。這個故事，與《金瓶梅》詞話本的第一回有極緊密的關係，詞話本寫道：當時西楚霸王，姓項名籍，單名羽字。因秦始皇無道，南修五嶺，北築長城，東填大海，西建阿房，併吞六國，坑儒焚典，因與漢王劉邦，單名季字，時二人起兵，席捲三秦，滅了秦國，指鴻溝為界，平分天下。因用范增之謀，連敗漢王七十二陣。只因寵著一個婦人，名叫虞姬，有傾城之色，載於軍中，朝夕不離。一旦被韓信所敗，夜走陰陵。為追兵所逼，霸王敗向江東取救，因捨虞姬不得，又聞四面皆楚歌。事發，嘆曰：「力拔山兮氣蓋世，時不利兮騅不逝。騅不逝兮可奈何？虞兮虞兮奈若何！」歌畢，淚下數行，虞姬曰：「大王莫非以賤妾之故，有費軍中大事？」霸王曰：「不然。吾與汝不忍相捨故耳！況汝這般容色，劉邦乃酒色之君，必見汝而納之。」虞姬泣曰：「妾寧以義死，不以苟生！」遂請王之寶劍，自刎而死。霸王因大慟，尋以自刎。史官有詩嘆曰：拔山力盡霸圖隳，倚劍空歌不逝騅；明月滿營天似水，那堪回首別虞姬。[30]

　　東吳弄珠客的「識得此意」，那「意」是指觀者要看到作者布局之「意」，體會作者勸戒之「意」。用今天的話表述，似乎略同於要求讀者「透過表象看本質」。至於「此意」「為世戒」之類，當然只是東吳弄珠客個人的體會。

　　東吳弄珠客的「方許他讀」，肯定是他的主觀意志，是一種姿態。事實上，讀者的讀書反應，作序之人怎能完全約束？所以，弄珠客這裏只是表達一下強烈的主觀意願，同時，也宣示他站在「導淫」的對立面。

　　關於作品的「淫」與讀者的「思」，孔子在教育弟子時，曾借用《詩經》的「思無邪」來論詩，孔子說：「《詩》三百，一言以蔽之，曰：『思無邪』。」（《論語‧為政》）[31]

30　梅節校註：《夢梅館校本金瓶梅詞話》（臺北：里仁書局，2007），頁2。

31　韋利（Arthur Waley）將「思無邪」三字翻譯為 "Let there be no evil in your thoughts." 並在註釋中說出他的理解。他認為在《詩經》原著中那「思」的作用是感嘆，但是一經引用，原本的語境就消失了，沒有制約作用（in applying ancient texts it is the words themselves that matter, not the context; and these words can be reapplied in any sense which they are conceivably capable of bearing）。參看 *The Analects*. Translated by Arthur Waley（北京：外語教學與研究出版社，1998），p.13.

孔子如此用「思無邪」來「一言蔽之」，究是何義，歷來眾說紛紜，見仁見智。有的學者認為是指作者思想無邪，如呂祖謙（1137-1181）《呂氏家塾讀詩記》中說：「作詩者如此，讀詩者其可以邪心讀之乎？」[32]

但是，《詩經》中的若干首，被視為「淫詩」，作品內容本身與「無邪」之說似有衝突。因此，有的評論家就從讀者的角度來著手，例如朱熹（1130-1200）在《讀呂氏詩記桑中篇》中說：「彼雖以有邪之思作之，而我以無邪之思讀之。」又說「曲為計說，而求無邪於彼，不若反而得之於我之易也。」[33]這樣一來，讀者（「我」）就可以不受「淫詩」影響了。[34]

回看弄珠客的序文。弄珠客大概也是要求讀者先能「無邪」、先「識得此意」。質言之，讀者若有「烏江〔自刎〕」橫亙於心，就不會迷戀「夜宴」的聲色浮華，引而申之，就不會迷戀《金瓶梅》所描寫的酒色財氣。

「識得此意方許他讀」這論調，很可能影響到清初的大評家張竹坡。張竹坡在《皋鶴堂批評第一奇書金瓶梅》中說：「讀《金瓶梅》當知其用意處，夫會得其處處所以用意處，**方許他讀**《金瓶梅》。」又說：「真正和尚，**方許他讀**《金瓶梅》。」[35]張竹坡這「方許他讀」四字，與弄珠客所說的完全相同。也就是說，有「先見之明」的讀者才可以讀《金瓶梅》。[36]

序文這一段提及「霸王夜宴」和「烏江」，若用英語直譯，效果不佳。「霸王夜宴」和「烏江」都屬於「文化專有項」（culture-specific items），事涉典故，甚為言簡意賅。我們相信，受過中等教育的中國讀者都知道「霸王」和「烏江」相提並論，多指楚漢相爭中的項羽故事。[37]問題是一般外國讀者恐怕未必很熟悉「霸王」和「烏江」。

David Roy 將「霸王」翻譯成 Hegemon-King，沒有文內註釋。「烏江」一句，他增加了 denouement 一詞，成為 denouement at Wu-chiang（在烏江的結局）。但是，denouement at Wu-chiang 還是沒有描述具體的情況。David Roy 只好加一條長註，解釋 Hegemon-King 和 Wu-chiang 表示什麼。

32　中國詩經學會編：《詩經要籍集成》（北京：學苑出版社，2002），第 6 冊，頁 412。

33　陳俊民校編：《朱子文集》（臺北：德富文教基金會，2000），頁 3494。另參，《詩傳遺說》卷二引〈文集讀呂氏詩記桑中篇〉，見《通志堂經解》（通志堂，〔清康熙 19 年，1680〕）第 17 冊，頁 9986。郭齊，尹波點校：《朱熹集》（成都：四川教育出版社，1996），第 6 冊，頁 3650-3651。

34　我們知道，這只是從理論上說「不受影響」。關鍵在於：讀者能否人人做到心中「無邪」？

35　王汝梅校註：《皋鶴堂批評第一奇書金瓶梅》，頁 239。

36　張竹坡還列出其他「不可〔讀〕」的條件，見王汝梅校註：《皋鶴堂批評第一奇書金瓶梅》頁 47、48。此處不贅。

37　筆者中學時代的課文就載有項羽烏江敗亡的故事。

David Roy 在譯註中提供的資料對英語讀者應該是很有幫助的（參看譯本頁 462-463）。首先他為英語讀者交代項羽的生存時代、事跡。其次，他講述故事的出處，例如《史記》和《史記》英譯本（Burton Watson 所譯），並提及項羽在烏江自殺。至於戲劇搬演的「霸王夜宴」和「烏江」情節，David Roy 推測是出自沈采的《千金記》。

《千金記》，明人沈采撰，又名《韓信千金記》，共五十齣。韓信封齊王，衣錦還鄉，親奉千金給漂母，以謝昔日贈飯之恩，故此劇以《千金記》命名。《千金記》以韓信和他的妻子為主要線索，寫楚漢相爭故事，其中有「夜宴」和「烏江」場面。[38]

David Roy 的譯本，屬於學術性翻譯，除了譯文本身值得研究外，書中註釋也有助於其他學者做學術研究。[39]例如，我們注意到《千金記》，實因 Roy 的註解而起。簡言之，有心人讀 Roy 的譯本，可將「文本互涉」（intertextuality）的作用發揚光大。[40]

六、結語

以上，我們探討了東吳弄珠客對《金瓶梅》各方面的看法，包括：命名的本旨、作者意圖、讀者類型和讀法。

弄珠客的觀點，都可以成為爭議的焦點，例如，他的「為世戒」，可能被視為「純屬姿態」，實際效果是「勸百諷一」；他的攀援史籍，有人譏為「三家村冬烘學究」之見；至於規約式的閱讀理論，恐怕更屬於一廂情願，所以，到了清朝中葉以後，《金瓶梅》還是因誨淫之名而成為禁書。[41]

但是，不論弄珠客的觀點是否站得住腳，我們明白，弄珠客的最終目的應該是為《金瓶梅》的流傳作掩護。[42]他的言論，對後人頗有影響。這一點，從本文的討論可見一斑。

---

38 《韓信千金記》，收入《古本戲曲叢刊初集》（上海：商務印書館，1954）。按，這個本子據北京圖書館藏明富春堂刊本影印。烏江部分有一插圖，圖之上端書「烏江遇渡」四字。

39 David Roy 在譯本中加上大量註釋，他的做法，相對於英國學者 David Hawkes 翻譯《紅樓夢》時不願下註的心態，大異其趣。

40 關於「文本互涉」（intertextuality），可參看洪濤：〈《西遊記》中的時代錯置、文本互涉及其英譯問題〉，載於陳文新、余來明編：《明代文學與科舉文化》（北京：中國社會科學出版社，2011），頁 273-293。

41 「誨淫」「穢書」的說法從明代萬曆朝開始就已出現：袁中道《遊居柿錄》、李日華《味水軒日記》、崇禎年間薛岡《天爵堂筆餘》、笑花主人《今古奇觀·序》、煙霞外史《韓湘子十二渡韓昌黎全傳·敘》等等莫不如此說。到了清朝，「淫書」之罵，不絕於耳。乾隆元年（1736）春二月閑齋老人《儒林外史·序》已透露《金瓶梅》是禁書。

42 當然，如果弄珠客是刊刻者，恐怕也有謀求私利的動機。關於這一層，我們目前難以找到明確的證據，無法深入討論。

David Roy 翻譯此序文為英語,又進一步將弄珠客的看法介紹到英語世界,這也是《金瓶梅》傳播史上值得重視的一個環節。(2010 年 4 月 30 日撰於中文大學新亞校園人文館。2014年春修訂。)

【附記】

對於「小說讀者論」感興趣的讀者,可以參看洪濤《紅樓夢與詮釋方法論》一書。

歷史化閱讀和諷諭化閱讀
——評《金瓶梅與北京》的新看法

一、引言

香港有一種「大眾化書店」，主要銷售衣食住行等方面的書籍。在這種書店中，「有名的」文學作品往往能佔一席位，例如，《唐詩三百首》和《金瓶梅》之類。

在「三級書刊」泛濫的局面下，《金瓶梅》仍然有它的市場，這大概跟它「古今第一淫書」的稱號有點關係。說到底，性描寫對某些讀者是有吸引力的，《金瓶梅》以此聞名，容易引起普通人的好奇心。

讀其書，想見其為人。如果有人說《金瓶梅》中的性描寫是出自太監的手筆，這**觀點**（還不能說是發現）大概也算夠新奇了！但是，這只是丁朗《金瓶梅與北京》（北京：中國社會出版社，1996）的多項新見之一。

二、舊看法與新解釋

我們說是「觀點」，而不是「發現」，因為丁朗並沒有找到歷史證據證明是哪一個太監寫了《金瓶梅》，丁朗只是從《金瓶梅》內文對太監的態度推導出這個新看法。

作者問題又牽涉到另外兩個論題，也就是「時間論」和「地域論」。此書的新見解，主要和這三個層面相關。以下我們作一番述評。

(一)作者論

《金瓶梅》的作者是大名士還是底層文士？《金瓶梅》的作者是誰？從來就是一個謎。坊間的俗本大多題上「笑笑生著」。

丁朗此書的第一章標題是：「蘭陵笑笑生不擁有《金瓶梅》原作的著作權」。正當各方學者對「蘭陵笑笑生」這五個字無比重視、苦苦考證追索之際，丁朗這個標題怎會

不引人注目？

關於《金瓶梅》著作權的論爭，有兩個很重要的焦點。一個是「大名士」之說，另一個是「蘭陵笑笑生」之說。

大名士之說出自明朝學者沈德符《萬曆野獲編》。沈德符生活的年代和《金瓶梅》面世的日子相近，但他對誰是作者這一問題已是含糊其辭：「聞此為嘉靖間大名士手筆，指斥時事。」這一說法後來和嘉靖朝名人王世貞拉上關係，流傳很廣，更兼文人踵事增華，因此我們讀清代人的筆記，就會發現文人對「王世貞著《金瓶梅》」言之鑿鑿。

1932 年，在山西發現一部《金瓶梅詞話》。這個本子上有一篇欣欣子序，開頭就說：「竊謂蘭陵笑笑生作《金瓶梅傳》……」這個「笑笑生」馬上引起論者的興趣。論者揣測很多，諒讀者未必有興趣了解，因此筆者只簡略報告一下：「笑笑生」顯然是個化名。1983 年，大陸復旦大學黃霖教授首先提出笑笑生是屠隆，臺灣魏子雲隨即撰文呼應，後來更有寧波師院的鄭閏和上海華東大學蔣星煜加以補證，使這一說法更具說服力。

丁朗卻一筆掃開「蘭陵笑笑生」，他說：「蘭陵笑笑生的出現，實際上是對我們追蹤原作者的一個極大的干擾。」（頁2）但他怎樣面對黃霖、魏子雲、鄭閏的說法呢？丁朗的做法有二：一是質疑笑笑生的存在。二是否定欣欣子序。

這兩點似有商榷的餘地。

丁朗認為：笑笑生不存在，因為已知的明人筆記中並無提到蘭陵笑笑生。然而，我們知道，笑笑生留下了一些蹤跡。明末《花營錦陣》春宮畫第二十三幅圖後有「笑笑生」題詞〈魚游春水〉。這個笑笑生會不會是欣欣子序提及的笑笑生？

至於說欣欣子序是出版商為招徠而加上去的，那就更沒有實據了。看來，只從笑笑生三字著眼，新論是立不穩的。於是，丁朗再從時、空二元來論證。

(二)時間論

《金瓶梅》寫的是嘉靖朝還是萬曆朝？《金瓶梅》的故事背景是北宋末年，情節中卻混有種種明朝的痕跡，「借宋寫明」之意昭然若揭。但是，《金瓶梅》寫的是明朝哪段史事呢？明朝人說是嘉靖朝人寫嘉靖朝事：

● 《萬曆野獲編》說：「聞此為嘉靖間大名士手筆，指斥時事。」

● 謝肇淛〈金瓶梅跋〉說：「相傳永陵中有金吾戚里，憑怙奢汰，淫縱無度，而其門客病之，采摭日逐行事，匯以成編，而托之西門慶也。」（永陵，明世宗的陵號。）

● 屠本畯《山林經濟籍》說：「相傳嘉靖時，有人為陸都督炳誣奏，朝廷籍其家。其人沉冤，托之《金瓶梅》。」

● 《金瓶梅詞話》中的廿公〈跋〉也說：「《金瓶梅》，傳為世廟時一巨公寓言，

蓋有所刺也。」（「世廟時」即明世宗嘉靖時期。）

可是到了二十世紀三十年代中，著名學者鄭振鐸提出了《金瓶梅》成書於萬曆年間的說法。這一說法在臺灣學者魏子雲手中發展到極致。魏子雲的主要論說可以簡化為「諷喻萬曆宮闈寵幸事件」，主要論點是：

● 酒氣財氣四貪詞影射萬曆十八年雒于仁的〈四箴疏〉；

● 首回有關劉邦項羽的那首詞影射萬曆帝偏寵鄭貴妃，有廢長立幼之心；

● 第七十、七十一回有所謂一年兩冬至，影射萬曆帝到天啟皇帝的政爭；

● 第七十一回政和改元問題也是影射改朝換代之事。

以上種種當然取決於「影射」，而「影射」都指向萬曆朝。有趣的是，運用相同解讀手段的丁朗卻認為《金瓶梅》主要是影射嘉靖朝，尤其是嚴嵩父子和朝臣（參第五章）。這豈不是回到明朝文人的舊路上（嘉靖說）去嗎？怎能說有新見？

丁朗的新見主要在第六章：《金瓶梅》寫的是宋朝的事，卻有十幾個明朝的人在活動，他們主要活躍於嘉靖朝。丁朗最重大的發現是王相和李銘這兩個人物。原來王相和李銘正是嘉靖帝的親家公，而在小說中這兩個人物卻是賣唱侑酒的行院子弟，社會地位極為卑下，人們以「王八」稱之（書中的春梅接連罵了李銘二十二個「王八」）。這真令人大感詫異了！

第七章仍沿著這條思路考索，結論是：在嘉靖朝的糾紛中，《金瓶梅》作者諷刺嚴嵩、陸炳，同情宦官。諷刺嚴、陸是陳見（《萬曆野獲編》已如此說），同情宦官卻是丁朗的新解。從這一點，丁朗又聯繫到《金瓶梅》的性描寫與太監發洩性欲有關。

如果《金瓶梅》的作者真的與太監有關，那麼，研究者的視線應移往太監最多的地方：北京。

(三)地域論

《金瓶梅》寫南方還是北方？丁朗此書特意標榜「北京」，自然全書是以此為重心。事實上，除了第五章、第六章涉及北京的政局外，丁著的第三章和第四章也都著眼於北京：第三章有二十七小題目，談的全是《金瓶梅》中的北京風物；第四章講的是《金瓶梅》所用語言的流行地域——北京。這兩項都是聚訟紛紜的題目。

《金瓶梅》故事發生在山東，於是，起初大家都以為是山東人用山東話寫成（魯迅、鄭振鐸都如此說）。

後來，欣欣子序提到「蘭陵」，學者自然想起山東的蘭陵：張遠芬提出書是山東嶧縣人賈三近寫的；王勉認為是高邑趙南星寫的；朱星認為是山東臨朐人馮惟敏所作。

可是，南方也有一個蘭陵，江蘇武進古稱蘭陵，因此論者也能舉出南方合資格的作

者來：屠隆是一個，王穉登是另一個（魯歌、馬征二人倡此說），謝榛又是一個（王瑩、王連洲主此說）。

海峽兩岸的金學交流，也曾環繞地域問題發生爭辯。臺灣的魏子雲持「作者是南方人」之說，而大陸的徐朔方認定是北方人。據 1991 年 2 月 11 日中新社報導，「魏徐之爭」當時被稱作南北大戰。用語雖然誇張，卻顯示出雙方各不相讓。如今丁朗的說法可稱為「北派」，重點卻不再是山東。

丁朗自承是「語言學的門外漢」，但第六章「《金瓶梅》講的是哪裏話？」長達四十幾頁，可見他還是下過一番功夫的。這一章的寫法和其他章節的寫法不一樣。其他章節對近代學者的論點引述不多，而這一章從已有的成果出發，對《金瓶梅》的語言現象作一番綜合考索。《金瓶梅》既有山東方言的特點，也確有吳語的成分，甚至保留了湘、鄂、川、黔，乃至晉、陝、冀、遼方言的某些特點。丁朗的結論是：《金瓶梅》的語言，是近古時期末葉曾經流行於中國京城一帶的語言。這個觀點，也是相當新鮮的。

三、從丁朗此書談到研讀方法

劉輝在丁著的序言中指出，研究《金瓶梅》，應當把它放在整個中國古代小說發展的長河裏，放在明清長篇小說大的氛圍裏，研究它們發展的共同規律，而不是孤立地拈出一部作品來立論。

劉輝只是籠統說丁朗此書「並非完美無缺」，沒有提出具體事例。劉輝本人主張「世代累積集體創作論」，這一點似乎和丁著不同。

其實丁著本身也是傾向於《金瓶梅》成書於眾手。本文上一節未曾論及的第二章、第八章正涉及這一問題。第二章談的是第五十三至五十七回出自別手的問題，而第八章討論《金瓶梅》是怎樣從宋元話本中吸取養料的問題。丁朗在末章甚至認為後二十回另有一個執筆者。比起空泛的「集體著作說」，丁朗的論點已是實在得多。

世人研讀《金瓶梅》最喜歡用諷喻化讀法（allegorizing）和歷史化讀法（historicising），綜觀丁著，我們覺得他兼用二法。如果說他「孤立地拈出一部作品來立論」，這裏倒是可以提出一個具體問題。

丁朗說：「肯定他〔作者〕：或者和太監有著非比尋常的關係，或者他本身就是個太監；二者必居其一。」（頁 236）

這個結論的前半截建基於作者同情宦官這一詮釋，但也有論者（如葉桂桐）認為作者其實憎惡中官。

新論的後半截是建基於對太監特殊性心理的認識。然而，明代縱欲成風，色情小說

繁多，《金瓶梅》作者會不會是受到時代風氣的影響呢？《金瓶梅》之成書真的「肯定」和太監有關？《金瓶梅》和《如意君傳》的性描寫有雷同之處，應作何解釋？我們不妨把《金瓶梅》和《癡婆子傳》《繡榻野史》《燈草和尚》等書一起考慮。這其實是更徹底的「歷史化」讀法。讀者諸君認為怎樣？

最後，丁朗的「太監著書說」，是不是受到張竹坡的啟發？張竹坡在《皋鶴堂批評第一奇書金瓶梅》說過：「作者必遭史公之厄而著書」。眾所周知，太史公司馬遷受腐刑而發憤著書。（1997 年初稿；2014 年修訂）

【後記】

這篇短文原刊於香港《讀書人》雜誌。雜誌所設稿例對投稿人有不少限制，所以，這篇小文沒有附加詳細的註釋。讀者鑒之。

陳詔《金瓶梅小考》（上海：上海書店出版社，1999）對丁朗的說法提出了一些商榷：《金瓶梅》有北京的場景不等於在北京創作。陳詔認為《金瓶梅》是在江南寫成的。

丁朗又有《金瓶梅裏那些人那些事兒》（北京：團結出版社，2010）。據丁朗自己說，《金瓶梅裏那些人那些事兒》是《金瓶梅與北京》的增訂版。新書認定：《金瓶梅》的原作者是說書藝人，且與北京城的太監有特殊關係。（2014 年補記）

語言篇

《金瓶梅詞話》的
雙關語和跨文化翻譯問題

一、引言：《金瓶梅詞話》及其翻譯

　　《金瓶梅詞話》所用的語言既宏富又駁雜，書中方言土語、市井切口、熟語民諺、歇後語、俏皮話，乃至朝廷邸報、佛教經文等共冶一爐，構成色彩斑斕的語言世界。[1]大家只要翻看白維國《金瓶梅詞典》的附錄「《金瓶梅》歇後語集釋」和「《金瓶梅》俗語、諺語集釋」，就會對所謂「宏富」有一個具體的認識。可以想像，《金瓶梅》語言豐富多姿，使這部書的翻譯工作變得極為艱巨，要討論此書的翻譯問題也不容易。為免論題過大，流於空疏，本文只集中討論雙關語和相關的跨文化翻譯問題。

　　雙關語一向被視為翻譯的難點，譯家往往為之束手無策。本文從《金瓶梅詞話》中舉出諧音雙關語（paronomasia）和同形雙關語（homographic pun）的例子，然後考證這些雙關語的文化淵源，再剖析雙關辭格的巧妙之處和譯文得失。

　　我們可以從案例研究中歸納出一些可行的翻譯策略。本文將論證，J. C. Catford（卡特福特）的翻譯理論對於研究雙關語的翻譯問題有助益。卡特福特曾在 *A Linguistic Theory of Translation* 論述 **level shifts** 的觀念。他解釋道：By a shift of level we mean that a SL item

---

[1]　《金瓶梅》是通稱。若細分《金瓶梅》的版本系統，則學術界有詞話本、說散本（繡像本或崇禎本）、張評本等說法。這些本子的文字不一。本文討論時以《金瓶梅詞話》為主，必要時，亦將列舉張竹坡（1670-1698）評本的文字。

at one linguistic level has a TL translation equivalent at a different level.[2]換言之，level shifts 是指「處於一種語言層次上的原語單位，經翻譯後，其對等成分處於不同語言層次上。」他說的層次，包括 the grammatical, the lexical, the graphological and the phonological。卡特福特又指：… translation between the levels of phonology and graphology… is impossible. 但是，卡特福特的「層次論」還是有參考價值的：如果我們不是從語意層面去衡量，而是從翻譯的效果來看，那麼，依仗語音層（phonological level）所形成的修辭效果，其實是可以用詞形層次（graphological level）來傳達的，反之亦然。本文的重心在於分析一些實際情況，而不是理論的闡釋和套用。

二、原文諧音雙關，譯成英語的同形雙關

《金瓶梅詞話》第十九回，西門慶惱火李瓶兒下嫁蔣竹山（太醫），就對潘金蓮講蔣竹山的壞（笑）話：某日，左近人家請蔣太醫看病。蔣太醫正在街上買了條魚要回家，說：「我送了魚到家就來。」那人說：「家中有緊病，請師父就去吧。」這蔣竹山一直跟到他家。病人在樓上。請他上樓。不想病人是個婦人，舒手教他把脈。蔣邊把脈邊掛念著懸在樓下簾鉤兒上的魚，竟忘記看脈，只顧問道：「嫂子，妳下邊有貓兒也沒有？」不想婦人的男子漢在隔壁聽了，過來把太醫打了個半死，藥錢也沒有與他。（陶慕寧校注本《金瓶梅詞話》，頁231。《梅節重校本金瓶梅詞話》，頁213。白維國《金瓶梅詞話校注》，頁525。）[3]

蔣竹山只是問下邊有沒有貓，為何聽者二話不說就出手打他？讀者如果不明白，可以參看下面這故事。

《笑林廣記》的「形體部」有一則「問有貓」：一婦患病，臥於樓上，延醫治之。醫適買魚歸，途遇邀之而去，遂置魚於樓下。登樓診脈，忽想起樓下之魚，恐被貓兒偷食，因問：「下面有貓（音同毛）否？」母在傍曰：「我兒要病好，先生問你，可老實說了罷。」婦答曰：「多是不多，略略有幾根兒。」[4]

《金瓶梅詞話》可能是襲用《笑林廣記》的「問有貓」故事，只不過在蔣竹山的話中，「毛」字沒有明白亮出來。「貓」和隱含的「毛」是一對 paranomasia（近音雙關語），因

2　J. C. Catford, *A Linguistic Theory of Translation* (Oxford: Oxford University Press, 1965), p.73.

3　蘭陵笑笑生撰，陶慕寧校注：《金瓶梅詞話》（北京：人民文學出版社，2000）。梅節校：《梅節重校本金瓶梅詞話》（香港：夢梅館，1993）。白維國、卜鍵校注：《金瓶梅詞話校注》（長沙：岳麓書社，1995）。

4　《笑林廣記》（北京：光明日報出版社，1993），頁69。按，此書的底本是乾隆四十六年刻本。

為文字的諧音，便成了「性騷擾」。在這裏，言者表達的是一個意思，聽者卻理解為另一個意思（「毛」），情況倒有點像 asteismus（歧解相關）。[5]

關於「貓」的影射，《金瓶梅詞話》中還有其他例子。第二十八回描寫西門慶和潘金蓮交歡：翻來覆去魚吞藻，慢進輕抽貓咬雞。（陶慕寧校注本，頁 354。梅節重校本，頁 326。）

《皋鶴堂批評第一奇書金瓶梅》沒有這段蔣太醫禍從口出的情節，而 Clement Egerton 據此書翻譯，所以他的 The Golden Lotus 也沒有相應的譯文。[6]Bernard Miall（1876-?）的節譯本 Chin Ping Mei: The Adventurous History of Hsi Men and His Six Wives 同樣沒有這情節。[7]以下是美國翻譯家 David Roy 的譯文：

"You don't know the half of it," said Hsi-men Ch'ing. "Someone nearby called in him once while he was on his way home carrying a fish from the market. When he was intercepted, he said, 'Let me take the fish home first, and come after that.' His interlocutor said, 'I've got someone seriously ill at home. Please, doctor! Come right away.' This Chiang Chu-shan then followed him home. The sick person was on the second floor so he was invited upstairs. It turned out to be a woman who was ill, and a good-looking one at that. When he came into the room, she stuck her hand out so he could palpate her pulse. The rascal had her wrist in his hand when he suddenly thought of his fish, which had been left hanging on a curtain hook downstairs, and forgot himself, asking, 'You don't have a pussy down there do you?' When her husband, who was standing there in the same room, heard this, he strode over, grabbed him by the hair, and beat him to a stinking pulp. He not only lost his fee, but had his clothes torn to tatters by the time he made his escape."[8]

---

[5] Alex Preminger (ed.), *Princeton Encyclopedia of Poetry and Poetics* (London & Basingstoke: Macmillan Press LTD., 1975), p.681: "In asteismus, a speaker replies to another, using the first man's words in a different sense."

[6] 王汝梅校點：《皋鶴堂批評第一奇書金瓶梅》（長春：吉林大學出版社，1994），頁 298。實際上，《第一奇書》本源自崇禎本《新刻繡像批評金瓶梅》，而《新刻繡像批評金瓶梅》已無此段，讀者可查看齊煙、汝梅校點：《新刻繡像批評金瓶梅》（香港・濟南：三聯書店・齊魯書社，1990），頁 238。

[7] *Chin P'ing Mei: the Adventurous History of Hsi Men and His Six Wives* (New York: Putnam's, 1947), p.235.

[8] *The Plum in the Golden Vase, or, Chin P'ing Mei.* Translated. by David Tod Roy (Princeton: Princeton University Press, 1993), vol.1, p.384.

如果譯者逐字對譯,將「貓兒」翻成 a cat,那句話就不會構成「性騷擾」,譯文的讀者也難以理解病人家屬為何發怒打人。

事實上,芮效衛放棄了「貓」和「毛」的諧音相關(也許是難以在英文中找到一對合乎語境的諧音詞語,因此不得不放棄)。芮效衛改用的是 a pussy。這個 pussy,是小兒語,意即貓咪,又指女性的陰部。在譯文中,蔣竹山自然是用第一義,但聽者卻以為蔣竹山用的是第二義。倘依第二義解,則蔣竹山的話就是在調戲(性騷擾)女病人,難怪蔣竹山被病人家屬所打。

就這個「有貓」的例子而言,原文屬於近音雙關語(paronomasia),譯者以同形異義詞(homographic pun)來翻譯。在修辭效果上,關聯之處由原來的語音層轉為詞形層,這也是一種 level shift 吧?

三、原文的同形雙關,移位成諧音雙關

《金瓶梅詞話》第二十回寫西門慶惱恨李瓶兒,所以李瓶兒入門後西門慶故意冷待她,又命李瓶兒脫光衣服跪在自己面前,後來李瓶兒終於哄得西門慶回嗔作喜,兩人隨即交歡。

事後眾人拿這事嘲弄李瓶兒:小玉、玉簫來遞茶,都亂戲他(指李瓶兒)。[9]先是玉簫問道:「六娘(李瓶兒),你家老公公當初在皇城內那衙門來?」李瓶兒道:「先在惜薪司掌廠。」玉簫笑道:「嗔道你老人家昨日挨得好柴!」小玉又道:「去年許多里長老人,好不尋你,教你往東京去。」婦人不省,說道:「他尋我怎的?」小玉笑道:「他說你老人家會告的好水災。」玉簫又道:「你老人家鄉里媽媽拜千佛,昨日磕頭磕夠了。」小玉又說道:「昨日朝廷差四個夜不收,請你往口外和番,端的有這話麼?」李瓶兒道:「我不知道。」小玉笑道:「說你老人家會叫的好達達!」把玉樓、金蓮笑的不了。月娘便道:「怪臭肉每,幹你那營生去,只顧奚落他怎的?」於是把個李瓶兒羞的臉上一塊紅、一塊白,站又站不得,坐又坐不住,半日回房去了。[10]

西門慶在房中夜審李瓶兒的事,早被潘金蓮等人在房外偷聽了去。眾人議論紛紛。玉簫和小玉的話,句句都影射李瓶兒的窘態:

9　在《金瓶梅》的成書時代,漢語中「他」字兼指男女。有關漢語第三人稱陰性代詞的討論,可以參看劉禾撰,宋偉傑等譯:《跨語際實踐:文學,民族文化與被譯介的現代性》(北京:生活·讀書·新知三聯書店,2002),頁 50。

10　陶慕寧校注本《金瓶梅詞話》,頁 251。《梅節重校本金瓶梅詞話》,頁 229。《皋鶴堂批評第一奇書金瓶梅》,頁 320。

- 挨得好柴：言外之意是指李瓶兒被西門慶抽打。
- 好水災：似是指李瓶兒哭著求饒（有如災民痛哭）。
- 拜千佛：就是磕頭，是指李瓶兒下拜認錯。
- 叫達達：指李瓶兒在床上昵稱西門慶。

最後那句「叫達達」較為難解，這裏面有兩個問題：第一、「達達」與「和番」如何聯繫？第二、為什麼李瓶兒稱西門慶為「達達」？

(一)「達達」與「和番」如何聯繫？

我們先來看第一個問題。蔡國梁《金瓶梅社會風俗》一書說：「關於達達的解釋，過去學者有的認為舊稱蒙古人或滿人，或是元朝蒙古人尊稱的轉音，均可存疑。」[11]

然而，蒙古人被稱為「達達」，是有原因的。明初學者葉奇子《草木子》卷四下「雜俎篇」說：「達達即韃靼。」[12]「韃靼」指什麼？張廷玉（1672-1755）等人的《明史》卷三百二十七列傳二百五十「外國」記載：「韃靼，即蒙古，故元後也。」[13]

此外，《蒙古秘史》（*Mongghol-un ni'ucha tobchiyan*）也可以為「達達」的解釋提供一些參考資料。《蒙古秘史》的標題是《忙豁侖·紐察·脫察安》。「忙豁侖」是蒙古一詞的原讀音。《蒙古秘史》卷一第五十二節的「忙豁裏」，還有卷一第五十七節、卷四第一百四十二節「忙豁勒」，漢譯都是「達達」。[14]卷八第二百零一節「忙豁勒真」Monggholjin同樣旁譯為「達達」。巴雅爾認為「蒙古」和「達達」是有區別的，到明代才把蒙古人普遍稱為「達達」。[15]

「達達」或即塔塔兒部的音變。《元史》卷一百三十一列傳第十八稱塔塔兒部出身的忙兀台為：「忙兀台，蒙古達達兒氏。」[16]據 Rashid al-Din Tabib（1247?-1318）的 *Jami al-tawarikh*（《史集》），塔塔爾即韃靼。[17]蒙古學者札奇斯欽解釋：「古時這狹義的蒙

[11]　蔡國梁：《金瓶梅社會風俗》（天津：百花文藝出版社，2002），頁 197。

[12]　葉子奇：《草木子》（北京：中華書局，1959），頁 83。按，葉子奇在元末與青田劉基、浦江宋濂同為浙西著名學者。

[13]　張廷玉等：《明史》（北京：中華書局，1992），頁 8463。

[14]　額爾登泰（1908-1981），烏雲達賚校勘：《蒙古秘史》（呼和浩特：內蒙古人民出版社，1980），頁 49，頁 59。濤按，此校勘本據《四部叢刊》本（顧廣圻本）為底本校勘。關於此《蒙古秘史》的翻譯，可參看巴雅爾：〈關於《蒙古秘史》的作者和譯文〉一文，載於《蒙古史研究論文集》（北京：中國社會科學出版社，1984），頁 165-181。

[15]　《蒙古史研究論文集》（北京：中國社會科學出版社，1984），頁 178。

[16]　宋濂：《元史》（北京：中華書局，1976），頁 3186。

[17]　Rashid al-Din Tabib 主編，余大鈞，周建奇譯：《史集》（北京：商務印書館，1983），頁 3129。

古〔合不勒可汗所統轄的蒙古〕與其同一血緣、語言、文化之塔塔兒 Tatar 族為鄰。塔塔兒部常與金人往來或交戰，故漢人乃以其名，概括與塔塔兒同一血緣文化的各部族，而稱之為達達或韃靼，……」[18]

在《元史》中「達達」與漢人相對的概念也很明顯，例如《元史》卷九十七〈食貨志〉記載：「集賢大學士兼國子祭酒呂思誠獨奮然曰：『中統、至元自有母子，上料為母，下料為子。比之達達人乞養漢人為子，是終為漢人之子而已。』」[19]

另外，《明史》記載韃靼有「達達可汗」。《明史》卷三百二十七列傳第二百十五〈外國八·韃靼〉記載：「脫歡死，子也先嗣，益桀驁自雄，諸部皆下之，脫脫不花具可汗名而已。脫脫不花歲來朝貢，天子皆厚報之，比諸蕃有加，書稱之曰達達可汗，賜賚並及其妃。十四年秋，也先謀大舉入寇，脫脫不花止之。」[20]

以上是史籍中的一些例子，下面我們再看一些通俗文學作品中的「達達」。文學作品中「達達」往往與「番人」並列，與漢人相對。元·楊顯之《酷寒亭》第三折：「他道你是什麼人？我道也不是回回人，也不是達達人，也不是漢兒人。」[21]《西遊記》七十三回形容黃花觀的道士：「面如瓜鐵，目若朗星。準頭高大類回回，唇口翻張如達達。」[22]

(二)為什麼李瓶兒稱西門慶為「達達」？

李瓶兒（還有其他女人）稱西門慶為「達達」的問題。山東《濟寧縣志》卷四記載：「大，父也。濟寧稱父曰『大』，亦有稱『達』者，疑即『爹』之轉音。」[23]明人陳士元《俚言解》卷一「爺娘」條：「河北人呼父為大，又訛為達。」[24]明人沈榜《宛署雜記》記載：「父曰爹，又曰達。」

波多野太郎（1912-2003）編《中國方志所錄方言彙編》所示，北方一些方言及安徽蕪

18　札奇斯欽：《蒙古秘史新譯並注釋》（臺北：聯經出版事業公司，1979），第 52 節注文，頁 48。

19　宋濂：《元史》（北京：中華書局，1976），頁 2483。

20　《明史》，頁 8470。

21　楊顯之：《鄭孔目風雪酷寒亭雜劇》，見《續修四庫全書》（上海：上海古籍出版社，1995），第 1761 冊，集部，戲劇類，頁 590 上。

22　《西遊記》（北京：人民文學出版社，1980），頁 929。「回回」，札奇斯欽譯《蒙古秘史》時解釋：「回回原文作撒兒塔兀勒 Sartaghul，這是當時對信奉回教的西亞和中亞人的總稱。」語見其書頁 195。

23　引自蔡國梁：《金瓶梅社會風俗》（天津：百花文藝出版社，2002），頁 197。

24　長澤規矩也編：《明清俗語辭書集成》（上海：上海古籍出版社，1989），第 1 冊，頁 10。按，此書收入《歸雲外集》本《俚言解》。引文見底本葉十四上。（按：古書每葉分上下兩面。）

湖、浙江鎮海、定海等地都有這個說法。[25]

在《金瓶梅》中,「達達」亦用作枕席間女對男的狎昵之稱。西門慶一家往往稱西門慶為「爹」,[26]而女人在交歡時又卻常面稱西門慶為「達達」,例子見於《詞話》第八回「和尚聽淫聲」一節、第二十六回宋惠蓮懇求西門慶一節、第二十七回潘金蓮醉鬧葡萄架一節(陶慕寧校注本,頁 101、328、351。)[27]

李申的《金瓶梅方言俗語匯釋》從音韻角度來解釋:達,即爹。「爹」的上古、中古音均為「達」。《醒世姻緣傳》第四十八回:「你達替俺那奴才餂腚。」《綠野仙蹤》第七十五回:「金鐘兒道:『我達來了沒有?』」蕭麻道:「你達倒沒來,你媽倒來了。」《聊齋俚曲集·牆頭記》:「他達合俺達一堆站,俺達矮了句一楂,叫他達教人不支架。」今曲阜、微山、郯城、徐州等地「達」均可單用。[28]

綜合以上的考證,我們可以看出小玉話中的「達達」是一個 syllepsis(一詞雙義):表面上「達達」指「番人(達達)」,骨子裏卻指李瓶兒在交歡時對西門慶的稱呼,這昵稱外人聽起來會覺得相當肉麻。總之,由不相干的「和番」轉移到床笫間的「叫達達」,小玉可謂極盡戲謔嘲弄之能事。我們看看 Clement Egarton 的譯文:

> And Tiny Jade said: "Yesterday, four officers were sent from the court to ask you to visit the Mongols in Tartary. Isn't that so?"… "They said you knew how to speak the language."[29]

Egarton 的譯文頗有問題:第一,Egarton 未能掌握「說你老人家會叫的好達達」的意思,原文的意思並不是指李瓶兒能說蒙古人的話。事實上,原著從來沒有寫蒙古人蒙古語,也從來沒寫李瓶兒通曉蒙古語。譯本中小玉說 "They said you knew how to speak the language." 真是不知從何說起。平白無端說李瓶兒懂蒙古語,只令譯文讀者迷惑不解。

25　波多野太郎編:《中國方志所錄方言彙編》(橫濱:橫濱市立大學,昭和 47〔1972〕),第 2 編,頁 6,頁 145;頁 323;第 4 編,頁 325;第 5 編,頁 274;第 7 編,頁 22;第 8 編,頁 18;第 9 編,頁 159。

26　見陶慕寧校注本,頁 125,頁 147。同類例子甚多。

27　在床笫交歡以外,潘金蓮有時也當面呼西門慶為「哥兒」,見陶慕寧校注本,頁 123;有時甚至稱「我兒」,見陶慕寧校注本,頁 343。西門慶向月娘求歡時卻稱月娘為「姐姐」(頁 260-261)。

28　李申:《金瓶梅方言俗語匯釋》(北京:北京師範學院出版社,1992),頁 212。

29　*The Golden Lotus: a translation, from the Chinese original, of the novel Chin Ping Mei*. Translated by Clement Egarton (London; New York: Kegan Paul International, 1995), vol.1, p.284. 按,此書第一版是 1939 年在倫敦出版的,1954 年在美國出版修訂本(Grove Press),1972 年在紐約修訂再版(Paragon Book Gallery)。

第二，Egarton 的譯文當然也沒有原著中的嘲笑效果，因為譯文根本沒有顯示李瓶兒口中的稱謂語，因此，為何李瓶兒聽了小玉這話（懂蒙古語）後會 she flushed and paled in turns，這也是不易理解的。總之，Egarton 這一段譯文的前因後果不明朗，文意顯得不甚貫通。

另一方面，節譯本 *Chin Ping Mei: The Adventurous History of Hsi Men and his Six Wives* 壓縮這一段故事，[30]此本沒有值得討論的地方。但是我們不宜斥責譯者失職，因為從上文的分析，我們知道「達達」這詞有極為特殊的歷史性和地方色彩，可以說是一個文化特有項（culture-specific item），很難翻譯。再看 David Roy 的譯文：

> "The other day, it is reported," Hsiao-yu continued, "the emperor sent four border patrol agents to ask if you would consent to go abroad in order to make a marriage alliance with the Huns. Is that really so?"… "They said you had an irresistible way of saying 'Huney'," laughed Hisao-yu.（Roy, vol.1, p.413）[31]

David Roy 此譯有兩點值得注意。第一，我們注意到芮效衛捨 Mongol / Tartar 不用，而改用 Hun（匈奴）。用這 Hun，是為了和下文的稱謂語構成一對諧音雙關語（詳下文）。

就語源而論，Hun（匈奴）似乎也和韃靼（達達）有關係。蒙古的族源，有人說是匈奴。持此說者多為國外學者，其主要依據是蒙古人居住地域原先都是匈奴活動地區。本世紀 20 年代日本學者白鳥庫吉（1865-1942）根據漢文史籍中保留的零星匈奴語資料，與蒙古語進行比對，也提出蒙古源於匈奴的見解。[32]

巧合的是，中國歷史上極有名的「和番」，也和匈奴有關，例如漢元帝將王昭君賜給番邦，那番邦就是匈奴。[33]

第二，譯文中的 Huney 隱指 Honey（按：兩者諧音），而 Honey 是西方人的愛稱。這

---

[30] 小玉和玉簫戲弄李瓶兒的話，被壓縮成 … she had to endure many mocking and ironical remarks. Even the two maids, Little Jewel and Jake Flute, permitted themselves several impudent comments. 見頁 252。據介紹，此書由 Bernard Miall 由德文本轉譯成英文。

[31] *The Plum in the Golden Vase, or, Chin P'ing Mei.* Translated by David Tod Roy (Princeton: Princeton University Press, 1993), vol.1, p.413.

[32] 白鳥庫吉撰，何健民譯：《匈奴民族考》（昆明：中華書局，1939）。此書原著書名為 Moko minzoku no kigen（蒙古民族起源考）。白鳥庫吉撰，方壯猷譯：《東胡民族考》（上海：商務印書館，1934）：「〔……〕東胡之名，則為自春秋時代以迄漢代稱呼遊牧於遼河上游之蒙古人之漢名。其名義已如其文字本身所表現，即東方之胡之謂也。胡之一語，乃中國人省略匈奴（Hiung-nu）之原名，蒙古人語，人之義也。」（頁 18）。

[33] 許樹安，許祖貽編著：《彩圖中國歷史文化紀年》（香港：商務印書館，2013），頁 45。

是一種歸化譯法（domestication），[34]也就是譯文遷就目的語系統中的習慣。更重要的是，Huney 又呼應上文的 Hun。

原文的「達達」屬於同形異義詞的雙關語（homographic pun），譯者以近音雙關（paronomasia）來翻譯。[35]在語言層次上，修辭重點由原來的詞形層轉為語音層，這可以說是一種 level shift。

四、結語

卡特福特討論語言不可譯性（linguistic untranslatability）時指出不可譯問題源自兩個方面：1. 原語中兩個或兩個以上的語法單位或單詞共用一個語言形式。筆者認為接近此說的例子有「有貓」「有毛」，二詞共用 "you mao" 的語音形式。2. 原語單位一詞多義而譯語沒有相應的一詞多義。筆者認為可舉「達達」為例。

本文所舉的兩個例子從表面上看均可歸入卡特福特所說的 linguistic untranslatability，其中「達達」一詞也屬於文化特有項（culture specific items），所以譯者同時也面對跨文化翻譯的難題。這一層，又接近卡特福特所討論的 cultural untranslatability。（限於篇幅，此處不能詳論。本書有專章討論「行香子」詞的英譯，可以參看。）

歸納上文的觀察所得，我們發現，運用翻譯移位的手段，David Roy 還是做到與原文相當的效果。從本文的討論，我們認識到 Catford 翻譯理論的實用之處，至少在思路上對我們有啟發。

【後記】
文中提及的《蒙古秘史》，有英譯本，由英國漢學家 Arthur Waley 翻譯：*The Secret History of the Mongols: and Other Pieces*（London: Allen & Unwin, 1963）。

本文原為會議論文，會後入選羅選民主編：《文化批評與翻譯研究》（北京：外文出版社，2005），頁 251-261。（2014 年春校訂）

---

[34] 參看 Lawrence Venuti, *The Translator's Invisibility* (London and New York: Routledge, 1995), p.23.

[35] OED: "A playing on words which sound alike; a word-play; a pun."

《金瓶梅詞話》中雙關語、戲謔語、葷笑話的作用及其英譯問題

一、導論

　　《金瓶梅》（包括《金瓶梅詞話》和《新刻繡像批評金瓶梅》）特別多笑話、戲謔語，這是古典小說名著中較為特殊的現象。[1]作者名為「笑笑生」，也許他對笑話情有獨鍾？

　　我們這樣說，可能會被譏為望文生義，但是，為遊戲主人《笑林廣記》作序的掀髯叟，就是「漫題於笑笑軒」，軒的主人以「笑笑」為名，與笑話豈無關係？況且，我們還有獨逸窩退士的《笑笑錄》？「笑笑」二字不指「笑話笑談」，又能指什麼？[2]因此，我們說「笑笑生」偏愛「笑話笑談」，並不全是憑空想像。

　　《金瓶梅》的兩大主角都愛聽笑話。潘金蓮還特別要求笑話要「葷」的，西門慶也愛聽，他本人也講，曾講葷笑話給潘金蓮聽（請看下文）。幫閒之流如應伯爵、謝希大所以得到西門慶的歡心，正因為他們最擅於說各種俏皮話和笑話兒。[3]其中，應伯爵最精於說

---

[1]　本文主要探討詞話本中的笑話兒和戲謔語。其他長篇小說名著也有笑話，但數量沒有《金瓶梅》那樣多。筆者推測，作者笑笑生頗喜愛笑話。

[2]　《笑笑錄》，清吳下獨逸窩退士編，收笑話近一千則，刊於光緒五年（1879 年）。參看《笑笑錄》（臺北：廣文書局，1991），頁 1。

[3]　在詞話本中，應伯爵等人直到第十回才出現，而在繡像本（《新刻繡像批評金瓶梅》）中，應伯爵一夥人早在第一回已經出現，還接連說了道士死去轉活、兄弟吃人、砍老虎等笑話。這裏引錄一個，以示應伯爵如何善於「因時制宜」說笑取樂：眾兄弟在道觀結拜，伯爵笑著猛叫道：「吳先生你過來，我與你說個笑話兒。」那吳道官真個走過來聽他。伯爵道：「一個道家死去，見了閻王，閻王問道：『你是什麼人？』道者說：『是道士。』閻王叫判官查他，果係道士，且無罪孽。這等放他還魂。只見道士轉來，路上遇著一個染房中的博士，原認得的，那博士問道：『師父，怎生得轉來？』道者說：『我是道士，所以放我轉來。』那博士記了，見閻王時也說是道士。那閻王叫查他身上，只見伸出兩隻手來是藍的，問其何故。那博士打著宣科的聲音道：『曾與溫元帥搽胞。』」說的眾人大笑。此段見於齊煙、汝梅校點：《新刻繡像批評金瓶梅》（香港‧濟南：三聯書店‧齊魯書社，1990），頁 13。

黃色笑話和隱語切口。[4]

　　《金瓶梅》的笑話，有一些純屬小故事或文字遊戲，近於低俗的插科打諢，聊供眾人一笑，與主線情節關係不很大。但是，這些看似駢枝的小故事，大多都帶有強烈的諷刺意味，以十分活潑的語言形式揭露形形式式的醜惡言行，展現一幅人間百醜圖。有時候，一個笑話就能做到「著此一家，即罵盡諸色」（魯迅語），例如，繡像本第一回「要拿老虎」的故事諷刺世人要錢不要命：白賚光跳起來道：「咱今日結拜了，明日就去拿他〔吊睛白額虎〕，也得些銀子使。」西門慶道：「你性命不值錢麼？」白賚光笑道：「有了銀子，要性命怎的！」眾人齊笑起來。應伯爵的笑話也諷刺要錢不要命的人——應伯爵道：「我再說個笑話你們聽：一個人被虎銜了，他兒子要救他，拿刀去殺那虎。這人在虎口裏叫道：『兒子，你省可而的砍，怕砍壞了虎皮。』」說著眾人哈哈大笑。[5]

　　馮夢龍（1574-1646）《笑府》「刺俗部」也有一個「要虎皮不要命」的故事，名為「射虎」。[6]兩個笑話的差異很小：馮書作「射虎」，而《金瓶梅》作「砍虎」。這種笑話已屬於黑色幽默（black humour）。[7]

　　另一方面，《金瓶梅》的笑話還有其他作用。笑話不是孤零零地存在的，而是融匯在特定的情景中，能反映講者和聽者的個性。講笑話其實是笑笑生烘托氣氛、塑造形象的一種輔助手段。

　　所謂烘托氣氛，指的是黃色笑話出現的環境：或是狎妓豪飲之際，或是男歡女愛之餘，在這種場合，出現淫賤惡濁的戲謔語和葷笑話是很合理的。

　　所謂塑造形象，指講笑話聽笑話的是何等樣人。黃色笑話固然格調低下，但是，如果我們考慮到講者和聽者是些妓女幫閒、淫夫蕩婦、井市潑皮，那麼，笑話的粗俗不文，正好反映人物的品格。

　　笑話和戲謔語離不開語言，笑話的藝術往往是語言藝術。要把中國笑話翻譯成英語，

4　例如，第一回「曾與溫元帥搔胞」；第十五回「吃了臉洗飯，洗了飯吃臉」；第二十一回，田雞與螃蟹故事；第三十回「寒鴉兒、青刀馬」；第三十五回，師父需要「徒弟屁股」的故事；第五十一回「陽物還是驢的」；第五十二回「我半邊俏還動的」；第五十四回，嘲笑吃素的韓金釧「一肚子涎唾」（陶慕寧校注本，頁728）等等。

5　齊煙、汝梅校點：《新刻繡像批評金瓶梅》（香港·濟南：三聯書店·齊魯書社，1990），頁13。

6　馮夢龍：《馮夢龍全集·笑府》（上海：上海古籍出版社，1993），頁223。又，《笑林廣記》（臺北：金楓出版社，1986），頁232。其文：一人為虎銜去，其子執弓逐之，引滿欲射。父從虎口遙謂其子曰：「我兒須是對腳射來，不要傷壞了虎皮，沒人肯出價錢。」又，《笑苑千金》、馮夢龍《廣笑府》卷七「貪吝部」、《解慍編》卷七「貪吝部」都有重財輕命的故事，題為「一錢莫救」，只是主角所受危難是遇溺。

7　參看 *Black Humor: Critical Essays*. Edited by Alan R. Pratt (New York: Garland Pub., 1993).

難度甚高。本文將探討這方面的問題。

二、雙關語和戲謔語——諷刺妓女和幫閒的妙語

《金瓶梅》故事中頗多妓女和幫閒,這兩種人最愛互相調侃,互相諷刺,例如,第四十二回韓玉釧、董嬌兒與應伯爵口角,雙方唇槍舌劍。有些笑話是挖苦個人,例如,應伯爵諷刺韓金釧吃素,「一肚子涎唾」(按,此笑話也見於馮夢龍《笑府》卷十二「日用部·吃素」。另外,《笑林廣記》「貪吝部」有一則「罰變蟹」也同樣笑人吃素以致一肚子饞涎。)[8]但是,《金瓶梅》的笑話更多的是諷刺妓女和幫閒這兩類人,本文引錄幾個例子,並詳細分析。

《金瓶梅詞話》第十二回,一眾幫閒、妓女聚會,不會唱詞的人,要罰說笑話兒。就該謝希大先說,因說道:「有一個泥水匠,在院中墁地。老媽兒怠慢了他,他暗把陰溝內堵上塊磚。落後天下雨,積的滿院子都是水。老媽慌了,尋的他來,多與他酒飯,還秤了一錢銀子,央他打水平。那泥水匠吃了酒飯,悄悄去陰溝內把那塊磚拿出,那水登時出的罄盡。老媽便問作頭:『此是那裏的病?』泥水匠回道:『這病與你老人家的病一樣,有錢便流,無錢不流。』」[9]

「有錢便流,無錢不流」這個笑話,可能有讀者不知道「可笑」之處在什麼地方,妓女李桂姐卻馬上「心領神會」,所以書中寫她「桂姐見把他家來傷了」,立即說了一個笑話來反擊那些可惡的幫閒。

其實,這個笑話的諷刺力道甚強。「有錢便流,無錢不流」一語雙關:「流」表面上是指「水流」,排走積水,回答了鴇母的問題(「此是那裏的病?」)。另一方面,水泥匠拉扯到「這病與你老人家的病一樣」,那「流」是諧音影射妓院的「留」——「留下客人」。「有錢便留」的「留」字,自然是諷刺妓女只會對有錢的客人投以青眼,多方挽留(就像李桂姐裝模作樣,只為了留下西門慶這個大富豪)。遊戲主人的《笑林廣記》卷四「譏刺部」也有近似的妓院留客的故事,名為「風流不成」(請看下文)。「有錢便流,無錢不流」這句話,Clement Egerton 的英文翻譯如下:

If there is any money about, the water-gate will open; but, if not, there will be no

---

8 馮夢龍:《馮夢龍全集·笑府》(上海:上海古籍出版社,1993),頁 384。其文:「一鬼見冥王,陳一生吃素,要求個好人身。王云:我那裏查考?須剖腹驗之。既剖,但見一肚子涎唾。」另參《笑林廣記》(臺北:金楓出版社,1986),頁 247。

9 陶慕寧校注:《金瓶梅詞話》(北京:人民文學出版社,2000),頁 136。

admission.（Egerton, vol.1, p.159）[10]

此譯文的上半句，是指花一些錢可使陰溝敞開，這自然是指通渠工作，回答了鴇母的問題。譯文的下半句，"no admission" 嘗試做到一語雙關：既指水不得入，似乎也暗指嫖客沒錢就不得進入妓院。

但是，原文的那上下文（話題）明明是在談論「離去與否」，而不是「進入（admission）與否」。Egerton 用這個 admission，與原來的笑話不大合拍。不但不合拍，更是有所顛倒，因為這笑話的著眼點在於「不放走」而不在於「不放入」。應伯爵諷刺的是李桂姐剛才如何使小氣子留住富豪西門慶（西門慶被她激得當場扯碎潘金蓮寄來的帖子）。換言之，Egerton 這個譯文並不應景，不能擊中要害（諷刺桂姐）。

我們再看《笑林廣記》「譏刺部」那個「風流不成」的笑話：有嫖客錢盡，鴇兒置酒餞之。忽雨下，嫖客歎曰：「雨落天，留客天，留人不留？」鴇念其撒錢，勉留一宿。次日下雪，復留。至第三日風起，嫖客復冀其留，仍前唱歎。鴇兒曰：「今番官人沒錢，風留（流）不成。」[11]這個笑話同樣是諷刺妓女對院內客人的「情誼」，讓人看清妓女的所謂「款留」所為何事。試看芮效衛（David Tod Roy）的翻譯：

> It's only dough that makes things flows;
> Without the dough, there'd be no flow.（Roy, vol.1, p.229）[12]

芮效衛此譯也多少有點雙關之意：有錢，事情才會順遂；那 flows 本身也有「流水」的意象在內。但是，這個譯文中的 flow 似乎未能影射「挽留」的意思，因此，對妓女勢利眼的諷刺並不明顯。

這「流」和「留」，只是一個字音，就狠狠地刺傷了妓院中人。果然，妓女李桂姐咽不下這口氣，馬上反擊。書中寫道：桂姐見把他家（妓院）來傷了，便道：「我也有個笑話，回奉列位。有一孫真人，擺著筵席請人，卻教座下老虎去請。那老虎把客人都路上一個個吃了。真人等至天晚，不見一客到。不一時老虎來，真人便問：『你請的客人都那裏去了？』老虎口吐人言：『告師父得知，我從來不曉得請人，只會白嚼人。』」[13]

10　*The Golden Lotus: A Translation, from the Chinese Original, of the Novel Chin Ping Mei.* Translated by Clement Egerton (London; New York: Kegan Paul International, 1995), p.159.

11　《笑林廣記》（臺北：金楓出版社，1986），頁 267。

12　*The Plum in the Golden Vase, or, Chin P'ing Mei.* Trans. by David Tod Roy (Princeton: Princeton University Press, 1993), vol.1, p.229.

13　繡像本此節見於齊煙、汝梅校點：《新刻繡像批評金瓶梅》（香港·濟南：三聯書店·齊魯書社，1990），頁 144。

　　李桂姐這「白嚼」諧「伯爵」,「應伯爵」的「伯爵」。「白」「伯」二字在明代為同音字。[14]這個笑話,說不定是根據《解慍編》或者《時尚笑談》之類的笑話集故事改編的,這一點,英譯者芮效衛在英譯本的注釋中已有說明(注出其可能的淵源)。

　　樂天大笑生輯《解慍編》卷之五「口腹·只會吃人」記載:「孫真人有神術,能驅使禽獸。一日,遣其隨身之虎迎客于路;虎遇客輒啖之,至晚,無一客至者。真人知其故,召虎還,罵曰:『你原來不會請人,只會吃人。』」[15]《新刻華筵趣樂談笑酒令》卷之四「談笑門」和馮夢龍《廣笑府》卷五「口腹部」同樣收錄這則笑話。[16]

　　蘭陵笑笑生寫作「白嚼人」,而不是「吃人」,為的恐怕就是以「白嚼人」影射「伯爵」。儘管桂姐話中的「白嚼」似乎沒有特定的攻擊目標,但是,這諧音雙關語令應伯爵極為難堪。事實上,應伯爵正是最常到西門家吃白食的人。[17]

　　因此,桂姐這笑話「當下把眾人都傷了」,卻只有應伯爵開腔回話:「可見的〔得〕俺們只是白嚼,你家孤老就還不起個東道?」於是向頭上撥下一根鬧銀耳斡兒來,重一錢;謝希大一對鍍金網巾圈,秤了秤重九分半;祝實念袖中掏出一方舊汗巾兒,算二百文長錢;孫寡嘴腰間解下一條白布裙,當兩壺半酒;常峙節無以為敬,問西門慶借了一錢銀子。都遞與桂卿,置辦東道,請西門慶和桂姐。(陶慕寧校注本,頁136。)[18]

　　這樣看來,李桂姐這「白嚼」笑話不單只值一笑,它真的有 perlocutionary effect(言之效)。[19]

14　徐孝:《合併字學篇韻便覽》(臺南:莊嚴文化事業公司,1997),「伯」字條下:「百八二音。又崩歪切。侯伯。」(頁70。)另外,「白」字條下:「百罷二音。」(頁256。)

15　樂天大笑生輯:《解慍編》(上海:上海古籍出版社,1995),頁366。按,該書屬《續修四庫全書》,第1272冊,據上海圖書館藏明逍遙道人刻本影印。這則笑話又見於王利器輯:《歷代笑話集續編》(瀋陽:春風文藝出版社,1985),頁38。《時尚笑談》,見於王秋桂主編:《善本戲曲叢刊·堯天樂》(臺北:臺灣學生書局,1984),頁66-69,原刊本葉31反面-32反面。關於《時尚笑話》,簡介如下:「明·殷啟聖編。明萬曆間福建書林熊稔寰刻本。書名全題為《新刻天下時尚南北新調堯天樂》。凡二卷。此本版式行款,〔……〕分三欄,上下兩欄全錄傳奇散出,中欄所選有酒令、燈謎、笑談等。193(?)年上海影石本《秋夜月》亦收此書。」語見王秋桂主編:《善本戲曲叢刊》第1冊,頁6,「出版提要」。

16　《新刻華筵趣樂談笑酒令》的笑話見於楊家駱主編《中國笑話書》(臺北:世界書局,1961),頁346。

17　《金瓶梅》第三十五回專門寫了白賚光、應伯爵和謝希大吃白食的貪婪相。第五十二回寫應伯爵謝希大在西門慶「兩人登時狠了七碗」(三聯書店本,頁680)。

18　事實上,應伯爵很愛挑逗、戲弄李桂姐(例如第五十二回所寫),因此,如果說李桂姐蓄謀反擊,這也是很自然的事。

19　或作「取效行為」。參看姜望琪:《當代語用學》(北京:北京大學出版社,2003),頁299。

老虎說的那句「我從來不曉得請人，只會白嚼人。」Egerton 和 Roy 兩家英譯是：

● Somehow I seem much better at <u>eating them up</u>.（Egerton, vol.1, p.159）

● The only thing I'm any good at is <u>devouring people</u>.（Roy, vol.1, p.299）

雖然，緊接此句，英譯本應伯爵的話中出現 sponge（寄生），在 Roy 譯本中「應伯爵」索性就叫 Sponger Ying，但譯文此處老虎說的 eat 或 devour，卻無法與 sponge 產生語音關聯效應——針對性和攻擊的力度大減。[20]

翻譯學者彼德·紐馬克（Peter Newmark，1916-）曾在《翻譯的方法》（*Approaches to Translation*）中討論翻譯雙關語的方法，他說：When a literary passage includes a double meaning within a lexical unit, the translator first attempts to reproduce it with a word containing the same double meaning… If this is not possible, he may try to substitute a synonym with a comparable double meaning… Again, if this is not possible, he has to choose between distributing the two senses of the lexical unit over two or more lexical units… or sacrificing one of the two meanings.[21]紐馬克這裏所說的第四類，就是犧牲一重意思。回看《金瓶梅》，那句「只會白嚼人」，Egerton 和 Roy 都保留了一層意思（吃），可是，影射「伯爵」的那一層則隱晦不彰。主要原因是：在語義貼合原文的情況下，詞語間的諧音關聯難以在英語中重構。Roy 在注釋中解釋道：The expression "to devour people," literally "to devour [people] for nothing," means "to sponge" and puns with Ying Po-chueh's given name.（Roy, v.1, p.509, note 11）

語音諧趣沒法在譯文中重現，令人遺憾，因為《金瓶梅》之所以能給人一種語言鮮

20　繡像本第一回已經用過這個老虎充伴當卻要吃人的笑話：上首又是一個黑面的是趙元壇元帥，身邊畫著一個大老虎。白賚光指著道：「哥，你看這老虎，難道是吃素的，隨著人不妨事麼？」伯爵笑道：「你不知，這老虎是他一個親隨的伴當兒哩。」謝希大聽得走過來，伸出舌頭道：「這等一個伴當隨著，我一刻也成不的。我不怕他要吃我麼？」伯爵笑著向西門慶道：「這等虧他怎地過來！」西門慶道：「卻怎的說？」伯爵道：「子純一個要吃他的伴當隨的，似我們這等七八個要吃你的隨你，卻不嚇死了你罷了。」說著，一齊正大笑……。見齊煙、汝梅校點：《新刻繡像批評金瓶梅》（香港·濟南：三聯書店·齊魯書社，1990），頁 12。濤按：作者（或編者）在這裏嵌入這笑話，頗見機巧：說到老虎，實因道觀掛畫中趙元壇元帥的伴當老虎而起，而老虎的話題又能下接武松打虎故事。伯爵那話，Bernard Miall（1876-?）譯為："If you were half so timid, your eight voracious followers would have frightened you to death long ago!" At this there was general laughter. 見 Bernard Miall 的節譯本 *Chin Ping Mei: The Adventurous History of Hsi Men and His Six Wives* (New York: Putnam's, 1947), p.12.

21　Peter Newmark, *Approaches to Translation* (Oxford: Pergamon Press), p.108.

活之感,正在於人物肆意謔浪,巧言如簧。《金瓶梅》人物多嘴尖舌快,連人物姓名也拿來搬弄一番,例如繡像本第七十六回「畫童哭躲溫葵軒」,玳安稱溫必古為「有名的溫屁股」。按,溫必古與溫屁股只一音之轉,卻能一針見血;[22]又如,詞話本第五十四回「郊園會諸友」中的常時節和白來創,二人也是愛逞口舌之快。

書中寫到:卻說白來創與常時節,棋子原差不多。常時節略高些,白來創極會反悔。正著時,只見白來創一塊棋子漸漸的輸倒了。那常時節暗暗決他要悔。那白來創果然要拆幾著子,一手撇去常時節著的子,說道:「差了,差了,不要這著!」常時節道:「哥子來,不好了!」伯爵奔出來道:「怎的鬧起來?」常時節道:「他下了棋,差了三四著,後又重待拆起來,不算帳。哥做個明府!那裏有這等率性的事?」白來創面色都紅了,太陽裏都是青筋綻起了,滿口涎唾的嚷道:「我也還不曾下,他又撲的一著了;我正待看個分明,他又把手來影來影去,混帳得人眼花撩亂;那一著方才著下,手也不曾放,又道我悔了;你斷一斷,怎的說我不是?」伯爵道:「這一著,便將就著了,也還不叫悔,下次再莫待悔的了。」常時節道:「便罷,且容你悔了這著,後邊再不許你<u>白來創</u>我的子了。」白來創笑道:「你是<u>常時節</u>輸慣的,倒來說我。」[23]

白來創和常時節互相指摘,他們都能將對方的姓名巧妙地嵌入爭辯話語中,用對方的姓名來諷刺對方,可謂善謔。常時節,繡像本作「常峙節」;白來創,繡像本作「白賫光」。[24]白、常二人的名字,詞話本和繡像本各異,這個妙用姓名來挖苦對方的例子,只見於詞話本。芮效衛的譯文如下:

> "All right," said Cadger Ch'ang. "I'll let you renege on that move. But I won't let you grab any stones of mine with impunity in the future."
>
> "You're a perennial loser yourself," said Scrounger Pai, "yet you have the nerve to criticize me."(Roy, vol.3, p.324)

從這個譯文,我們看不出人物的姓名被嵌入話中。這多多少少削弱了原著的一點戲謔效

---

22 齊煙、汝梅校點:《新刻繡像批評金瓶梅》(香港・濟南:三聯書店・齊魯書社,1990),頁1086。陶慕寧校注本,頁1160。

23 陶慕寧校注本,頁727。

24 第一回,對白賫光此名的由來有所解釋:白賫光,表字光湯。說這白賫光,眾人中也有道他名字取的不好聽的,他卻自己解說道:「不然我也改了,只為當初取名的時節,原是一個門館先生,說我姓白,當初有一個什麼故事,是白魚躍入武王舟。又說有兩句書是『周有大賫,于湯有光』,取這個意思,所以表字就叫做光湯。我因他有這段故事,也便不改了。」見齊煙、汝梅校點:《新刻繡像批評金瓶梅》(香港・濟南:三聯書店・齊魯書社,1990),頁5。

果：原文將互不相讓、互相指摘的兩個人描繪得口吻畢肖，譯文在傳達基本語義方面是稱職的，但就少了語音諧趣。當然，我們不宜厚責譯者，因為翻譯一般是以譯意為主（"Translating means translating meaning."）。[25]

第二十一回，應伯爵又說了一個挖苦妓女的笑話。應伯爵對妓女李桂姐說：「你過來，我說個笑話兒你聽：一個螃蟹與田雞結為兄弟，賭跳過水溝兒去便是大哥。田雞幾跳，跳過去了。螃蟹方欲跳，撞遇兩個女子來汲水，用草繩兒把他拴住，打了水帶回家去。臨行忘記了，不將去。田雞見他不來，過來看他，說道：『你怎的就不過去了？』螃蟹說：『我過的去，倒不吃兩個小淫婦捵的恁樣了！』」桂姐兩個聽了，一齊趕著打，把西門慶笑的要不的。（陶慕寧校注本，頁 217。三聯書店本，頁 276。）

螃蟹那句話，Egerton 譯為：Those two little whores have tied me up.（vol.1, p.306）芮效衛譯為："I would have made it across, if I hadn't been tied up in knots by those two little whores."（Roy, vol.2, p.23.）其中，tied up in knots 似乎隱指做愛時被妓女纏住。

應伯爵說的這笑話，遊戲主人的《笑林廣記》也有收錄。《笑林廣記》「世諱部·纏住」：一螃蟹與田雞結為兄弟，各要賭跳過澗，先過者居長。田雞溜便早跳過來。螃蟹方行，忽被一女子撞見，用草捆住。田雞見他不來，回轉喚云：「緣何還不過來？」蟹曰：「不然幾時來了，只因被這歪刺骨纏住在此，所以耽遲來不得。」[26]

《笑林廣記》說是「一女子」，應伯爵卻實指為「淫婦」，諷刺的目標比較明確，切合語境（在妓女李桂姐面前說的，挖苦妓女）。《金瓶梅詞話校注》一書指出：「捵」為「勒」的借字，為雙關語，實指性行為。[27]

這裏可以補充一點：「過」字應該亦指性行為。[28]如果這一解釋沒有錯誤的話，那麼，這小故事含有兩個雙關語，也算是葷笑話。

以下，我們將集中討論葷笑話的作用及其英譯問題。

25　E. A. Nida, "Translating means Translating Meaning." In Hildegund Buhler (ed.), *Translators and their Position in Society* (Vienna: Wilhelm Braumuller, 1985), p.119-125.

26　見《笑林廣記》（臺北：金楓出版社，1986），頁 207。

27　參看白維國、卜鍵：《金瓶梅詞話校注》（長沙：岳麓書社，1995），頁 613。

28　「過」字在《金瓶梅》的某些語境中作「射精」解，例如繡像本第五十一回「西門慶精還不過。」（三聯書店本，頁 665。）「放到裏頭去就過了。」（頁 676。）第七十四回「精還不過。」（三聯書店本，頁 1025。）

三、黃色笑話——塑造人物形象的手段

除了挖苦妓女、幫閒外，《金瓶梅》笑談的特色之一是「葷笑話」較多，應伯爵、西門慶、賁四都說過猥褻的故事，溫必古甚至說「自古言不褻不笑」（三聯書店本，頁908）。書中的笑話，多有塑造形象的作用——例如潘金蓮。第二十一回，王姑子講了一個「老虎不吃豆腐」的笑話，[29]潘金蓮表示：「這個不好，俺每耳朵不好聽素，只好聽葷的。」[30]這多少能反映出潘金蓮是何等樣人。事實上，《金瓶梅詞話》中西門慶就給潘金蓮講過葷笑話。

《金瓶梅詞話》第五十一回，西門慶對潘金蓮笑道：五兒，我有個笑話說給你聽，是應二哥說的：一個人死了，閻王就拿驢皮披在身上，叫他變驢。落後判官查簿籍，還有他十三年陽壽，又放回來了。他老婆看見渾身都變過來了，只有陽物還是驢的，未變過來。那人道：「我往陰間換去。」他老婆慌了，說道：「我的哥哥，你這一去，只怕不放你回來怎了？由他，等我慢慢的挨吧。」婦人聽了，笑將扇子打了一下子，說道：「怪不的應花子的二老婆，捱慣了驢的行貨。〔……〕」[31]諷刺的是，潘金蓮本人行房時，正是「口中咬汗巾子難捱」（三聯書店本，頁676），第五十二回有具體的描寫，本文不贅述。

這類笑話也見於馮夢龍《笑府》。《笑府》「形體部・巨卵」有一個相近的故事：「有病死而冥王罰為驢者，其人力辯得直。許復故形還魂。因行急，猶存驢卵未變，既醒欲再往懇復全體。妻勸止之曰：胡閻王不是好講話的。苦正差罷。」[32]（又見於《笑林廣記》「形體部・巨卵」，其末句作：「閻羅王不是好講話的，只得做我不著，挨些苦罷」。）此外，卜鍵指出，泰安王植為李開先《詩禪》寫的跋語有「留驢陽」一詞。[33]

---

[29] 這個笑話也見於《笑林廣記》卷四「貪奢部」的「不吃素」條。參看《笑林廣記》（臺北：金楓出版社，1986），頁247。其文曰：一人遇餓虎，將遭啖。其人哀懇曰：「圈有肥豬，願將代己。」虎許之，隨至其家。喚婦取豬喂虎，婦不捨，曰：「所有豆腐頗多，亦堪一飽。」夫曰：「罷麼，你看這樣一個狠主客，可是肯吃素的麼？」

[30] 陶慕寧校注：《金瓶梅詞話》（北京：人民文學出版社，2000），頁272。

[31] 陶慕寧校注：《金瓶梅詞話》（北京：人民文學出版社，2000），頁678。芮效衛將金蓮那句話譯為：No wonder Begger Ying's two wives are so inured to that donkey's prick of his. (Roy, vol.3, p.240.)

[32] 馮夢龍：《馮夢龍全集・笑府》（上海：上海古籍出版社，1993），頁336。

[33] 卜鍵：《金瓶梅作者李開先考》（蘭州：甘肅人民出版社，1988），頁277。芮效衛亦注意及此：There is an anecdote about Li K'ai-hsien (1502-68) that shows he was probably familiar with some version of this joke. See *Li K'ai-hsien chi*, 3:1030, II.14-16; and Pu Chien, p.276-78. (Roy, vol.3, n.29, p.568) 正文翻譯見於 vol.3, p.239。Pu Chien 就是卜鍵。

繡像本的第五十一回雖然沒有這個「捱慣了驢的行貨」笑話，然而，繡像本的作者（或整理者）似乎也不甘心浪費材料。繡像本讓應伯爵與妓女韓金釧就曾用這個穢語互相諷刺──第五十四回，金釧兒在旁笑道：「應花子成年說嘴麻犯人，今日一般也說錯了。大爹，別要理他。」說的伯爵急了，走起來把金釧兒頭上打了一下，說道：「緊自常二那天殺的韶叨，還禁的你這小淫婦兒來插嘴插舌！」不想這一下打重了，把金釧疼的要不的。西門慶笑著向應問罪。伯爵一面笑著，摟了金釧說道：「我的兒，誰養的你恁嬌？輕輕蕩得一蕩兒就待哭，虧你捱那驢大的行貨子來！」金釧兒揉著頭，瞅了他一眼，罵道：「怪花子，你見來？沒的扯淡！敢是你家媽媽子倒捱驢的行貨來。」[34]

《金瓶梅》對「驢大的行貨」真是津津樂道，第四十九回，胡僧的外貌被寫得直如陽具。此外，第三回，西門慶想把貌美如花的潘金蓮弄到手，給他出主意的王婆說：第一要潘安的貌；第二要養得很大龜；第三要鄧通般有錢；第四要能軟款忍耐；第五要有閒工夫。此五件，喚做「潘驢鄧小閒。」（陶慕寧校注本，頁36。）其中的第二項「驢」，就是「驢大行貨」。「行貨」隱指男陽。這些話語，自然是承襲自《水滸傳》。《金瓶梅》的應伯爵變本加厲，偏愛用性器官為語料來編笑話：繡像本第五十四回，應伯爵調戲妓女韓金釧，拿了女陰來講笑話（頁708）。應伯爵言談之下流，幾乎無人能及。有評論者認為：「應伯爵人品的低劣、無恥，也便在這一句句的淫話中，一個個的黃段子中暴露無遺了。」[35]這也就是我們所說的「塑造人物形象」。（相比之下，西門慶的笑話，如第三十五回，「你便潤了肺，我卻心疼」，第五十四回說「吃白藥」笑話，不像應伯爵那樣幾乎每一段笑話都是粗鄙下流。）[36]

上述這類葷笑話，並不造成翻譯上的困難。但是有些葷笑話妙用雙關語，這就給翻譯家出了難題，以下筆者舉一些例子。

《金瓶梅詞話》第十九回，西門慶惱火李瓶兒下嫁蔣竹山（太醫），就對潘金蓮講蔣竹山的壞（笑）話：某日，左近人家請蔣太醫看病。蔣太醫正在街上買了條魚要回家，說：「我送了魚到家就來。」那人說：「家中有緊病，請師父就去吧。」這蔣竹山一直跟到他家。病人在樓上。請他上樓。不想病人是個婦人，舒手教他把脈。蔣邊把脈邊掛念著懸在樓下簾鉤兒上的魚，竟忘記看脈，只顧問道：「嫂子，妳下邊有貓兒也沒有？」

34　齊煙、汝梅校點：《新刻繡像批評金瓶梅》，頁 708。

35　曹煒、甯宗一：《金瓶梅的藝術世界》（臺北：文史哲出版社，2002），頁 125。

36　遊戲主人、程世爵撰，廖東輯校：《笑林廣記二種》（濟南：齊魯書社，1996），頁 51：有終日吃藥而不謝醫者，醫甚憾之。一日，此人問醫曰：「貓生病，吃甚藥？」曰：「吃烏藥。」「然則狗生病，吃何藥？」曰：「吃白藥。」

不想婦人的男子漢在隔壁聽了，過來把太醫打了個半死，藥錢也沒有與他。[37]

芮效衛（David Roy）用 "You don't have a <u>pussy</u> down there do you?" 來翻譯「嫂子，妳下邊有貓兒也沒有？」這句話。

這個 pussy，是小兒語，今為口頭俗話，意即貓兒，又指女性的陰部。在譯文中，蔣竹山說這話時腦子自然是想著第一義貓咪，但聽者卻以為蔣用的是第二義，即女陰。倘依第二義解，則蔣竹山的話就是在調戲女病人，難怪蔣竹山被病人家屬所打。[38]

此句若照字面翻成：Do you have a cat down there? 就難以解釋為何病人的丈夫要打蔣竹山了。

第三十五回，又有一個「行房，刑房」的葷笑話。賈四說道：「一官問姦情事。問：『你當初如何姦他來？』那男子說：『頭朝東，腳也朝東姦來。』官云：『胡說！那裏有個缺著<u>行房</u>的道理！』旁邊一個人走來跪下，說道：『告稟，若缺<u>刑房</u>，待小的補了罷！』」應伯爵道：「好賈四哥，你便益不失當家！你大官府又不老，別的還可說，你怎麼一個行房，你也補他的？」賈四聽見此言，唬的把臉通紅了，說道：「二叔，什麼話！小人出於無心。」伯爵道：「什麼話？檀木靶，沒了刀兒，只有刀鞘兒了。」那賈四在席上終是坐不住，去又不好去，如坐針氈相似。[39]這個笑話須依仗諧音文字「行房」和「刑房」。Egerton 把那官員的回應翻譯如下：

● Whoever heard of going about sexual intercourse in that <u>unsatisfactory</u> way? At that moment a man ran up and plumped himself on his knees before the magistrate and said: "If you're in need of a clerk who knows how to be <u>unsatisfactory</u>, I'm the very man for you." […]
● [YING:] You might be excused for anything else, but how can you think of getting a job like that which is evidently in your mind, in his household?（Egerton, vol.2, p.123）

Egerton 譯本中的 unsatisfactory 看來是源自原文的「缺」：他把「缺」當成「缺點」「不能令人滿意」來理解。接下來，那個毛遂自薦的傢伙竟然以「懂得如何 unsatisfactory」

[37] 蘭陵笑笑生撰，陶慕寧校注：《金瓶梅詞話》（北京：人民文學出版社，2000），頁 231。梅節校：《梅節重校本金瓶梅詞話》（香港：夢梅館，1993），頁 213。白維國、卜鍵校注：《金瓶梅詞話校注》（長沙：岳麓書社，1995），頁 525。

[38] 筆者在別處討論過這個問題。參看洪濤：〈論《金瓶梅詞話》的雙關語和跨文化翻譯問題〉一文，載於羅選民主編：《文化批評與翻譯研究》（北京：外文出版社，2005），頁 251-261。

[39] 梅節：《梅節重校本金瓶梅詞話》（香港：夢梅館，1993），頁 430。齊煙、汝梅校點：《新刻繡像批評金瓶梅》（香港·濟南：三聯書店·齊魯書社，1990），頁 465。

為理由來自薦！這一譯文，雖然前後兩個人的話中有一個相同的詞語 unsatisfactory，但是，以自己 unsatisfactory 來自薦，實在匪夷所思！說話的人看來思想混亂已極。[40]

也許 Egerton 自己也覺得譯文的效果不夠充分（adequate），所以他下了一個注釋補充說明：Pun on the word *Hsing Fang*, which means "sexual intercourse" when expressed with one character, and a kind of clerk when another character is used.

其實，問題還不單單在於 Egerton 所說的「行房」誤聽為「刑房」，還在於那個「缺」字。按照研究者所言，「缺」實為方言。但是，到底是何處的方言，眾說紛紜：或說是山東話，或說是吳語。《金瓶梅詞話校注》一書指「缺」為「撅」的記音字。折彎、蜷曲。山東等地方音讀若「缺」。[41]張惠英指：南方一些方言如吳語「缺、曲、屈」同音。[42]吳慶峰認為：這裏的「缺著行房」即「撅著行房」。「缺」是「撅」的通假字。此字蘇北、魯西南讀 que（第二聲），意思是把東西弄彎、弄斷，如「把這鐵棍撅彎」；使身體彎曲、蜷曲，也叫「撅」。「行房」是男女交合。文中「頭朝東，腳也朝東姦他來」，正是對「撅著行房」的形象的解釋。另外，人處在狹小的地方，身體不得舒展，也叫作「撅」，如「坐在這裏撅得慌。」《金瓶梅》第七十七回：「蔣胖子吊在陰溝裏，缺臭了你了。」（三聯書店本，頁 1096）第四十二回：「唐胖子吊在醋缸裏，把你撅酸了。」（三聯書店本，頁 542）這裏都指「胖子」掉在「陰溝裏」或「醋缸裏」，身體不能舒展，才能「缺臭」「撅酸」。[43]

「缺著行房」與後文中的「缺刑房」諧音雙關。「缺著行房」就是身體彎曲著交合。刑房是縣衙裏掌管刑事案牘的官吏。官說：「缺（撅）著行房」，而那人卻聽成了「缺刑房」，並要「待小的補了罷」，弄出了笑話。芮效衛（David Roy）的譯文如下：

- How could you do justice to the office with anybody in such a crooked position?
- Your Honor, as for that crooked position in the Office of Justice, if there are any

---

40 雖然「蠢化」也是笑話的特徵，但是，我們覺得這裏的蠢好像是蠢過了頭，令人難以笑得出來。關於「蠢化」，王利器在《歷代笑話集》（上海：古典文學出版社，1956）的「前言」中說：「中國的笑話作品，重點都是放在描寫諷刺典型的反面特徵上，借助誇張和突出刻畫的手法，把反面人物加以蠢化……」語見該書頁 XIII。

41 白維國、卜鍵校注：《金瓶梅詞話校注》，頁 974。

42 張惠英：《金瓶梅俚俗難詞解》（北京：社會科學文獻出版社，1992），頁 168。張惠英為語言學者，其著作尚有《音韻史話》《漢語方言代詞研究》《漢藏系語言和漢語方言比較研究》；編有《崇明方言詞典》。

43 這段據吳慶峰：〈金瓶梅詞語補釋〉，載於《徐州師範大學學報（哲學社會科學版）》2000 年 26 卷 1 期，頁 90-93。語見頁 91。吳慶峰撰有《史記虛詞通釋》《音韻訓詁研究》。

openings in that body, I would be happy to fill them. [...]

● [Ying:] … you can hardly offer yourself as a replacement where his <u>performance</u> in the bedroom is concerned.（Roy, vol.2, p.338）

在這個譯文中，那官員的話中 do <u>justice</u> to the <u>office</u> 應該是指「能恰如其分做好事情」的意思。那個 office 意為 performance（性事上的表現），或者 a duty attaching to one's position; a task or function. 其實也就是隱指「性交」。下文則由自薦者誤聽 office、justice 等語，錯以為是 Office of Justice。然後應伯爵把焦點重新拉扯到房事之上：performance in the bedroom. 應伯爵之意，是大官人要行房，又不是性無能，竟要你這廝來頂替？！

芮效衛此譯，已是不俗，因為語音上確能彼此呼應，語義上也能前後連貫。唯一美中不足的是，可能有些讀者不明白 office 有 performance 之意。這個 office，*Oxford English Dictionary* 的釋義是：The performance of, or an act of performing a duty, function, service, attendance, etc. *Obs.* 其中，*Obs.* 代表 obsolete，意即「陳舊」。[44]

芮效衛在注釋中說：The point of this joke depends upon a pun between the terms *hsing-fang* meaning "sexual intercourse" and *hsing-fang* meaning "Office of Justice."（vol.2, p.552, n.45.）換言之，這笑話本身也是一個諧音雙關語。查《笑林廣記》「世諱部」有一則笑話亦用「行房」與「刑房」諧音雙關語：

> 一吏假扮舉人，往院嫖妓。妓以言戲之曰：「我今夜身上來，不得奉陪。」吏曰：「申上來我就駁回去。」妓曰：「不是這等說，<u>行房</u>齷齪。」吏曰：「<u>刑房</u>齷齪，我兵房是乾乾淨淨的。」曰：「是月經。」吏曰：「我從幼習的是詳文、招稿，不管你什麼《易經》、《詩經》。」妓曰：「相公差矣，是流紅。」吏曰：「劉洪他是都吏，你拿來嚇我，難道就怕〔了〕不成？」[45]

這個笑話的雙關語很多：「身上來／申上來」「行房／刑房」「月經／易經」「流紅／劉洪」。[46]

《金瓶梅》和《笑林廣記》的「行房／刑房」笑話疑有關係：究竟是《金瓶梅》從後者截取其中一句，還是《笑林廣記》據前者而踵事增華？抑或兩者同出一源？抑或竟是巧合雷同？我們暫時難有定論。

44　筆者用的 OED 是電子版，電子版無頁碼。

45　《笑林廣記》（臺北：金楓出版社，1986），頁 198。

46　該則笑話的末句，有的版本作「流經／劉涇」或「流經／劉洪」。參看遊戲主人、程世爵撰，廖東輯校：《笑林廣記二種》（濟南：齊魯書社，1996），頁 144。

四、結語

本文討論的戲謔語和笑話兒，其中有一部分見於《解慍編》《時尚笑談》《笑府》（或者《廣笑府》）和《新刻華筵趣樂談笑酒令》。

以上這些笑話集，應該是成書於明代。筆者認為笑笑生和笑話集的編者，都有可能採錄當時民間流行的笑話。

此外，本文所論的若干條笑話見於遊戲主人的《笑林廣記》，而《笑林廣記》多輯摘自前人笑話集，因此，未必是《笑林廣記》從《金瓶梅》摘抄。

事實上，有些笑話可能同源，現在很難斷定是哪本書抄哪本書，例如《金瓶梅》繡像本第五十四回應伯爵所說的笑話「江心賊（賦）」，分別見於《時尚笑談》、[47]《解慍編》卷七「貪吝」、[48]《笑府》卷一「古豔部」、[49]《廣笑府》卷七「貪吝部」和《新刻華筵趣樂談笑酒令》卷之四「談笑門」。另一笑話「有錢村牛」之類的故事見於《解慍編》「貪吝部」、《笑府》「古豔部」、《廣笑府》卷七「貪吝部」、《新刻華筵趣樂談笑酒令》卷之四「談笑門」和遊戲主人《笑林廣記》「古豔部」。[50]

笑話集中的笑話是孤立的，一則接一則，每則各自獨立，無需連貫呼應。《金瓶梅》的情況就不一樣了。《金瓶梅》出現「江心賊（賦）」笑話時，應伯爵誤諷西門慶是富（賦）人近於賊，銜接得甚為巧妙。此外，「有錢村牛」在笑話集中是孔子的趣語，在《金瓶梅》中暗諷西門慶，指西門雖有錢，但只是一「牛」。[51]凡此種種，都反映笑笑生能以

47　王秋桂主編：《善本戲曲叢刊·堯天樂》（臺北：臺灣學生書局，1984），頁 99-100。

48　樂天大笑生輯：《解慍編》（上海：上海古籍出版社，1995），頁 372。王利器輯：《歷代笑話集續編》（瀋陽：春風文藝出版社，1985），頁 47。

49　參看《笑府》「古豔部」，其文：一暴富人日夜憂賊，一日偕友游江心寺。壁間題「江心賦」，錯認「賦」字為「賊」，驚欲走匿。友問故。答云：「江心賊在此。」友曰：「賦也，非賊也。」曰：「賦便賦了，終是有些賊形。」見《笑府》（上海：上海古籍出版社，1993），頁 5。另見《笑林廣記》（臺北：金楓出版社，1986），頁 49。

50　事實上，第五十四回應伯爵說的「有錢村牛」笑話，在《笑府》為「古豔部·牛」：孔子見死麟，哭之不置。弟子謀所以慰之者，乃編錢掛牛體，告孔子曰：「麟已活矣。」孔子觀之曰：「非也，分明是一隻牛，只多得幾個錢耳。」《解慍編》卷之七「貪吝·有錢村牛」：春秋時，麟出魯西郊，野人不知為瑞，乃擊殺之。孔子往觀，掩袂而泣。門人恐其過傷，乃以銀錢妝一牛，告夫子曰：「麟尚在，可無傷也。」夫子拭觀之，歎曰：「此物豈是祥瑞，只是一有錢村牛耳。」見樂天大笑生輯：《解慍編》（上海：上海古籍出版社，1995），頁 372。另外，《新刻華筵趣樂談笑酒令》的笑話見於楊家駱主編《中國笑話書》（臺北：世界書局，1961），頁 343。

51　此外還有一些笑話，情況也近似，例如《金瓶梅》第五十四回「財主屁香」的笑話，也見於馮夢龍《笑府》「世諱部」（頁 249）、《笑林廣記》「世諱部」（頁 197）。

笑話配合小說情節，其融會手法值得世人稱賞。

周作人曾將笑話的性質分為挖苦與猥褻兩種。[52]這雖然顯得分類過簡，但也有助於我們認清笑話的基本內容和性質。

本文討論的戲謔語和笑話兒（其實主要是笑話），一類正是挖苦、譏諷妓女和幫閒，另一類是帶有色情成分的猥褻笑話。[53]

從本文的分析來看，本文所列舉的第一類笑話涉及雙關語的運用（留／流，白嚼／伯爵），英譯本往往只能保留一層語義，因此，諷刺效果打了折扣。第二類主要屬於葷笑話，芮效衛的譯文甚具心思，殊為難得。（2007 年春撰於香港；2014 年春修訂）

【後記】

本文的初稿原為會議論文，會議結束後刊載於《金瓶梅文化研究（第五輯）》（北京：群言出版社，2007），頁 345-365。這個刊印稿中有若干誤植的文字。這次筆者趁論文結集之機，清除了舊稿中的一些錯別字。（2014 年春，校於香港。）

---

[52] 周作人撰，鐘叔河編：《周作人文類編》（長沙：湖南文藝出版社，1998），第 6 冊，頁 772。

[53] 葷笑話當然也可以具有諷刺作用，這一點十分容易理解，不贅。

隱語與藏詞：Egerton
《金瓶梅》英譯本是否「完美無刪節」
——兼論 David Roy 的翻譯方法

一、引言

　　《金瓶梅》有 Clement Egerton 英譯本，名為 *The Golden Lotus*（London: Routledge, 1939）。一般人視此書為英語世界的第一個《金瓶梅》全譯本。其實，所謂「全譯」只是主要情節保全了。

　　過去，論者大多關注這個譯本如何處理《金瓶梅》的「性描寫」。原來，《金瓶梅》有些情節涉及性愛，Egerton 在 1939 年版沒有翻成英語，只用拉丁文來表達，聊以隱諱。到了 1972 年，那些拉丁文片段才改譯成英語。[1]

　　楊力宇（Winston L. Y. Yang）等人編輯的 *Classical Chinese Fiction: a Guide to its Study and Appreciation: Essays and Bibliographies* 有簡短的評語：The 1939 translation of the *Chin P'ing Mei* contains many erotic passages translated into Latin. The 1972 revised edition is <u>fairly complete and unexpurgated</u>. Readable and fairly accurate.[2]這段話，似乎影響了一些人。中國大陸的一些評介文章，都告訴讀者說：Egerton 沒有刪節，例如：

- 1988 年，王麗娜《中國古典小說戲曲名著在國外》說：「西方研究者認為，此譯本對原作<u>未作刪節</u>，譯文較完美，是一種頗便閱讀的譯本。」[3]
- 1992 年，張弘《中國文學在英國》評伊傑頓（Egerton）的譯本，說：「譯文比較

---

[1]　據 1972 年版的 Publisher's Note 所說，將拉丁文句子翻譯成英文的是 J. M. Franklin。

[2]　Winston L. Y. Yang, Peter Li and Nathan K. Mao, *Classical Chinese Fiction: a Guide to its Study and Appreciation: Essays and Bibliographies* (Boston: G. K. Hall, 1978), p.219.

[3]　王麗娜：《中國古典小說戲曲名著在國外》（上海：學林出版社，1988），頁 141。

準確，又係全譯，<u>未對原文作刪節</u>，便於進行研究，因而獲得好評，曾多次再版。」[4]

● 1994 年，宋柏年主編《中國古典文學在國外》說：「楊力宇等認為，《金蓮》不僅可讀性強，而且<u>譯文完美，無刪節</u>。」[5]

宋柏年的引述，似乎不得要領。其實楊力宇等人說 1972 年修訂版是 fairly complete and unexpurgated，應該是指那些 erotic passages 在 1972 年已補譯成英語，這個補譯版本，相對 1939 年初版而言，可謂較為完整，不再淨化（unexpurgated）。

宋柏年轉述別人的話，卻說成：Egerton「譯文完美」。這恐怕不是楊力宇等人想要表達的意思。楊力宇等人是說 fairly complete，宋柏年翻譯引述時，是否去掉了 fairly 的意思？楊力宇等人想表達的是「完美」之義嗎？所謂 "complete and unexpurgated"，會不會是「完整」呢？

另一方面，王麗娜引「西方研究者」的言論，說：「譯文較完美」。王麗娜這話頗費解，因為「完美」就是「沒有缺陷，無懈可擊」，但是，王麗娜在「完美」前面，加了一個「較」字，這是什麼意思呢？到底「較完美」的意思是「完美」還是「不夠完美」呢？

Clement Egerton 譯本是不是「完美」「無刪節」，這一疑案，我們自己細讀譯本應該能查到真相。

其實，《金瓶梅》有些詩詞、聯句，Egerton 沒有翻譯，這是顯而易見的，不必再多費唇舌。[6]除此之外，Egerton 譯本還有其他刪節嗎？

筆者發現，Clement Egerton 譯本確實翻譯了故事主要情節，但是，他刪去《金瓶梅》的一些隱語和歇後語（又稱為「藏詞」）。以下，筆者舉出若干實例，兼論 David Roy 的處理手法。

二、刪去隱語

「隱語」的隱，顧名思義是「不見」。說話者之所以要隱，可能因為所指的本體較為粗鄙或涉及禁忌，不便直說、明說。隱語的使用反映了說話人的矛盾：一方面要表達，

4　張弘：《中國文學在英國》（廣州：花城出版社，1992），頁 236。

5　宋柏年主編：《中國古典文學在國外》（北京：北京語言學院出版社，1994），頁 445。

6　這類例子很多，隨便列舉：第六十四回原著有「撞碎玉籠飛彩鳳，頓開金鎖走蛟龍」這個聯句，Egerton 譯本上顯然沒有相應的詩句。見《大中華文庫·金瓶梅》（北京：人民文學出版社，2008），頁 1584。又如，第六十五回的卷首詩，Egerton 也沒有翻譯。

另一方面又不能明白地表達。

另一個矛盾是「理解」方面的事：如果說話說得太過隱晦，別人聽了也不會明白，那麼，隱語說了出來也等於沒說，例如，《金瓶梅》第三十二回，桂姐道：「好合的劉九兒，把他當個孤老？甚麼行貨子，可不砢磣殺我罷了！他為了事出來，逢人至人說了來，嗔我不看他。媽說：『你只在俺家，俺倒買些甚麼看看你，不打緊。你和別人家打熱，俺傻的不匀了。』真是『<u>硝子石望著南兒丁口心！</u>』」說著都一齊笑了。月娘坐在炕上聽著他說，道：「你每〔們〕說了這一日，我不懂，不知說的是那家話？」[7] 可見，別人聽了會發笑，月娘卻聽不懂隱語，也就不知道人家在說些什麼。用隱語的桂姐，算是白費心機了。

桂姐口中那句「硝子石望著南兒丁口心」，何止吳月娘聽不明白，就連研究隱語的學者，也不能肯定它是什麼意思！[8] 中國學者陶慕寧（1951-）承認：「此為隱語，迄無確解。」[9] 另一位專家也只能用不確定的語氣，說：「或喻其有眼無珠歟？」[10]

無論如何，《金瓶梅》原著中隱語是存在的，不能視若無睹。因此，譯者如何對待隱語，是值得細究的問題。

(一)寒鴉兒過了，就是青刀馬

《金瓶梅》第三十二回寫到應伯爵教玳安：「過來，你替他把刑法都拿了。」一手拉著一個，都拉到席上，教他遞酒。鄭愛香兒道：「怪行貨子！拉的人手腳兒不著地。」伯爵道：「我實和你說，小淫婦兒！時光有限了，不久<u>青刀馬過</u>，遞了酒罷，我等不的了。」謝希大便問：「怎麼是青刀馬？」伯爵道：「<u>寒鴉兒過了，就是青刀馬。</u>」眾人都笑了。當下吳銀兒遞喬大戶，鄭愛香兒遞吳大舅。[11]

以上這個片段中，應伯爵兩提「青刀馬」，美國翻譯家 David Roy 翻譯成：

7　王汝梅校注：《皋鶴堂批評第一奇書金瓶梅》（長春：吉林大學出版社，1994），頁 501。

8　傅憎享：《金瓶梅隱語揭秘》（天津：百花文藝出版社，1993），頁 262。這個隱語，Egerton 照著字面翻譯了，見 vol.2, p.63. 例如，「硝子石望著南兒丁口心」中的「硝子石」，Egerton 譯為 a piece of stone. 這個譯文只有「石」，「硝子」沒有著落。

9　陶慕寧校注：《金瓶梅詞話》（北京：人民文學出版社，2000），頁 411。

10　傅憎享：《金瓶梅隱語揭秘》，頁 134。傅憎享認為「硝子石是假水晶、假玉之類的玻璃」。卜鍵、白維國認為可能是「嵌字切口」：「即硝子石取『石』字諧音『實』，望著南兒取『南』字，諧音『難』，丁口合起來是『可』字。連起來為『實難可心』。」語見《金瓶梅詞話校註》（長沙：岳麓書社，1995），頁 878。

11　梅節：《夢梅館校本金瓶梅詞話》（臺北：里仁書局，2007），頁 461。

"The truth of the matter is that: Time is running out. At any moment: The 'blue-bladed horse' may 'come.' Serve the wine. I can't hold out any longer."

"When you wind up with a 'shiver like a cold crow,'" said Ying Po-chueh, "the 'blue-bladed horse' always 'comes.'"（Roy, vol.1, p.251）

張評本《皋鶴堂批評第一奇書金瓶梅》上也提及「青刀馬」的情節。[12]張評本是 Egerton 的翻譯底本，但是，Clement Egerton 的 *The Golden Lotus* 第二冊中，卻沒有「青刀馬」的譯文。請看：「小淫婦兒，時光有限了，不久青刀馬過，遞了酒罷，我等不的了。」……這個小段落的首句「時光有限了」，Egerton 的初譯（1939 年）誤為西門慶（Hsi-men cried）所說，大中華文庫本已改正為 Po-chü cried：

"Listen!" Hsi-men cried, "we have not all the time in the world. Serve us with wine at once. I will wait no longer."

Silver Maid poured wine for Master Ch'iao, Perfume for the elder of the Wu brothers … [13]

可見，Egerton 譯本中，I will wait no longer 下接 Silver Maid（吳銀兒）如何如何。原著在「我〔應伯爵〕等不的了」下面，還有謝希大提到「青刀馬」，然後應伯爵提到「寒鴉兒過了」，然後，還有「眾人都笑了」。以上三項，Egerton 譯本全無反映。

這句隱語到底想表達什麼意思呢？

「寒鴉兒過了」這句話，傅憎享認為有《西廂記》「槐影風搖暮鴉」之意，可以理解為「日之夕矣，夜將至矣。應伯爵發語重心在於：時候不早，『等不的了』。」[14]傅憎享這個說法，把「寒鴉兒過了」當成時間暗喻。

有人認為「寒鴉」諧「含鴨」，鴨指男子陽具，即所謂品簫。[15]又有人認為寒鴉兒指凍得抖翎的烏鴉，全句意為：抖激靈以後，就要射精了。[16]

Egerton 沒有翻譯「怎麼是青刀馬」和「寒鴉兒過了，就是青刀馬」，也許是因為他

---

[12] 王汝梅校注：《皋鶴堂批評第一奇書金瓶梅》（長春：吉林大學出版社，1994），頁 502。《新刻繡像批評金瓶梅》（香港：三聯書店；濟南：齊魯書社，1990），頁 414。

[13] *The Golden Lotus: A Translation, from the Chinese Original, of the Novel Chin Ping Mei*. Trans. by Clement Egerton (London: Routledge & Kegan Paul LTD, 1935), vol.2, p.64.《大中華文庫本》，頁 769。

[14] 傅憎享：《金瓶梅隱語揭秘》（天津：百花文藝出版社，1993），頁 71。

[15] 王汝梅校注：《皋鶴堂批評第一奇書金瓶梅》，頁 519。

[16] 陶慕寧校注：《金瓶梅詞話》，頁 412。另參白維國編：《金瓶梅詞典》（北京：中華書局，1991），頁 205。卜鍵、白維國：《金瓶梅詞話校註》（長沙：岳麓書社，1995），頁 879。

不明其意？[17]到了二十世紀末，另一位翻譯家 David Roy 對這句隱語，有詳細的解釋。

David Roy 比較重視原著的細節。他的譯本第二頁冊 539 上討論「青刀馬過」，他的意見是：Commentators do not agree on the interpretation of the line *ch'ing tao ma kuo*, which is made up of four characters the literal meanings of which are "blue" "blade" "horse" "pass." My rendering is based on the fact that the first two characters are the phonetic elements in the two characters *ching tao*, which could mean "sperm arrives." 換言之，David Roy 認為「青刀」，諧「精到」。[18]

David Roy 對於譯文用上 come 這個詞，也有清楚的解釋。為什麼用 come？關鍵在於原著的「過」字。Roy 說：The last character has the well-attested slang meaning of "sexual climax," either male or female, and therefore corresponds conveniently with the analogous usage of the term "come" in English. 也就是說，Roy 認為原著中的「過」字，是指性高潮，所以，翻譯時，就用 come 來對應。

我們知道，come 最尋常的意思是「來、到、到達」，另一方面，在男女性愛的語境中，come 往往表示「性高潮」的意思（To experience orgasm.）[19]總言之，Roy 筆下的這個 come，我們可以視為雙關語。

「過」字在《金瓶梅》的特定語境中確實作「射精」解，例如，崇禎本第五十一回「西門慶精還不過。」「放到裏頭去就過了。」（頁 676）第七十四回「精還不過。」（頁 1025）[20]

或謂：the "blue-bladed horse" always "comes." 語義不明朗，難稱佳譯。筆者也同意這句譯文頗為費解，因為，一般讀者多半會這樣想：那主語 the "blue-bladed horse" 是什麼馬呢？

由於 David Roy 在前文用上了 shiver，敏銳的讀者也許會將 shiver 和 come 關聯起來理解。

另一方面，隱語之所以是隱語，應當是有所「隱諱」的。David Roy 對這一點，也有清楚的認識。他在注釋中說：In this interpretation, the expression as a whole would mean

---

17　當然也可能有其他原因，例如，難以用英語表達。

18　傅憎享：《金瓶梅隱語揭秘》則認為：「青刀馬：當然不是直指語義，而是幾經曲折。刀馬指腳……」詳情見其書頁 263。

19　摘自 *America Heritage Dictionary*.

20　參看洪濤：〈《金瓶梅詞話》中雙關語、戲謔語、葷笑話的作用及其英譯問題〉一文，載於《金瓶梅文化研究（第五輯）》（北京：群言出版社，2007），頁 345-365。筆者所用的崇禎本指《新刻繡像批評金瓶梅》（香港·濟南：三聯書店·齊魯書社，1990），此書底本藏於北京大學圖書館。

something like "when the arrival of the sperm induces a tingling sensation, one will experience a climax." I have translated this passage in such a way as to suggest this interpretation while retaining some of the ambiguity of the original. Roy 所謂 a tingling sensation 似乎相當於陶慕寧校註本上說的「抖激靈」。由於「寒鴉兒過了，就是青刀馬」是隱語，所以 David Roy 有意保留了一點含混的效果。這似乎也能自圓其說。

(二)望江南、巴山虎兒、汗東山、斜紋布

　　書中另有一些隱語，Egerton 雖然翻譯了，但就給人「雖譯，猶不譯」的印象。[21]讀者看了以下的分析，可以自行判斷 Egerton 譯文是否「完美」。

　　《金瓶梅》第三十二回寫到：鄭愛香正遞沈姨夫酒，插口道：「應二花子，李桂姐便做了乾女兒，你到明日與大爹做個乾兒子罷，吊過來就是個兒乾子。」伯爵罵道：「賊小淫婦兒，你又少死得，我不纏你念佛。」李桂姐道：「香姐，你替我罵這花子兩句。」鄭愛香兒道：「不要理這望江南、巴山虎兒、汗東山、斜紋布。」伯爵道：「你這小淫婦，道你調子曰兒罵我……」[22]

　　鄭愛香那句「望江南、巴山虎兒、汗東山、斜紋布」，Egerton 翻譯為："Don't worry about that looking-towards-Chiang-nan tiger from the Pa Mountain, be-shitten pants from the Eastern Hills."（vol.2, p.68；大中華文庫本，頁 775）

　　這樣的譯文是不是「完美」？究竟有多少英語讀者會明白 that looking-towards-Chiang-nan tiger from the Pa Mountain 表示什麼呢？這是一大疑問。「望江南、巴山虎兒」是指老虎來自 the Pa Mountain？[23]

　　此外，譯文突然提到 pants from the Eastern Hills，又是何故？對此，Egerton 也無解釋。原文的「斜紋布」，Egerton 似乎理解為 "pants"（短褲）。其實，「布」怎麼會是褲？

　　看來，Egerton 的譯文，只像是一串莫測高深的咒語，近乎胡謅。可是，《金瓶梅》原文的隱語，卻有明顯的理路。許多中國讀者都能明白「望江南、巴山虎兒、汗東山、

21　嚴復在《天演論》「譯例言」講到：「譯事三難：信、達、雅。求其信已大難矣，顧信矣不達，雖譯猶不譯也……。」

22　王汝梅校注：《皋鶴堂批評第一奇書金瓶梅》（長春：吉林大學出版社，1994），頁 505。另參《新刻繡像批評金瓶梅》（香港：三聯書店；濟南：齊魯書社，1990），頁 417。《夢梅館校本金瓶梅詞話》的斷句作：「賊小淫婦兒，你又少死！得我不纏你，念佛。」（頁 464。）

23　卜鍵、白維國：《金瓶梅詞話校註》（長沙：岳麓書社，1995），頁 881 說明「望江南」是詞牌名，「巴山虎」是「一種攀援植物」。

斜紋布」這歇後語的意思。[24]目前，中國學者多認為這個隱語屬於藏頭格，實際上是罵對方「望巴汗斜」，也就是「王八汗邪」的諧音。

「望巴」諧「王八」，「王八」指烏龜；「汗邪」，謂人高燒出汗，神智昏迷，語言錯亂有如中邪。傅憎享（1931-）認為：汗邪是以病或病態喻人，舊時謂「汗病」是汗憋的，汗不出來，病人發燒胡言，即熱昏。傅先生所引書證有《金瓶梅詞話》第十九回的「汗病」、《紅樓夢》第六十二回「汗憋的胡說」。[25]

無論如何，「汗邪」在《金瓶梅》中肯定是罵人話，例如，潘金蓮曾經這樣說：「我不好罵的，沒的那汗邪的！」[26]

David Roy 在註釋中詳細解說：This elaborate example of wordplay is made of four familiar phrases, *Wang Chiang-nan*, the name of a lyric tune meaning "Gazing toward the Southland"; *pa-shan hu-erh*, a term for a mountain chair, and also for a type of ivy, meaning "mountain climbing tiger"; and *Han-tung shan*, the name of a song tune meaning "The Mountains East of the Han River"; and *hsieh-wen pu*, a term for a type of twill meaning "diagonally patterned fabric." The first characters of these four phrases, *wang pa han hsieh*, mean nothing in combination with each other but pun with the expression *wang-pa han-hsieh*, which means "the cuckold is delirious." 可見，他同意「望江南、巴山虎兒、汗東山、斜紋布」是藏頭格兼諧音隱語，即取「望江南、巴山虎兒、汗東山、斜紋布」的首字，形成「望巴汗斜」，諧「王八汗邪」，也就是 the cuckold is delirious 的意思。

問題是，"the cuckold is delirious." 這話，似乎不宜在譯文中出現，因為《金瓶梅》原文中鄭愛香不是說得這樣直白。

Roy 的譯本也沒有直接用 "the cuckold is delirious."。他的解決方案是：I have tried to render something of the effect of this example of wordplay by choosing four familiar English phrases the first words of which, "cock" "hold" and "dillar" "yes," sound something like "cuckold" and "delirious." (Roy, vol.2, p.540) 可見，Roy 用了諧音方法來應付這個翻譯難題。至於原本的「藏頭格」，他在譯本中特意用引號標示：

> "Cock" a doole doo,
>
> "Hold" onto your hat;
>
> A"dillar," a dollar, a ten o'clock scholar,

---

[24] 吉林大學中國文化研究所編：《金瓶梅藝術世界》（長春：吉林大學出版社，1991），頁 249。

[25] 傅憎享：《金瓶梅隱語揭秘》（天津：百花文藝出版社，1993），頁 148-149。

[26] 王汝梅校注：《皋鶴堂批評第一奇書金瓶梅》，頁 366。

"Yes," my darling daughter.（p.256）

我們比較 Egerton 和 Roy 的譯文，可以得出結論：Roy 對「譯文接受」問題比較在意，也是就說，他會想方設法幫助讀者讀懂小說。相反，Clement Egerton 沒有表現出協助讀者理解之意，讀者要是看不懂 that looking-towards-Chiang-nan tiger from the Pa Mountain 之類的話，那是讀者自己的事。

關於隱語的解讀，傅憎享著有《金瓶梅隱語揭秘》一書，詳細分析隱語的結構，讀者不妨參看。

三、刪去歇後語（兼論去取的原則）

歇後語，或謂之「藏詞」，即隱藏句末之詞，以暗示其義。[27]《金瓶梅》書中的實例有「秋胡戲」，藏尾透字，歇一「妻」字（「秋胡戲妻」）。《金瓶梅》第二十三回宋蕙蓮問西門慶：「你家第五的秋胡戲，你娶他來家多少時了？是女招的？是後婚兒來？」[28]又如，「驢馬畜」，也是藏尾透字，歇一「生」字，實指「生日」。《金瓶梅》第十四回，孟玉樓對潘金蓮說：「五丫頭，你好人兒！今日是你個驢馬畜，把客人丟在這裏，你躲到房裏去了，你可成人養的！」[29]

《金瓶梅詞話》第五十三回，西門慶問道：「怎麼悄悄的關上房門？莫不道我昨夜去了，大娘有些二十四麼？」這裏，「二十四」歇「氣」，實際上就是指「生氣」。[30]藏詞分為三種形式：藏頭、藏腰、藏尾。[31]

有的歇後語不常用，一般人可能不識其義，例如，第七十六回「號咷痛，剜牆拱」，臺灣學者魏子雲（1918-2005）解釋道：「痛哭得要把牆也哭倒似的！」[32]這個說法，受到傅憎享質疑。傅憎享認為「號咷痛」明歇「哭」字；「剜牆拱」歇「窟」，諧「哭」，是暗歇。[33]《金瓶梅》崇禎本上沒有「剜牆拱」三字，也可能是因為編者不明所歇，因

27　鮑延毅：《金瓶梅語詞溯源》（北京：華夏出版社，1996），頁148。

28　王汝梅校注：《皋鶴堂批評第一奇書金瓶梅》，頁367。秋胡故事早見於漢劉向《列女傳》。到元朝，有石君寶《魯大夫秋胡戲妻》雜劇。

29　王汝梅校注：《皋鶴堂批評第一奇書金瓶梅》，頁229。

30　卜鍵、白維國：《金瓶梅詞話校註》，頁1421。

31　霍現俊：《金瓶梅發微》（北京：中國社會科學出版社，2002），頁329。

32　魏子雲：《金瓶梅詞話注釋》（鄭州：中州古籍出版社，1987），頁530。

33　傅憎享：《金瓶梅隱語揭秘》，頁156。

而把「剗牆拱」刪掉。[34]

也許是因為擔心聽者「不明所歇」，所以，《金瓶梅》的人物有時候也會把「所歇」說出來。這樣一來，歇後語的難度就會降低，正如說謎語的人自揭謎底，聽者自然一聽就懂。雖是如此，Clement Egerton 有時候也略去《金瓶梅》的歇後語不譯。以下，筆者列舉一些實例，並略加解釋。

(一)南京沈萬三，北京枯樹彎

《金瓶梅》第三十三回，寫陳敬濟遺失鑰匙，遍尋不獲，後來發現金蓮把鑰匙藏在身上，才待用手去取，被金蓮褪在袖內，不與他，說道：「你的鑰匙兒，怎落在我手裏？」急得那小伙兒〔陳敬濟〕只是殺雞扯膝。金蓮道：「只說你會唱的好曲兒，倒在外邊鋪子裏唱與小廝聽，怎的不唱個兒我聽？今日趁著你姥姥和六娘在這裏，只揀眼生好的唱個兒，我就與你這鑰匙。不然，隨你就跳上白塔，我也沒有。」敬濟道：「這五娘，就勒掯出人痞來。誰對你老人家說我會唱？」金蓮道：「你還搗鬼？南京沈萬三，北京枯樹彎——人的名兒，樹的影兒。」那小伙兒吃他奈何不過，說道：「死不了人，等我唱。我肚子裏撐心柱肝，要一百個也有！」[35]

Egerton 的譯文中有 "the White Pagoda"（白塔），但是，"the White Pagoda" 那句之後，沒有表達「勒掯」的意思。[36]換言之，Egerton 刪掉了陳敬濟和潘金蓮的對答的一部分。

請看相關的譯文：

> "[…] If you will not sing, you may jump as far as <u>the White Pagoda</u>, but nothing shall induce me to give it to you." So the young man was compelled to obey. "Very well," said he, "I do not propose to lose my life for it, so I will sing. […]"[37]

由此可見，陳敬濟批評潘金蓮「勒掯」，潘金蓮回應說的「南京沈萬三……」，這兩句話，Egerton 的譯本都沒有表達出來。

另一位譯者 David Roy 翻譯了「勒掯」那句，他的譯文是：This Fifth lady is enough to give one a case of heartburn.（vol.2, p.268）下接潘金蓮的對答，她那句「南京沈萬三，北京

---

[34]　傅憎享：《金瓶梅隱語揭秘》，頁 273。

[35]　「才待用手去取」以下，摘自王汝梅校注：《皋鶴堂批評第一奇書金瓶梅》，頁 518。另參《新刻繡像批評金瓶梅》（香港：三聯書店；濟南：齊魯書社，1990），頁 426。

[36]　「勒掯」的意思是「刁難，故意為難。」參看白維國編：《金瓶梅詞典》，頁 205。

[37]　Egerton, *The Golden Lotus*, vo1.2, p.78；《大中華文庫本》，頁 793。

枯樹彎……」，Roy 翻譯為：

> Just as Nanking has its Shen Wan-san,
>
> Peking has its withered willows;
>
> Just as a man has its reputation,
>
> A tree has its shadow.（vol.2, p.268）

Roy 還加了註釋，講述沈萬三的事蹟。參看其英譯本第 2 冊，頁 542。

沈萬三是元末巨富。明人田藝蘅《留青日札》說：「今人言富者必曰沈萬三云。蓋元末人也。」[38]關於沈萬三其人，北京師範大學歷史系顧誠教授（1934-2003）曾撰〈沈萬三及其家族事跡考〉一文，可以參看。[39]

另外，談遷（1593-1657）《北遊錄》記當時有「南京沈萬三、北京大柳樹之謠」。[40]

《金瓶梅》第七十二回也有這個歇後語，文字稍異：「南京沈萬三，北京枯柳樹——人的名兒，樹的影兒。怎麼不曉的？雪裏埋死屍，自然消將出來！」[41]有趣的是，Egerton 譯本第七十二回是這樣處理的：

> "It is common gossip," Golden Lotus said. "Everybody knows it. If you bury a body in the snow, it always turns up again when the snow melts."[42]

到底 common gossip 是借代「南京沈萬三，北京枯柳樹——人的名兒，樹的影兒」，還是指下文 If you bury a body in the snow, it always turns up again when the snow melts？

我們能肯定的是：Egerton 翻譯了潘金蓮話中的另一句俗語「雪裏埋死屍——自然消將出來。」但是原有的「沈萬三」「枯柳樹」「名兒」「影兒」，全部被 Egerton 省略掉了。

關於「北京枯柳樹」，有學者這樣解釋：「枯柳樹，北京地名，傳說明代北京城是用枯柳樹挖出的金錢建造的。」[43]又有人說：「枯樹彎，一作枯柳樹，北京地名。傳說樹下曾掘出巨額金錢，北京城即用此錢建成。」[44]《明實錄》嘉靖二十九年八月有「游

38　王利器主編：《金瓶梅詞典》（長春：吉林文史出版社，1988），頁 187。

39　刊於《歷史研究》，1999 年 1 期，頁 66-85。

40　談遷撰，汪北平點校：《北遊錄》（北京：中華書局，1960），頁 135。

41　王汝梅校注：《皋鶴堂批評第一奇書金瓶梅》，頁 1160。

42　Egerton, *The Golden Lotus*, vol.3, p.306；《大中華文庫本》，頁 1819。

43　白維國編：《金瓶梅詞典》（北京：中華書局，1991），頁 729。

44　陶慕寧校注：《金瓶梅詞話》，頁 424。

騎散掠<u>枯柳樹</u>等各村落」。[45]不過，David Roy 在第三十三回和第七十二回都沒有把「枯柳樹」當成地名看待（他譯成 withered willows）。[46]

其實，潘金蓮自己道出了「北京……」所歇的是「樹的影子」。看來，「枯柳樹」在整句話中是先作為地名，然後，說話人用關聯手法引出「樹影」。[47]第七十七回，潘金蓮還說過同類的話：「宮外有株松，宮內有口鐘，鐘的聲兒，<u>松的影兒</u>，我怎麼有個不知道的！」[48]所謂「影」，強調凡事必有前因。

(二)劉湛兒鬼兒

《金瓶梅》第三十九回，潘金蓮話中有一個歇後語，涉及歷史人物劉湛。這個人物，Egerton 也刪掉了。

話說李瓶兒所生的兒子寄名在吳道官廟裏，事後，潘金蓮取過紅紙袋兒，扯出送來的經疏，看見上面西門慶底下同室人吳氏旁邊只有李氏，再沒別人，心中就有幾分不忿，拿與眾人瞧：「你說賊三等兒九格的強人！你說他偏心不偏心？這上頭只寫著生孩子的，把俺每都是不在數的，都打到贅字號裏去了。」孟玉樓問道：「可有大姐姐沒有？」金蓮道：「沒有大姐姐倒好笑。」月娘道：「也罷了，有了一個，也就是一般。莫不你家有一隊伍人，也都寫上，惹的道士不笑話麼？」金蓮道：「俺每都是<u>劉湛兒鬼兒的？比那個不出材的</u>，那個不是十個月養的哩？」[49]

最後那句提到「劉湛鬼兒」「不出材」，Egerton 的譯文是，"We are no worse than anybody else," Golden Lotus said, "we all took the same length of time to come into the world."[50]

可見，「劉湛兒鬼兒」這個歇後語被 Egerton「化於無形」（既無「劉湛」也無「鬼兒」），只略存其義："We are no worse than anybody else"。意思是：「我們也不比別人差」。

如果讀者拿 David Roy 的譯本來作一比較，就會發現，Roy 對原文的細節比較重視，那個歇後語，他翻譯為：

---

[45] 轉引自霍現俊：《金瓶梅藝術論要》（天津：天津古籍出版社，2010），頁 303。

[46] Roy, vol.4, p.348.

[47] 卜鍵、白維國認為「南京沈萬三……」這句的意思是：「謂事情明顯，盡人皆知，就如南京沈萬三的名氣和北京枯柳樹的影兒一樣。」語見卜鍵、白維國：《金瓶梅詞話校註》，頁 899。

[48] 梅節校訂：《梅節重校本金瓶梅詞話》（香港：夢梅館，1993），頁 1100。

[49] 「取過紅紙袋兒」以下，摘自王汝梅校注：《皋鶴堂批評第一奇書金瓶梅》，頁 619。另參《新刻繡像批評金瓶梅》，頁 177。「劉湛兒鬼兒的」，詞話本作「劉湛兒鬼兒麼」。

[50] Egerton, *The Golden Lotus*, vol.2, p.176；《大中華文庫本》，頁 963。

> "Are we all nothing but:
>
> The ghosts of <u>Liu Chan</u>'s daughter?"
>
> Demanded Chin-lien. "Compared to whom is it alleged that we:
>
> Don't amount to anything?
>
> Which of us did not undergo ten months of gestation in the womb?"[51]

可見，Roy 的譯文保留了人物的姓名（Liu Chan）和整個結構。不過，The ghosts of <u>Liu Chan</u>'s daughter 這句話，譯本的讀者不容易理解。因此，Roy 在譯註中解釋 Liu Chan's daughter 和 amount to anything 是什麼意思。

在註釋中，Roy 說明劉湛的事跡可以在哪些史書上找到。譯註中最關鍵的是這以下兩句：He is alleged to have subjected each of his daughters to infanticide as soon as she was born, which elicited the criticism of his contemporaries. […] Presumably his justification for doing so was the sexist belief that daughters would not amount to anything.（p.571）這段話告訴讀者：據說劉湛生下女兒，就會馬上殺掉，原因是劉湛有重男輕女的思想。

中國學者鮑延毅認為「劉湛鬼兒──不出材」是「指不成材或無用的女子」，他對劉湛的生平有詳細的研究，寫了一篇〈輿論把他釘在歷史的恥辱柱〉，讀者可以參看。[52]

(三)王祥寒冬臘月行孝順

Egerton 不是凡遇歇後語都避重就輕。對待《金瓶梅》書中的歇後語，他多用直譯法，而且直譯後不為讀者提供額外的信息，這和 David Roy 的做法大相徑庭。以下，筆者舉一個實例。

《金瓶梅》第二十三回，西門慶道：「我和他〔宋蕙蓮〕往山子洞兒那裏過一夜。你吩咐丫頭拿床鋪蓋，生些火兒。不然這一冷怎麼當。」金蓮忍不住笑了：「我不好罵出你來的！賊奴才淫婦，他是養你的娘？你是<u>王祥，寒冬臘月行孝順，在那石頭床上臥冰</u>哩。」西門慶笑道：「怪小油嘴兒，休奚落我。罷麼，好歹叫丫頭生個火兒。」金蓮道：「你去，我知道。」當晚眾人席散，金蓮吩咐秋菊，果然抱鋪蓋、籠火在山子底下藏春塢<u>雪洞裏</u>。[53]

「王祥寒冬臘月行孝順」可以歇「臥冰」。王祥，《晉書》有傳，其人事母至孝，為

51　Egerton, *The Golden Lotus*, vol.2, p.423.

52　鮑延毅：《金瓶梅語詞溯源》（北京：華夏出版社，1996），頁 118-121。卜鍵、白維國認為「劉湛鬼兒」比喻不成材料，沒有用處的人。參看卜鍵、白維國：《金瓶梅詞話校註》，頁 1081。

53　王汝梅校注：《皋鶴堂批評第一奇書金瓶梅》，頁 366。另參《新刻繡像批評金瓶梅》，頁 296。

母解衣臥冰求魚，是《二十四孝》中的主角。[54]潘金蓮提起王祥行孝，意在諷刺西門慶甘願為了和蕙蓮交歡而忍受一整夜寒冷。

Egerton 把「王祥」那句直譯成：That slave's wife might be your mother and you might be <u>Wang Hsiang</u>, carrying out the duties of filial piety in winter. Only you'd rather lie on a warm bed than on ice.（vol.1, p.324；大中華文庫本，頁 551）我們相信，一般西方讀者大概不會熟悉 Wang Hsiang 的事蹟，也不熟悉他的 filial piety 是怎麼一回事，只能憑藉下文 lie on ice 聯想一下。[55]

為何「劉湛」被省掉不譯，而「王祥」照樣譯出？去取的原則何在？對此，Egerton 也沒有說明。

四、結語

《金瓶梅》的隱語甚多，研究書中隱語的論文，可以匯成一本專書；《金瓶梅》的歇後語也不少，白維國《金瓶梅詞典》就輯錄了一百六十多條歇後語。[56]

我們必須承認，隱語未必可解，歇後語也不容易用英語表述。[57]因此，筆者撰此文的目的不是要抨擊 Egerton，因為 Egerton 自己早就說過：I have made no attempt to produce a "scholarly" translation, [...][58]

巧用隱語和藏詞，顯示有些書中人物（例如：應伯爵、潘金蓮等人）口才了得。[59]這是《金瓶梅》人物塑造（characterization）的一個環節，所謂「文如其人」，出色的文學作品往往都有這個特點。按一般的翻譯要求，譯本應該反映原著的藝術特色。

但是，由於隱語和藏詞往往涉及特殊的語言技巧（例如諧音），直譯的效果可能不佳，

---

54 在《晉書》中，王祥是「解衣剖冰」，《二十四孝圖說》改為「臥冰」。參看傳憎享：《金瓶梅隱語揭秘》，頁 156。

55 David Roy 的譯文，見於 vol.2, p.51. 他除了直譯外，還附加了註釋，見 p.485。

56 見於《金瓶梅詞典》的「附錄一」。

57 第七十六回，應伯爵罵李桂姐和鄭月兒道：「我把你這兩個女又十撇，鴉胡石影子布兒朵朵雲兒了口噁心。」這話被海內外學人視為《金瓶梅》最難解的隱語。參看傳憎享：《金瓶梅隱語揭秘》，頁 280。

58 Egerton, *The Golden Lotus*, 1939 年版 "Introduction," p.vii.

59 《金瓶梅詞話》第六十回，李瓶兒的兒子被害死，潘金蓮稱快，竟接連用了好幾個歇後語來宣泄情緒。潘金蓮指著丫頭罵道：「賊淫婦，我只說你日頭常晌午，卻怎的今日也有錯了的時節！你斑鳩跌了彈〔蛋〕也，也嘴答谷了；春凳折了靠背兒，沒的倚了；王婆子賣了磨，推不的了；老鴇子死了粉頭，沒指望了！卻怎的也和我一般？」語見《夢梅館校本金瓶梅詞話》，頁 937。

在這種情況下，適量的刪略，是一種權宜的做法。

　　筆者想指出：所謂 Egerton「無刪節」，與事實不符。「完美」之論，也是難以服眾的說法。Egerton 本人也沒有這種想法，他說：I did not flatter myself that it was a <u>perfect</u> translation.[60]中國大陸評介書籍說 Egerton「<u>譯文完美</u>，<u>無刪節</u>」，這種說法，實屬以訛傳訛，不可置信。翻譯史的編纂，若亦以訛傳訛，亦將毫無公信力可言。（2014 年春撰於香港）

60　Egerton, *The Golden Lotus*, 1939 年版 "Introduction," p.vii.

文化篇

《金瓶梅》的文化本位觀念與
仇外話語的英譯

一、引言：自我本位與文化本位

本文所說的《金瓶梅》，不限於單一文本，而是指一個系列，包括：一、《金瓶梅》的前文本，也就是《水滸傳》；二、《金瓶梅詞話》，簡稱詞話本；三、《新刻繡像批評金瓶梅》，簡稱崇禎本；四、張竹坡（1670-1698）的《皋鶴堂批評第一奇書金瓶梅》，簡稱張評本。此外，本文還關注兩個英譯本：Clement Egerton 和 David Roy 兩家英譯。Egerton 以張評本為翻譯的底本，Roy 則以詞話本為翻譯的底本。[1]

本文的研究重點，是《金瓶梅》所體現的內外分際觀念及由此衍生的排他或仇外（xenophobia）話語，其中涉及地域的南與北、本地與外地、國族對峙（包括接受語境中的民族對峙）。[2]不過，內外分際觀念也不是絕對的，例如在世俗宗教層面上，外來的佛教已

1　詞話本和崇禎本未必是父子關係，可能各有自己的底本。一般認為張評本據崇禎本改訂而成。筆者所用的詞話本主要是指梅節：《夢梅館校本金瓶梅詞話》（臺北：里仁書局，2007），兼用陶慕寧校注：《金瓶梅詞話》（北京：人民文學出版社，2000）。筆者所用的崇禎本指《新刻繡像批評金瓶梅》（香港・濟南：三聯書店・齊魯書社，1990），此書底本藏於北京大學圖書館。筆者所用的張評本指王汝梅校注：《皋鶴堂批評第一奇書金瓶梅》（長春：吉林大學出版社，1994），此書底本為吉林大學圖書館藏本。Egerton 的英譯本，筆者用大中華文庫本（2008），其初版見於1939年。Roy 的英譯本至 2013 年才出齊全套 5 冊。

2　早在 1972 年，史學家傅樂成已指出宋代受外族侵凌，「國人仇視外族及其文化的態度，日益堅決，相反的對中國傳統文化產生熱愛，逐漸建立了以中國為本位的文化。」轉引自葛兆光：《宅茲中國：重建有關「中國」的歷史論述》（臺北：聯經出版事業公司，2011），頁 43。

經和《金瓶梅》社會溶為一體。[3]

　　《金瓶梅》研究領域中有所謂「南北之爭」，爭論的核心在於作者是南方人還是北方人。魯歌、馬征曾指《金瓶梅》一書「鄙視南方人」，認為這一現象可支持「作者是王穉登」之論。[4]本文也注意《金瓶梅》體現的地域觀念，但是，本文的目標不在於「作者論」，而在於此書的內外分際觀念。[5]

　　以「鄙視南方人」論《金瓶梅》作者的籍貫，恐難一錘定音，因為《金瓶梅》之前的作品已稱南方人為「南蠻」，不待《金瓶梅》，例如《水滸傳》有「蠻子」；《三國演義》的回目寫道「抗天兵<u>蠻</u>王初受執」「<u>南蠻王</u>五次遭擒」。[6]《金瓶梅》也確有貶損南方人的情節，但是，我們細心考察就會發現《金瓶梅》書中人物對於「外地人」「外族」，常有輕賤之意，不限於蔑視南方人。[7]換言之，書中人是以「自我」為本位，對於「外人」，常以「化外之民」視之，不管對方是來自南方還是北方，例如書中人物就稱北方人為「北虜」。「虜」，基本字義是「俘獲的人」，中國古代常用這個「虜」字貶稱北方族群。此外，《金瓶梅》書中也有「胡」。這個胡字古代主要用來稱呼北方或西方的民族，有時也用作蔑稱。其他外族名稱如夷、狄、番、倭、達達、馬回子等等，也在《金瓶梅》書中出現過。

　　《爾雅·釋地》說：「九夷、八狄、七戎、六蠻謂之四海」，[8]大體上，四者分別位於「中國」之東、北、西、南。《金瓶梅》也有自我中心的傾向，書中人物用「馬回子」

3　《金瓶梅》的敘述者對佛教徒，卻有所抨擊，例如第四十回有詩句：「最有緇流不可言，深宮大院哄嬋娟。此輩若皆成佛道，西方依舊黑漫漫。」（崇禎本，頁 520）

4　參魯歌、馬征：《金瓶梅及其作者探秘》（西安：華岳文藝出版社，1989），頁 63。此論點早在《社會科學研究》1988 年 4 期發布（頁 101）。

5　關於「南北之爭」與著作權問題，可以參洪濤：〈《金瓶梅詞話》「四季詞」的解釋與金學中的重大問題〉一文，載於《保定師專學報》第 14 卷第 3 期（2001 年 7 月），頁 49-54。

6　《三國演義》第八十七回，孔明認為「南蠻之地，離國甚遠，人多不習王化」。

7　一般認為，夷夏觀念，大約在春秋戰國時期已經形成。參看《中國大百科全書·民族》（北京：中國大百科出版社，1986），頁 168。另參，王文光等人：《中國民族發展史綱要》（昆明：雲南大學出版社，2010），頁 5。

8　邵晉涵：《爾雅正義》（上海：上海古籍出版社，1995），頁 196。許倬雲認為，後世中國中心論的四夷（蠻夷戎狄）之首，在遙遠的古代，並沒有野蠻的貶義。參看許倬雲：《我者與他者：中國歷史上的內外分際》（香港：中文大學出版社，2009），頁 7。王桐齡指「春秋時代之南蠻為苗族，西戎為藏族，北狄為滿蒙混血族，只有東夷為何族，後世無其血統，不能指名；……」參看王桐齡：《中國民族史》（長春：吉林出版集團公司，2010），頁 578。

「達達」「和番」等詞來嘲笑他人。[9]

論種族歧視，元朝最烈，人民大抵分為四等：蒙古人最貴，色目人次之，漢兒人又次之，南人最賤。[10]有些通俗的文學作品也描寫人們要把種族分野辨個明白，因而「達達」「回回」往往與「番人」並列，與「漢兒人」相對，例如元代楊顯之《酷寒亭》第三折：「他道你是什麼人？我道也不是回回人，也不是達達人，也不是漢兒人。」[11]

到了十七世紀，滿族入關南下成為統治者，明遺民頑強抵抗，民族矛盾是衝突的關鍵之一。清初，政權未穩，朝廷對反對勢力嚴密監控，以言入罪，臣民若詆讕朝廷，必遭嚴厲打擊。在這種情況下，《金瓶梅》原有的「內外分際」和相關的「仇外話語」都變成敏感問題，整理者重印《金瓶梅》之前，不得不先調整文字，否則隨時墮入文網，性命難保。

有趣的是，到目前為止，《金瓶梅》的英譯者都是外國人（Clement Egerton 和 David Roy），他們對於中國古代的「仇外話語」，未必很敏感。不過，我們發現，外國翻譯家也對「仇外話語」有所調整，這大概是為了方便西方讀者順利解讀此書。

二、《金瓶梅》的前文本與仇外意識

《金瓶梅》脫胎於《水滸傳》：笑笑生截取了《水滸傳》的「武松－潘金蓮－西門慶」故事，踵事增華，衍變成以西門慶一家為主的百回大書。

《水滸傳》的「武松－潘金蓮－西門慶」故事，雖然沒有體現多少民族意識，但是，《水滸傳》全書的「作意」，據說就是抵抗外侮。

李贄在《忠義水滸傳》的序文中說：「太史公曰：『《說難》《孤憤》，賢聖發憤之所作也。』由此觀之，古之賢聖，不憤則不作矣。不憤而作，譬如不寒而顫，不病而呻吟也，可恥孰甚焉！雖作何觀乎！《水滸傳》者，發憤之作也。蓋自宋室不競，冠履

9　關於「達達」和「和番」等，參看洪濤：〈《金瓶梅詞話》中雙關語、戲謔語、筆笑話的作用及其英譯問題〉，載於《金瓶梅文化研究（第五輯）》（北京：群言出版社，2007），頁345-365。另一方面，據夏伯嘉（Ronnie Po-chia HSIA）的研究，「回教在明代沒有受到強烈的壓迫。明末還有回教的進士。」參看夏伯嘉：〈明末清初耶穌會士在中西文化交流中所扮演的角色〉一文，載於《復旦大學文史研究院學術通訊》2009年第1期，頁17。

10　蒙思明：《元代社會階級制度》（北京：中華書局，1980）指：「蓋蒙古人初入中土時最急於種族階級制之樹立也。然而元朝之法律，不惟元初無完整之法典，即通元一代所有關於法令之官書，亦止命令之會合而已。」語見該書頁63。

11　楊顯之：《鄭孔目風雪酷寒亭雜劇》，見《續修四庫全書》（上海：上海古籍出版社，1995），第1761冊，集部，戲劇類，頁590上。

倒施，大賢處下，不肖處上。馴致<u>夷狄處上，中原處下</u>，一時君相猶然處堂燕雀，納幣稱臣，甘心屈膝於**犬羊**已矣。施、羅二公身在元，心在宋；雖生元日，實憤宋事也。是故憤二帝之北狩，則稱大破遼以洩其憤；憤南渡之苟安，則稱剿三寇以洩其憤。」[12]

　　無論《水滸傳》是不是真的激於「夷狄處上，中原處下」而寫破遼，此書確實帶有一些體現族群歧視的用語，例如容與堂本《水滸傳》第二十七回孫二娘稱公差為「瘦蠻子」。又，《水滸傳》第二十九回寫到「眼見得是個外鄉蠻子，不省得了，休聽他放屁。」[13]這是蔣門神一方的人罵武松為蠻子。金聖歎的七十回本《第五才子書施耐庵水滸傳》也有此語。[14]我們再看另一處，容與堂本第八十回有詩句「敗將殘軍入薊州，膻奴元自少機謀」，這「膻奴」是對遼國（907-1125）人的蔑稱，此稱緣自遼國人習慣吃牛羊肉，有膻腥味。[15]《金瓶梅》中這類歧視用語更多，可謂變本加厲。

　　《金瓶梅》的故事背景，正是北宋末年民族衝突十分激烈的年代，書末情節寫到北宋滅亡，兵荒馬亂，民不聊生。在外患頻仍的情況下，《金瓶梅》中的人物提及異民族，往往持敵對態度。最典型的例子，是《金瓶梅詞話》第十七回「宇給事劾倒楊提督」。這一回寫到，陳洪給西門慶發信示警，提到北人南下，「搶過雄州地界」。陳洪信中稱北人為「**北虜**」。（陶校本，頁205）此事應該是指發生在宣和四年（1122）的事。[16]

　　朝廷命官的言辭中，「自我中心」的傾向更是彰顯無遺，兵部給事中宇文虛中的奏疏上稱己方為「中國」「中夏」「內地」，稱外族為「夷、狄、虜、夷虜、金虜」。（有趣的是：宇文，實為鮮卑人姓氏。）[17]試看其言：

> 【詞話本】臣聞**夷狄**之禍，自古有之：周之**獫狁**，漢之**匈奴**，唐之**突厥**，迨及五代而**契丹**浸強。又我皇宋建國，**大遼**縱橫**中國**已非一日。然未聞內無**夷狄**，而外萌**夷狄**之患者。〔……〕今招**夷虜**之患者，莫如崇政殿大學士蔡京者：本以憸邪奸險之資，濟以寡廉鮮恥之行，〔……〕主議伐遼，內割三郡。郭藥師之叛，燕山失陷，卒致**金虜**背盟，憑陵**中夏**。〔……〕今**虜**之犯內地，〔……〕盜賊猖獗，**夷虜**犯順。（陶校本，頁206-207。夢梅館校本，頁230。）

12　此序文之末題「卓吾李贄撰」，語見陳曦鐘等輯校：《水滸傳會評本》（北京：北京大學出版社，1987），頁28。有的學者認為《水滸傳》的「李贄評」只是他人托名李贄。

13　施耐庵、羅貫中：《水滸傳》（北京：人民文學出版社，1989），頁371、392。

14　Sidney Shapiro 將此「蠻子」譯為 stupid rube。rube 即「鄉巴佬，土包子」，貶義甚重。

15　施耐庵、羅貫中：《水滸傳》，頁1146。

16　詳參《宋史紀事本末》卷五十三。

17　北周的皇室也姓宇文。趙令揚：《關於歷代正統問題之爭論》（香港：學津出版社，1976），頁47引述，宇文虛中後來「失身仕金為顯官」。

【崇禎本】臣聞**夷狄**之禍,自古有之:周之**玁狁**,漢之**匈奴**,唐之**突厥**,迨及五代而**契丹**浸強。至我皇宋建國,大遼縱橫中國已非一日。然未聞內無**夷狄**,而外萌**夷狄**之患者。〔……〕今招**夷虜**之患者,莫如崇政殿大學士蔡京者:本以憸邪奸險之資,濟以寡廉鮮恥之行,〔……〕主議伐遼,內割三郡。郭藥師之叛,卒致**金虜**背盟,憑陵**中夏**。〔……〕今**虜**犯內地,〔……〕盜賊猖獗,**夷虜**犯順。[18]

趙宋一朝由立國到滅亡,三百多年間邊患不斷。西夏、遼、金、元緊相逼迫,不但有「**金虜**背盟」,後來更有靖康之禍(1127 年),皇帝宋欽宗、太上皇宋徽宗被俘虜。[19]在邊患嚴重的背景下,北宋士人承襲傳統的夷夏觀,鄙視契丹人,稱之為「虜」「夷狄」。及至南宋,朝廷更須向佔據中原的金人稱臣稱侄,是以南宋人的民族意識日益提高。[20]楊維楨(1296-1370)的正統論,完全立足於漢民族的立場。[21]此外,我們注意到,正史中《宋史》首設《外國傳》(八卷),與《蠻夷傳》(四卷)分開。[22]到了《金瓶梅》成書的明朝,方孝孺(1357-1402)以夷狄為禽獸,他的極端民族思想,深深影響了明代許多史家。[23]

《金瓶梅》的故事背景是北宋末至高宗南渡。第十七回已提及大遼南侵、金國背盟;第六十四回提到「大金遣使臣進表,要割內地三鎮」;[24]到第九十九回交代:「不料東京朝中徽宗天子,見大金人馬犯邊,搶至腹內地方,聲息十分緊急。天子慌了,與大臣計議,差官往北國講和,情願每年輸納歲幣金銀彩帛數百萬。」(崇禎本,頁 1399)[25]第一百回又寫「大金人馬搶了東京汴梁,太上皇帝與靖康皇帝,都被虜上北地去了。中原無主,四下荒亂。兵戈匝地,人民逃竄。黎庶有塗炭之哭,百姓有倒懸之苦。大勢**番兵**已殺到山東地界,民間夫逃妻散,鬼哭神號,父子不相顧。」(崇禎本,頁 1413)[26]在這種故事背景下,《金瓶梅》書中人物有強烈的「內外分際」之念,是情理中事。

---

18 《新刻繡像批評金瓶梅》(香港・濟南:三聯書店・齊魯書社,1990),頁 210-211。

19 「背盟」之盟,應該是指「海上之盟」,宋金結盟,約定聯合滅遼後,金歸還宋燕雲十六州。遼破,金毀盟,攻宋。

20 葛兆光:《宅茲中國:重建有關「中國」的歷史論述》,頁 42。

21 趙令揚:《關於歷代正統問題之爭論》,頁 51。

22 參看《宋史》卷四百八十五列傳第二百四十四及其後諸卷。〈外國一、二〉記「夏國」,卷首謂「前宋舊史有《女直傳》,今既作《金史》,義當削之。」〈外國六〉記「天竺」等;〈蠻夷〉諸卷主要是關於「西南諸蠻」的。

23 趙令揚:《關於歷代正統問題之爭論》,頁 59。

24 梅節:《夢梅館校本金瓶梅詞話》,頁 1028。

25 張評本,頁 1640。崇禎本和張評本的標點略有不同。

26 張評本,頁 1656。崇禎本作「大勢番兵」,張評本上是「大勢甲兵」。

三、清康熙朝的文字獄與《金瓶梅》的「中性化」

明末清初是亂世，《金瓶梅》出版的情況不詳，本文無法討論。順治朝後，《金瓶梅》重印，出版的時代背景已變。在康熙年間的張竹坡評本上，外族貶稱被淡化（或「中性化」）。整理此書的人，用了不少中性詞語來替代崇禎本上的仇外話語。

上文我們提及陳洪給西門慶的信上有「北虜犯邊」這樣的話，在張評本上，「北虜犯邊」被改成了「邊關告警」。[27]我們知道，「北虜」的「虜」是貶稱，而取而代之的「邊關」，則屬於中性詞。

至於宇文虛中的奏疏上，「夷、狄、虜、夷虜、金虜、大遼」都變成了甚麼呢？請看：

- **夷狄**之禍　　　　→　　　**邊境**之禍
- 內無**夷狄**　　　　→　　　內無**蛀蟲**
- 外萌**夷狄**之患　　→　　　外有**腐朽**之患
- **夷虜**之患　　　　→　　　**兵戈**之患
- **金虜**背盟　　　　→　　　**金國**背盟
- **虜**犯內地　　　　→　　　**兵**犯內地
- **夷虜**犯順　　　　→　　　**舉兵**犯順
- **大遼**縱橫<u>中國</u>　→　　　<u>干戈</u>浸於<u>四境</u>
- 主議伐**遼**　　　　→　　　主議伐**東**

以下，我們看張評本上宇文虛中的奏疏（據王汝梅校注《皋鶴堂批評第一奇書金瓶梅》摘錄）：

> 【張評本】臣聞**邊境**之禍，自古有之：周之太原，漢之陰山，唐之河東，迨及五代，而刻無寧日，至我皇宋建國，**干戈**浸於**四境**者已非一日。然未聞內無**蛀蟲**而外有**腐朽**之患者。〔……〕今招**兵戈**之患者，莫如崇政殿大學士蔡京者：本以憸邪奸險之資，濟以寡廉鮮恥之行，〔……〕主議伐**東**，內割三郡。郭藥師之叛，卒致**金國**背盟，兩失和好。〔……〕今**兵犯內地**，〔……〕盜賊猖獗，**舉兵犯順**。（頁268-269）

這段文字，主旨仍然是彈劾權臣如蔡京等人，但是，對於邊患的主角，就寫得甚為含糊，用「干戈」「兵戈」「舉兵」之類來搪塞。崇禎本上的「中國」，張評本作「四境」。

這些文字的改換工作是誰做的呢？張竹坡談到：「目今舊板現在金陵印刷，原本四

27　王汝梅校注：《皋鶴堂批評第一奇書金瓶梅》（長春：吉林大學出版社，1994），頁267。

處流行買賣。」（張評本，頁 14）張評本出版之前，書商為避免觸犯清朝，可能已著手刪去書中體現「夷夏」意識的礙語。鄭振鐸《世界文庫》校刊《金瓶梅詞話》時所用的本子（疑為一種晚出的崇禎本）上，「夷狄」「匈奴」「夷虜」等字樣已刪換，故梅節先生認為刪礙語之事，明亡後不久已進行。[28]鄭振鐸所用之校訂底本今已下落不明，無法研究。我們看張評本，種種的改動似可歸納為以下幾類：

第一、族名改為地名，例如：崇禎本上的玁狁、匈奴、突厥，在張評本上都換成地名「太原」「陰山」「河東」──不提哪些民族與漢族政權發生衝突。同樣，國名也改為方位名稱，例如，宇文虛中的奏章上說到「邇者河湟失議，主議伐遼」，這應該是指宋史上聯金伐遼。[29]但是，在張評本上卻是「主議伐**東**」。（頁 268）「東」只涉方位，語義遠比「遼」空泛。

第二、刪除蔑稱，例如，崇禎本原有的「金虜」和「虜」，被張評本刪去「虜」字，分別改為「金國」和「兵」──張評本的整理者似乎不敢稱金國為「虜」。[30]附帶一提，崇禎本第七十回有「北伐虜謀」一句，張評本作「北伐謀略」（頁 1127）。同樣，崇禎本「腥膻掃盡夷從風」（頁 1409），張評本上作「跳梁掃蕩盡從風」（頁 1653）。

第三、改換主語。變動較大的是舊有的「盜賊猖獗，夷虜犯順」被改成「盜賊猖獗，舉兵犯順」。易詞之後，「盜賊」成為主語，整句連讀下來就成了「<u>盜賊</u>舉兵犯順」──與外患無甚關係。

「大遼縱橫中國」的「大遼」，在崇禎本上是主語，但是，在張評本上，主語的地位被「干戈」取代了，「大遼」完全不見蹤影了。

有些句子改換主語後，文理變得不通，而張評本的編者也勉強為之。例如：「茲因**北虜**犯邊，搶過雄州地界，兵部王尚書不發人馬，失誤軍機。」說的是「北虜」搶過雄州地界。可是，張評本上卻是「茲因**邊關**告警，搶過雄州地界」。到底是誰「搶過雄州地界」？「邊關」總不能「搶過雄州地界」吧？

上引文字，並非孤例。我們再看崇禎本第一百回三次寫到「大勢**番兵**」侵宋，張評本上三次都改為「大勢**甲兵**……」[31]，不稱金兵為「番兵」。

崇禎本後面又寫：「卻說大金人馬，搶過東昌府來，看看到清河縣地界。只見官吏

28　梅節：《金瓶梅詞話校讀記》（北京：北京圖書館出版社，2004），頁 9。梅節：《瓶梅閒筆硯：梅節金學文存》（北京：北京圖書館出版社，2008），頁 164。

29　宣和四年（1122）三月，金人約宋夾攻遼。金兵攻陷遼中京、西京。遼朝的天祚帝逃入夾山。宣和七年（1125），金滅遼，轉而侵宋。

30　宇文虛中的奏疏上，仍有兩處「虜患」，但這兩個「虜患」的所指較為含糊。

31　王汝梅校注：《皋鶴堂批評第一奇書金瓶梅》，頁 1654、1656。

逃亡，城門晝閉，人民逃竄，父子流亡。但見煙生四野，日蔽黃沙。封豕長蛇，互相吞噬。龍爭虎鬥，各自爭強。皂幟紅旗佈滿郊野。男啼女哭萬戶驚惶。**番軍虜將**一似蟻聚蜂屯，短劍長鎗好似森森密竹。」（崇禎本，頁 1415）

張評本上，雖然還是寫「大金人馬，搶過東昌府來」，主要情節沒變，但是，「番軍虜將」四字，張評本作「**強軍猛將**」。（頁 1659）[32]同一回，崇禎本作「**番兵**來到，朝不保暮」，張評本卻是「**兵馬來到**」。（頁 1660）

第一百回崇禎本有「番兵」，而張評本作「金兵」（頁 1416、1666）；崇禎本有「番將」，而張評本作「金將」（頁 1416）。又如，第四十一回，詞話本和崇禎本有「好把<u>犬羊</u>為國羞」，而張評本作「好把<u>玉帛</u>為交游」（頁 647）。我們知道，「犬羊」是舊時對外敵的蔑稱。「番」字也是對外人（化外之人）的蔑稱。[33]

前賢已經指出，《金瓶梅》的整理者對於外族名稱，心存忌憚，因此酌量刪除書中的「仇外話語」。這種推測是有道理的。我們知道，張竹坡評點刊刻《金瓶梅》，事在康熙三十四年（1695）。[34]此前（順治、康熙年間），因言獲罪之人不在少數。

較著名的文禍是康熙初的「明史案」，此案誅連甚廣，其事發生於康熙二年（1663），當時皇帝年幼未親政，而權臣當道。「明史案」的主角是浙江人莊廷鑨，他編著《明書》，書中奉尊明朝年號，又提及明末建州女真事，詳記明末崇禎一朝史事，大犯清廷之忌。成書後，莊廷鑨身死，其父莊允城代為刊行，被人告發，權臣鰲拜下令嚴懲涉案者，於是，莊廷鑨被開棺戮屍，其弟被誅，牽連被殺者數以百計。[35]此案在清初當有一定的震懾力。

至於張評本將「金虜」改為「金國」，這個問題，我們也得先瞭解事情的背景：明萬曆四十四年（1616），努爾哈赤（1559-1626）稱汗，國號「大金」。史學界一般稱之為「後金」，與 1115 年完顏阿骨打建立的「大金」（前金）相區別。[36]雖然兩個「金國」各有所指，而《金瓶梅詞話》痛罵「金虜」實是針對前金，不是針對後金（清朝的前身），但是，清朝的張評本還是避嫌將「金虜」改為「金國」。此外，前金滅遼，[37]張評本於

---

32 但是，筆者也必須指出，張評本並不完全避用「番」字。例如，第十六回有「原是<u>番兵</u>出產，逢人薦轉在京。」（張評本，頁 253）。疑「番兵」當作「番邦」。

33 清朝的百姓將英國人叫做「番鬼」。此詞目前在香港仍有人在使用，一般作「番鬼佬」。

34 參閱《皋鶴堂批評第一奇書金瓶梅》的「前言」。

35 戴逸主編：《簡明清史》（北京：人民出版社，1984）第二冊，頁 234。

36 前金曾南遷開封，以避蒙古。1234 年，前金終被蒙古和南宋聯軍所滅。參看王文光等人：《中國民族發展史綱要》，頁 268。

37 參看王桐齡：《中國民族史》，頁 400。

「遼」，似亦因此（種族事）而多所諱飾。

四、胡種與「胡僧」「吞胡」

崇禎本《金瓶梅》有一個胡僧，而滿清曾被視為胡種，於是《金瓶梅》中的「胡」也可能觸犯清廷的忌諱。[38]乾隆朝徐述夔（1703?-1763）有詩句「大明天子重相見，且把壺兒擱半邊」，因為「壺」字與「胡」同音，就被視為違礙文字。哪些文字犯忌，哪些不犯，端視朝廷的意見。諱與不諱，清世宗雍正帝（1678-1735）曾有所解釋。他在《大義覺迷錄》中說：

> **夷狄**之名，本朝所不諱。《孟子》云：「舜，東夷之人也；文王西夷之人也。」本其所生而言，猶今人之籍貫耳。〔……〕漢、唐、宋、明之世，幅員未廣，西北諸處皆為勁敵，**邊警**時聞，烽煙不息。**中原**之民，悉索敝賦，疲於奔命，亦危且苦矣！今本朝幅員弘廣，中外臣服，是以日月照臨之下，凡有血氣，莫不額手稱慶，歌詠太平。[39]

《大義覺迷錄》嘗試渲染「華夷一家」以消弭族群隔閡，認為「正統」與出身之地無關。這可以說是一種「自我轉化」。雍正帝說「**夷狄**之名，本朝所不諱」，是因為他不認為自己文化上屬於「夷狄」。[40]然而，從順、康二朝的實際情況來看，世人對「夷夏」問題是不敢掉以輕心的。歷史編纂最能反映人心中的忌憚，例如，傅維鱗（順治三年進士）是清朝翰林官，但是，他編纂的《明書》（順治三年草成），對於女真的記載，多有省略；凡遇敏感字眼，頗有改易，例如：「比直至，**虜**已解散」改為「比直至，解散矣」。[41]當時的文人若是心智靈敏，對「夷狄」問題豈不戒懼？康熙朝的《金瓶梅》本子似乎也折

38　許倬雲說：「究竟『胡人』名稱何來？其原義為何？至今未能有定論。」參看許倬雲：《我者與他者：中國歷史上的內外分際》，頁 28。許倬雲關注的是「原義」，而世人用這「胡」字之時，未必先考慮其原義，可能就泛指「外人」。許倬雲隨後又指北方「胡人」在歷史上有過許多不同的名稱，東胡、匈奴、鮮卑、回紇、契丹、女真、蒙古、滿州……他們族屬各有淵源，原居地也不相同。

39　引自《大義覺迷錄》，見《清史資料（第四輯）》，頁 22。

40　所謂「不諱」，要看「夷」的指稱對象是誰，例如，1793 年英國馬嘎爾尼（Macartney）使團訪華時，乾隆就自居「天朝」，視對方為「夷」。參看王之春：《清朝柔遠記》（北京：中華書局，1989），頁 144。另，汪暉認為：「那些少數民族王朝的統治者不斷地利用儒學，包括其不同形態如理學、經學或史學，以各種各樣的方式把自己轉化為中國。」參看汪暉：《亞洲視野：中國歷史的敘述》（Hong Kong: Oxford University Press [China] Ltd., 2010），頁 80。

41　武玉梅：《傅維鱗與明書》（北京：北京大學出版社，2009），頁 138。

射出這種心態。[42]我們再看以下二例：

　　崇禎本第四十八回蔡太師奏行七件事，在張評本上只剩下五件事，第六件事、第七件事不見蹤影。原來，崇禎本上的第六件事提到「國初寇亂未定」、第七件事提及「有傷聖治」等語。（崇禎本，頁622；張評本，頁744。）這兩件事或因犯清朝之忌而被刪汰。此外，第四件事「制錢法」有「邊人販之于虜」一大段解說，而張評本上只有三個字：「制錢法」。[43]

　　第七十回回末詩，崇禎本作「權奸誤國禍機深，開國承家戒小人。逆賊深誅何足道，奈何二聖遠蒙塵。」（頁974）張評本上，沒有逆賊、二聖兩句。可能整理者認定「二聖遠蒙塵」有犯忌之嫌。（頁1136）

　　歷史學家王汎森（1958-）認為，清朝盛世，夷狄問題較少引人注目，他說：「在清朝盛世，人們基本上不大談論統治者是夷狄這個事實，而至少在太平天國的動亂中卻逐漸成為鄉野士人談論的議題，下迄清季革命派從事種族宣傳四、五十年之久，似乎說明這場動亂為種族議論撞開了一道隙縫，鄉野人士開始對此議論紛紛起來。」[44]清廷治下的漢人懾於高壓政策，不敢公開談論亦是常情。不過，我們還應該注意以下的言論。

　　明末清初，滿族政權常被人稱為「胡」「胡虜」或者「胡種」。[45]戴笠（1614-1682）《行在陽秋》稱清兵為「胡騎」。[46]明末（1623年）《朝鮮仁祖實錄》卷之一載王大妃曰：「我國服事天朝，二百餘載，義即君臣，恩猶父子。壬辰再造之惠，萬世不可忘也。先王臨御四十年，至誠事大，平生未嘗背西而坐。光海忘恩背德，罔畏天命，陰懷貳心，輸款**奴夷**，己未征**虜**之役，密教帥臣，觀變向背，卒致全師投**虜**，流醜四海。」[47]這裏稱滿人為「奴夷」「虜」。卷三十二又稱之為「胡虜」。《燕行錄選集》第六輯：「凡關內皆是漢女，關外皆是**胡**女。〔……〕漢女其足絕異，故所著皆是唐制女鞋。此所謂弓鞋也。胡女則所著之履與男子同。漢女則避外人，而胡女則不知避，雖諸王卿相之妻皆乘車以行。」[48]直到乾隆初年，朝鮮仍稱清政權為「胡」：「清人雖是**胡種**，凡事極為

42　據說，清纂修《四庫全書》期間，涉及女真、遼事的文字也被銷毀纂改。參看章太炎：《章太炎全集（三）》（上海：上海人民出版社，1984），頁322-324。

43　其他四件事，張評本上也是寫得十分簡省，基本上只有名目。

44　王汎森：《中國近代思想與學術的系譜》（臺北：聯經出版事業公司，2003），頁85。

45　葛兆光：《宅茲中國》，頁158。

46　轉引自閻宗臨：《傳教士與法國早期漢學》（鄭州：大象出版社，2003），頁303。

47　《朝鮮王朝實錄》（漢城：國史編纂委員會，1968）三十三《仁祖實錄》卷之一癸亥，頁5。

48　成均館大學校：《국역燕行錄選集·燕行錄選集》（서울：민족문화추진회，1976-1982），第六輯《燕行紀事·聞見雜記上》，頁89。按：這個本子的特點是一冊之中，韓文、漢文本兼備。

文明，典章文翰，皆如皇明時。但國俗之簡易稍異矣。」[49]當今學者汪暉（1959-）指「清朝作為中國王朝的合法性大概要到乾隆時代才得到承認。」[50]

《金瓶梅》也提到「胡」，第四十九回寫到一個「胡僧」。[51]這個「胡」，David Roy 譯為 Indian。[52]在張評本《金瓶梅》上，沒有「胡僧」，只有「梵僧」。Egerton 稱胡僧為 the Indian Monk。[53]試看第四十九回回目，夢梅館校詞話本上是「永福寺餞行遇胡僧」（頁 723），崇禎本上是「遇胡僧現身施藥」（頁 625），張評本卻是「遇梵僧現身施藥」。再看內文那和尚自道來歷：

> 「貧僧行不改名，坐不改姓，乃西域天竺國密松林齊腰峰寒庭寺下來的胡僧……。」
> （陶校詞話本，頁 651；崇禎本，頁 635）

> 「貧僧行不改名，坐不改姓，乃西域天竺國密松林齊腰峰寒庭寺下來的梵僧……。」
> （張評本，頁 759）

筆者相信，張評本以「梵」代「胡」，主要原因也是要避清朝的諱。雖說詞話本、崇禎本上這個「胡」肯定是指西域，而不是北方的大金國，但是，「胡」字也可能貽人口實。附帶一提，張竹坡本人對施藥和尚絕無好感，他的評語說：「《金瓶梅》內卻有兩個真人，一尊活佛，然而總不能救一個**妖僧**之流毒。妖僧為誰？施春藥者也。」（張評本，頁51）在正文中，胡僧已成梵僧；正文以外，他直呼之為「妖僧」。

同樣，第一百回寫周統制是好將材，崇禎本寫道「中原蕩掃，志欲吞**胡**」，這句話中的「吞胡」，張評本作「吞併」（頁 1652）。第十一回崇禎本有「一曲**清**商」，而張評本作「一曲宮商」（頁 179）。我們知道，1636 年，皇太極（1592-1643）稱帝，國號大清。

49　轉引自黃枝連：《朝鮮的儒化情境構造──朝鮮王朝與滿清王朝的關係形態論》（北京：中國人民大學出版社，1995），頁 449。

50　汪暉：《亞洲視野‧中國歷史的敘述》，頁 81。陳永明：《清代前期的政治認同與歷史書寫》（上海：上海古籍出版社，2011）指全祖望（1705-1755）生存的年代，忠君觀念逐步取代反清情緒。參其書頁 158。

51　「胡」與「佛」，有所謂「化胡成佛」的故事，見於《三國志‧魏書‧烏丸鮮卑東夷傳第三十》：「浮屠所載與中國老子經相出入，蓋以為老子西出關，過西域之天竺，教胡。浮屠屬弟子別號，合有二十九，不能詳載，故略之如此。」語見《三國志》（北京：中華書局，1959）第三冊，頁 859-860。到西晉惠帝朝（290-306）末年，道士王浮撰《老子化胡經》。又，日本學者森安孝夫（1948-）指隋唐時「胡」多指西域農耕民。參看其〈唐代における胡と仏教的世界地理〉，載於《東洋史研究》第 66 卷第 3 期（2007），頁 1-33。

52　Roy, vol.3, p.195.

53　Egerton, vol.3, p.1181. 按：Egerton 和 Roy 都是按特定語境來翻譯。「胡」字的語義涵蓋面很大。

張評本似亦有避「清」之意。

不過，張評本也不是完全「淨化」。張評本仍然是以北宋末年為故事背景，情節所需，行文無法完全清除原有的「內外分際」的觀念和相關描寫，例如，張評本中，宇文虛中的奏疏還是提及「虜患」。（頁 269）

《金瓶梅》引文中也提及外族來進貢的事。例如，第十五回「佳人笑賞玩月樓狎客幫嫖麗春院」寫到「魚龍沙戲，七真五老獻丹書；吊掛流蘇，<u>九夷八蠻</u>來進寶。」（陶校本，頁 182；崇禎本，頁 186；張評本，頁 237。）這裏提到了「九夷八蠻」。或因清統治者稱南人為「蠻」，故張評本不必避「蠻」字。「九夷八蠻」一句，David Roy 的翻譯是：While the Nine Barbarians and the Eight Tribes come to offer their tribute.（vol.1, p.301）

五、「蠻」「蠻子」與「蠻子地域」

《金瓶梅》多次寫到「蠻子」，罵詈語中「蠻」字也甚為常見，例如張評本第八回提到「敲板兒蠻子」，大概是指南邊來的乞丐。（頁 135）張評本第二十回，「西門慶更畢衣，走至窗下，偷眼觀覷。正見李桂姐在房內陪著一個戴方巾的<u>蠻子</u>飲酒。」（頁 326）[54]這個「蠻子」就是杭州商人丁雙橋。

第三十四回既提到何蠻子、何二蠻子，又提到丁蠻子。[55]筆者相信這些都是諢名，正如張評本第七十六回孟玉樓稱溫葵軒為「溫蠻子」：「這<u>蠻子</u>他有老婆，怎生這等沒廉恥。」（頁 1277）溫葵軒是南方人，好男風，受害者畫童在吳月娘、潘金蓮、孟玉樓等人面前告他一狀。孟玉樓罵溫葵軒為「蠻子」，以示鄙視。同一回，又寫畫童「正在門首哭，如此這般，說<u>溫蠻子</u>弄他來。」（頁 1277）[56]

「蠻」是中國北方人對南方民族的蔑稱。[57]《孟子・滕文公上》：「今也<u>南蠻</u>鴃舌之

---

54 王利器主編：《金瓶梅詞典》（長春：吉林文史出版社，1988）指：「蠻子，舊時北方人對南方人的稱謂，含貶意。」（頁 385）

55 第三十四回的「丁蠻子」，與崇禎本第二十回的杭州商人丁雙橋，應該不是同一人。另外，第九十九回又有「何蠻子」。「丁蠻子」，Clement Egerton 譯為 Ting, the southerner (p.827)；David Roy 譯為 Ting the Southerner. (vol.2, p.301)

56 第七十三回，潘金蓮已用上了「溫蠻子」這稱謂語。

57 《史記》卷四十六〈田敬仲完世家第十六〉的張守節《正義》已經提到「蠻子邑」，其中引《括地志》云：「故梁在汝州西南二百步。《晉太康地記》云『戰國時謂南梁者，別之於大梁、少梁也』。古蠻子邑也。」見《史記》中華書局版，頁 1894。按：錢大昕指張守節的《正義》成於開元二十四年。

人，非先王之道。」[58]宋、元、明三朝，漢族人往往稱蒙古族人為韃子，而蒙古人常蔑稱漢族人為蠻子。到了清朝，滿族人對漢族人常蔑稱為蠻子。[59]

十三世紀時，馬可波羅在 *Travels of Marco Polo* 中稱中國北方為契丹（Cathay），南方為蠻子（Manji）。關於蠻子地域的所在，參看《馬可波羅行紀》第一○五章「從此城〔涿州〕行一哩，即見兩道分歧：一道向西，一道向東南。西道是通契丹之道，東南道是通蠻子地域之道。」[60]該書的譯者馮承鈞（1887-1946）在註釋中說：「波羅所謂蠻子九部，蓋指南宋舊境，……」（頁 374）Stephen G. Haw 在 *Marco Polo's China* 一書中解釋 Mangi（Manzi, Manji），他說："This is a pejorative term for people from south China. ... It is used by Marco to mean the area of China that had formed the empire of the southern Song dynasty."[61]

《金瓶梅》主要故事發生在山東清河，北方人多，南方人少。從書中的描寫看，稱酒客為「蠻子」，罵僕役為「蠻」，多少寓有「化外之人」的貶意。試看：第六十四回寫薛內相聽不懂「海鹽腔」，就說：「那蠻聲哈剌，誰曉的他唱的是什麼！」西門慶只好說：「內相家不曉得南戲滋味」。[62]

六、內外分際與仇外話語、見外話語的英譯

我們試看第二十回那一句「正見李桂姐在房內陪著一個戴方巾的蠻子飲酒」如何翻譯：

● Cassia was drinking with a southerner who was wearing a square cap.（Egerton，大中華文庫本，頁 497）[63]

● What should he see inside but Li Kuei-chieh drinking wine in the company of a southerner who was wearing a square-cut scholar's cap.（Roy, vol.1, p.424）

可見，Egerton 和 Roy 都把「蠻子」理解成「南方人」。

---

[58] 楊伯峻譯注：《孟子譯注》（香港：中華書局，1984），頁 125。

[59] 參看李光地：《榕村續語錄》卷十三「本朝時事」。

[60] 馮承鈞譯：《馬可波羅行紀》（上海：上海書店出版社，2001），頁 262。另參該書第一三八章。

[61] Stephen G. Haw, *Marco Polo's China: a Venetian in the Realm of Khubilai Khan* (London; New York: Routledge, 2006), p.115.

[62] 崇禎本，頁 870、872。張評本，頁 1017、1019。

[63] *The Golden Lotus*; translated by Clement Egerton (Beijing: The People's Literature Publishing House, 2008)。這個本子將譯者的姓名譯為「克萊門特·厄杰頓」，全書漢英對照。

　　值得注意的是，到了第二十一回，玳安又再將西門慶的事重述了一次：「不想落後爹〔西門慶〕淨手，到後邊親看見粉頭和一個蠻子吃酒，爹就惱了。不由分說，叫俺眾人把淫婦家門窗戶壁盡力打了一頓，只要把蠻子、粉頭墩鎖在門上。多虧應二爹眾人再三勸住。」（張評本，頁337）

　　玳安的話，David Roy 翻譯成：Who would have thought that, some time later, when Father went to the back of the establishment to relieve himself, he found the painted face and a Southerner drinking wine together and realized she had been giving him the slip. He was so enraged that: Without permitting any further explanation, he ordered us to tear the whore's place apart and would have had the Southerner and the painted face locked up together in the gatehouse had Ying the Second and the others not intervened.（Roy, vol.2, p.12）

　　不知何故，第二十一回 David Roy 的譯文把 southerner 變成了 Southerner。[64]雖然只是改為首字母大寫（capital initial），但是，首字母大寫詞一般會被視為專有名詞。

　　無論是 southerner 還是 Southerner，拿到西方人面前，都容易明白，但是，譯文 southerner / Southerner 是否負載了「蠻子」的貶意呢？

　　《金瓶梅》書中，也提到「南人」，例如，李桂姐之母對張二官說：「他纔教南人梳弄了，還不上一個月，南人還沒起身，我怎麼好留你？」（夢梅館校詞話本，頁459）這句話，Clement Egerton 和 David Roy 都將「南人」譯為 Southerner。[65]這樣翻譯自然沒有錯，但是，原文區分「蠻子」和「南人」（前者應有較強的貶意），在譯本上，卻無分別了。

　　書中人物又有「蠻囚兒」「蠻秫秫」「有屄的蠻子」等罵詈語。例如：《金瓶梅》第三十四回金蓮罵書童為「蠻奴才」，第三十五回中金蓮道：「我前日去俺媽家做生日去了，不在家，蠻秫秫小廝攬了人家說事幾兩銀子，買兩盒嗄飯，又是一罈金華酒，掇到李瓶兒房裏，和小廝吃了半日酒，小廝纔出來。沒廉恥貨來家，也不言語，還和小廝在花園書房裏，插著門兒，兩個不知幹著什麼營生。平安這小廝拿著人家帖子進去，見門關著，就在窗下站著了。蠻小廝開門看見了，想是學與賊沒廉恥的貨，今日挾仇打這小廝，打的臁子成。那怕蠻奴才到明日把一家子都收拾了，管人弔腳兒事！」（崇禎本，

64　David Roy 譯文第二十一回至第四十回，編入 *The Plum in the Golden Vase* 的第二冊。第二冊出版年分是 2001 年，第一冊出版年分是 1993 年，二書之間相隔大約 8 年時間。

65　Clement Egerton 的譯文是：My mother told them that my sister had just been made a woman by a Southerner. It had only been a month before and the Southerner had not gone away yet, so we could do nothing for him. (p.767) David Roy 的譯文是：She has just been deflowered by a Southerner, not more than a month ago, and the Southerner has not yet left town, so how can I agree to retain you as her customer? (vol.2, p.249)

頁 456）再如，崇禎本《金瓶梅》第七十五回寫：迎春才待使繡春叫去，只見春鴻走來烘火。春梅道：「<u>賊小蠻囚兒</u>，你原來沒跟轎子去。」「<u>賊小蠻囚兒</u>，你不是凍的那腔兒，還不尋到這屋裏來烘火。」（頁 1044）

書童原籍蘇州，正是南方人（崇禎本，頁 868），春鴻則為南曲歌童。「蠻秫秫小廝」「蠻奴才」「蠻囚兒」這些詞語，多少帶點貶義。[66]這些「蠻 XX」，David Roy 的翻譯是：

- 小蠻囚兒　　→　little jail bird of a <u>southerner</u>
- 蠻小廝　　　→　that <u>southern</u> page boy
- 蠻奴才　　　→　that <u>southern</u> pageboy
- 蠻秫秫小廝　→　that <u>southern</u> "sweetie" of a page boy

可見，David Roy 把作為前修飾語的「蠻」都翻譯成 southern 了（上引首例「小蠻囚兒」見於第 4 冊，p.469；後三例見於第 2 冊，p.322）。我們拿 Clement Egerton 的譯本來比較，就發現 Egerton 譯文多變：

- 小蠻囚兒　　→　little southerner（p.1911）
- 蠻小廝　　　→　Shu T'ung（p.853）
- 蠻奴才　　　→　that young man（p.853）
- 蠻秫秫小廝　→　that little slave Shu T'ung（p.853）

和 David Roy 的譯文比較，我們可看出：Clement Egerton 沒有固執一詞。Egerton 的多種譯法，映襯出 Roy 的專一。

筆者認為，在某些語境中，「蠻子」可能用得比較隨意，例如通俗小說中的「蠻子」也可能是泛指外鄉人，例如《水滸傳》第二十九回也寫到「眼見得是個外鄉<u>蠻子</u>，不省得了，休聽他放屁。」[67]這句話中的「蠻子」指武松。說話的人實際上沒分辨清楚武松是否南方人，反正「蠻子」已成方便的罵詈語。

《金瓶梅》的書中人幾乎東西南北都排拒、嘲罵，書中有：**北虜、西胡、南蠻、東倭**。[68]關於「倭」，《明史·日本傳》：「終明之世，通倭之禁甚嚴。閭巷小民，至指倭相詈罵，甚以嚇其小兒女云。」[69]倭，指日本人，明朝飽受倭寇之患。《金瓶梅》成書於明朝，似乎也受時代的影響，詞話本第二十一回，金蓮罵道：「好個<u>姦倭</u>的淫婦！隨問

---

[66] 王利器主編《金瓶梅詞典》指「蠻小廝」「蠻秫秫小廝」中的「蠻」都是「南方人」之意。

[67] 施耐庵、羅貫中：《水滸傳》，頁 392。這裏是酒保用「外鄉蠻子」罵武松。《水》《金》二書比較，《金瓶梅》用「蠻子」這詞的次數比較多。

[68] 關於「虜」「蠻」的英譯，上文已有論述。

[69] 張廷玉等：《明史》（北京：中華書局，1974），頁 8358。

怎的,綁著鬼也不與人家足數,好歹短幾分。」[70]張評本上,卻是「好個<u>姦滑</u>的淫婦!……」(頁336)整理者改「倭」為「滑」,似乎反映心裏對「涉外話語」比較敏感?

七、結語

上文的討論提到《金瓶梅》一書寫到夷、狄、蠻、虜、番、胡、倭,林林種種,各有故事。隨後,我們論析張評本上「夷、狄、虜、番、胡」等詞語如何被刪換。我們相信張評本刪換的原因是:避免觸犯清統治者。張評本是 Egerton 的翻譯底本,Egerton 英譯本上仇外元素自然較少,因為它的底本早經「淨化」。[71]

到了 David Roy,他據詞話本翻譯,詞話本上的夷、狄、虜、番等,大多都被譯成 barbarian,例如:David Roy 把「番兵」翻譯成 the <u>barbarian</u> armies(vol.1, p.324),把「北虜」譯成 the northern <u>barbarians</u>(p.341),「金虜」譯成 the Chin <u>barbarians</u>(p.344),宇文虛中奏疏中的「夷狄」譯成 the <u>barbarians</u>(p.343)。不過,原文的「夷、狄、虜、番」略有分別(特指詞),而英譯本可能為方便讀者理解,多用泛稱詞 barbarians。[72]

歷史學家許倬雲(1930-)認為,後世中國中心論的四夷(蠻夷戎狄)之首,在遙遠的古代,並沒有野蠻的貶義。[73]筆者認為,在《金瓶梅》成書的明代,蠻夷狄虜番倭的貶義甚重。在《金瓶梅》的語境中,這些詞語就算原無貶義,用者也是帶有排拒之意的。[74]

在講求「政治正確」(political correctness)的年代,用 Barbarian 這類詞指稱境外之人,會被判定為「歧視」。歷史學家余英時(1930-)的著作名為 *Trade and Expansion in Han China: A Study in the Structure of Sino-Barbarian Economic Relations*,就因為用了 Barbarian 這個

---

70 夢梅館校本《金瓶梅詞話》,頁294。潘承玉說「想必作者曾對倭寇之奸詐有深切體會也。」參看潘承玉:《金瓶梅新證》(合肥:黃山書社,1999),頁72。按,崇禎本作「奸滑的淫婦」(頁270)。David Roy 將「姦倭」譯成 simulating(vol.2, p.11)。

71 例如「北虜犯邊」,張評本改為「邊關告警」,Egerton 譯「邊關」為 the border garrison(p.399)。

72 「胡琴」的「胡」,David Roy 也是用 barbarian 來表述,作 the two-stringed <u>barbarian</u> fiddle(Roy, vol.2, p.420)。

73 參看許倬雲:《我者與他者:中國歷史上的內外分際》,頁7。

74 劉禾注意到1858年中英《天津條約》對「夷」字之用施行了禁令。參看 Lydia H. LIU, *The Clash of Empires: the Invention of China in Modern World Making* (Cambridge, Mass.: Harvard University Press, 2004)。英國人在十八世紀就已經把中國人稱做 barbarian,即「野蠻人」。十八世紀英國東印度公司一直將「夷」字譯成 foreigner,而不是 barbarian,後者是到了鴉片戰爭才被固定的。英國將「夷」字等同於 barbarian 是為了提供大清國冒犯英國的證據。

詞而招來批評。[75]也許是為了避免種族歧視，翻譯家 Moss Roberts（羅慕士）面對《三國演義》的「蠻王」，棄表意的 barbarian 不用，而採用拼音詞 Man 譯「蠻」。[76]

翻譯《金瓶梅》那些「夷、狄、蠻」時，譯者選用 barbarian，不應受到非難，因為原文用的就是貶義。至於 Southerner 之類，可能還嫌貶義不夠重。[77]

古希臘人戲仿聽不懂的外語發音而創造了 barbaros 這個詞，《金瓶梅》的薛內相將聽不懂的南戲形容為「蠻聲」，兩者頗有巧合之處。（完）

【後記】

本文原是會議論文，提交給在臺灣舉辦的《金瓶梅》國際學術研討會。2012 年 8 月 26 日，筆者在臺灣嘉義的中正大學宣讀論文後，世新大學的黃崇旻先生前來討論，並補充了一些「蠻子」的書證。黃先生提到容與堂本《水滸傳》第八十三回遼國人多次稱宋江等南方人為「蠻子」，洞仙侍郎稱沒羽箭張清為「打石子的蠻子」。黃先生又提及現實生活中仍有「熟番」「生番」之稱。筆者其實也注意及此，但因二詞都屬於敏感詞，為免聽者誤會，筆者沒有兼論此節。另外，中正大學的論文評審人（陳俊啟教授）也給拙文提了中肯的意見。筆者謹此一併致謝。

為方便讀者迅速掌握要點，筆者將文章提要附載於此：本文研究《金瓶梅》所體現的內外分際觀念及由此衍生的仇外話語。《金瓶梅》傳世之後，整理者和翻譯家對這些仇外話語都有不同程度的信息調整，其原因是耐人尋味的。本文所論，涉及《金瓶梅》在不同語境下的接受（清代和英語世界）；本文所關注的譯本，主要是 Clement Egerton 和 David Roy 兩家英譯。

---

[75] 劉紹銘引述德國漢學 Wolfram Eberhard（1909-1989）批評余英時，Eberhard 認為：「我很難得看到比這本書更種族中心的著作了。稱呼中國的四鄰為『蠻夷』，對我們來說，像十九世紀叫中國人『中國佬』（Chink）一樣唐突。這些『蠻夷』當中有些是有文明的，現在看來並不下於中國。有些對世界的美好與不朽價值觀有貢獻，譬如『蠻教』的佛教。余〔英時〕仍抱著古代中國文人的態度。」參看 2010 年 1 月 31 日《蘋果日報》上劉紹銘專欄〈屯門雜思錄〉。劉紹銘為余英時辯解：「『胡』本是對我國北方邊地及西域各民族的通稱，漢以後也泛指外國人，本無貶意。」

[76] Luo Guanzhong, *Three Kingdoms: a Historical Novel*. Translated by Moss ROBERTS (Beijing: Foreign Languages Press, 1994), p.1031.

[77] P. H. Herbst. *The Color of Words: an Encyclopaedic Dictionary of Ethnic Bias in the United States* (Yarmouth: Intercultural Press, 1997), p.209 解釋 southerner 這詞時說：Although the term denotes regional origin, it can also suggest ethnicity. 有些美國南方人認為此詞具正面含義。

《金瓶梅詞話》的外來樂器與民俗文化
——兼論相關的英譯問題

一、引論

　　彈唱是《金瓶梅》一書貫穿始終的娛樂形式。書中凡遇請客，主人家多用樂曲娛賓，這似是當時的風俗。此外，書中人抒情寄意，也訴諸彈唱。然而，全書整整一百回沒有寫彈奏古琴的場面，與《紅樓夢》不同。究其原因，《金瓶梅》寫到音樂的場面主要是娛樂場面，比較熱鬧，而彈奏古琴一向是平淡雅和的代表，也許是這個緣故，古琴與《金瓶梅》的喧鬧風俗不大能拉上關係，在書中也就無影無蹤。[1]相反，彈唱、賣唱活動《金瓶梅》寫得很多，最多的是琵琶伴唱（請看下文）。從這個角度看，我們也可以發現《金》《紅》所寫的社會文化、風俗大異其趣，儘管二者同樣大量描寫舊家庭的生活。

　　《金瓶梅》首回寫潘金蓮學琵琶，《水滸傳》中沒有這一情節。《金瓶梅》作者在書中也多次借這點刻畫人物關係和心境：第五回西門慶飲酒中間，看見婦人壁上掛著一面琵琶，便道：「久聞你善彈，今日好歹彈個曲兒我下酒。」婦人笑道：「奴自幼粗學一兩句，不十分好，你卻休要笑恥。」金蓮琵琶彈唱畢，「西門慶聽了，喜歡的沒入腳處。」（白維國校本，頁180）[2]第八回又寫潘金蓮獨自彈琵琶唱曲宣洩思念情郎的幽怨（白校本，頁224）。

　　在《金瓶梅》所描寫的社會中，唱曲聽曲是生活中的尋常娛樂。全書僅百回，而講到唱歌娛樂的就有百餘處。主人翁西門慶十分喜愛樂曲，例如第七回寫道：西門慶聽見婦人會彈月琴，便可在他心上。又，第二十七回他說「就請你三娘來，教他彈回月琴我

1　關於《金瓶梅》的插科打諢、哄笑取樂的場面，參看洪濤：〈《金瓶梅詞話》中雙關語、戲謔語、葷笑話的作用及其英譯問題〉一文，載於《金瓶梅文化研究（第五輯）》（北京：群言出版社，2007），頁345-365。

2　白維國、卜鍵校注：《金瓶梅詞話校注》（長沙：岳麓書社，1995）。

聽。」這種命人彈唱的場面，書中很多。

西門慶對彈唱娛樂的喜愛，也反映在他培養「家樂」這一點上。《金瓶梅》第二十回：「自娶李瓶兒過門，又兼得了兩三場橫財，家道營盛，外莊內宅，煥然一新。米麥陳倉，騾馬成群，奴僕成行。把李瓶兒帶來小廝天福兒，改名琴童。又買了兩個小廝，一名來安兒，一名棋童兒。把金蓮房中春梅、上房玉簫、李瓶兒房中迎春、玉樓房中蘭香，一般兒四個丫鬟，衣服首飾妝束出來，在前廳西廂房，教李嬌兒兄弟樂工李銘來家，教演習學彈唱。春梅琵琶，玉簫學箏，迎春學弦子，蘭香學胡琴。每日三茶六飯，管待李銘，一月與他五兩銀子。」（梅節重校本，頁 233）[3]果然，到了第二十一回，四個家樂就能表演：「當下春梅、迎春、玉簫、蘭香一般兒四個家樂，琵琶、箏、弦子、月琴，一面彈唱起來，唱了一套《南石榴花》『佳期重會』。」當時，唱者必須自己熟悉樂器。（梅節重校本，頁 245）

第四十三、四十四回的描寫頗為典型。第四十三回寫「李桂姐、吳銀兒、韓玉釧兒、董嬌兒四個唱的，在席前錦瑟銀箏，玉面琵琶，紅牙象板，彈唱起來，唱了一套壽比南山。下邊鼓樂響動，戲子呈上戲文手本。」（白校本，頁 572）第四十四回，西門慶命人唱《十段錦兒》來聽：「當下四個唱的，李桂姐彈琵琶，吳銀兒彈箏，韓玉釧兒撥阮，董嬌兒打著緊急鼓子，一遞一個唱《十段錦》『二十八半截兒』。」可見，唱曲時至少有四種樂器伴奏（白校本，頁 576）。第七十回，更見五個俳優用上五、六種樂器。

馮沅君（1900-1974）曾經統計到《金瓶梅》書中伴奏時所用的樂器有十五種：一、琵琶；二、箏；三、弦子；四、月琴；五、板；六、瑟；七、阮；八、緊急鼓子……。這些樂器不見得都是必需的，每次用以伴奏的至多不過四種或六種。[4]

除了伴奏娛樂，奏樂也有引人注目的用意，甚至有求愛求偶的意思，例如第三十八回，潘金蓮埋怨西門慶長時間不來自己的房中，故在雪夜彈弄琵琶，唱「癡心兒望到老」的流行曲子，指望打動西門慶。第八十六回又寫：「這潘金蓮，次日依舊打扮喬眉喬眼在簾下看人，無事坐在炕上，不是描眉畫眼，就是彈弄琵琶。」（這類例子還有一些，請看下文。）為了取悅男人，潘金蓮還跟孟玉樓學彈月琴（見第二十七回）。

馮沅君開列的清單上，都是比較常見的樂器。《金瓶梅詞話》有兩種樂器較為罕見，未入錄馮氏的清單，那就是市井之徒所用的胡博詞兒、扠兒雞。試看《金瓶梅詞話》第一回：「這婦人每日打發武大出門，只在簾下磕瓜子兒，一徑把那一對小金蓮做露出來，勾引這夥人，日逐在門前彈<u>胡博詞兒、扠兒雞</u>，口裏油似滑言語，無般不說出來。」（陶

3　梅節校：《梅節重校本金瓶梅詞話》（香港：夢梅館，1993），頁 233。

4　馮沅君的文章，收入蔡國梁編：《金瓶梅評注》（桂林：灕江出版社，1986），頁 417-426。

慕寧校本，頁 13）繡像本只有「胡博詞兒」，無「扠兒雞」。[5]此外，書中尚有琵琶、箜篌、胡琴等，恐怕也是外來樂器。按照《隋書·音樂志》所記：「今曲項琵琶、豎頭箜篌之徒，並出自西域，非華夏舊器。」[6]《金瓶梅》所寫，較為含糊，難以辨明是否外來樂器。

胡博詞兒、扠兒雞在中國文學作品中很罕見。筆者經眼之說部不少，暫時僅見《金瓶梅詞話》中二者並出。然而，唱曲和樂器伴奏的描寫，卻像是化石一般，保留了成書年代的一些民俗信息，似乎也折射出作者對戲曲、音樂的偏愛。[7]王國維（1877-1927）論元劇時說：「元劇自文章上言之，優足以當一代之文學。又以其自然故，故能寫當時政治及社會之情狀，足以供史家論世之資者不少。」[8]此論移於《金瓶梅》，也同樣合理。

二、「胡博詞兒」溯源

「胡博詞兒」和「扠兒雞」，看來不像是漢族固有的樂器。到底它們是什麼器具？形制如何？我們能不能在外語書籍中找到這兩個詞的對應詞？

我們不妨查看翻譯家如何處理「胡博詞」。目前，《金瓶梅》有兩個較為詳細的譯本。其中一個是 Clement Egerton 據《金瓶梅》張評本翻譯出來的。「浮浪子弟日逐在門前彈胡博詞，撒謎語，叫唱……」那句，他翻譯為 There was a constant stream of courtiers before the gate, who spoke in riddles and called out such remarks as …（Egerton, vol.1, p.27）[9]

我們仔細分析，就知道 Egerton 的翻譯中只有 riddles（謎語），根本就沒有彈奏樂器的意思，更遑論「胡博詞」。第三十四回「胡博詞」又再出現，Egerton 同樣沒有翻譯（Egerton, vol.2, p.91）。

另一位翻譯家芮效衛（David Roy）據詞話本翻譯，「彈胡博詞兒、扠兒雞」在他的筆下變成以下兩種樂器：Strumming <u>guitars</u> and <u>ukulele</u>, […]（Roy, vol.1, p.29）他把「胡博詞」

5　《新刻繡像批評金瓶梅》第一回：「浮浪子弟日逐在門前彈胡博詞，撒謎語，叫唱……」參看齊煙、汝梅校點：《新刻繡像批評金瓶梅》（香港·濟南：三聯書店·齊魯書社，1990），頁 21。

6　魏徵（580-643）：《隋書》（北京：中華書局，1973），頁 378。

7　關於金瓶梅的作者問題，參看洪濤：〈《金瓶梅詞話》「四季詞」的解釋與金學中的重大問題〉一文，載於《保定師專學報》，第 14 卷第 3 期（2001 年 7 月），頁 49-54。

8　王國維撰，于春松、孟彥弘編：《王國維學術經典集（上卷）》（南昌：江西人民出版社，1997），《宋元戲曲史》，頁 287。

9　*The Golden Lotus: a Translation, from the Chinese Original, of the Novel Chin Ping Mei.* Trans. by Clement Egerton (London; New York: Kegan Paul International, 1995), p.27.

翻譯成 guitar。[10]

　　芮效衛的 guitars and ukulele，看來是權宜的翻譯。Roy 本人對「胡博詞」的來歷有所說明，他在注釋中解釋道：The word that I have rendered as "guitar" is *hu-po-tz'u* in Chinese. It is a transliteration of a foreign term and occurs in Chinese texts in a wide variety of orthographies. The instrument was introduced into China from Central Asia as early as the T'ang dynasty (618-907) and is described in terms that make it sound something like a guitar or banjo.（Roy, vol.1, p.472）芮效衛主要說明 *hu-po-tz'u* 這種樂器是唐朝時由中亞傳入。

　　芮效衛所說的 "a wide variety of orthographies"，我們可從《萬曆野獲編》得到解釋（orthography＝寫法）。明沈德符（1578-1642）《萬曆野獲編》卷二十五「詞典・俚語」記載：「今樂器中，有四弦長項圓鼙者，北人最善彈之，俗名『琥珀槌』，而京師及邊塞人又呼『胡博詞』，予心疑其非，後偶與教坊老妓談及，曰此名『渾不是』，蓋以狀似箜篌，似三弦，似瑟琶，似阮，似胡琴，而實皆非，故以為名。本虜中馬上所彈者。予乃信以為然。及查正統年間賜迤北瓦剌可汗諸物中，有所謂『虎撥思』者，蓋即此物。而《元史》中又稱『火不思』，始知『渾不是』之說亦訛耳。」[11]據此條，「胡博詞」和火不思同類。

　　我們再查「火不思」。《元史》謂火不思：「制如琵琶，直頸，無品，有小槽，圓腹如半瓶榼，以皮為面，四弦，皮絣同一孤柱。」[12]

　　《清史稿》志卷第七十六〈宴樂・蒙古樂〉記載：「火不思，似琵琶而瘦，四弦，桐柄，刳其下半為槽，冒以蟒皮。曲首鑿空納弦，四軸縮之，俱在右。弦自山口至柱長一尺七寸七分四氂。」[13]

　　我們還可以從文獻中略窺明朝各地彈奏此樂器的情況。《明英宗實錄》卷一百八十五記載瓦剌首領「也先每宰馬設宴，必先奉上皇〔明英宗〕酒，自彈<u>虎撥思</u>兒唱曲。眾達子齊聲和之。」[14]此外，明人袁彬《北征事蹟》有相同的記載：「自彈<u>虎撥思</u>兒唱曲。」[15]

　　方以智（1611-1671）《通雅》卷三十「音樂」條：「火不思即今之<u>琥珀詞</u>也。〔……〕

10　*The Plum in the Golden Vase, or, Chin P'ing Mei*. Trans. by David Tod Roy (Princeton: Princeton University Press, 1993), vol.1, p.29.

11　沈德符：《萬曆野獲編》（北京：中華書局，1959），頁 650-651。

12　宋濂等：《元史》（北京：中華書局，1976）卷七十一志第二十二〈禮樂五・宴樂之器〉，頁 1772。

13　《清史稿》（北京：中華書局，1977），頁 3002。

14　黃彰健校勘，中央研究院歷史語言研究所校印：《明實錄》（臺北：中央研究院歷史語言研究所，1984），第四冊，頁 3295。

15　袁彬：《北征事蹟》（上海：上海古籍出版社，1995），頁 152。

智見今山、陝、中州皆彈琥珀詞,其制似之,蓋渾不似之轉語也。」[16]這是指山西、陝西和河南一帶的情況。

關於「火不思」的形制,可參閱劉瑞禎(1952-)《古今中外樂器圖典》(北京:人民美術出版社,1995)一書頁 88、151。另外,《中國少數民族樂器志》一書「火不思」條下附有音譯詞「虎撥思」「琥珀詞」「好比斯」「胡撥」「渾不似」等,皆指流行於甘肅、內蒙及雲南地區的民間樂器,《金瓶梅》偏偏寫市井之徒用此等樂器,實在是耐人尋味。

芮效衛用 guitar 來翻譯「胡博詞」,這是「歸化翻譯」(domestication)。換言之,是減少譯文中的異國情調,為目的語讀者提供一種自然流暢的譯文。[17]

筆者認為「胡博詞」當即 qobuz 或 qūpūz 的轉譯。關於 qobuz 這類樂器,讀者可參看日本學者林謙三(1899-1976)《東アジア楽器考》第三章「弦樂器」第十三節。[18]胡博詞與 guitar 在形制上頗有差別,例如:(一)槽形不同:胡博詞連頸的部分是有棱角的;(二)軫的排列法不同:胡博詞的軫只在一邊;(三)張皮不同:胡博詞一邊蒙皮。

胡博詞或即火不思,而火不思,按古人的意思,形制上近於琵琶:《元史》〈禮樂志〉說:「制如琵琶」;《大清會典圖錄》說:「似琵琶而瘦」。筆者認為「似琵琶而瘦」說得比較準確,因為,按筆者所經眼的照片,那音箱確實比一般的琵琶瘦小。因此,如果為了方便英語讀者理解,我們或可考慮用 pipa 而綴以修飾語來翻譯「胡博詞」。

據伯希和(Paul Pelliot,1978-1945)的考證,箜篌相當於突厥語 qobuz 或 qūpūz 之音譯。[19]此說學術界尚有存疑。

語言學家指柯爾克孜族「庫木孜琴」與火不思可能均來自阿拉伯。[20]蒙古族則有彈撥樂器「和必斯」。[21]疑「庫木孜琴」和「和必斯」皆與胡博詞同源。又,蒙古族人莫爾吉胡稱 homos、hobus、Khobus、Kobuz、Qubuz、Khomuz 等,皆「火不思」的變

16 方以智撰,侯外廬主編:《方以智全書》(上海:上海古籍出版社,1988),頁 945。

17 Lawrence Venuti, *The Translator's Invisibility: a History of Translation* (London and New York: Routledge, 1995).

18 林謙三撰,錢稻孫譯:《東亞樂器考》(北京:人民音樂出版社,1962),頁 238。關於此問題,另可參方齡貴:《古典戲曲外來語考釋詞典》(上海:漢語大詞典出版社;昆明:雲南大學出版社,2001),頁 298-301。

19 Paul Pelliot, "Le 箜篌 K'ong-Heou et le Qobuz",載於羽田亨(1882-1955)編:《內藤博士還曆祝賀支那學論叢》(京都:弘文堂書房,1926),頁 207-210。

20 史有為:《漢語外來詞》(北京:商務印書館,2000),頁 88。

21 史有為:《異文化的使者》(長春:吉林教育出版社,1991),頁 151。

體。[22]

《金瓶梅詞話》第二十回寫「蘭香學胡琴」（白維國校本，頁 562）。《元史》〈禮樂志〉說明：「胡琴，制如火不思，卷頸，龍首，二弦，用弓撥之，弓之弦以馬尾。」[23]看來，這種樂器和火不思（胡博詞）相近。

三、「扠兒難〔雞〕」的來歷

至於「扠兒難〔雞〕」，姚靈犀（1899?-1963）《金瓶小札》疑未能決：「此疑為曲牌名。」[24]芮效衛（Roy）在《金瓶梅詞話》的英譯本中解釋：The word that I have rendered as "ukulele" is a *ch'a-erh nan* in Chinese; its meaning is uncertain. It may either stand for the name of a tune or be another transliteration of the name of a foreign musical instrument. I have opted for the latter explanation without any particular conviction. The same term recurs in the abbreviated form *ch'a-erh* together with *hu-po-tz'u* in a similar context in chapter 34. In the same chapter the term *hu-po-t'zu* occurs yet again, followed by the term *p'i-p'a*, the name of a well-known musical instrument. This has led me to translate it as I have. See *Chin P'ing Mei tz'u-hua*, vol.2, ch.34, p.6b, l.11; and p.13a, l.11.（Roy, vol.1, p.472）他指「扠兒難」含義不明，疑為琵琶之類的樂器，所以譯成了 "ukulele"。

芮效衛說的 *ch'a-erh nan*，在《金瓶梅詞話》漢語原文中為「扠兒難」。《金瓶梅詞話》的梅節重校本和白維國校注本皆徑改為「扠兒機」。為什麼「難」被改為「機」字？梅節《金瓶梅詞話校讀記》解釋：「難」或為「雞」之形誤，諧「機」。[25]

「扠兒機」的「機」字，或可省去，例如《金瓶梅詞話》第三十四回：那韓二先告道：「小的哥是買賣人，常不在家去的。小男幼女，被街坊這幾個光棍，要便彈打胡博詞、<u>扠兒</u>，坐在門首，胡歌野調，夜晚打磚，百般欺負。」（陶校本，頁 438。Roy, vol.2, p.291）繡像本第三十四回此處無「扠兒」二字。

筆者相信，《金瓶梅詞話》第一回的「扠兒難」是「扠兒雞」之誤，其源語為 saz。漢語文獻中有些音譯詞，或即 saz，我們找到「叉兒機」，例如明張岱（1597-約 1685）《陶庵夢憶》卷四「兗州閱武」條：「樂奏馬上，三弦、胡撥、琥珀詞、四上兒、密失<u>叉兒</u>

22　莫爾吉朋：〈火不思尋證〉一文，載於《音樂藝術》第 2005 年第 1 期，頁 112。

23　《元史》（北京：中華書局，1976）〈禮樂五·宴樂之器〉，頁 1772。

24　收入蔡國梁編：《金瓶梅評注》（桂林：灕江出版社，1986），引文見頁 462。

25　梅節：《金瓶梅詞話校讀記》（北京：北京圖書館出版社，2004），頁 15。

機、傑休兜離，罔不畢集。」[26]

又，劉侗（1593-1636）、于奕正（1597-1636）《帝京景物略》記載：「樂則鼓吹、雜耍、弦索。鼓吹則橘律陽、撼東山、海青、十番；雜耍則隊舞、細舞、筒子、筋斗、蹬壇、蹬梯；弦索則套數、小曲、數落、打碟子；其器則胡撥四、土兒密失、<u>义兒機</u>等。」[27]其中「义」當即別書中的「叉」。

方以智（1611-1671）《通雅》卷三十「音樂」：「火不思即今之琥珀詞也。智見今山、陝、中州皆彈琥珀詞，其制似之，蓋渾不似之轉語也。〔……〕今京師有吳撥四、土兒密失、<u>叉兒機</u>等。」（濤按：此行如何斷句，或有可商榷處。）[28]

Saz 的形制：音箱呈梨形，有長頸。具體外形，讀者可參看 Laurence Picken 的 *Folk Musical Instruments of Turkey*（London; New York: Oxford University Press, 1975），該書有多幅圖片，甚至刊登了 X-光照片（p.208-209 之間有插頁和插圖）。Picken 說明 saz 的原義是指一般樂器，後來已特指一種長頸的琴：Notwithstanding the original meaning of "musical instrument in general", the word saz is now so commonly applied to the larger, long-necked, fretted lutes in popular use, [...]. 該書並指出 saz 的分類甚多：Within the general group of saz, different size-categories are distinguished, but no single classification is generally accepted. 其中，體型最大的稱為 *divan sazi* (audience-hall saz) 和 *meydan sazi* (=public-square saz).[29]Laurence Picken 對 saz 的介紹很詳細，值得參看。此外，《牛津英語詞典》（*OED*）也有 saz 條。

漢語文獻中提及 saz 的並不多見，筆者只看到周菁葆《絲綢之路的音樂文化》（烏魯木齊：新疆人民出版社，1987）一書收錄 The Azerbaijan "Saz"（該書圖版編號第 60）。另外，*The Oxford Companion to Musical Instruments* 指這種樂器還見於土耳其、高加索、伊朗北部、波士尼亞、阿爾巴尼亞等具有回教音樂傳統的國家和地區。

---

26 張岱撰，彌松頤校注：《陶庵夢憶》（杭州：西湖書社，1982），頁 44。按，該書以清咸豐初南海伍崇曜校刊《粵雅堂叢書》第二集《陶庵夢憶》八卷本為底本校點。濤按，此句之句讀，或有可商榷之處：「四上兒、密失叉兒機」，疑應作「四土兒、密失、叉兒機」。馬榮興點校本作「四上兒、密失、义兒機」。參看張岱撰，馬興榮點校：《陶庵夢憶》（上海：上海古籍出版社，1982），頁 31。

27 劉侗、于奕正撰，孫小力校注：《帝京景物略》（上海：上海古籍出版社，2001），頁 88。按，該書注釋指：土兒密失：或譯為「都哩默色」，蒙古語「土兒」意為式樣，「密失」意為器械。

28 方以智《通雅》此條，疑應作：吳撥、四土兒、密失、叉兒機。「四土兒」或即 sitar 或 setar，「密失」或即 miz-mar 之省略音譯。濤按，此句之校讀，筆者參考了友人朱偉光的意見。

29 Laurence Picken, *Folk Musical Instruments of Turkey* (London; New York: Oxford University Press, 1975), p.209.

英語書籍中，也記綠了近東地區有人彈 saz，例如 Tim Slessor 所撰 *First Overland: the Story of the Oxford and Cambridge Far Eastern Expedition*（London: Harrap, 1957）第四章 "Near East" 記載："Umtaz played <u>his saz</u> and sang. It was an instrument like an Elizabethan mandolin, and gave a strumming, jangling accompaniment to the folk-songs, [...]"。[30]

芮效衛把「扠兒雞」翻譯成 ukulele。Ukulele 即尤克里里琴（夏威夷的四絃樂器）。這種琴不是夏威夷原有，據說：The ukulele derives from the cavaquinho type of small guitar introduced in the late 19th century, by Portuguese immigrants, into the Hawaiian Islands, where it gained its name, lit. "little flea". [31]以芮效衛之賅博，估計他知道胡博詞與 guitar，扠兒機與 ukulele 在形制上頗有差別。

他這樣翻譯，相信是考慮到讀者領受（reception）的問題：guitar 和 ukulele 西方讀者容易理解，而 qobuz 和 saz 到底是什麼，知道的人恐怕不很多。[32]

我們相信讀者一般較熟悉 guitar，而 ukulele 則未必人人熟悉。查 ukulele 遠比 guitar 細小。*The Oxford Companion to Musical Instruments* 解釋 ukulele: Popular four-stringed <u>small relative</u> of the guitar, half this in size, with rear tuning pegs and 12 frets, and strummed with the nails and fingertips.（p.355）華語世界曾經有一個樂隊名為「優客李林」，其名稱沿自 ukulele。優客李林 1991 年出版首張專輯，臺、港、新馬與大陸等華語世界一度很流行。Ukulele 因此為不少東方人所認識。

主張「文化傳真」的譯評家，未必能欣賞芮效衛的做法。相反，也許譯評家會起而攻之。[33]

四、其他樂器：琵琶、箜篌、胡琴

《金瓶梅詞話》伴奏的樂器最習見的是琵琶獨用，大約十四處。琵琶又名「批把」，最早見於史載的是漢代劉熙《釋名‧釋樂器》：「批把本出於胡中，馬上所鼓也。推手

30　Tim Slessor, *First Overland: the Story of the Oxford and Cambridge Far Eastern Expedition* (London: Harrap, 1957), p.48.

31　*The Oxford Companion to Musical Instruments. Written and edited by Anthony Baines* (Oxford; New York: Oxford University Press, 1992), p.356.

32　關於芮效衛的翻譯，可參閱洪濤：〈論《金瓶梅詞話》的雙關語和跨文化翻譯問題〉一文，載於羅選民主編：《文化批評與翻譯研究》（北京：外文出版社，2005），頁 251-261。又，洪濤：〈《金瓶梅詞話》中雙關語、戲謔語、葷笑話的作用及其英譯問題〉一文，載於《金瓶梅文化研究（第五輯）》（北京：群言出版社，2007），頁 345-365。

33　事實上，英國翻譯家 David Hawkes 就有這種遭遇。

前曰批，引手卻曰把，象其鼓時，因以為名也。」[34]當代語言學家認為琵琶自西域傳來，最可能是伊蘭語 barbat 的音譯。[35]Mitchell Clark 指琵琶遠祖為魯特琴：It belongs to the large family of short-neck lutes that spans Eurasia, having descended from the same West Asian ancestor as the European lute.[36]是否如此，學者之間頗有爭議，莫衷一是。[37]一般認為秦琵琶是國人創造，曲項琵琶才是從外國傳入（請看下文）。

關於曲項琵琶的來歷，一般認為：南北朝時，通過絲綢之路與西域進行文化交流，曲項琵琶由波斯（今伊朗）經今新疆傳入中國。[38]曲項琵琶梨形、曲項、四弦、橫抱用撥子彈奏。這種琵琶原叫「烏德」（ud），後經龜茲（Kuchan）傳入中原。[39]烏德，傳到西方後漸漸演變成 guitar、mandolin、lute 等樂器，而傳入中國後是另外一種面貌。曲項琵琶盛行於北朝，並在西元六世紀上半葉傳到南方長江流域一帶。唐朝時，琵琶非常流行，例如：岑參有詩句「涼州七里十萬家，胡人半解彈琵琶」。[40]又如，敦煌莫高窟 112 窟的「反彈琵琶圖」描述了邊舞邊彈的高超技藝。再如，唐代詩人白居易的《琵琶行》描寫細膩，傳誦千古。[41]（《水滸傳》有詩句：「白傳高風世莫加，畫船秋水聽琵琶」之句。[42]）

由於《金瓶梅詞話》只是說「琵琶」，我們也不好將此「琵琶」都視曲項琵琶。因為不能斷定這些「琵琶」為「外來樂器」，所以，本文對「琵琶」略而不論。

箜篌的情況也是一樣（見於《詞話》第六十五回，白校本，頁 1835）。如果《金瓶梅》中的箜篌是豎箜篌，那麼，我們知道，早在西元二百年前的東漢，豎箜篌已隨絲綢之路由

34　許慎等：《漢小學四種》（成都：巴蜀書社，2001），頁 1539。

35　史有為：《異文化的使者》（長春：吉林教育出版社，1991），頁 61。

36　Mitchell Clark, *Sounds of the Silk Road: Musical Instruments of Asia* (Boston, Mass.: MFA Publications, 2005), p.32.

37　韓淑德、張之年：《中國琵琶史稿》（臺北：丹青圖書公司，1987）引張世彬《中國音樂史論述稿》。

38　《隋書》卷十四，志第九〈音樂〉中：「先是周武帝時，有龜茲人曰蘇祗婆，從突厥皇后入國，善胡琵琶。聽其所奏，一均之中間有七聲。」語見《隋書》（北京：中華書局，1973），頁 345。

39　T. C. Lai, Robert Mok, *Jade Flute: the Story of Chinese Music* (Hong Kong: Hongkong Book Centre, 1981), p.132. John Myers, *The Way of the Pipa: Structure and Imagery in Chinese Lute Music* (Kent, Ohio: Kent State University Press, 1992), p.8. Myers 指唐朝之前，此地已有各種琵琶。

40　蕭滌非：《唐詩鑑賞辭典》（上海：上海辭書出版社，1983），頁 610。

41　Witter Bynner 譯《琵琶行》為 "The Song of a Guitar"，見於 *From the Chinese*. Edited by R. C. Trevelyan (Oxford: Oxford University Press, 1945), p.45. Burton Watson 譯為 "Song of the Lute" (1984)，見於 *Classical Chinese Literature: an Anthology of Translations*. Edited by John Minford and Joseph S. M. Lau (New York: Columbia University Press; Hong Kong: Chinese University Press, 2000). 濤按，Watson 的做法與 Waley 相同。另參 Dore Levy, *Chinese Narrative Poetry: the late Han through T'ang Dynasties* (Durham [N.C.]: Duke University Press, 1988), p.133.

42　《水滸傳》（北京：人民文學出版社，1989），頁 517。

波斯傳入我國中原一帶。[43]

關於胡琴，上文已指出胡琴制如火不思。此處不贅。

五、結語：明人的彈唱風尚？

《金瓶梅詞話》完全沒有「操琴」的場面（雖然有一個琴童）。這本大書中所展示的，是惡霸、暴發戶的生活，與古琴的高雅的形象不大協調。在這本書中，弦歌唱曲基本上是為了通俗娛樂、為了賺錢謀生、為了求愛求偶，其中最習見的獨奏樂器是琵琶，全書凡十四處；其次，是箏獨用，凡七處；以箏配琵琶，凡十一次。《金瓶梅》首回已經寫到潘金蓮學琵琶，白玉蓮學箏，後來，潘金蓮會彈琵琶這一項，成為他相思求偶的抒情媒介，也為「取悅男性」的主旋律定下基調。

市井之徒以彈唱勾搭潘金蓮、韓家幼女那些片段，同樣是求愛的情節（也許算是調戲？）。在《水滸傳》容與堂本中，已寫到潘金蓮招惹外人：自從武大娶得那婦人之後，清河縣裏有幾個奸詐的浮浪子弟們，卻來他家裏薅惱。……那武大是個懦弱本分人，被這一班人不時間在門前叫道：「好一塊羊肉，倒落在狗口裏！」[44]

《金瓶梅》的繡像本卻作：「勾引浮浪子弟，日逐在門前<u>彈胡博詞</u>，撒謎語，叫唱：一塊好羊肉，如何落在狗口裏？」[45]詞話本作：「勾引這夥人，日逐在門前<u>彈胡博詞兒</u>、<u>扠兒雞</u>，口裏油似滑言語，無般不說出來。」（陶慕寧校本，頁13）

從以上文本對照可見，《金瓶梅》詞話本特意描寫了這兩種樂器伴奏的場面。古典文學中，求愛之時用樂器早有前科，例如《詩經》有「窈窕淑女，琴瑟友之」、《西廂記》中有「琴挑」的情節。但是，<u>《金瓶梅》為什麼是用胡博詞和扠兒雞呢</u>？這恐怕跟《金瓶梅》成書背景不無關係。上文我們看到「正統年間賜迤北瓦剌可汗諸物中，有所謂『虎撥思』者」；也看到《明英宗實錄》記也先向英宗奉酒，親彈奏火不思（胡博詞），身邊眾人一起合唱；又看到劉侗、于奕正、方以智等人所記（見上文）。凡此種種，似乎反映出明中葉以後這兩種樂器的廣泛使用。又，沈德符《萬曆野獲編》「弦索入曲」記：「今吳下皆以<u>三弦合南曲</u>，而又以簫、管葉之。」[46]當時的風氣，可見一斑。

元明之時，彈唱之風想必極為盛行，以致在家宴、在閨房、在妓院，甚至在通衢大

---

43 樂聲：《中國少數民族樂器》（北京：民族出版社，1999）。

44 《水滸傳》，頁308。

45 齊煙、汝梅校點：《新刻繡像批評金瓶梅》，頁21。

46 《萬曆野獲編》卷二十五，頁641。

道，都有彈唱的用武之處。[47]換言之，《金瓶梅》所寫，應該正反映其成書年代的一些社會風貌。[48]

---

[47]　《萬曆野獲編》卷二十五「時尚小令」條：「嘉、隆間乃興《鬧五更》《寄生草》……之屬，自兩淮以至江南，漸與詞曲相遠。不過略寫淫媟情態，略具抑揚而已。比年以來，又有《打棗竿》《掛枝兒》二曲，其腔調約略相似，則不問南北，不問男女，不問老幼良賤，人人習之，亦人人喜聽之，以至刊佈成帙，舉世傳誦，沁人心腑。其譜不知從何來，真可駭歎。」語見沈德符：《萬曆野獲編》，頁 647。

[48]　《雍熙樂府》《詞林摘豔》是嘉靖年間專門收集流行詞曲的書，《金瓶梅》大量採錄了兩書的詞曲。參看梅節：《瓶梅閒筆硯——梅節金學文存》（北京：北京圖書館出版社，2008），頁 60-74。

《金瓶梅》等小說所折射的士林生態
——論英語世界的中國科舉文化

一、引言

　　中國的科舉制度對傳統文化和社會產生了無可估量的影響，[1]近鄰遼國和金國也用科舉取士，[2]就連亞洲國家如越南、日本和朝鮮也曾引入科舉制度來選拔人才。此外，中國考試甄選制度對法國、普魯士和英國在十九世紀開辦的文官考試制度似乎也有影響。[3]然而，海外學者和翻譯家如何呈現「科舉文化」的各種面貌，這個課題一向乏人問津。[4]有見及此，本文將以中國小說名著（《水滸傳》《金瓶梅》《紅樓夢》）的英譯本為考察起點，討論「科舉文化」的獨特性和這個制度下的士林生態。筆者將指出，譯本的「奇異面貌」有時候正反映出「科舉相關詞」是外國語文難以準確表述的，同時，有些譯文給人「以夷變夏」之感（例如：將「進士」稱為 doctor），諸如此類，細按亦深有趣味。[5]

　　本文將從應舉者、落第者、登科之想、高中者共四個方面加以剖析，力求說明各種觀念詞的名與實。

---

[1]　世人較熟悉的陸游故事（休妻赴考）、《西廂記》故事（張生上京趕考），都反映了科舉對中國社會的影響。《牡丹亭》故事中，科舉的影響也很大，例如，杜寶得知柳夢梅是新科狀元之後，就將柳夢梅從獄中放出來。

[2]　參看李桂芝：《遼金科舉研究》（北京：中央民族大學出版社，2012）。

[3]　康有為、梁啟超、孫中山都認為歐美列強的考試制度是學中國的。參看劉海峰：《中國科舉文化》（瀋陽：遼寧教育出版社，2010），頁 391-407。另參 Ssu-yu TENG, "Chinese Influence on the Western Examination System," *Harvard Journal of Asiatic Studies* (September 1943), pp.267-312.

[4]　陳文新、余來明主編：《明代文學與科舉文化國際學術研討會論文集》（武漢：武漢大學出版社，2010）和陳文新、余來明主編：《明代文學與科舉文化》（北京：中國社會科學出版社，2011）都未見這方面的論文。

[5]　參看楊憲益、戴乃迭譯：《儒林外史‧The Scholars》（長沙：湖南出版社，1996），頁 53。

二、應舉者：秀才與 graduate

《水滸傳》中的智多星吳用是秀才，聖手書生蕭讓也是秀才。《金瓶梅》也有秀才，一個是水秀才，另一個是溫秀才，兩人都品行不端。書中說水秀才是「本州秀才，應舉過幾次，只不得中」（第五十六回）。同樣，《水滸傳》中的神算子蔣敬也是個落科舉子。

秀才，西漢時曾與孝廉並為舉士的科名，東漢時避光武帝諱，秀才改稱「茂才」。[6] 唐初，秀才曾與明經、進士並設為舉士科目，旋停廢。[7]其後，秀才有時指應舉之人。

「秀才」在科舉年代自然是常用詞，現在科舉制度已經不存在了，但是，科舉用語「秀才」仍有旺盛的生命力，例如「秀才遇到兵，有理說不清」「秀才謀反，三年不成」這類俗語依然常見（其它例子還有「狀元」「八股」等）。今天，人們口中說的「秀才」，泛指「文人」「書生」，與古時（科舉制度下）的內涵不完全相同。[8]

英語世界沒有中國式的科舉制度，翻譯家要用英語表達「秀才、舉人、進士、狀元、榜眼、探花」等名稱，是有一定難度的。《紅樓夢》第三十二回史湘雲對賈寶玉說：「如今大了，你就不願意去考舉人進士的，也該常會會這些為官做宦的。」[9]這話中有「舉人進士」兩個詞，英國翻譯家 David Hawkes（1923-2009）卻沒有將「舉人進士」當成特有的名詞來翻譯，他只含糊表達了「應考、當官」之意，譯文是：to take the Civil Service examinations and become an administrator yourself。[10]這譯文中的 the Civil Service examinations 相當於現代的公務員考試。

英譯者要用英語來準確表達「秀才」，似非易事。《金瓶梅》那句「本州秀才，應舉過幾次，只不得中」，西方漢學家翻譯為：

● **Egerton 譯**：… who is a graduate. He has, it is true, several times failed to pass the

---

6　李桂芝：《遼金科舉研究》（北京：中央民族大學出版社，2012），頁 21。金諍：《科舉制度與中國文化》（上海：上海人民出版社，1990），頁 30。

7　劉海峰：《中國科舉文化》，頁 125、276。

8　金諍：《科舉制度與中國文化》，頁 54。

9　《紅樓夢》舊行本，頁 387。這個本子指曹雪芹、高鶚：《紅樓夢》（北京：人民文學出版社，1964）。按照周汝昌主編：《紅樓夢辭典》（廣州：廣東人民出版社，1987）的「凡例」所定，這個本子簡稱為「舊行本」（相對於 1982 年人民文學出版社的「新校本」而言）。也有學者（如呂啟祥）稱之為「原通行本」。此版本有文字橫排的印刷本，也有文字豎排的印刷本。本文所引舊行本文字橫排版，是 1964 年 2 月北京第 3 版，1979 年 6 月湖北第 2 次印刷的本子。

10　*The Story of the Stone* (Harmondsworth: Penguin Book Ltd., 1973), vol.1, p.130. 楊憲益夫婦將「舉人」翻譯成 provincial scholar。參看楊憲益、戴乃迭選譯：《儒林外史·The Scholars》（長沙：湖南出版社，1996），頁 49。「鄉試」，在他們的筆下，是 the provincial examination（頁 73）。

final examination, but he is a learned man … [11]

● **Roy 譯**：he holds the rank of a licentiate in this subprefecture. He has taken the provincial examinations several times but did not succeed in passing.[12]

可見 Clement Egerton 把「秀才」稱為 graduate（graduate 一般漢譯為「大學畢業生」），但是譯文接著又說這個人 failed to pass the final examination。單單看這句譯文，人們難免感到困惑：既然 the final examination 尚未過關，何以稱為 graduate？這是怎麼一回事？

譯者用這 graduate，應該算是勉強應付。其實，Egerton 又將「溫秀才」譯為 Scholar Wen。這是把「秀才」等同於「學者」（scholar），而 scholar 是個泛稱詞。在原語境中「秀才」不是泛稱，而是一種特定的「資格」，要有這資格才可以去「應舉」（請看下文）。

沙博里（Sidney Shapiro）、楊憲益夫婦也曾將「秀才」翻譯成 scholar。[13] John and Alex Dent-Young 則將「秀才」譯為 bachelor。[14]這 bachelor，目前流行的漢譯是「學士」，一般人大學畢業就得到 bachelor degree，即學士學位。

在美國漢學家 David Roy 筆下，「秀才」二字被轉化為一個句子：[he] holds the rank of a licentiate in this subprefecture。這種「解釋性譯文」本身似乎說明：要找「秀才」的英語對應詞，也許會徒勞無功。既然沒有十分合適的對應詞，譯者只好用一個小句來對應。譯文中的 a licentiate，意為「領有專業開業證書的人」。

今人劉海峰（1959-）指出：「19 世紀以前不少西方人便將舉人譯為 Licentiate。」[15]這樣翻譯是因為兩者的情況有相同點：成了「舉人」，就具備做官的資格；而 licentiate 領

11　笑笑生撰，克萊門特·厄杰頓譯：《金瓶梅·The Golden Lotus》（北京：人民文學出版社，2008），頁 1353。按，這譯本的初版是 Clement Egerton, *The Golden Lotus: A Translation, from the Chinese Original, of the Novel Chin P'ing Mei* (London: Routledge and Kegan Paul, 1939).

12　*The Plum in the Golden Vase, or, Chin P'ing Mei*. Translated by David Tod Roy (Princeton: Princeton University Press, 2006), vol.3, p.386.

13　參看楊憲益、戴乃迭譯：《儒林外史·The Scholars》（長沙：湖南出版社，1996），頁 173。*Outlaws of the Marsh*. Translated by Sidney Shapiro (Beijing: Foreign Language Press, 1993), p.627. 實際上，也有人把「中舉」表述為 "was accepted as a scholar (successful candidate) for the provincial examination". 參看 Rui Wang, *The Chinese Imperial Examination System: an Annotated Bibliography* (Lanham Md.: The Scarecrow Press, Inc., 2013), p.68.

14　*The Marshes of Mount Liang*. Translated by John and Alex Dent-Young（上海：上海外語教育出版社，2011），Part Two, p.413. 按，此書的原版是 *The Marshes of Mount Liang: a new translation of the Shuihu zhuan or Water Margin of Shi Nai'an and Luo Guanzhong* (Hong Kong: Chinese University Press, 1994).

15　劉海峰：《中國科舉文化》（瀋陽：遼寧教育出版社，2010），頁 312。

有證書，可以開業。因此，可以說「舉人」和 licentiate 兩者類同。

David Roy 以 licentiate 譯「秀才」，異於以前「舉人＝licentiate」的做法。若以「資格」而言，秀才其實沒有出仕的資格。[16]

我們又注意到「應舉」的「舉」被 Clement Egerton 翻譯成 the final examination。筆者認為，把水秀才所考之試稱為 the final examination，可能會誤導讀者（請看下文）。

唐、宋間凡應舉者皆稱「秀才」，明、清則稱入府州縣學生員為「秀才」。（「生員」是指童生院試合格者。）秀才必須參加年度考核「歲試」，取得好成績，才可以參加高一級的科舉考試，即鄉試（大致等於現今的省級考試）。[17]鄉試合格，稱為「中舉」。中了舉，讀書人才算是真正踏上仕途。[18]

水秀才去「應舉」，應該是指考「鄉試」。[19]如果他「鄉試」過關，後面還有「會試」（各省舉人在京城禮部考試），「會試」之後還有「殿試」（皇帝親臨殿廷策試）。[20]

然而，Egerton 卻把水秀才的「應舉」稱為 the final examination，那麼，試問，照此理解，「會試」「殿試」又是什麼階段的考試？

金諍《科舉制度與中國文化》說得很明白：「殿試：科舉制度的最後一級考試」。[21]若以明代科舉制度（童試、鄉試、會試、殿試）而論，「殿試」才是真正的 the final examination。[22]

三、落第者的生計：賣文作字與 copyist

《金瓶梅》中的水秀才和溫秀才應舉失敗，毫無仕途可言，「上無公卿大夫之職，下

16　Benjamin A. Elman 以 licentiate 譯「生員」，見 Benjamin A. Elman, *A Cultural History of Civil Examinations in Late Imperial China* (Berkeley: University of California Press, 2000), p.235.

17　以行省為單位的鄉試，從元代開始。參看 Rui Wang, *The Chinese Imperial Examination System: an Annotated Bibliography*, p.141.

18　劉海峰：《中國科舉文化》，頁 125、294。

19　《金瓶梅》的故事背景設在北宋末。不過，眾所周知，此書部分情節屬於「借宋寫明」。因此，本文考慮問題時，也會兼顧明代的科舉制度。

20　Benjamin Elman 稱鄉試為 provincial examination，稱會試為 metropolitan examination，稱殿試為 palace examination。語見其書 *A Cultural History of Civil Examinations in Late Imperial China* (Berkeley: University of California Press, 2000), p.93-94.

21　金諍：《科舉制度與中國文化》，頁 174、175。

22　唐代，委派官職由吏部負責。吏部詮試，俗稱「關試」。參看金諍《科舉制度與中國文化》，頁 65。

非農工商賈之民」[23]，只好謀求在豪門（例如西門慶家中）當「坐館」。所謂「坐館」（Egerton 只譯作 take a job），實即當塾師或幕客。水秀才為了得到聘用，就吹噓自己：「羨如椽，往來言疏，落筆起雲煙。」這話甚為動聽，其實真正的工作只是代主人寫寫往來書束（這是西門慶的要求）。[24]

《紅樓夢》第一回也有這類人物。書中寫到：賈雨村原係胡州人氏，也是詩書仕宦之族，因他生於末世，父母祖宗根基已盡，人口衰喪，只剩得他一身一口，在家鄉無益，因進京求取功名，再整基業。自前歲來此，又淹蹇住了，暫寄廟中安身，每日賣字作文為生，故甄士隱常與他交接。

賈雨村「賣字作文」，其中的「賣字」，我們不知道實際情況如何。至於「作文」，大概是替人寫書束。（也許「賣字」和「作文」是同一回事？）

《金瓶梅》第五十八回西門慶說：「只因學生一個武官，粗俗不知文理，往來書束，無人代筆。」這工作必須識字。通文墨而未有功名者，倘別無謀生技能，正適合擔任別人的「代筆」。《紅樓夢》中的賈雨村，境況比溫秀才更差：他離鄉別井，在廟宇中安身，得不到大戶人家的聘用。我們看賈雨村「賣字作文」譯者如何處理：

● **Hawkes 譯**：keeping himself alive by working as <u>a copyist</u>.[25]

● **Yangs 譯**：he made a precarious living by working as <u>a scrivener</u>.[26]

楊憲益夫婦（Yangs）所用的 scrivener，據 *OED*（*Oxford English Dictionary*）的解釋，是指：A professional penman; a scribe, copyist; a clerk, secretary, amanuensis.[27]一般《英漢詞典》將 scrivener 解釋為「代筆人，抄寫員」。

Hawkes 所用的 copyist，據 *OED* 的解釋，是指：One who copies or imitates; esp. one whose occupation is to transcribe documents. 按照這個說法，copyist 沒有「作文」的含義。因此，copyist 當屬問題譯文，值得商榷，因該詞的內涵局限於「抄寫文字」「謄錄」。

科場失意，有人尋得新的發展途徑，成就超凡。[28]但是，像水秀才那類人，還是念

23　這是水秀才的《祭頭巾文》的句子。見於《金瓶梅詞話》第五十八回。

24　David Roy 將「坐館」譯為 a live-in secretary in someone else's place. 這句譯文見於 David Roy 的 *The Plum in the Golden Vase* (Princeton: Princeton University Press, 2006), vol.3, p.387.

25　*The Story of the Stone* (Harmondsworth: Penguin Book Ltd., 1973), vol.1, p.57.

26　*A Dream of Red Mansions* (Peking: Foreign Languages Press, 1978), vol.1, p.10.

27　筆者用的是 *OED* 的電子版，電子版無頁碼。

28　李世愉：《中國歷代科舉生活掠影》（瀋陽：瀋陽出版社，2005）中有一章「失意者的轉化」，列舉了許多例子。

念不忘「中舉」「及第」、做官。

四、登科之想：「攀月桂」和「化龍」

秀才的夢想是「中舉」「及第」。《金瓶梅詞話》第五十六回錄有〈哀頭巾詩〉和〈祭頭巾文〉，正好反映了這種心態。

溫秀才同樣在科場飽受挫折。《金瓶梅》寫溫秀才屢試屢敗後，「豈望月桂之高攀」。查「月桂」一詞，其核心是「桂」，舊詩詞中常有「折桂」之語，不提「月」字。「折桂」源自一個比喻。《晉書》卷五十二〈郤詵傳〉：「武帝於東堂會送，問詵曰：『卿自以為如何？』詵對曰：『臣舉賢良對策，為天下第一，猶桂林之一枝，昆山之片玉。』」[29]這裏，「桂」比喻傑出的才能。

「桂」喻指人材，後世以科舉制度選拔人材，就有「折桂」這種說法，例如，唐代詩人白居易（772-846）先考中進士，後來他的堂弟白敏中又考中第三名，白居易寫詩祝賀說：「折桂一枝先許我，穿楊三葉盡驚人。」（〈喜敏中及第偶示所懷〉）[30]此詩的「折桂」，自是指科舉高中。「穿楊」原指射術高超，這裏是喻指成績優異。

漢晉以後，月中有桂樹的傳說漸漸盛行，《太平御覽》卷九百五十七引《淮南子》云：「月中有桂樹」。[31]唐代，段成式《酉陽雜俎》卷一又載有吳剛砍桂樹的神話。傳說月中桂樹高達五百丈，吳剛因學仙有過被罰在月宮砍桂樹。[32]這樣，月亮和桂樹兩者牽合，產生了「月桂」一詞。《金瓶梅》中的「攀月桂」，實與「折桂」同義。形容溫秀才「豈望月桂之高攀」，翻譯家如此處理：

● **Egerton 譯**：So now he has abandoned hope of <u>climbing high</u>.（p.1385）

● **Roy 譯**：<u>The cassia in the moon</u> will forever remain beyond his reach.（vol.3, p.426）

可見，Clement Egerton 沒有明文呈現「月桂」，他完全捨棄了月和桂的形象，譯文只表達「高攀」之意。至於 David Roy，他採用直譯手法，將「月桂」譯為 The cassia in the moon。這譯文保留了月和桂兩個意象。筆者相信，David Roy 這樣做，也能傳達「難以攀及」（因月亮常在高處）之意，讀者可以將此句解讀為一個隱喻。可是，The cassia in the moon 在西

29　〔唐〕房玄齡等：《晉書》（北京：中華書局，1974），頁1443。

30　《全唐詩》第442卷。見於 http://guoxue.shufaji.com。

31　〔宋〕李昉：《太平御覽》（北京：中華書局，1960），頁4249。

32　段成式：《酉陽雜俎》（北京：中華書局，1985），頁6。

方人的眼中，大概會是比較陌生的，他們多半會想：月中哪裏有 cassia？

對中國科舉文化一無所知的讀者，未必能立即接受 The cassia in the moon 這種說法。

《紅樓夢》也有同類詞語：「蟾宮折桂」。《紅樓夢》第九回，林黛玉聽說賈寶玉要上學了，就笑道：「好！這一去，可是要蟾宮折桂了。」[33]這是以「蟾宮折桂」比喻科場得意。果然，《紅樓夢》後四十回中就有「寶玉中舉」的情節。

《紅樓夢》第七十五回，賈赦道：「想來咱們這樣人家，原不比那起寒酸，定要『雪窗熒火』，一日蟾宮折桂，方得揚眉吐氣。」[34]

這「蟾宮折桂」當然不是《紅樓夢》首創。南唐李中《送黃秀才》詩：「蟾宮須展志，漁艇莫牽心。」宋張齊賢《洛陽搢紳舊聞記·陶副車求薦見忌》：「好去蟾宮是歸路，明年應折桂枝香。」明沈鯨《雙珠記·廷對及第》：「一聲霹靂乾坤撼，看蟾宮步，雁塔名，瓊林宴，八珍異饌天廚薦。」[35]又，明湯顯祖（1550-1616）《牡丹亭》：「吾今年已二八，未逢折桂之夫；忽慕春情，怎得蟾宮之客？」[36]

何以月亮稱為「蟾宮」？這與另一個古人傳說有關。古人認為，月中有蟾蜍，因此「月亮」又稱「蟾宮」。這個傳說的出處，難以確定。《楚辭·天問》：「夜光何德，死則又育？厥利惟何，而顧菟在腹？」近人聞一多（1899-1946）認為「顧菟」即蟾蜍。[37]不過，聞一多此說未必可信。東漢張衡的天文著作《靈憲》：「嫦娥遂託身於月，是為蟾蠩。」[38]這種說法也是匪夷所思，但古人大多視之為常識。[39]

總之，月中有蟾蜍之說，實屬無稽，我們了解這「月中有蟾蜍」是中國古人的傳說，也就夠了，不必深究。但是，翻譯家就必須考慮怎樣用文字（英語）去表現「蟾宮」。

楊憲益和戴乃迭將林黛玉那句「好！這一去，可定是要蟾宮折桂去了。」翻譯為："Good," she said. "So you're going to 'pluck fragrant osmanthus in the palace of the moon.'"（vol.1, p.134）

33　《紅樓夢》（北京：人民文學出版社，1964），頁 109。

34　據戚序本引錄。《戚蓼生序本石頭記》（北京：文學古籍刊行社，1975），頁 2954。《紅樓夢》舊行本此處（頁 986）無「蟾宮折桂」四字。

35　漢語大詞典編輯委員會編：《漢語大詞典》（香港：三聯書店，1992），頁 980。

36　湯顯祖撰，徐朔方校注：《牡丹亭》（北京：人民文學出版社，1963），頁 54。

37　聞一多：《聞一多楚辭研究論著十種》（香港：維雅書屋，〔1972?〕），頁 150。

38　〔清〕嚴可均校輯：《全上古三代秦漢三國六朝文》中《全後漢文》卷五十五頁五引《靈憲》。

39　《紅樓夢》第七十六回有這樣的詩句：「銀蟾氣吐吞。藥經靈兔搗。」這兩行，David Hawkes 翻譯為：Damp airs the silver Toad of the moon inflate. See where the Hare immortal medicine pounds. (vol.3, p.520) 楊憲益夫婦的譯文是：The Silver Toad puffs and deflates the moon. Elixirs are prepared by the Jade Hare ... (vol.2, p.625) 由此可見，翻譯家保留原有的文化意象：「蟾」和「兔」。

這是直譯，osmanthus 即「桂」，但是，直譯得不徹底，因為原本的「蟾」，沒有直譯成英語。

再看《紅樓夢》第七十五回那個「蟾宮折桂」，楊憲益和戴乃迭翻譯為：they can hardly fail to get some official post.[40]這譯文不但沒有「蟾」的意思，更連 in the moon、osmanthus 之類也都沒有出現。另一位翻譯家 David Hawkes 也是完全捨棄「蟾」和「桂」，沒有保留形象。

同是「蟾宮折桂」，楊氏夫婦的前後二譯大異其趣。這似乎說明了一點：「蟾宮折桂」沒有既定的英譯。也許，譯者沒有找到一以貫之的對應語。

事實上，「蟾宮折桂」是中國科舉制度衍生的詞語，屬於「文化專有項」（culture-specific items），極具地域色彩，異文化的讀者未必能按字面索解。

「蟾宮」和「月桂」之外，另一個科舉文化常用詞「化龍」也不容易用英語表述，試看：

● **原文**：「化龍魚兮已失鱗」[41]

● **Roy 譯**：the fish with dragon potential has lost its scales.（vol.3, p.391）

這「化龍魚」，與士人心態息息相關：《全唐詩話》卷六有所謂「龍門變化人皆望」之句，可以為證。[42]

關於「龍」，《藝文類聚》卷九十六引《辛氏三秦記》曰：「河津，一名龍門。大魚集龍門下數千，不得上，上者為龍。」[43]後來「化龍魚」就比喻參加科舉的儒生，而科考過關，即為「登龍門」。[44]

美國漢學家 David Roy 將「化龍魚」翻成 the fish with dragon potential，其後半部分意為「有變成 dragon 的潛質」。譯者用 dragon 作為「龍」的對等語，似乎已經原原本

---

40 楊憲益夫婦的翻譯底本，主要是戚序本系統。這個問題一言難盡，請參看筆者其他論文，尤其是〈作為「國禮」的大中華文庫本紅樓夢〉一文，發表於《紅樓夢學刊》2013 年 1 輯。

41 梅節：《夢梅館校本金瓶梅詞話》（臺北：里仁書局，2007），頁 869。

42 王起於會昌中放第二榜，僧廣宣以詩寄賀：「從辭鳳閣掌絲綸，便向青雲領貢賓。再辟文場無枉路，兩開金榜絕冤人。眼看龍化門前水，手放鶯飛谷口春。明日定歸台席去，鵷鴒原上共陶鈞。」起和云：「延英面奉入春闈，亦選工夫亦選奇。在冶只求金不耗，用心空學秤無私。龍門變化人皆望，鶯谷飛鳴自有時。獨喜向公誰是證，彌天上士與新詩。」語見尤袤：《全唐詩話》（北京：中華書局，1985），頁 118。

43 〔唐〕歐陽詢：《藝文類聚》（上海：上海古籍出版社，1965），頁 1663。

44 熊慶年：《中國古代科舉百態》（上海：東方出版中心，1997），頁 5。

本地傳達了原義。

問題是，dragon 在英語中是邪惡的象徵，指魔鬼，又指凶暴之人。（按：這已是老生常談。不贅。）[45]

將「龍」和 dragon 比較，我們發現了原語和譯語有明顯的矛盾：「化龍」在原文語境中，是考生都極為渴望達到的境界，「化龍」是他們的夢想，具正面意義。[46]然而，with dragon potential 就不是這樣了：dragon 容易滋生誤解，因為 dragon 本身帶有負面義蘊。

近年，不少人將 dragon 等同「龍」，表褒義。這樣一來，dragon potential 的含義是好，還是壞？一般讀者可能會感到有點混亂。

五、高中者：florilege 與 laureate

明清科舉制度的最後一級考試是殿試。殿試及第者有特別的名稱：狀元、榜眼、探花。[47]明、清小說也寫到這些名目，例如：《紅樓夢》中林黛玉之父林如海是「探花」。《金瓶梅》第三十六回中有個「新狀元」蔡一泉。

帝制時期，誰是狀元，不純取決於考試的表現，其他因素也可能左右大局，例如，《金瓶梅》中的蔡狀元就不是殿試表現最佳者。《金瓶梅》第三十六回寫道：當初安忱取中頭甲，被言官論他是先朝宰相安惇之弟，係黨人子孫，不可以魁多士。徽宗不得已，把蔡蘊擢為第一，做了狀元。[48]這是當時的特殊政治生態造成的。[49]

這樣選出來的狀元，很可能是有名無實的。蔡狀元給妓女董嬌兒的詩就不見得高明，他那首詩是這樣寫的：「小院閒庭寂不嘩，一池月上浸窗紗；邂逅相逢天未晚，紫薇郎

---

[45] 洪濤：〈紅樓夢雙語語料庫、「母語文化」影響論的各種疑點〉一文，載於《中國文化研究》2011年2期（夏之卷），總72期，頁186-194。

[46] 科第不是個人的私事，而「是地方和鄉族集體競爭的目標」。語見劉海峰：《中國科舉文化》（瀋陽：遼寧教育出版社，2010），頁295。

[47] 何忠禮：《科舉與宋代社會》（北京：商務印書館，2006）指出：「自五代起，士大夫中稱進士第一人為狀元的風氣開始盛行。」（頁174）何忠禮又說：「進入南宋，狀元才逐漸成了對進士第一人的專稱。」（頁186）

[48] 克萊門特·厄杰頓譯：《金瓶梅·The Golden Lotus》（北京：人民文學出版社，2008），頁882。

[49] 乾隆皇帝也因地域因素把第三名的王杰擢為狀元。參看 Benjamin A. Elman, *A Cultural History of Civil Examinations in Late Imperial China* (Berkeley: University of California Press, 2000), p.316. 有的皇帝選狀元時竟以夢境為據。參看 *A Cultural History of Civil Examinations in Late Imperial China*, p.329.

對紫薇花。」[50]該詩的內容自相矛盾（月浸紗與「天未晚」），末句又強將白居易詩句「紫薇花對紫薇郎」顛倒以趁韻，其實蔡狀元本人根本不是紫薇郎（中書舍人）。

再看「探花」。《紅樓夢》第二回寫到：林如海姓林名海，表字如海。乃是前科的<u>探花</u>，今已升至蘭台寺大夫。

「探花」，宋以後指科舉考試中殿試一甲第三名。趙翼在《陔餘叢考·狀元榜眼探花》中考證：「北宋時第三人亦呼為榜眼。蓋眼必有二，故第二、第三人皆謂之榜眼，其後以第三人為探花，遂專以第二人為榜眼耳。」[51]林如海是「探花」，在楊憲益夫婦的譯本上是這樣表述的：... who come third in previous Imperial examination. 這個譯文，不像原文那樣（「探花」）有一個專門名稱，譯文只有「探花」的釋義（definition）。[52]

另一位譯者 David Hawkes 將「林如海乃是……」那句翻譯為：This Lin Ru-hai had passed out <u>Florilege</u>, or <u>third in the whole list of successful candidates, in a previous Triennial</u>, and had lately been promoted to the Censorate.[53]

Hawkes 譯本中的 Florilege 是「花譜」之意。這個 Florilege，含有花的形象，也有「選萃」的意思（據 OED）。Florilege 之後，Hawkes 還附上一小句解釋性的文字：third in the whole list of successful candidates。總之，這譯法有兩個好處：一、Florilege 可作「名稱」，有「花」的意思。二、後面的解釋，提供了一些細節，可以幫助讀者了解實情。

無論如何，以上列舉的兩種譯文（楊譯和霍譯），都需要依靠解釋性的文字。這自然是因為「探花」是中國科舉制度下的獨特名稱，譯者不容易找到適當的外文詞語來表達。[54]

至於《金瓶梅》中的「新狀元」這個詞，英國翻譯家 Clement Egerton 譯為 the new laureate，[55]美國翻譯家 David Roy 譯為 the new principle graduate（vol.2, p.346）。[56]

上文已說到，graduate 常常漢譯為「畢業生」，Egerton 用此詞來表示「秀才」其實

50　《金瓶梅》第四十九回。梅節：《夢梅館校本金瓶梅詞話》，頁 733。

51　趙翼：《陔餘叢考》（北京：中華書局，1963），頁 584。

52　Benjamin Elman 用 *secundus* 來翻譯「榜眼」。參看其書 *A Cultural History of Civil Examinations in Late Imperial China*, p.98.

53　*The Story of the Stone* (Harmondsworth: Penguin Book Ltd., 1973), vol.1, p.69.

54　有人將「探花」表述為 The Third-Place of the Chinese Civil Service Examinations. 參看 Rui Wang, *The Chinese Imperial Examination System: an Annotated Bibliography*, p.150.

55　Clement Egerton, *The Golden Lotus: A Translation, from the Chinese Original, of the Novel Chin P'ing Mei* (London: Routledge and Kegan Paul, 1939), vol.2. p.130.

56　也有人譯為 "First palace graduate"，參 Thomas H. C. LEE, *Government Education and Examinations in Sung China* (Hong Kong: Chinese University Press, 1985), p.147.

難稱妥當，不料，David Roy 也用此詞，卻指殿試（進士參加的考試）的高中者。由此可見，中國科舉制度所產生的名目，翻譯起來會出現莫衷一是的情況。

Graduate 給人的印象是「獲學校頒授學位之人」，*OED* 給 graduate 下的定義是：One who has obtained a degree from a university, college or other authority conferring degrees. 這解釋與一般人的印象相符：graduate 由學校（或有權者）頒發學位。

可是，會試和殿試，異於學校取士。近人的研究有此結論：「在中舉之後再去應會試階段，就再也不是學生身分，不與學校發生關係，基本上是靠自學提高來備考的。」[57] 此外，「狀元」是經皇帝親自考驗的，政治意義濃厚得多。[58]這種特殊性也不是 graduate 所具備的。

Egerton 用 laureate 來翻譯原文的「狀元」。查 laureate 本義是戴桂冠的人。古希臘人常以月桂樹葉編成冠冕，奉獻給英雄或詩人，以表示崇敬。*OED*（《牛津英語詞典》）解釋：形容詞 laureate 意為 Distinguished for excellence as a poet, worthy of the Muses' crown. Cf. poet laureate. 所謂 poet laureate，一般漢譯為「桂冠詩人」。

在「榮譽」這方面，laureate 與「狀元」表面上有共同點。此外，唐人以詩賦取士，在「詩」這一點上，laureate 又與「狀元」性質相近（但是，元明兩代科舉已經不是詩賦取士）。[59]

實際上，laureate 與「狀元」的內涵大有差別：laureate 不是考試的第一名。以遴選的準則而言，也不相同，例如，科舉有「策」和「經」。《新唐書·選舉志上》說：「凡進士，試時務策五道，帖一大經。經、策全通者為甲第。」這是唐初的情況。[60]宋、明、清制度，殿試的內容是「試時務策一道」。[61]所謂「策」，就是政論文。以《金瓶梅》故事的時代（北宋）而論，「嘉祐年間（1056-1063）以後，策論已更重於詩賦，〔……〕」[62]至於「經」，《中國科舉文化》一書指出：「從元代開始，明、清各朝皆以儒家經學為科舉的主要考試內容。」[63]

---

57 劉海峰：《中國科舉文化》（瀋陽：遼寧教育出版社，2010），頁 295。

58 何忠禮說：「殿試在科舉考試中主要體現了皇帝親掌取士權這一政治意義，……」語見何忠禮：《科舉與宋代社會》（北京：商務印書館，2006），頁 24。

59 劉海峰：《中國科舉文化》，頁 340。Benjamin A. Elman, *A Cultural History of Civil Examinations in Late Imperial China* (Berkeley: University of California Press, 2000), p.37.

60 金諍：《科舉制度與中國文化》，頁 56。有學者指出「策」在唐朝科舉的地位已甚高，參看 Rui Wang, *The Chinese Imperial Examination System: an Annotated Bibliography*, p.140.

61 金諍：《科舉制度與中國文化》，頁 175。

62 金諍：《科舉制度與中國文化》，頁 114。

63 劉海峰：《中國科舉文化》，頁 232。

　　再看 laureate 的內涵，實與經學、時務策全無關係，風馬牛不相及。這個 laureate，近年可引申為「榮譽獲得者」，例如，Nobel Laureate 即「諾貝爾獎獲得者」。譯者選用這個詞，應該是看重這詞有「獲獎者」的意思。[64]

　　也有譯者用漢語拼音詞，也就是音譯來應付「狀元」二字的翻譯難題：*zhuangyuan*。[65]

　　最後，順帶討論一下科舉中的「策」。《金瓶梅》第五十六回也有提及水秀才「十年前應舉兩道策，那一科試官極口贊他好。卻不想又有一個賽過他的，便不中了。」[66]可見，在地方考試中，也有「策」。水秀才「應舉兩道策」，Egerton 譯本完全略去「策」不提，泛言 "he went in for the examination"[67]。「兩道策」沒有翻譯，我們不知道 Egerton 是看不懂，還是選擇不譯，還是有其他原因。[68]

　　綜上所言，無論是用 the principle graduate 還是 the laureate 來充當「狀元」的對等詞，都屬於權宜之舉。「應舉兩道策」這個翻譯個案，也表明譯者迴避了原文的細節。可見，在「此有彼無」的情況下，譯文難免有不足之處。

六、結語

　　舊時的讀書人十分看重舉業。《紅樓夢》中，賈政和薛寶釵、史湘雲都希望賈寶玉去應考。《金瓶梅》第五十七回有一段話反映了中國人的社會心理。西門慶對兒子說：「兒，你長大來，還掙個文官。不要學你家老子，做個西班出身。雖有興頭，卻沒十分尊重。」[69]這話反映了世人重文輕武的態度。[70]

　　在西方，從希臘、羅馬時代到中世紀，都沒有考試的記載。十八世紀以後，筆試才在大學中出現。[71]英語世界雖有考試，但沒有中國式的科舉制度，自然也沒有完全合適的詞語去表現「科舉相關詞」的內涵。這就給英譯者帶來一些難題。以上我們探討了若

64　Benjamin Elman 第一次提及「狀元」時，是這樣處理的：the first palace *optimus* (chuang-yuan 狀元)。語見其書 *A Cultural History of Civil Examinations in Late Imperial China*, p.76. 其後，他有時選用 *optimus* 稱「狀元」。

65　Rui Wang, *The Chinese Imperial Examination System: an Annotated Bibliography*, p.7.

66　王汝梅校注：《皋鶴堂批評第一奇書金瓶梅》（長春：吉林大學出版社，1994），頁 867。

67　《金瓶梅·The Golden Lotus》（北京：人民文學出版社，2008），頁 1352。

68　「兩道策」，Roy 翻譯為：his two essays on public policy (vol.3, p.386)。另參 Benjamin Elman, *A Cultural History of Civil Examinations in Late Imperial China*, p.41.

69　梅節：《夢梅館校本金瓶梅詞話》，頁 877。

70　「西班」，指武臣科舉制度中，也有武舉，武舉的第一名稱為「武狀元」。

71　金諍：《科舉制度與中國文化》，頁 31。

干「科舉相關詞」的名與實，也描述了翻譯家應付難題的各種做法，從中我們可以歸納出一些有趣的現象，例如 "one-into-many" 的現象：

- 秀才＝graduate
- 秀才＝bachelor
- 秀才＝scholar
- 秀才＝licentiate in a subprefecture
- 狀元＝principle graduate
- 狀元＝first palace graduate
- 狀元＝laureate
- 狀元＝*optimus*
- 狀元＝*zhuangyuan*

可見，不同的翻譯家嘗試在「英語的語言資源中」找尋秀才的「對應詞」。這些「漢英對應」花樣繁多，似乎說明了有時候沒有「（漢英）絕配」。

　　本文列舉的許多譯文（包括「零翻譯」，即 zero translation）揭示了譯者在語文表達方面所面對的窘境，這種窘境的主因是「此有彼無」（漢文化有，而英語世界無）。分析過一些譯文，筆者認為譯文有時候只能隱約折射出中國科舉文化的一些內涵，不能準確、完整地呈現原著中的名目和士林生態。[72]

　　值得特別一提的是，David Hawkes 採用「專名＋文內注釋」的做法，產生了良好的翻譯效果，值得後人師法。[73]（2013 年初稿，2014 年修訂）

【後記】

　　這篇文章是為「科舉研討會」而撰寫的，內文引錄的例子多出自《金瓶梅》。筆者考察了「科舉相關詞」所反映的士林心態和生態，並關注海外學者和翻譯家如何呈現「科舉文化」的各種面貌。文章從應舉者、落第者、中舉之想、高中者共四個方面入手，闡釋各種觀念詞的由來和名與實，又分析翻譯家應付難題的各種手段，從中筆者歸納出一些有趣的「對等」。這些「對等」現象正折射出中國科舉文化的獨特性。簡言之，本文的重點是：科舉文化和科舉相關詞、翻譯難題和「對等」現象。

---

[72] 話雖如此，我們卻不宜對譯者諸多責難，因為客觀條件會對譯者產生限制，有時候譯者確實無法施展、變通。有的譯者在譯注中說明原委和詳情，這樣做，對西方讀者有幫助。

[73] David Hawkes 採用的翻譯方法不限於一種。各種方法的成效，須視乎語境而定，不能一概而論。

文化「軟實力」與
大中華文庫本《金瓶梅》

一、引言

　　英國翻譯家 Clement Egerton（克萊門特・厄杰頓）的《金瓶梅》譯本 *The Golden Lotus*，初版於 1939 年，1972 年有修訂版。[1]到 2008 年，這個譯本被納入中國的《大中華文庫》叢書之中，由人民文學出版社出版。[2]

　　The Golden Lotus 意為「金蓮」（略去了「瓶梅」）。其實，Egerton 譯本全稱是：*The Golden Lotus: a translation, from the Chinese original, of the novel Chin P'ing Mei.* 可見，副書題中標示了原書名 Chin P'ing Mei，《大中華文庫本》卻將這個副書題刪棄，只剩下「金蓮」的意思。[3]

　　人民文學出版社這個版本，不是 Egerton 原版的翻印本，而是重新編輯才印行的。最重要的版面變動是人民文學出版社為 Egerton 的譯文配上了漢語原文，以「漢英對照」的形式出版。此外，Egerton 原書頻頻分段，版面上多短小的段落，人民文學出版社則常常將原本多個小段拼合成大段落，因此版面上文字甚為稠密，讀來頗費目力。

　　《大中華文庫本》上有中國出版集團總裁楊牧之撰寫的「總序」，楊牧之說：「我們試圖通過《大中華文庫》，向全世界展示，中華民族五千年的追求，五千年的夢想，正

---

[1] Clement Egerton, *The Golden Lotus: A Translation, from the Chinese Original, of the Novel Chin P'ing Mei* (London: Routledge and Kegan Paul, 1939).

[2] 笑笑生撰，克萊門特・厄杰頓譯：《金瓶梅／The Golden Lotus》（北京：人民文學出版社，2008）。也有人稱 Egerton 為「埃傑頓」。由於 Egerton 的漢語譯名不統一，為免讀者誤會，本文行文直接用其原名 Egerton。

[3] 出版單位的負責人（例如楊牧之）提及這個系列時，稱為《大中華文庫》（加上書名號），故本文亦依此例加上書名號：本文凡提及「《文庫本》」「《大中華文庫・金瓶梅》」，都是指《大中華文庫》中的 *The Golden Lotus*。

在新的歷史時期重放光芒。」（頁8）

　　近年，楊牧之又發表〈國家「軟實力」與世界文化的交流〉一文，同樣提及《大中華文庫》，他認為：中華民族有著悠久的歷史和燦爛的文化，系統、準確地將中華民族的文化經典翻譯成外文，編輯出版，介紹給全世界，在當前有特別的意義。它是世界各民族文化交流的需要，是讓世界瞭解中國的需要，也是**國家發展「軟實力」**的需要。一定要做好這項工作。《大中華文庫》的出版實踐體現了這種戰略思考。《大中華文庫》出版所產生的效果，加深了踐行這種思考的信心，推動了這種思考的進一步落實。[4]

　　綜合上述兩段話，我們瞭解到出版《大中華文庫》的目的是「展示」，讀者對象是外國人。不過，《金瓶梅》向有「淫書」「穢書」之稱，清朝已屢遭禁毀，[5]1949 年後在中國大陸公開流通者多為「潔本」，[6]那麼，這部小說的內容適合向外人「展示」嗎？這部書有助於提升「軟實力」嗎？[7]

　　果然，在《文庫本》上，《金瓶梅》原文大量性描寫情節因為「不宜展示」而被刪除，而且編者似有除之務盡的傾向（請看下文）。在具體編輯工作方面，出版社的「加工」也產生了不少謬誤、疏漏，令人遺憾。

　　初步看來，欲以此書展示國家的「軟實力」，可能會事與願違，甚至有反效果。本文將指出此書的一些缺失，希望引起世人的注意。

二、附加文本的種種問題

Egerton 譯本的 1939 年初版有 "Introduction"，又有 "Translator's Note"，在 1972 年

4　楊牧之〈國家「軟實力」與世界文化的交流〉一文，發表於《中國編輯》2007 年第 2 期。

5　《金瓶梅》「誨淫」，有「穢書」之稱，這類評語從明代萬曆朝開始就已出現：袁中道《遊居柿錄》一文、李日華《味水軒日記》、崇禎年間薛岡《天爵堂筆餘》、笑花主人《今古奇觀·序》、煙霞外史《韓湘子十二渡韓昌黎全傳·敘》等等莫不如此說。到了清朝，「淫書」之罵，不絕於耳。乾隆元年（1736）春二月閑齋老人《儒林外史·序》已透露《金瓶梅》是禁書。

6　梅節：《金瓶梅詞話校讀記》（北京：北京圖書館出版社，2004）的序言對於中國大陸各種印本的刪節情況，有簡明的介紹，讀者不妨參看。

7　參看 Soft Power in China: Public Diplomacy through Communication. Edited by Jian Wang (New York: Palgrave Macmillan, 2011)。簡單來說，"Soft Power"（軟實力）屬於令人心悅誠服的吸引力，相對於「武力、壓力」等而言。"Soft Power" 這一觀念由美國哈佛大學（Harvard University）的 Joseph Nye 在 Soft Power: The Means to Success in World Politics (New York: Public Affairs, 2004) 一書中闡發後，漸受世人所重視。

的修訂本上，更有一篇 "Publisher's Note"。[8]這些篇章說明了翻譯背景和出版內情，十分重要，卻都被《大中華文庫本》刪汰，取而代之的是楊牧之寫的「總序」和周絢隆寫的「前言」（按：周絢隆是人民文學出版社的編審）。筆者稱「總序」和「前言」為「附加文本」，意思是：原本所無，他人外加。

周絢隆的「前言」共六頁（印在頁 17-22 上）。緊隨其後的是這篇「前言」的英譯，譯文出自 Hu Yunhuan 之手（譯文之末，注明了 "Translated by: Hu Yunhuan"）。筆者相信，譯者姓「胡」。

周絢隆「前言」之中，有明顯的錯誤，牽連之下，Hu Yunhuan 的英譯，也隨之而誤，未能糾正。以下，筆者略陳數端。

(一)書名錯誤

周絢隆「前言」說：「到目前為止，英文先後出現了三個譯本。一個是 "The Gold Lotus: a translation from the Chinese original of the novel Chin Ping mei"。[9]

周絢隆這句話中，有一個非常明顯的錯誤：Gold 實應為 Golden。這句話由 Hu Yunhun 翻譯成英文後，仍作：The Gold Lotus（頁 27）。對此，閱者必然大感莫名其妙：在 The Golden Lotus 的重印本中，負責人竟將書名誤為 The Gold Lotus！這種明顯的錯誤實在令人啼笑皆非。

(二)姓名錯誤、年分錯誤

周絢隆在「前言」中又說：「該書是由 Miall Bernard 於 1962 年從德文的節譯本轉譯過來的。」（頁 21）他說從德文本轉譯，這是事實。[10]除此之外，他這句話大有謬誤。

錯誤有二。第一、Miall 是姓，Bernard 是名。按行文習慣，應寫作 Bernard Miall。為免讀者誤會，實可寫作 Bernard MIALL。周絢隆提到另一位譯者時，也是先名後姓，寫作："David Tod Roy"。（頁 21）按：那 Roy 是姓，依英語行文的慣例，Roy 確應殿後。現在周絢隆把 Bernard Miall 的姓名次序顛倒書寫，這有什麼道理？

另一個錯誤是：MIALL 譯本，1939 年已經在倫敦出版，1940 年又在紐約出版兩冊

8　譯者在 Translator's Note 說明翻譯時曾得到老舍（舒慶春，1899-1966）的幫助。又，該書修訂本上的 Publisher's Note 提到 J. M. Franklin 幫助將拉丁文句子翻譯成英文。

9　《大中華文庫·金瓶梅》，頁 21。

10　Miall 譯本的扉頁上有一行文字說明他的英譯是據德譯本轉譯而成。

本（First published in 2 vols., 1940）。[11]筆者手頭上就有這個本子的 1939 年版。周絢隆說是「1962 年」，這話的依據是什麼？

Hu Yuhuan 將周絢隆的話翻譯成：translated by Miall Bernard in 1962 from the abridged German version.（頁 26）。可見，譯者沒有再去查證。周絢隆說了什麼，譯者就照樣翻譯。[12]

(三)護封上的簡介已有錯誤

《文庫本》的護封上有一段簡介文字：「《金瓶梅》語言生動，塑造的人物性格鮮明，在世界文學中有其特殊的意義。」這句話的英譯是 "*The Golden Lotus* is notable for the outstangding freshness and individuality of its characterization, and its vivid narrative."

譯文中的 outstangding，明顯是一個拼寫錯誤的例子，正確的寫法是 outstanding。書本的開首第一段文字已經出現錯誤，給讀者的印象甚差。更糟糕的是，全書五冊，這個錯誤竟一再出現！

三、關於「漢英對照」與文化過濾

《大中華文庫·金瓶梅》標榜漢英對照，其實漢語原文中的性描寫文字，多被編者刪去。這就形成一個頗為奇特的情況：譯本上有詳細的性描寫，而相應的漢語原文上卻多空白。此外，Egerton 英譯本身也有「文化過濾」的傾向。以下略舉數例。

(一)因刪節以致「漢英對照」名不副實

有時候，漢語部分被大幅刪節，根本無法和英文版「對照」，例如，頁 914（第三十七回）漢語原文被刪剩兩行，而英文版上卻有足足三十八行文字。這樣一來，漢英版面顯得很不對稱，完全稱不上「漢英對照」。[13]

刪除原著中的「性描寫」可以看作是一種對文本的「淨化」（sanification）。[14]我們注

---

11 Bernard Miall, *Chin P'ing Mei: The Adventurous History of Hsi Men and His Six Wives* (London: John Lane The Bodley Head, 1939). 第 2 版：G. P. Putnam's Sons，紐約 1940 年。

12 這個「原文有錯也照翻」的現象，也見於《大中華文庫·紅樓夢》。讀者不妨參看洪濤：〈作為「國禮」的大中華文庫本紅樓夢〉一文，載於《紅樓夢學刊》2013 年第 1 輯（2013 年 1 月），頁 269-293。

13 第二十七回，情況也相似。請讀者比較頁 656 和頁 657。

14 這個術語（sanification），其他學者早已使用。參看 *Translating Sensitive Texts: Linguistic Aspects*. Edited by Karl Simms (Amsterdam; Atlanta, Ga.: Rodopi, 1997), p.273.

意到，《文庫本》「淨化」的程度，遠超中國大陸的單語刊行本。[15]

有時候，刪節過度會令故事上下文失去呼應，有礙閱讀理解，例如，第八回敘述西門慶和潘金蓮在報恩寺交媾，西門慶要「在蓋子上燒一下兒」，這片段共有五十多字，都被《文庫本》刪除（頁 202）。[16]被刪的那段正是和尚竊聽到的內容。頁 202 有編者注釋：「下刪 56 字」。

《文庫本》既無「在蓋子上燒一下兒」，下文報恩寺和尚戲說：「在紙爐蓋子上沒燒過〔紙馬〕」，就完全顯示不出那和尚是惡意戲仿影射，嘲笑西門慶和潘金蓮。[17]

周絢隆「前言」對於刪節，有充分說明：「這部小說最為人詬病的，是其中有大量的色情描寫。所以在很長的一段時間裏，它一直是禁書。從今天的角度來看，作者的這類描寫確實有肆意誇張的成分，有些描寫過於直露，這大大地影響了它的傳播。但是，我們又不能不承認，這些描寫，對於塑造人物形象，刻畫人物心理，也有著極為重要的作用。即使在性描寫中，作者也較好地把握了人物的性格特徵，使不同人物的性格有了區別。」從實際刪節情況來看，《文庫本》比一些中國出版的本子刪得更厲害。就以上文提及的報恩寺竊聽片段為例：吉林大學出版社 1994 年版和陶慕寧校注本都沒有刪節，完好無缺。[18]

陶慕寧校注本也是人民文學出版社出版的（和《文庫本》是同一個出版社），卻不必刪除竊聽內容，這是為何？

筆者揣測，《文庫本》屬於「對外」出版物，出版人不想示外人以「穢語」，所以淨化尺度比「內銷」本子更緊更嚴。[19]令人不解的是，文庫本對原文性描寫「從嚴」，卻對譯本則「從寬」（譯本上的性描寫沒有刪節），出版社這做法，實在是令人啼笑皆非！

刪節原文以致不能「漢英對照」，似乎反映了大陸的出版社有所顧忌以致自相矛

---

15 臺灣和香港的出版情況較為特殊，難以在此綜述。筆者暫時無法涉及此節。

16 這裏所謂「燒」，應該是炙香瘢（香疤）的意思。魯歌、馬征：《金瓶梅縱橫談》（北京：北京出版社，1992），頁 240 對這個問題有詳細的論述。

17 《金瓶梅》一書特別多戲謔語和葷笑話。關於這方面的討論，請參看洪濤：〈《金瓶梅詞話》中雙關語、戲謔語、葷笑話的作用及其英譯問題〉一文，載於《金瓶梅文化研究（第五輯）》（北京：群言出版社，2007），頁 345-365。另參，洪濤：〈論《金瓶梅詞話》的雙關語和跨文化翻譯問題〉一文，載於羅選民主編：《文化批評與翻譯研究》（北京：外文出版社，2005），頁 251-261。

18 王汝梅校注：《皋鶴堂批評第一奇書金瓶梅》（長春：吉林大學出版社，1994），頁 141。陶慕寧校注：《金瓶梅詞話》（北京：人民文學出版社，2000），頁 101。

19 中國大陸也印行過一些沒有刪節的版本（例如，詞話本的影印本），但這些本子是「內部發行，限定級別購買」。參看王汝梅：《王汝梅解讀金瓶梅》（長春：時代文藝出版社，2007），頁 151。到了互聯網時代，情況自然大為不同，網民若要在互聯網上看未刪節的版本，應該不難。

盾。[20]就「性描寫」而言，讀者或可體諒這問題涉及社會禁忌（兒童不宜）。[21]不過，該書的「漢英對照」還有其他問題，卻都與原著的內容無關，而是編者做事粗疏所致。以下略舉數端。

(二)翻譯的底本與漢英對照問題

筆者寫過多篇文章，力陳《紅樓夢》漢英對照本的缺失。[22]筆者認為：「漢英對照」這工作，往往是編者（事後）所為，不是譯者本人自己做的。有時候，譯者根據哪個本子翻譯，只有譯者本人才知道，譯者也可能參考過好幾個原著的版本。後人（包括研究者）常忽視翻譯底本的複雜程度，竟徑取時下通行的印本來充當前人翻譯的底本，這就造成「漢英對照」的假象，貽誤甚廣。[23]

Egerton 應該是以張竹坡評本（或其整理本）為主要翻譯底本。關於這一層，我們可以從譯本的一些文本特徵，得到明證。

《金瓶梅》各本子上所寫的「蔡太師奏行七件事」，可以幫助我們作出判斷。《金瓶梅》崇禎本第四十八回寫了「七件事」的詳情，這「七件事」在清初的張竹坡評本上只剩下五件事：第六件事、第七件事不見蹤影，應該是被整理者刪卻。[24]

原來，崇禎本上的第六件事提到「國初寇亂未定」、第七件事提及「有傷聖治」等

20　參看 CHANG Nam Fung, "Censorship in Translation and Translation Studies in Present-day China," in *Translation and Censorship in Different Times and Landscapes*, edited by Teresa Seruya and Maria Lin Moniz (Newcastle upon Tyne: Cambridge Scholars Publishing, 2008), pp.229-240. 張南峰（CHANG Nam Fung）說明：若出了差池（errors），受罰者是出版社。

21　越南學者阮南對《金瓶梅》越南譯本的刪節現象，有詳細的述評。參看〈魚龍混雜──文化翻譯學與越南流傳的金瓶梅〉一文，載於《國文天地》（2012 年 11 月號，第 330 期），頁 57 以下。筆者讀到的是阮南 2012 年 8 月在學術會議上發佈的會議論文。這篇文章後來刊載於陳益源主編：《2012 臺灣金瓶梅國際學術研討會論文集》（臺北：里仁書局，2013），頁 555-591。

22　參看洪濤：〈外文出版社紅樓夢英譯「節選本」糾謬〉一文，載於《河北教育學院學報（哲學社會科學版）》（*Journal of Henan Institute of Education*）2005 年第 4 期（總第 96 期），頁 49-54。又，洪濤：〈評「漢英經典文庫本」《紅樓夢》英譯的疏失錯誤〉一文，載於《紅樓夢學刊》2006 年第 4 輯，頁 236-249。

23　參看洪濤：《女體和國族：從紅樓夢翻譯看跨文化移殖和學術知識障》（北京：國家圖書館出版社，2010）對翻譯底本問題的討論。

24　關於《金瓶梅》的「仇外」，參看洪濤：〈金瓶梅的文化本位觀念與仇外話語的英譯〉一文，發表於《金瓶梅》國際學術研討會（2012 年 08 月 24-27 日，臺灣成功大學人文社會科學中心主辦）。文章全文刊載於《金瓶梅國際學術研討會會議論文集（嘉義會場）》，頁 163-182。這篇文章後來刊載於陳益源主編：《2012 臺灣金瓶梅國際學術研討會論文集》（臺北：里仁書局，2013）。

語。（崇禎本，頁 622；張評本，頁 744。）[25]筆者推測，這兩件事或因犯清朝統治者之忌而被刪汰。此外，第四件事「制錢法」有「邊人販之於虜」一大段解說，而張評本上只剩下三個字：「制錢法」。[26]筆者推測，「虜」字或因犯忌而被刪（「虜」是漢民族對外族的貶稱）。

筆者查看 Egerton 的譯文，發現譯文也是先有 the imperial tutor sent a Memorial to the Emperor with <u>seven suggestions</u>（2008：1155），那 seven suggestions 就是指「七件事」，接下來的譯文，只提及五件事（2008：1157）。由此可見，至少這個部分，Egerton 是根據張評本來翻譯的。再看一例：

【詞話本】臣聞夷狄之禍，自古有之：周之**玁狁**，漢之**匈奴**，唐之**突厥**，迨及五代而**契丹**浸強。（陶校本，頁 206-207。夢梅館校本，頁 230。）

【崇禎本】臣聞夷狄之禍，自古有之：周之**玁狁**，漢之**匈奴**，唐之**突厥**，迨及五代而**契丹**浸強。[27]

【張評本】臣聞**邊境**之禍，自古有之：周之**太原**，漢之**陰山**，唐之**河東**，迨及五代，而刻無寧日。[28]

可見，唯獨張評本作「太原，陰山，河東」，都是地名。Egerton 譯本上，有 T'ai-yuan、Yin Shan、Ho Tung，也都是地名，與張評本情況相同，與其餘兩本相異。（參看《文庫本》，頁 401）另外，此回詞話本的「邸報」，崇禎本作「底報」，張評本作「底本」，《文庫本》此處也與張評本相同。（頁 1146）

至於《文庫本》採用的是哪個張評本的文字，書上似乎沒有說清楚。[29]從一些細節看，《文庫本》上那漢語原文似乎不純是張評本的文字（參看下文）。

Egerton 的譯文，編者也有選擇。《文庫本》選用的不是 1939 年的初版，而是 Egerton 的修訂版譯文。原來，Egerton 譯本 1939 年版上部分性愛情節用拉丁文來表述，但在修

---

[25] 齊煙、汝梅校點：《新刻繡像批評金瓶梅》（香港·濟南：三聯書店·齊魯書社，1990），頁 622。

[26] 其他四件事，張評本上也是寫得十分簡略，甚至只有名目，沒有內容細節。

[27] 《新刻繡像批評金瓶梅》，頁 210-211。

[28] 王汝梅校注：《皋鶴堂批評第一奇書金瓶梅》（長春：吉林大學出版社，1994），頁 268-269。此書的底本是吉林大學圖書館收藏的張評本。

[29] 書中有提及張評本，但似乎沒有提及《大中華文庫本》所用的「漢語原文」的具體出處。筆者多次翻查《文庫本》，都沒有看到這方面的說明。筆者的關注點是，張評本並非世間僅存一部。關於張評本的種類，可參看王汝梅：《王汝梅解讀金瓶梅》（長春：時代文藝出版社，2007），頁 113-116。

訂版本上，原先的拉丁文片段，已經改換成英文，例如《文庫本》頁653上 Then proof of her pleasure oozed from her like the slime of a snail leaving its tortuous white trail. 這句，在 1939年版上，就是用拉丁語表述的（見於頁384）。[30]

但是，《文庫本》的「漢英對照」，絕非拿張評本和 Egerton 修訂版來比一比對、排一排列就大功告成。情況絕不是那般簡單的。我們細讀《文庫本》內文，發現有其他不能對照的情況。[31]

(三)有些片段沒有譯文，且無說明

人民文學出版社對於「漢英對照」，似乎頗為重視。周絢隆「前言」中說：「對於英文中未譯的詩和段落，我們也在文中用斜體加括弧作了說明，以免讀者在閱讀時產生疑惑。」（頁22）實際情況如何呢？請看以下例子。

第三十九回，兩個姑子為月娘講述佛教故事，在「歸家有孕，懷胎十月」之後，接著是：「王姑子又接唱了一個《耍孩兒》，唱完，大師父又念了四偈言：『五祖一佛性，投胎在腹中，權住十個月，轉凡度眾生。』」[32]

在《文庫本》上，英譯部分沒有唱曲念偈這些內容（頁969），也沒有說明是 Egerton 未譯，但是漢語原文仍有「王姑子」「大師父」如何如何，一如張評本上的文字。此處，《文庫本》完全沒有「漢英對照」之實。

此外，第三十二回，有關「青刀馬」的一段文字，也是既無譯文又無說明。原著上，伯爵道：「我實和你說，小淫婦兒，時光有限了，<u>不久青刀馬過，遞了酒罷，我等不的了。」謝希大便問：「怎麼是青刀馬？」伯爵道：「寒鴉兒過了，就是青刀馬。」眾人都笑了</u>。（《文庫本》，頁768）

伯爵那段話有好幾句，Egerton 只翻譯了「我等不的了」「遞了酒罷」（we have not all the time in the world. Serve us with wine at once. I will wait no longer.），前面那句「不久青刀馬過」，沒有譯文。既然譯文沒有表達「青刀馬過」的意思，那麼，接下來自然沒有人追問「青

---

30 據1972年版的 Publisher's Note 所說，似乎將拉丁文句子翻譯成英文的是 J. M. Franklin。

31 一般認為《金瓶梅》的張評本據崇禎本改訂而成，因此，本文的討論，凡需要復核原文，筆者往往會兼用張評本和崇禎本，有時候也參看另一位譯者 David Roy 的文字。筆者所用的崇禎本是《新刻繡像批評金瓶梅》（香港·濟南：三聯書店·齊魯書社，1990），此書底本藏於北京大學圖書館。筆者所用的張評本是王汝梅校注《皋鶴堂批評第一奇書金瓶梅》（長春：吉林大學出版社，1994），此書底本為吉林大學圖書館藏本。又，David Roy 的 *The Plum in the Golden Vase* (Princeton: Princeton University Press) 第一冊1993年出版；第二冊2001年出版；第三冊2006年出版，第四冊2011年出版，第五冊2013年出版。

32 王汝梅校注：《皋鶴堂批評第一奇書金瓶梅》（長春：吉林大學出版社，1994），頁623。

刀馬過」是何義,更不可能有伯爵答「寒鴉兒過了,就是青刀馬」。(頁 769)

這個對話情節,譯文從缺,編者也是沒有加括弧作出說明。筆者揣測,「青刀馬」「寒鴉兒過」都是隱語,難以翻譯(勉強直譯了讀者也難看懂),Egerton 束手無策。[33]相似的情況書內甚多,本文不可能一一引錄。[34]

綜上所述,有些片段 Egerton 沒有翻譯,很可能是譯者知難而止。[35]我們當然不能把沒有譯文的賬算到編者頭上,不過,周絢隆說的「〔未譯的段落〕在文中用斜體加括弧作了說明」,人民文學出版社的編者明顯沒能做好這工作。[36]

(四)有些片段只屬撮述,壓抑了原有文化元素

Egerton 的翻譯,有時候顯得甚為粗疏,不能顧全細節。他遇到翻譯困難,往往含糊應付過去。在「漢英對照」的情況下,Egerton 譯本中的「撮述」現象越發明顯。以下,筆者舉例說明。

第一回寫到:西門慶結拜的兄弟中,有一個叫做白賚光,表字光湯。這白賚光,眾人中也有道他名字取的不好聽的,他卻自己解說道:「不然我也改了,只為當初取名的時節,原是一個門館先生說我姓白,當初有一個什麼故事,是<u>白魚躍入武王舟。又說有兩句書是『周有大賚,于湯有光』</u>,取這個意思,所以表字就叫做光湯。我因他有這段故事,也便不改了。」(《文庫本》,頁 12)

上面這段解說,Egerton 的譯文是:… and Pai Lai-kuang, who was also known as Kuang-t'ang. When people remarked that this was a strange name, he would become very indignant and enter upon <u>a long explanation, which, by reference to the Book of History, was supposed to show that his tutor, when he had conferred that name upon him, had made an admirable choice.</u> "If there had been anything objectionable about it," he used to say, "I should have changed it long ago, but, obviously, it has important historical associations, and I shall most certainly retain it." (頁 13) 可見,譯文中並無「武王」「周」「湯」等專名的拼音詞。

原著交待了白某人那姓名有出典,所謂「白魚躍入武王舟」和「周有大賚,于湯有光」,細按可知,他引述的典故中確有「白」「賚」「光」三字。然而,白賚光引述的

---

33 關於「青刀馬」和「寒鴉兒」,張廷興曾列舉魏子雲、李申的解釋,可是,張廷興的結論是:「以上解釋,似均隔靴搔癢。待考。」參看王平、李志剛、張廷興主編:《金瓶梅文化研究》(北京:華藝出版社,2000),頁 274。

34 筆者另文討論。

35 當然也可能有其他的原因。這個問題,難有定論。

36 筆者不是說編者完全沒做「加括弧說明」,筆者的意思只是:做得不夠完善。

幾句，似乎是湊合而成的，試看：《論語·堯曰》說：「周有大賚，善人是富。」[37]《尚書·泰誓》：「今朕必往，我武惟揚，侵於之疆，取彼兇殘，我伐用張，于湯有光。」[38] 白魚入舟故事，不少典籍有記載，例如《史記·周本紀》：「武王渡河，中流，白魚躍入王舟中，武王俯取以祭。」[39]

Egerton 譯本只提了 the Book of History，又泛言白賚光本人有 a long explanation。但是，那 a long explanation 中沒有實質內容可與 Pai Lai-kuang 這個名字相關聯。白魚、大賚、有光，三個具體細節在譯文中毫無反映。因此，筆者認為 Egerton 這種做法屬於「用撮述法應付過去」，讀者如果真去「漢英對照」，只會發現細節上是對照不了的。

再看一例。第五十七回，西門慶對月娘說了一段財大氣粗的話：「今生偷情的、苟合的，都是前生分定，姻緣簿上注名，今生了還，難道是生刺刺胡摳亂扯歪廝纏做的？咱聞那佛祖西天，也止不過要黃金鋪地，陰司十殿，也要些楮鏹營求。咱只消盡這家私廣為善事，就使強姦了姮娥，和姦了織女，拐了許飛瓊，盜了西王母的女兒，也不減我潑天的富貴。」（《文庫本》，頁 1372）[40]這段話顯示，西門慶深信「有錢能使鬼推磨」的處世哲學。

「咱聞……」那段，Egerton 的譯文是："Besides, they tell me that gold is not despised, even in Paradise, and, in the ten regions of Hell, money is at a premium. So, if we are generous in almsgiving now, it won't do us any harm if we debauch the angels and run off with the daughters of the Mother of the Gods."（《文庫本》，頁 1373）

從上引文字可見，「姮娥」「織女」「許飛瓊」在 Egerton 譯本中，都沒有以專名（proper names）的形式出現，譯文只有 the angels，語義甚為空泛，指涉不夠具體。

另一位譯者 David Roy（漢名「芮效衛」）對於這類原文，絕少含糊應付：他把「姮娥」「織女」「許飛瓊」都一一譯為專名，並有譯注進一步說明。[41]

簡化（撮述）的例子，在 Egerton 譯本中很多，本文無法一一列舉。「撮述」（也沒有譯注）和上節提到的「不譯」，都使 Egerton 譯文的信息量降低，讀者看書時較少遇到難解處，閱讀過程應該會順暢一點。

然而，《文庫本》的出版目的是展示中國文化，而 Egerton 譯本卻把許多文化元素

---

37 劉寶楠撰，高流水點校：《論語正義》（北京：中華書局，1990），頁 760。
38 孔安國、孔穎達等：《尚書正義》（上海：上海古籍出版社，1990），頁 152。
39 司馬遷：《史記》（北京：線裝書局，2006），頁 13。
40 廖群：《詩騷考古研究》（香港：香港大學出版社，2005）「引論」部分頁 3 指「西王母和月精嫦娥的故事至遲在戰國時期已流傳。」又，據《漢武帝內傳》的記載，許飛瓊是西王母之侍女。
41 David Roy, *The Plum in the Golden Vase*, vol.2, p.411.

（例如典故）過濾掉。[42]因此，筆者不禁懷疑：以 Egerton 此書來「展示」中國文化，到底能達到多少預期的效果？

四、《文庫本》未能改正翻譯錯誤

譯本用漢英對照的形式印刷，翻譯錯誤更容易被讀者看出來。例如，第二回，潘金蓮的叉竿打到西門慶，金蓮求西門慶見諒，西門慶見金蓮是個美人，怒氣全消，竟笑道：「倒是我的不是。一時衝撞，娘子休怪。」婦人答道：「官人不要見責。」（《文庫本》，頁 74；張評本，頁 52。）

以上，二人對話，Egerton 譯作："It is all my fault. I should have been more careful. Please don't be vexed with me, Lady!" "Don't beat me," said the old woman Wang, …（《文庫本》，頁 75；原英文版，頁 43。）

依筆者看，「官人不要見責」這話是潘金蓮說的，而不是 the old woman Wang（王婆）說的。在這個片段中，西門慶話中的「娘子」是指金蓮，「婦人」也是指潘金蓮，「婦人答道」就是「金蓮答道」。又，「見責」譯成 beat me 也不準確。

再看一例。第二回描寫十一月天氣：「萬里彤雲密佈，空中祥瑞飄簾。瓊花片片舞前簷，剡溪當此際，濡滯子猷船。頃刻樓臺都壓倒，江山銀色相連。飛鹽撒粉漫連天。當時呂蒙正，窯內歎無錢。」（《文庫本》，頁 56；張評本，頁 43。）

其中「當時呂蒙正，窯內歎無錢」一句，Egerton 譯為：That day, Lü Mêng, in his little hut, sighed for all his wretchedness.（《文庫本》，頁 57；原英文版頁 33。）

Lü Mêng，回譯成漢語（中文拼音 Lü Meng），應是「呂蒙」，不是原文的「呂蒙正」。說到「呂蒙」，讀者會聯想起三國時期吳國那位擊敗關羽的大將，而呂蒙正（946-1011）卻是北宋大臣，正史有傳。至於那「窯內」，與元雜劇《破窯記》的情節有關。

《破窯記》，元代無名氏作，寫呂蒙正與劉月娥的愛情故事，共二十九齣。具體劇情是：書生呂蒙正雖家貧而有才學。丞相之女劉月娥招婿，偏偏選中窮人呂蒙正。丞相欲使呂蒙正上進，遂將女婿女兒逐出相府，二人被迫住於破窯。呂蒙正每日去白馬寺趕齋充饑，丞相又使寺僧將飯前撞鐘改為飯後撞鐘，呂不得食而受辱，遂發憤上進，終於狀元及第，衣錦榮歸。[43]

---

[42] Egerton 譯本有許多「歸化」譯文，這也是「過濾」的一種。限於篇幅，本文無法詳論 Egerton 譯本的歸化問題。

[43] 參看《李九我批評破窯記》（上海：商務印書館，1954）。

　　Egerton 筆下的 Hut，意為棚屋或者茅舍，不是「窯」。《金瓶梅詞話》陶慕寧校注本中有一條注釋可供我們參考，那條注釋說：「〔呂蒙正〕居山巖石龕中。《避暑錄話》傳奇附會為破窯，後戲曲、說部多有敷演其事者。」[44]

　　以下是美國翻譯家 David Roy 為「呂蒙正」所下的注釋：Lü Meng-cheng (946-1011) is a historical figure who rose to the position of grand councilor during the early years of the Sung dynasty. For his biography, see *Sung Shih*, vol.26, *Chüan* 265, pp.9145-50; and Franke, *Sung Biographies*, 2:726-28. According to legend he endured dire poverty in his youth and was reduced to living in a dilapidated kiln. This legend provides the themes of the anonymous early Ming ch'uan-ch'i drama *P'o-yao chi* (The dilapidated kiln), several scenes of which treat of the hardships he and his wife endured in their unheated quarters during the snowy season. The proximate source of the above lyric, with some textual variants, is the corresponding passage in the *Shui-hu ch'üan-chuan*, vol.1, ch.24, p.360, II. 13-14.

　　可見，若以「對原文細節的尊重」而言，Clement Egerton 與 David Roy 二人的態度有很大分別。Egerton 譯本的可讀性（readability）也許較高，但 Roy 譯本的文化信息量（informativity）要大得多。

　　「對於譯文中明顯錯誤的地方，這次在出版前，我們都對照著中文盡可能地作了修改」，這是《文庫本》「前言」的說明。可是，從上舉例子看，《文庫本》的糾錯工作並不盡善。「婦人答道」和「呂蒙正」二例就是明證。

五、《文庫本》自己造成的訛誤和問題

　　有謂《大中華文庫》中的書本都經過五重校閱，而且有「專家」參與其事，遠比一般書籍的編審來得嚴謹：

> 與一般圖書「三審」不同，《大中華文庫》的每一本書都要經過「五審」。各出版社社內三審後，送到總編委會。總編委會有一個中外文專家人才庫，從中選專家進行四審。四審完了之後，還要送到總編委會由總主編或副總主編進行五審，以確保《文庫》的出版品質。[45]

44　陶慕寧校注：《金瓶梅詞話》（北京：人民文學出版社，2000），頁 18。

45　引文摘自《光明日報》主辦《光明網·中華讀書報》2011 年 3 月 23 日的文章，題為「《大中華文庫》漢英對照版 110 種即將出齊」。按：筆者對於《大中華文庫》系內各書「是否都經過五審」這個問題，暫無確切的答案。

但是，筆者發現這《大中華文庫‧金瓶梅》上失校之處頗多，有不少值得商榷之處。上文我們已提及護封上的文字有誤，其實，內文也難免此病，譯文拼寫錯誤時有發現，例如：

- 頁 35，I should asy you have. 中的 asy，應作 say。
- 頁 117，She pulled down the hlind 中的 hlind，應為 blind。
- 頁 201，upsct，當為 upset 之誤。

此外，《文庫本》就連漢語文本上的文字也未能做到校正無誤。例如，第五十回有以下這段：書童把頭髮都揉亂了，說道：「耍便耍，笑便笑。臢刺刺的屄水子吐了人恁一口！」玳安道：「賊村秫秫，你今日纔吃屄？你從前已後，把屄不知吃了多少！」[46]

上引片段中，「吃」字之後是個較為罕見漢字，字形作「上尸下從」。在《大中華文庫本》上，卻都誤作「吃屄」（頁 1196）。關於此字，讀者可參看王汝梅整理的皋鶴堂張評本，頁 770；陶慕寧校注本，頁 659。

《文庫本》的漢語原文，也不是純粹的張評本文字。第四十一回，金蓮道：「我不好說的。他不是房裏，是大老婆？就是喬家孩子，是房裏生的，還有喬老頭子的些氣兒。你家失迷家鄉，還不知是誰家的種兒哩！」（頁 998）這段話中的「喬家孩子」是詞話本、崇禎本上的文字，[47]吉林大學所藏張評本和大連圖書館所藏張評本都作「喬多孔子」。[48]

也許《文庫本》編者認為「喬家孩子」更合理。[49]問題是，《文庫本》沒有詳細說明書中漢語原文的來源。

六、結語

《金瓶梅》Egerton 英譯本早在 1939 年已面世，直到 2008 年才納入《大中華文庫》，相對於《紅樓夢》（1999 年收入《大中華文庫》），《金瓶梅》的入選足足晚了九年。這一點，也許與《金瓶梅》的性描寫不宜對外「弘揚」有關，因為中國國務院對外宣傳辦公

---

[46] 王汝梅校注：《皋鶴堂批評第一奇書金瓶梅》（長春：吉林大學出版社，1994），頁 770。

[47] 白維國、卜鍵：《金瓶梅詞話校注》（長沙：岳麓書社，1995），頁 1110。又，《新刻繡像批評金瓶梅》（香港‧濟南：三聯書店‧齊魯書社，1990），頁 533。

[48] 王汝梅校注：《皋鶴堂批評第一奇書金瓶梅》（長春：吉林大學出版社，1994），頁 644。此書的底本是吉林大學藏本。此外，關於大連圖書館藏本，可參看張本義、孫福泰主編：《金瓶梅》（大連：大連出版社，2000）。此書是「大連圖書館藏孤稀本明清小說叢刊」的一種，原書書名頁題：第一奇書；卷端題：皋鶴堂批評第一奇書金瓶梅。

[49] 此處，是「喬家孩子」較合理，還是「喬多孔子」較合理，是另一回事。限於篇幅，筆者不宜在這問題上枝蔓。

室曾發出指示：「《大中華文庫》是我國歷史上首次系統全面地向世界推出的古籍整理和翻譯的巨大文化工程，是弘揚中華民族優秀傳統文化的基礎工程，也是深層次的對外宣傳工作，意義深遠重大。」[50]然而，《金瓶梅》向有「穢書」之稱，詞話本東吳弄珠客序開頭就說「《金瓶梅》，穢書也」，[51]明人沈德符（1578-1642）稱此書「壞人心術」，[52]當代學者又指書中所寫「無論生活，無論人心，都是昏暗一團」，[53]那麼，此書能代表「優秀傳統文化」嗎？這確是值得考慮的問題。[54]

現在，我們看到《文庫本》怎樣處理「穢語」：編者用了「英文保存，漢文大量刪節」的方式來對待《金瓶梅》的性描寫。這種「厚此薄彼」的所謂「對照」，實是「發展軟實力」語境下的奇特產物。[55]

至於出版社附加的「前言」，其所述部分內容與事實不相符；在內文編訂方面，又有校勘失誤、編輯粗疏等問題，實例已述評如上。國家圖書館名譽館長任繼愈說：「漢英對照《大中華文庫》品質很好，夠國際水準，能代表我們國家的出版水準，〔……〕。」[56]任繼愈說這番話時，《大中華文庫》內的 *The Golden Lotus* 還沒有出版。基於上文列舉的事實，看來這個版本還需要修訂改善才能達到任繼愈所期許的高度。[57]（2009 年初稿。2013 年定稿。2014 年春修訂。）

50　據「求是理論網」http://big5.qstheory.cn/ 所載〈「向世界說明中國」正當其時〉一文。此文作者是張雋，文章原刊於《中華讀書報》2007 年 1 月 17 日第 3 版。

51　關於東吳弄珠客這個序文的剖析，讀者可參看洪濤：〈從東吳弄珠客《金瓶梅》序看金學問題及英譯問題〉一文，載於《金瓶梅與清河》（長春：吉林大學出版社，2010），頁 299-310。

52　《萬曆野獲編》，見黃霖：《金瓶梅資料彙編》（北京：中華書局，1987），頁 239。

53　甯宗一：《甯宗一講金瓶梅》（天津：天津古籍出版社，2008），頁 59。甯宗一認為：「這部小說的意義遠不是由於它對性的描寫，而是它的真正文藝的價值，是這部小說的故事、人物所包含的豐富的社會內容使它具有彌久而不衰的魅力。」語見該書頁 75。

54　著名評論家夏志清（1921-2013）認為《金瓶梅》是他所討論的小說中「最令人失望的」。另一方面，香港學者孫述宇稱《金瓶梅》為「曠世巨著」。參看孫述宇：《金瓶梅：平凡人的宗教劇》（上海：上海古籍出版社，2011）的「自序」。孫述宇指出該書「寫實藝術」的可貴，語見頁 50；又稱賞該書的諷刺藝術，語見頁 53。整體而言，孫述宇認為「《金瓶梅》的內容是貪嗔癡愛如何為害以及人如何戕戮自己。這是一個講人怎麼生活、怎麼死亡的警世小說。」語見頁 110。

55　這種「衝突」，古人早已面對。東吳弄珠客以《金瓶梅》為「穢書」，但是，書要印行，他只好以「為世戒」為說。參看詞話本的東吳弄珠客序。

56　任繼愈在 2007 年的賀信中有此表示。本文所引任繼愈的話，摘自張雋所撰〈「向世界說明中國」正當其時〉一文（載於互聯網）。

57　本文限於篇幅，對《大中華文庫·金瓶梅》的討論只屬「初步研讀」。其他重點，只好另文論述。

下卷
《金瓶梅》的本源、
生成與流傳

本源篇

Historicism determined the value of a work of art with reference to the historical context and tended to reduce its significance to <u>its time of origin.</u>

——D.W. Fokkema and Elrud Kunne-Ibsch (1978)

一、《金瓶梅》與「全憑虛構」

本篇涉及文學作品（《金瓶梅》）的內在和外緣，研究的目的是檢視《金瓶梅》故事有沒有「原型／本源」。如果歷史記載是這部小說的「原型／本源」之一，那麼，《金瓶梅》與「原型／本源」之間的關係是怎麼樣的？

(一)章學誠認為《金瓶梅》「全憑虛構」

清人章學誠（1738-1801）《丙辰劄記》說：「凡衍義之書，如《列國志》《東西漢》《說唐》及《南北宋》，多紀實事；《西遊記》<u>《金瓶梅》之類，全憑虛構</u>，全無傷也。」[1]

可見《金瓶梅》這部著作無法給章學誠「實錄」之感，相反，他的印象是「全憑虛構」。

《金瓶梅》真的是「全憑虛構」嗎？

其實，《金瓶梅》縱有虛構情節，作者還是把故事納入歷史框架之中。小說所繫的年代，由徽宗政和二年（1112）起，到高宗建炎元年（1127）為止，前後大約十五、六年。不過，《金瓶梅》的主角（西門慶、潘金蓮等人）不是歷史名人，讀者和研究者無法查證這些主角的事有多「真實」。無法查證的事往往被視為「虛構」，這是不足為奇的。

《三國演義》《西遊記》《水滸傳》三大奇書的主角，都是歷史上聲名顯赫的人物。《金瓶梅》比較特別：這部小說的要角，在正史上沒有地位。此書是從《水滸傳》故事截取西門慶和潘金蓮一支，加以敷衍鋪敘而成。因此，《金瓶梅》的故事背景也就和《水

1　章學誠著，馮惠民點校：《乙卯劄記‧丙辰劄記‧知非日札》（北京：中華書局，1986），頁90。

滸傳》大致相同。

《金瓶梅》有明確的宋朝事蹟,例如,第十七回「宇給事劾倒楊提督」,第四十八回「蔡太師奏行七件事」,第六十五回「宋御史結豪請六黃」,這些情節和人物,我們都能在宋史上查到一些根源。[2]

書中人物如宇文虛中、楊戩、蔡京、曾孝序、宋喬年、李邦彥、蔡攸、鄭居中、林靈素、黃經臣、李彥、孟昌齡、何訢、藍從熙、張邦昌、白時中、余深、林攄、張閣、侯蒙、張叔夜等,均史有其人。天子徽宗皇帝更不在話下。

這種依傍歷史的傾向,涉及小說敘述與「歷史真實感」之間的關係。什麼關係?關於這一點,我們必須從「小說的敘述傳統」說起。

(二)《金瓶梅》的「敘述痕跡」

《金瓶梅詞話》本身並不迴避有個敘述者在說故事,也就是說,書中「敘述的痕跡」很明顯,例如,第一回先引述劉邦、項羽故事,然後寫道:「<u>如今</u>只愛說這情色二字做甚,〔……〕<u>如今</u>這一本書,乃虎中美女,後引出一個風情故事來。一個好色的婦女,因與個破落戶相通,日日追歡,朝朝迷戀。後不免屍橫刀下,命染黃泉,永不得著綺穿羅,再不能施朱傅粉。靜而思之,著甚來由!況這婦人他死有甚事?貪他的,斷送了堂堂六尺之軀;愛他的,丟了潑天關產業。驚了東平府,大鬧了清河縣。端的不知誰家婦女?誰的妻小?後日乞何人占用?死于何人之手?正是:<u>說時</u>華岳山峰歪,道破黃河水逆流。」[3]可見,敘述者一再提及「如今」「如今」「說時」,這些言語都是相對於「舊時」而言,而「舊時」就是故事發生的年代。

以上是萬曆本《金瓶梅詞話》的開頭。崇禎本《金瓶梅》的開頭,情節與《金瓶梅詞話》不同,崇禎本沒有劉邦、項羽故事,但是,崇禎本的敘述者同樣將「如今」「當初」等語掛在嘴邊,書中寫道:「請看<u>如今</u>世界,你說那坐懷不亂的柳下惠,閉門不納的魯男子,與那秉燭達旦的關雲長,古今能有幾人?至如三妻四妾,買笑追歡的,又當別論。還有那一種好色的人,見了個婦女略有幾分顏色,便百計千方偷寒送暖,一到了著手時節,只圖那一瞬歡娛,也全不顧親戚的名分,也不想朋友的交情。<u>起初時</u>不知用了多少濫錢,費了幾遭酒食。」[4]

2　只能查到一部分「根源」,而且,有些「根源」在正史之中。

3　見於梅節校訂:《梅節重校本金瓶梅詞話》(香港:夢梅館,1993),頁3。

4　笑笑生著,齊煙,汝梅校點:《新刻繡像批評金瓶梅》(香港・濟南:三聯書店・齊魯書社,1990),頁2。

　　《金瓶梅詞話》第五回有這樣的話：「但凡挨光的兩個字最難——怎的是挨光？似<u>如</u><u>今</u>俗呼偷情就是了。——要五件事俱全，方纔行的。」[5]這句話體現出「敘述者的聲音」，敘述者現身說明自己講的是宋朝舊事：他如實記錄了王婆口中的「挨光」二字，然後他表明，在他生存的時代，「挨光」就是「偷情」。

　　《金瓶梅詞話》第十九回又寫：「〔西門慶〕平昔在三瓦兩巷行走要子，搗子們都認得的。那時，<u>宋時</u>謂之『搗子』，<u>今時</u>俗呼為『光棍』是也。」[6]這段中，「宋時」和「今時」是對立的。敘述者的身影約隱可見，他好像在告訴讀者他是「宋」以後的人。

　　綜上所述，所謂「如今」「今時」，應理解為「寫作時間」或者「敘述的時間」，相對於西門慶生存的年代而言。

　　敘述者似乎在表明：《金瓶梅》這個故事，沒錯是自己演述出來的，但是，他沒有弄虛作假，他如實紀錄了「宋時」的情況（所以，「挨光」「搗子」等舊語，他一仍其舊）。[7]

　　敘述者（或作者）表現出這種「原原本本」的姿態，似乎是為了增加故事的真實感。「真實感」在中國小說觀念史中，是一個重要課題。

二、中國小說與「史傳特性」

(一)中國小說的「歷史」印記

　　中國傳統小說的民族特性之一，是追求一定的真實感，因而具有「史傳特性」。

　　首先，小說題材具有「史傳特性」是由於中國小說往往脫胎於史著，而完全脫離歷史人物和歷史事件者，為數似乎不多。四大奇書（《金瓶梅》《水滸傳》《西遊記》《三國演義》）都涉及歷史名人，無一例外。

　　「歷史演義」固然以酷似史乘的形態出現，等而下之，由「歷史演義」分化而來的「英雄傳奇」，雖然真實的成分減少，但依然依托於歷史，例如，《水滸傳》屬「英雄傳奇」類，書中重要角色魯智深、林沖、武松等英雄不見於正史，但是，魯智深、林沖、武松終於歸附梁山，而梁山的首腦人物宋江史有其人（北宋末年的民變領袖），這多少加強了故事的真實感。

5　《梅節重校本金瓶梅詞話》，頁31。

6　《梅節重校本金瓶梅詞話》，頁211。

7　這裏用「他」來代表「《金瓶梅》作者」或「敘述者」，只是權宜之舉。《金瓶梅》的作者問題，衍生出許多爭論（例如，是否個人獨創），請參看本書的上卷。

小說也須「求真」，就連志怪小說也不例外，六朝志怪以至唐人傳奇，多借歷史人物敷衍神怪故事。神魔小說《西遊記》的取經首領玄奘，也是個歷史人物。

歷史與小說在中國古代文壇中一直被混淆，造就了中國傳統小說的特殊形態：「慕史特性」（在小說批評中則形成擬史批評——請看下文），例如：志怪小說《搜神記》的作者干寶（286?-336）也聲稱他敘述的都是事實。[8]又如，《西京雜記》（此書一些作品也有志怪的性質）有跋文：

> 洪家世有劉子駿《漢書》一百卷，無首尾題目，但以甲乙丙丁紀其卷數。先父傳之。歆欲撰《漢書》，編錄漢事，未得締構而亡，故書無宗本，止雜記而已。失前後之次，無事類之辨。後好事者以意次第之，始甲終癸，為十秩，秩十卷，合為百卷。洪家具有其書，試以此記考校，班固所作，殆是全取劉書，有小異同耳。并固所不取，不過二萬許言。今抄出為二卷，名曰《西京雜記》，以裨《漢書》之闕。後洪家遭火，書籍都盡，此兩卷在洪巾箱中，常以自隨，故得猶在。劉歆所記，世人希有，縱復有者，多不備足。見其首尾參錯，前後倒亂，亦不知何書，罕能全錄。恐年代稍久，歆所撰遂沒，并洪家此書二卷不知所出，故序之云爾。[9]

跋文中聲稱班固之《漢書》是在劉歆《漢書》的基礎上整理成書，其中有二萬餘言未被班固所採入，葛洪（281?-341）得之。[10]序文的目的似乎是讓讀者相信《西京雜記》是源自史書。這樣，就加強了《西京雜記》的真實性和可信性。

總之，中國早期小說的「歷史」印記甚深，似乎小說不依傍於歷史事件或歷史人物就不能顯現其價值。[11]

(二)唐傳奇與宋元話本

唐朝（618-907）的傳奇小說，幾乎每篇都細述各人的官職及確切的日期，以求營造史傳式的真實感。[12]《長恨歌傳》《高力士外傳》《安祿山事蹟》《東城父老傳》等，在題名、結構、人物、行文等方面都有明顯的史傳體式的痕跡。

8　參其〈《搜神記》序〉，見汪紹楹校注：《搜神記》（北京：中華書局，1985），頁2。

9　轉引自王連儒：《志怪小說與人文宗教》（濟南：山東大學出版社，2002），頁55。

10　王連儒：《志怪小說與人文宗教》，頁56。

11　這點可能與史的崇高地位有關。「經史子集」的分類，也暗示價值的高下，而「經」之中包含「史」（例如《春秋三傳》）。另外，中國也有「六經皆史」（章學誠語）的說法。可見「史」的地位不可低估。

12　參看孫永如：〈唐代文士的史學意識與小說的歷史化〉一文，見於《揚州師範學院學報》，1994年3期，頁50-56。

《唐人小說》的編者汪辟疆（1887-1966）指出王度（約 585-625）《古鏡記》的手法就是「緯以作者家世仕履，顛倒眩惑，使後人讀之，疑若可信也。」[13]《古鏡記》一開始就說明故事在「大業七年五月」發生，以後每個片段都有時間標記，最後古鏡消失於「大業十三年七月十五日」。[14]大業，是隋煬帝的年號。

這種故事時間的明確性和完整性都是追求歷史敘述那種時序分明之感。沈既濟（約 750-800）的狐妖故事《任氏傳》惟恐故事不足信，羅列了各人官職名稱一大串來營造史傳效果：「建中二年，既濟自左拾遺於金吾，將軍裴冀，京兆少尹孫成，戶部郎中崔需，右拾遺陸淳，皆適居東南，自秦徂吳，水陸同道，時前拾遺朱放因旅游隨焉。浮穎涉淮，方舟沿流，晝宴夜話，各徵其異說。眾君子聞任氏之事，共深嘆駭，因請既濟傳之，以志異云。」[15]作者注重「歷史感」，論者也看重唐傳奇所表現的「史才」。[16]

唐代以後的白話小說，交代故事時間幾成必不可少的事，例外的為數極少。宋人的「說話」（說書）更有「講史」一種。[17]

宋、元話本的開篇，首先總要介紹故事發生於何時何地，主人公姓甚名誰、家住何方。《三言》一百二十篇小說，故事發生的具體年代不清的只有三篇。伊維德（W. L. Idema）研究過話本這一特點，可以參考。[18]（清中葉的《紅樓夢》，借空空道人的口說：故事「無朝代年紀可考」。[19]這是極端的例外。）[20]

但是，小說也只能「慕史」，畢竟按正史實錄其事恐怕也寫不成小說。（演義體小說由《開闢演義》到《民國演義》都沒有《三國演義》那麼受歡迎，原因可能是過分「慕史」，也就是太過依照史書來寫。）[21]

13　汪辟疆編：《唐人小說》（上海：上海古籍出版社，1978），頁 12。

14　汪辟疆編：《唐人小說》，頁 3-10。

15　汪辟疆編：《唐人小說》，頁 58。

16　參看陳平原：《中國小說敘事模式的轉變》（上海：上海人民出版社，1988），頁 221。

17　參看程毅中：《宋元小說研究》（南京：江蘇古籍出版社，1998），第九章「宋元講史平話」。

18　W. L. Idema, *Chinese Vernacular Fiction: the Formative Period* (Leiden: E. J. Brill, 1974), p.55.

19　曹雪芹、高鶚：《紅樓夢》（北京：人民文學出版社，1998），頁 5。

20　西方也以「寫實」論小說。十九世紀，歐洲的寫實小說也把敘述傳統中的「模擬」層面提昇到一個前所未有的高峰，特別強調語言符號的「重現功能」。參看王德威：〈福婁拜與寫實傳統〉一文，載於《中外文學》，12 卷 1 期（1983），頁 102-123。

21　也有論者指出《三國演義》《水滸傳》和《金瓶梅》一部比一部更偏離歷史。參 Martin W. Huang, "Dehistoricization and Intertextualization: The Anxiety of Precedents in the Evolution of the Traditional Chinese Novel", *Chinese Literature: Essays, Articles, Reviews*, vol.12 (1990), p.45-68。有關論述見頁 27。另參董乃斌：《中國古典小說的文體獨立》（北京：中國社會科學出版社，1994），頁 5。又，在小說理論方面，也有同樣的情況（漸漸獨立），參看 Sheldon Hsiao-peng LU, *From Historicity to Fictionality: The Chinese Poetics of Narrative* (Stanford: Stanford UP, 1994), p.10.

下一節將以《金瓶梅詞話》為中心，探討此書如何對底本（我們主要以正史作底本，這是討論的基礎）進行加工：調節、選擇、刪略、增飾、捏合……。

種種加工是否受（作者）某種思想傾向操控，那是更困難的研究課題，因為這個問題涉及「作者意圖」（authorial intention）。[22]

三、歷史敘述與歷史的文本性

我們說中國傳統小說有「歷史特性」，意味著拿小說和歷史來比較。小說難免有虛構元素，但是，比較的另一端——歷史，就沒有虛構嗎？

(一)歷史也只能以文本的形態呈現

十九世紀所謂「歷史主義」，相信歷史能夠獲得一種客觀性和可靠性，人們可以精確地重構歷史。[23]蘭克（Leopold von Ranke，1795-1886）就是「實證主義史學」的代表人物，他說：「我離棄了小說，決定在我的著作裏避免一切虛構和幻想而堅持寫真實。」[24]

其實，歷史（更準確地說是歷史撰述）本身也不能呈現原生態的事實（「原貌」）。這一點，國人早有認識，[25]西方學者的論述也很有參考價值。[26]以下挑選四家言論，以見一斑：

---

[22] 讀者請參閱 David Newton-de Molina (ed.), *On Literary Intention* (Edinburgh: Edinburgh University Press, 1976)。另一本專題論文集是 G. Iseminger (ed.), *Intention and Interpretation* (Philadelphia: Temple University Press, 1992)。這兩本論文集中，頗有人（例如，E. D. Hirsch Jr，1928-）再三強調「作者原意是詮釋目標」。雷蒙德·威廉斯（Raymond Williams）指出人們常常將作者（author）和權威（authority）聯繫起來，這種聯繫產生了重要影響。另參 Raymond Williams (1921-1988), *Marxism and Literature* (Oxford: Oxford University Press, 1977), p.192.

[23] Frank Lentricchia & Thomas McLaughlin (ed.), *Critical Terms for Literary Study* (Chicago: Chicago UP, 1990)。此處為求引用方便，使用了中譯本，見張京媛等譯：《文學批評術語》（香港：牛津大學出版社，1994），頁 342。

[24] 古奇著，耿淡如譯：《十九世紀歷史學與歷史學家》（北京：商務印書館，1989），上冊，頁 178。按：古奇的全名是喬治·皮博迪·古奇。

[25] 王靖宇（John C. Y. Wang，1934-），"The Nature of Chinese Narrative: A Preliminary Statement on Methodology", *Tamkang Review*, vol.6, no.2 (1975), p.229-246。有關論述見頁 233。

[26] 這裏引述西方學者的說法，原因是西方的論述較為系統化，便於引述，並不代表中國沒有出現類似的思想。晚清時期對史書和小說的區分，有過較詳細的討論。近人錢鍾書也曾提出過：「史蘊詩心」，參其《談藝錄》（北京：中華書局，1984），頁 363。

- 黑格爾（F. Hegel）；
- 科林伍德（R. G. Collingwood）；
- 詹明信（Fredric Jameson）；
- 孟酬士（Louis Montrose）。

黑格爾（F. Hegel，1770-1831）論 History 時，說："[...] the term combines the objective and the subjective sides: it denotes the actual events as well as the narrative of the events. This union of the two meanings must be regarded as something of a higher order than mere chance. We must therefore say that the narration of history is born at the same time as the first actions and events that are properly historical."[27]這段話的大意是：歷史在我們的語言中結合了客觀和主觀兩方面。它既指事件，又指事件的敘述。這兩個意義的結合並非偶然，必須被視為有更高的秩序。我們不得不承認歷史敘述與歷史事件是同時出現的。

科林伍德（R. G. Collingwood，1889-1943）在《歷史的理念》第五章二節「歷史的想像」（The Historical Imagination）強調，撰史離不開想像。他甚至聲稱：「沒有想像就沒有歷史。」[28]在他眼中，史家的作品和小說家的作品沒有分別：

> As works of imagination, the historian's work and the novelist's <u>do not differ.</u> Where they do differ is that the historian's picture is meant to be true. The novelist has a single task only: to construct a picture, one that makes sense. The historian has a double task: he has both to do this, and to construct a picture of things as they really were and of events as they really happened.[29]

> 〔中譯〕小說跟歷史都是想像之作，這一點兩者之間並無區分，它們的不同是歷史家建立的歷史目的是要反映真實。小說家則只有一個目的：建立一個「像話」、有意義的連貫故事，歷史家則有雙重任務：除了建立一個連貫有意義的故事之外，這個故事還必須是真實的。[30]

換言之，歷史著作也離不開想像，也離不開敘述，歷史是「文本化的歷史」。當代學者詹明信（Fredric Jameson，1934-）在《政治無意識》（The Political Unconscious）一書中，也有

---

[27] Hegel, G. W. Friedrich, *Introduction to the Philosophy of History.* Translated by Leo Rauch (Indianapolis & Cambridge: Hackett Publishing Company, 1988), p.64.

[28] 科林伍德撰，黃宣範譯：《歷史的理念》（臺北：聯經出版事業公司，1981），頁 245。

[29] R. G. Collingwood, *The Idea of History* (Oxford: Oxford UP, 1993), p.246.

[30] 這段中譯，摘自科林伍德撰，黃宣範譯：《歷史的理念》，頁 249。

相近的講法，他認為：“[History] is fundamentally non-assertive and non-representational, what can be added, however, is the proviso that history is inaccessible to us except in textual form, or in other words, that it can be approached only by way of prior (re)texutualization.”[31] 他的意思是：歷史是非敘述的、非再現的；但是，又可以附帶一句，除了以文本的形式，歷史是無法企及的。只有透過文本化（textualization）的形式，我們才能夠接觸歷史。

孟酬士（Louis A. Montrose，或譯「蒙特魯斯」）對於此點，總結得極為精簡：“the textuality of history”，[32]他解釋道：

> By the textuality of history, I mean to suggest, firstly, that we can have no access to a full and authentic past, a lived material existence, unmediated by the surviving textual traces of the society in question – traces whose survival we cannot assume to be merely contingent but must rather presume to be at least partially consequent upon complex and subtle social processes of preservation and effacement; and secondly, that those textual traces are themselves subject to subsequent textual mediations when they are construed as the "documents" upon which historians ground their own texts, called "histories".

這段話的大意是，對完整而真實的過去，我們無從掌握。我們能掌握的，只是經過調節的文本。

與孟酬士（Montrose）同被歸入「新歷史主義」陣營中的史提芬·格林布拉特（S. Greenblatt）也在 “Shakespeare and The Exorcists” 一文中，表示「歷史脫離不了文本性」。[33]

美國史學家海頓·懷特（Hayden White，1928-）做了具體的史籍研究。他的 *Metahistory*（《元歷史》）一書，仔細考察了黑格爾（Hegel，1770-1831）、尼采（Nietzsche，1844-1900）、馬克思（Marx，1818-1883）等歷史哲學家，和蘭克（Leopold von Ranke）、米歇萊（Michelet，1798-1874）、伯克哈特（Burchhardt，1818-1897）等歷史寫作家，發現他們都使用文學性敘述技巧。他的結論是：**想像為歷史敘述所必須**。蘭克是現代「客觀歷史學派」的始祖，主張一切以事實為根據。懷特偏偏就找出他的著作中大量想像成分。

在新歷史主義文論家眼中，文、史的分野並不大，正如費爾普林（H. Felperin）說的

31　Fredric Jameson, *The Political Unconscious* (Princeton: Princeton UP, 1972), p.82.

32　Louis A. Montrose, "Professing the Renaissance: The Poetics and Politics of Culture," in H. Aram Veeser (ed.), *The New Historicism* (New York and London: Routledge, 1989), p.20.（全文刊於 p.15-36.）

33　Patricia Parker and Geoffrey Hartman (ed.), *Shakespeare and the Question of Theory* (New York: Methuen, 1985), p.164.

那樣："What they [American and British New Historicists] have in common is a post-Structuralist understanding of literature and history as *constructed textuality* or, to the extent that traditional oppositions between the 'literary' and the 'historical' have been shown by this school to be deconstructible, as *constructed intertextuality*."[34]以下，我們略論真實的個案。

(二)中國史籍與文史之別

如果我們檢視中國史籍的實際情況，我們會發現中國的正史，也有採自小說的。[35]歐陽健（1941-）在〈正史稗史通論〉一文中指出：「後世〔《史記》之後〕之修史，還有從小說中採集的。」[36]但是，歐陽健沒有提供實例。

其實，前人早有自供，例如，司馬光（1019-1086）完成《資治通鑑》後，呈交朝廷，在〈進書表〉中說他自己「遍閱舊史，<u>旁采小說</u>。」[37]（「采」字，後世多寫作「採」。）

王鳴盛（1722-1798）《十七史商榷》卷九三〈歐史喜采小說薛史多本實錄〉說：「今薛史全昱傳亦不載博戲詆斥之語。歐公<u>采小說</u>補入，最妙。然則采小說未必皆非，依《實錄》未必皆是。」[38]王鳴盛論及的「歐史」，即歐陽修（1007-1072）所撰《新五代史》；「薛史」，即薛居正（912-981）等人所撰之《舊五代史》。

《三國志》和《明史》等史籍中的「小說」成分，前賢早有論及。[39]至於所謂「小說筆意」，就更多了。[40]

魯德才指出：「被史家稱為官修正史中最好一部的《明史》，竟然採集了志怪、公案的例子，如列傳中的《阿寄傳》，乃是《醒世恒言》卷三十五《徐老僕義憤成家》的易名和減縮。」[41]

34　Howard Felperin, *The Uses of the Canons* (Oxford: OUP, 1990), p.144.

35　這個「小說」，是採用者生存年代的概念。

36　歐陽健：《古小說研究論》（成都：巴蜀書社，1997），頁 61。

37　張宏儒，沈志華主編：《文白對照全譯資治通鑒》（北京：改革出版社，1991），頁 9。

38　王鳴盛：《十七史商榷》（上海：點石齋印，光緒 23 年〔1897〕），第四卷，頁 2。另可參看周勛初（1929-）：《當代學術研究思辨》（南京：南京大學出版社，1993），頁 161。

39　參 James I. Crump, Jr.（柯迁儒，1921-），"*The Chan-Kuo Ts'e and Its Fiction*", *T'oung Pao*, vol.48 (1960), p.305-375。另參吳晗：〈歷史中的小說〉一文，載於《文學》2 卷 6 期（1934 年），頁 1201-1217。章群：《通鑑及新唐書引用筆記小說研究》（臺北：文津出版社，1999）。

40　錢鍾書：《管錐編》（北京：中華書局，1984），頁 1420。

41　魯德才：《古代白話小說形態發展史論》（天津：南開大學出版社，2002），頁 50。

然則，文（小說）、史是否無甚分別？[42]

　　一般的看法是，歷史重紀實，而小說可以務虛（相對而言），例如，明人袁于令（名晉，又名韞玉）〈《隋史遺文》序〉說過：「正史以紀事。紀事者何？傳信也。遺史以搜逸。搜逸者何？傳奇也。傳信者貴真〔……〕傳奇者貴幻。」[43]貴幻之說，我們不必完全認同，可以先按下不表，但是，歷史的確是以「真」為標榜的。

　　歷史敘述和文學敘述如果有區別的話，恐怕只是程度上的區別，也就是說，採自「純客觀」歷史的部分和想像的部分在比例上不同、加工程度不同。[44]基於以上情況，我們可以同意美國文論家羅伯特・斯科爾斯（Robert Scholes）在《小說的元素》（*Elements of Fiction*）的看法：

> 歷史敘述實際上處理「虛構性寫作」的一端，另一端是幻想小說。純客觀的歷史敘述是不可能的，完全沒有現實生活影子的幻想小說也是不可能的。[45]

把這兩種不可能的極端排除掉，我們就看到，歷史敘述中想像成分較少，而各種文學敘述的虛構成分較多。（值得注意的是：傳統的中國小說曾有慕史傾向，而晚近的西方敘述理論卻設法證明歷史敘述即文學敘述。）[46]

　　「歷史文本是怎樣撰寫出來的？」那是史學敘述與歷史原貌之間的事，是史學家研究的課題。我們的著眼點在文學作品，我們要探究文學文本（《金瓶梅》）和歷史文本的關係，檢討小說作者如何以小說的形式重現一段段歷史故事。

四、《金瓶梅》營造的「（宋朝）歷史感」

　　《金瓶梅》寫的是西門慶的發蹟史，他是最關鍵的人物，《金瓶梅》全書都是環繞西門慶一家的興衰來敘述。

　　正史上未見「西門慶」的記載，然而，西門慶在《金瓶梅》中是當官的。我們可以

42　也有史學家對這點無法完全同意，例如：柏克（Peter Burke）便批評新歷史學者及一些採取文學批評觀點的史學理論家在材料資源、方法及解釋上有種種困難，參 P. Burke, *New Perspectives on Historical Writing* (University Park: Pennsylvania State UP, 1992), pp.12-20, 233-46.

43　丁錫根編：《中國歷代小說序跋集》（北京：人民文學出版社，1996），頁 956。署名「吉衣主人」。

44　盧慶濱認為小說評定人物時，較少寫得直露。史籍就直接、明確得多。參盧慶濱（LO Hing-Bun）的 "*San-kuo-chih Yen-i* and *Shui-hu Chuan* in the Context of Historiography: An Interpretive Study" (unpublished doctoral dissertation, Princeton University, 1981).

45　R. Scholes, *Elements of Fiction* (New York: OUP, 1968), p.6.

46　參余虹：《中國文論與西方詩學》（北京：三聯書店，1999），頁 152。

研究他當的是<u>哪個朝代的官</u>,這將對我們了解書中呈現的故事背景(故事發生的年代)有幫助。

其實,西門慶未當官之前,行事已深受國家大事影響(例如:他因親黨被朝臣彈劾而延遲娶李瓶兒)。

(一)《金瓶梅詞話》開首部分所營造的歷史感

西門慶、武松、潘金蓮是宋朝人,這點是沒有疑問的。《金瓶梅詞話》用以下這段話來製造歷史真實感:「話說宋徽宗皇帝政和年間,朝中寵信高、楊、童、蔡四個奸臣,以致天下大亂,黎民失業,百姓倒懸,四方盜賊蜂起。罡星下生人間,攪亂大宋花花世界,四處反了四大寇。那四大寇?山東宋江,淮西王慶,河北田虎,江南方臘。皆轟州劫縣,放火殺人,僭稱王號。惟有宋江替天行道,專報〔抱〕不平,殺天下贓官污吏、豪惡刁民。」[47]這段開場白,明確告訴讀者,故事發生在宋徽宗政和年間。

然而,接下來描寫的人物(武松、西門慶、潘金蓮)卻不見於正史。武松的故事沒有歷史依據,《金瓶梅》寫「武松因酒醉打了童樞密」,搭上了個歷史人物「童樞密」,卻使故事的真實性受到懷疑。宋代的樞密院為最高軍事機構,掌軍國機務、兵防、邊備、軍馬等政令,出納機密命令,與中書分掌軍政大權,並稱「二府」。這裏所寫的童樞密當是童貫(1054-1126)。有論者曾經質疑:「堂堂樞密使童貫何至於被醉漢武松所打?」[48]

無論武松有沒有可能醉打童樞密,這畢竟不是北宋朝的國家大事。小說中,西門慶很快就取代武松,成為故事主角,《金瓶梅》接下來的十多回也沒有牽扯到歷史上的重要事件。到了第十七回「宇給事劾倒楊提督,李瓶兒招贅蔣竹山」才使讀者再一次置身於北宋歷史氛圍之中。

(二)第十七回,宇文虛中彈劾朝官

參照日本學者鳥居久晴(Hisayasu TORII,1911-)的〈《金瓶梅詞話》編年稿備忘錄〉,我們得知:宇文虛中(即回目中的「宇給事」)上疏本的時間是「政和五年乙未」(1115)。[49]我們翻查史籍,發現小說繫於此年之事,與史籍所記多所不合。

第十七回說到西門慶的女兒、女婿忽然來投靠西門慶。原來北虜犯境,搶過雄州邊

47　梅節校訂:《梅節重校本金瓶梅詞話》,頁 3。

48　徐朔方:《論金瓶梅的成書及其他》(濟南:齊魯書社,1988),頁 71。

49　參看鳥居久晴:〈「金瓶梅詞話編年稿」覺えがき〉一文,載於《天理大學學報》42 輯(1963 年 12 月),頁 58-68。參看黃霖、王國安編譯:《日本研究金瓶梅論文集》(濟南:齊魯書社,1989),頁 139-169。

界，兵部王尚書不發人馬，失誤軍機，連累東京八十萬禁軍提督楊戩被科道參劾，拿下南牢監禁。西門慶的親黨陳洪等亦要發邊充軍。[50]西門慶尋得邸報查看，原來宇文虛中一本參劾三人：蔡京（1047-1126）、王黼（1079-1126）、楊戩（?-1121）。

蔡京是歷史名人。《金瓶梅詞話》描寫朝臣彈劾蔡京，涉及內政與外務兩項。內政之失說得較為籠統，外務之失則很明確：「邇者河湟失議，主議伐遼，內割三郡，郭藥師之叛，燕山失守，卒致金虜背盟，憑陵中夏。」[51]郭藥師戰敗之事，史書也有記載。

《宋史紀事本末》卷五十三〈復燕雲〉篇記載：「光世渝約不至，〔郭〕藥師失援而敗，〔……〕自熙〔熙寧〕豐〔元豐〕以來所儲軍實殆盡，退保雄州。」[52]所以，小說中宇文虛中所論確有其事，但是，這件事不是發生在政和五年（1115），而是發生在宣和四年（1122）。

至於「內割三郡」之事，則是靖康元年（1126）的事，當時金軍已迫近首府東京（今河南開封），徽宗退位，欽宗繼立。宋室被迫答應金人退兵條件，割讓了中山、太原、河間三鎮。[53]因此，「內割三郡」是欽宗朝的事，決不是徽宗政和五年（1115）的事。

總之，按書中紀年（1115 年），割三郡、郭藥師之叛、金人入侵三件事都還沒有發生。此外，小說所寫三個大臣的罪責，有一些可議之處。

1.蔡京罪責

(1) 宣和元年六月，蔡京退相位，由王黼任左相。此時金人來議攻遼，徽宗於宣和二年（1120）八月間決定主議聯金攻遼。因此，主議伐遼是蔡京退位以後兩個月的事。

(2)「北虜犯邊，搶過雄州地界」是宣和四年（1122）的事，與蔡京無關。

(3)「內割三鎮」事：發生於靖康元年（1126），查《宋史紀事本末》卷五十六〈金人入寇〉篇，主張割地的是李邦彥，又與蔡京無涉。[54]

可見，《金瓶梅》將宣和二年、宣和六年、靖康六年的事都寫在一年之內（政和五年，1115）。

聯金伐遼，是蔡京退位兩個月後的事；「北虜犯邊」，事在蔡京退位以後兩年。蔡

---

50 「提督」這一官銜，明代才通用。荒木猛（Takeshi ARAKI）認為小說中的「楊戩」影射明朝的郭勳。參荒木猛著，裴敏譯：〈《金瓶梅》十七回所反映的事實〉，收入劉柏青、張運青、王鴻珠編：《日本學者中國文學研究譯叢》（長春：吉林教育出版社，1990），第 5 冊，頁 269-278。有關楊戩部分見頁 274-275。此文收入荒木猛《金瓶梅研究》（京都：仏教大学，2009），頁 255-271。

51 《梅節重校本金瓶梅詞話》，頁 190。《新刻繡像批評金瓶梅》（香港·濟南：三聯書店·齊魯書社，1990），頁 211。

52 《宋史紀事本末》，頁 546-547。

53 參《宋史紀事本末》卷五十六〈金人入寇〉。

54 《宋史紀事本末》，頁 574。

京雖在宣和六年（1124）復起當國，但次年又再免官，他不能促成「內割三鎮」。

《金瓶梅》將這些誤國大罪都算在蔡京頭上，似是有意加重蔡京的罪責。至於這個蔡京，是否另有所指（影射嚴嵩？），留待下文再來探討。

2.王黼罪責

宇給事疏本另參王黼、楊戩二人。其中王黼之罪為：「貪庸無賴，行比俳優。蒙京汲引，薦居政府，未幾謬掌本兵，惟事慕位苟安，終無一籌可展。迺者張達殘於太原，為之張皇失措。今虜之犯內地，則又挈妻子南下，為自全之計。其誤國之罪，可勝誅戮？」[55]

王黼的罪狀，於史有據。按照史書記載，宣和初年，郭藥師叛，金兵南下，王黼聞金兵至，不俟命，即載妻孥逃走，是以被貶永州，後被誅於雍丘。[56]小說卻寫皇帝閱奏後，立即下旨究治，王黼被處斬。歷史上，王黼是欽宗受禪後才受誅，按照《宋史》卷四百七十〈王黼傳〉載，請誅王黼者為吳敏、李綱，「帝以初即位，難於誅大臣，托言為盜所殺。」[57]可知王黼不是亡於徽宗朝，小說寫在政和五年，足足提早了十年。

小說上安排王黼因宇文虛中的彈劾被誅，但史書記載是這樣的：「書下三省，黼讀之大怒，捃摭他事，除集英殿修撰，督戰益急，而此事始不可收拾矣。」[58]

3.楊戩罪責

宇文虛中劾楊戩云：「楊戩本以紈褲膏梁，叨承祖蔭，憑藉寵靈，典司兵柄，濫膺閫外。大姦似忠，怯懦無比。」[59]因此，天子旨意以王、楊二人本兵不職，縱虜深入，荼毒生民，損兵折將，失陷內地，律應處斬。[60]

楊戩的情況，小說與正史所載出入很大（請參看《宋史》卷四百六十八〈楊戩傳〉）。

第一、歷史上的楊戩，出身低微，做了宦官。小說中卻是「紈褲膏梁，叨承祖蔭」，不見得是出身低微。

第二、小說中說他「憑藉寵靈，典司兵柄」，是「東京八十萬禁軍提督。」《宋史》〈職官志〉並無「東京八十萬禁軍提督」這樣的官名。[61]其次，歷史上的楊戩未嘗治兵伐

---

55 笑笑生著，齊煙，汝梅校點：《新刻繡像批評金瓶梅》（香港·濟南：三聯書店·齊魯書社，1990），頁 211。宣和七年金國西路軍攻打太原，張達戰死，事在宣和七年（1125），距上疏時間十年之久。明朝也有一個張達，是死於 1550 年大同保衛戰的總兵。

56 參《宋史紀事本末》，頁 560。魏子雲：《金瓶梅原貌探索》，頁 74。

57 又見於《宋史紀事本末》，頁 560。

58 《宋史紀事本末》，頁 544。另參頁 568。

59 《新刻繡像批評金瓶梅》，頁 211。《梅節重校本金瓶梅詞話》，頁 190。

60 《梅節重校本金瓶梅詞話》，頁 191。

61 魏子雲：《金瓶梅原貌探索》，頁 74。

遼，小說中說他：「本兵不職，縱虜深入，荼毒生民，損兵折將，失陷內地」等等，並非史實。（況且北虜犯邊，兵部不發兵抵抗，與京畿的禁軍提督何干？）

楊戩的惡行，主要在於橫征暴斂。至於他的收場，《宋史》卷四百六十八〈楊戩傳〉記載：「宣和三年（1121），戩死，贈太師、吳國公。」看來，他得到善終。[62]小說與正史的分歧在於：一、正史載楊戩死於 1121 年，而小說中則死於 1115 年。提早了六年。二、正史中的楊戩不是被處斬。三、遼兵搶過雄州地界之事在宣和四年（1122），「內割三郡」與金人事在靖康元年（1126），都是楊戩死（1121）後的事。

《金瓶梅》的寫法，似有意加重上述「奸臣」的罪責。論者認為：《金瓶梅》這樣做，是以宋朝奸臣，影射明朝的奸臣。[63]

順帶一提，《金瓶梅》中的宇文虛中是兵科給事中。其實，兵科給事中是明朝中央監察機關六科給事中之一。六科給事中是一個直轄於天子的組織，官位屬正七品，品級較低，但權力很大。其主要職責是監察六部，配合都察院的監察工作。（與都察院的御史合稱為「科道官」，《金瓶梅詞話》第四十八回「曾御史參劾提刑官」，曾孝序即為御史。請看下篇。）

這樣看來，《金瓶梅》第十七回所寫雖然營造了「（小說的）歷史感」，實際上卻是用「反歷史」手段來達到這個目的的。[64]試問：宋朝的西門慶，怎麼會是生存在有兵科給事中的年代？

(三)第四十八回：蔡太師奏行七件事

《金瓶梅》第四十八回，寫蔡太師奏行七件事。這七件事，也可以從史籍上找到根源。七事是：

- 罷科舉取士，悉由學校升貢；
- 罷講議財利司；
- 更鹽鈔法；
- 制錢法；
- 行結糶俵糴之法；
- 詔天下州郡納免夫錢。

62　《宋史》，頁 13664。

63　參陳詔：〈《金瓶梅》——嘉靖時期的影射小說〉一文，載於《中報月刊》卷 85（1987），頁 90-91。

64　另參荒木猛著，裴敏譯：〈《金瓶梅》十七回所反映的事實〉，收入劉柏青、張運青、王鴻珠編：《日本學者中國文學研究譯叢》，第五冊，（1990），頁 269-278。荒木猛認為此回之張達，實為明嘉靖二十九年（1550）戰死於大同的總兵官張達（參看頁 271）。又小說中的「北虜」，實寫明朝的蒙古（參看頁 273）。此文收入荒木猛《金瓶梅研究》（京都：仏教大学，2009），頁 255-271。

● 置提舉御前人舡所。[65]

然而，歷史上，這七件事，不是發生在同一年。同時，其中的一些劣政，似乎暗含**抨擊蔡京**之意（請看下文）。

1.罷科舉取士，悉由學校升貢

事在宋徽宗崇寧三年（1104）。

《宋史》卷一百五十五志第一百八選舉一記載：「徽宗設辟雍於國郊，以待士之升貢者。臨幸，加恩博士弟子有差。然州郡猶以科舉取士，不專學校。崇寧三年，遂詔：天下取士，悉由學校升貢，其州郡發解及試禮部法並罷。自此，歲試上舍，悉差知舉，如禮部試。」[66]

《宋史》卷四百七十二、列傳第二百三十一〈奸臣二·蔡京〉：「罷科舉法，令州縣悉倣太學三舍考選，<u>建辟雍</u>外學於城南，以待四方之士。」[67]辟雍，本為西周天子所設之學校。

2.罷講議財利司

講議財利司置於宣和六年（1124），是主管發展鹽鐵生產和國家財政收支的最高權力機關。

其實，宣和六年，蔡京已失寵，其子蔡攸得勢。[68]《宋史》卷一百七十九、志第一百三十二〈食貨下一·會計〉記載：「詔蔡攸等就尚書省置<u>講議財利司</u>，除茶法已有定制，餘並講究條上。攸請：內侍職掌，事干宮禁，應裁省者，委童貫取旨。時貫以廣陽郡王領右府故也。於是不急之務，無名之費，悉議裁省。」[69]

3.更鹽鈔法

更鹽鈔法，事在崇寧元年（1101）。

鹽鈔是鹽商繳款後領鹽運鹽運銷的憑證。宋慶曆八年（1048），范詳為制置解鹽使，始行鹽鈔法。據《宋史》卷一百八十一、志第一百三十四〈食貨〉記載：「陝西鹽鈔出多虛鈔，而鹽益輕。」[70]

宋朝高承《事物紀原》記載：「兵部員外郎始為鈔法，令商人就邊郡入錢至解池，

65　《梅節重校本金瓶梅詞話》，頁 586-588。《新刻繡像批評金瓶梅》，頁 620-622。

66　《宋史》，頁 3622。

67　《宋史》，頁 13723。

68　參《宋史紀事本末》，頁 486。

69　《宋史》，頁 4363。

70　《宋史》，頁 4420。

請任私賣，得錢以實塞下。行之既久，鹽價時有低昂，又於京師置都鹽院也。」[71]

《事物紀原》提到的那個「兵部員外郎」，按宋人沈括《夢溪筆談》卷十一所載，就是范祥。沈括說：「陝西顆鹽舊法，官自搬運，置務拘賣。兵部員外郎范祥始為鈔法，令商人就邊郡入錢四貫八百，售一鈔，至解池請鹽二百斤，任其私賣。」[72]

宋徽宗崇寧元年，蔡京更變鈔法，「置買鈔所於権貨務，凡以鈔至者，并以末鹽、乳香、茶鈔并東北一分及官告、度牒、雜物等換給。」[73]

《宋史》卷四百七十二列傳第二百三十一〈奸臣二·蔡京〉記載：「盡更鹽鈔法，凡舊鈔皆弗用，富商巨賈嘗齎持數十萬緡，一旦化為流丐，甚者至赴水及縊死。提點淮東刑獄章縡見而哀之，奏改法誤民，京怒奪其官；因鑄當十大錢，盡陷縡諸弟。」[74]

可見，蔡京之「更鹽鈔法」，是侵奪民財之舉。

其後，東南鹽也行鹽鈔法。崇寧以後，鹽鈔法普通推行，絕大部分地區都行鹽鈔制度。

《金瓶梅》第四十九回寫西門慶獲派三萬鹽引。[75]

4.制錢法

事在崇寧三年（1104）。書中寫蔡京奏章上寫：「陛下新鑄大錢崇寧、大觀通寶，一以當十，庶小民通行，物價不致於踊貴矣。」[76]

《宋史紀事本末》記載：「〔崇寧〕三年（1104）春正月，鑄當十大錢。自太祖以來，諸路置監鑄錢，有折二、折三、當五，隨時立制，未嘗鑄當十錢。至是，蔡京將以利惑上，始請鑄於諸路，與小平錢通行於時。」[77]可見，史家關注的是蔡京「以利惑上」，而不是「物價不致於踊貴」。

5.行結糴俵糴之法

第五件事是行結糴俵糴之法。《金瓶梅詞話校註》解釋：「結，結保。宋神宗熙寧八年（1075），募商人結保，賒給銀錢或鹽鈔、茶引等物，使糴米送納，曰結糴。結糴當是結保糴米之法。」[78]戴鴻森認為「結糴」當為「結糴」。[79]

71　高承：《事物紀原》（臺北：臺灣商務印書館，1982），頁52。

72　沈括：《元刊夢溪筆談》（北京：文物出版社，1975），卷12，頁24-25。

73　參閱《宋史》〈食貨志〉下四。

74　《宋史》，頁13723。

75　《梅節重校本金瓶梅詞話》，頁589。

76　齊煙、汝梅校點：《新刻繡像批評金瓶梅》（香港·濟南：三聯書店·齊魯書社，1990），頁621。

77　《宋史紀事本末》，頁485。另參《宋史》〈食貨志〉許天啟事。

78　《金瓶梅詞話校註》，頁1286。

79　戴鴻森：〈《金瓶梅詞話》校餘札記〉，見於《學林漫錄（十三集）》（1991年），頁191。

《宋史》卷一百七十五、志一百二十八〈食貨上三〉記載：熙寧八年，令中書計運米百萬石費約三十七萬緡，帝怪其多。王安石因言：「**俵糴**非特省六七十萬緡歲漕之費，且河北入中之價，權之在我，遇斗斛貴住糴，即百姓米無所糴，自然價損，非惟實邊，亦免傷農。」乃詔歲以末鹽錢鈔、在京粳米六十萬貫石，付都提舉市易司貿易。度民田入多寡，預給錢物，秋成於澶州、北京及緣邊入米麥粟封樁。即物價踊，權止入中，聽糴便司兌用，須歲豐補償。紹聖三年，呂大忠之言，召農民相保，豫貸官錢之半，循稅限催科，餘錢至夏秋用時價隨所輸貼納。崇寧中，蔡京令坊郭、鄉村以等第給錢，俟收，以時價入粟，邊郡弓箭手、青唐蕃部皆然。用俵多寡為官吏賞罰。[80]

《宋史紀事本末》卷四十九〈蔡京擅國〉記載：〔崇寧四年〕竄知慶州曾孝序於嶺南。初，孝序察訪湖北，過闕。蔡京畏孝序見帝言舒亶事，密遣客以美官啖之，孝序不從。又與京論講議司事，曰：「天下之財貴於通流，取民膏血以聚京師，恐非太平法。」京銜之，遂出知慶州。至是，京行**結糴、俵糴**〔sic〕法，盡括民財充數，孝序上疏曰：「民力殫矣，一有逃移，誰與守邦！」京益怒，遣御史宋聖寵劾其私事，追逮其家人，鍛鍊無所得，但言約日出師，幾誤軍期，除名，竄嶺表。[81]

換言之，俵糴，謂先度民田入多寡，預給錢物，至秋成令入米麥粟。始行於熙寧八年（1075）。紹聖三年（1096）改為召民結保，預借官錢一半，依稅限催納。崇寧初復改為按等第強迫分給，使以時價入粟。

此法在〈曾孝序傳〉〈食貨志〉中都有記載。《宋史》〈曾孝序傳〉：「時京〔蔡京〕行結糴表糴之法，**盡括民財充數**。」可見，此法亦為搜括民財之法。

《宋史》〈食貨志〉上三記載：「其曰俵糴〔……〕度民田入多寡，豫給錢物，秋成於澶州、北京及緣邊入米麥粟封樁。」[82]

6.詔天下州郡納免夫錢

事在宣和六年（1124），是宋代推行的准許當役民戶出錢僱人代役的一種制度。[83]

《宋史紀事本末》記載：「〔宣和六年六月〕詔以收復燕、雲以來，京都、兩河之民，困於調度，令京西、淮南、兩浙、江南、荊湖、四川、閩廣並納免夫錢，每夫三十貫，委漕臣限督之，違者從軍法。又詔宗室、戚里、宰執之家及宮觀、寺院，一例均敷。於是遍索天下，所纏二千萬緡，而**結怨四海矣**。」[84]可見，這也是惡劣的制度。

80　《宋史》，頁 4244-4245。

81　《宋史紀事本末》，頁 488。引文中標示〔sic〕，意即「原文如此」。史書上是「結糴」。

82　《金瓶梅詞話校註》，頁 1286。《宋史》，卷 175，志 128，頁 4244。

83　《梅節重校本金瓶梅詞話》，頁 590。

84　《宋史紀事本末》，頁 553。另參《宋史》〈食貨志〉上五、《宋史》〈河渠志〉三。

7.置提舉御前人舡所

事在政和七年（1117）。

提舉御前人舡所，職官名，為御前人舡所的長官。御前人舡所是為宋徽宗採辦花石及其他奢侈品而專門設置的機構。[85]

《宋史紀事本末》卷五十〈花石綱之役〉：「〔政和〕七年（1117）秋七月，**置提舉御前人船〔舡？〕所**。時東南監司、郡官、二廣市舶率有應奉，又有不待旨但送物至都，計會宦者以獻。太率靈璧、太湖、慈谿、武康諸石，二浙奇竹、異花、海錯、福建荔枝、橄欖、龍眼，南海椰實，登、萊文石，湖湘文竹，四川佳果木，皆越海渡江，毀橋梁，鑿城郭而至，植之皆生；而異味珍苞，則以健步捷走，雖甚遠，數日即達，色香未變也。至是，蔡京又言：『陛下無聲色犬馬之奉，所尚者山林間物，乃人之所棄。但有司奉行之過，因以致擾。』乃請作提舉淮、浙船所，命內侍鄧文誥領之。詔自後有所需，即從御前降下，乃如數貢，餘不許妄進。名為便民，**而實擾害如故**。」[86]

總括以上所述，《金瓶梅》把蔡京在神宗熙寧三年（1075）的俵糴之法以及晚在徽宗宣和六年（1124）的免夫錢都寫在同一年之內（前後橫跨約五十年）。作為小說，這也許是無可厚非的。

吳自牧《夢粱錄》說：「蓋小說者，能講一朝一代事，頃刻間捏合。」[87]《金瓶梅》第十七回正是將許多事「頃刻間捏合」。「捏合」只是寫作手法，如果作者有意將許多惡政惡法集中呈現，他的目的應該是更值得關注的。許多論者認定《金瓶梅》的蔡京影射明朝的嚴嵩（1480-1567）。此說理據為何，下文再來探討。

(四)第六十四回，宋金交涉

《金瓶梅》第六十四回寫到：「昨日大金遣使臣進表，要內地三鎮，依蔡京老賊，就要許他。」[88]

這一說法，於人、於時都與史傳所載不合。

85　《梅節重校本金瓶梅詞話》，頁 590。

86　《宋史紀事本末》，頁 507。又，《宋史》卷 179、志 132〈食貨〉下一「會計」，頁 4361：京又專用豐亨豫大之說，諛悅帝意，始廣茶利，歲以一百萬緡進御，以京城所主之。其後又有應奉司、御前生活所、營繕所、蘇杭造作局、**御前人船〔舡？〕所**，其名雜出，大率爭以奇侈為功。歲運花石綱，一石之費，民間至用三十萬緡。姦吏旁緣，牟取無藝，民不勝弊。用度日繁，左藏庫異時月費緡錢三十六萬，至是，衍為一百二十萬。

87　吳自牧：《夢粱錄》（杭州：浙江人民出版社，1980），頁 196。

88　《新刻繡像批評金瓶梅》（香港・濟南：三聯書店・齊魯書社，1990），頁 872。

據《宋史紀事本末》〈金人入寇〉，其事在宋欽宗**靖康元年**（1126）正月。據《宋史》和《宋史紀事本末》，其時蔡京、童貫等前朝要臣，均在貶竄之列，如何還能答應金人？當時，朝中主和議者為李邦彥、李棁等。

按照書中編年，這時（第六十四回故事）是政和七年（1117），下距靖康元年（1126）有九年時間。《金瓶梅》將九年後的事提前來寫。

第六十四回中又說：「**掣童掌事**的兵馬，交都御史譚積、黃安十大使節制三邊兵馬。〔……〕科道官上本極言：**童掌事大了，宦官不可封王**。如今馬上差官，拏金牌去取童掌事回京。」這話有幾點值得注意：

● 事在徽宗宣和五年（1123）七月。[89]

● 都御史、科道官，明代始設。

● 童貫封王事在宋徽宗宣和七年（1125）。

《宋史》卷二十二記載：「〔宣和七年〕六月辛丑朔，詔宗室復著姓。丙午，封童貫為廣陽郡王。」[90]總之，封王之事不是發生在政和七年（1117）。

(五)第六十五回，花石綱與艮嶽

《金瓶梅詞話》第六十五回〈吳道官迎殯頒真容　宋御史結豪請六黃〉寫道：

> 朝廷如今營建艮嶽，勒旨令太尉朱勔往江南湖湘採取花石綱，運船陸續打河道中來，頭一運將次到淮上。又欽差殿前**六黃太尉**來迎取卿雲萬態奇峰，長二丈，闊數尺，都用黃氈蓋覆，張打黃旗，費數號船隻由山東河道而來。況河中沒水，起八郡民夫牽挽。官吏倒懸，民不聊生。[91]

六黃太尉，史無其人，只見於《宣和遺事》前集。《宣和遺事》寫宣和六年正月十四日夜，京師百姓到鰲山下看燈，「宣德門直上，有三四箇貴官，〔……〕那三四貴官姓甚名誰？楊戩、王仁、何霍、**六黃太尉**。」[92]《金瓶梅詞話》的六黃太尉應該是源自《宣和遺事》。

建「艮嶽」確有其事。《宋史紀事本末》卷五十〈花石綱之役〉記載：「〔宣和〕四年十二月，萬歲山成，更名曰艮嶽。」[93]

89　參看《宋史紀事本末》一書中的〈復燕雲〉。

90　《宋史》，頁416。另參《宋史紀事本末》〈復燕雲〉。

91　《梅節重校本金瓶梅詞話》，頁846。《新刻繡像批評金瓶梅》，頁876。

92　《宋史》，頁59-60。

93　《宋史紀事本末》，頁508。

朱勔（1075-1126）負責採「花石綱」也是實事。《宋史紀事本末》卷五十〈花石綱之役〉記載：「〔崇寧〕四年十一月，以朱勔領蘇、杭應奉局及花石綱於蘇州。」[94]

《金瓶梅詞話》寫艮嶽成於政和七年（1117）十一月。口傳聖敕道：「朕今即位二十祀於茲矣，艮嶽告成，上天降瑞。今值履端之慶，與卿等共之！」[95]

可是，史籍所載，艮嶽是成於宣和四年（1122）。《宋史紀事本末》卷五十〈花石綱之役〉記載：「〔宣和〕四年十二月，萬歲山成，更名曰艮嶽。」[96]小說和史籍所記，相差五年。

《金瓶梅詞話》第七十回說宣和三年（1121），徽、欽北狩，高宗南遷，而天下為虜有。[97]二帝被擄實為欽宗靖康二年事（公元1127年）。

(六)第八十七回，冊立太子

第八十七回、八十八回提到「聽見太子立東宮」[98]和「朝廷冊立東宮」。[99]

這裏寫「冊立東宮」顯然與宋史所記不合。《宋史》〈徽宗本紀〉記載：「〔政和五年〕二月乙巳，立定王桓為皇太子。甲寅，冊皇太子，赦天下。」[100]

宋徽宗冊立太子在政和五年（1115），而《金瓶梅詞話》稱事在重和元年（1118）。小說與史籍所記，相差三年。

臺灣學者魏子雲（1918-2005）認為，《金瓶梅》寫的立太子，影射明萬曆朝的冊封常洛太子之事。他在《金瓶梅審探》中說：「八十七、八十八兩回的這一記述，自是指常洛太子的冊立事。」[101]黃霖、魯歌、馬征也同意這種說法。[102]

明神宗到萬曆二十二年（1594）二月才讓皇長子出閣講學，有冊立皇長子的明顯朕兆。但是，鄭培凱認為影射之說不可信。[103]

關於《金瓶梅》羼入明朝史事這一點，本書下一篇還要仔細分析。

---

94 《宋史紀事本末》，頁505。

95 《梅節重校本金瓶梅詞話》，頁954。

96 《梅節重校本金瓶梅詞話》，頁508。

97 《梅節重校本金瓶梅詞話》，頁941。

98 《梅節重校本金瓶梅詞話》，頁1212。

99 《梅節重校本金瓶梅詞話》，頁1220。

100 《宋史》本紀第二十一〈徽宗三〉，頁394。

101 魏子雲：《金瓶梅審探》（臺北：臺灣商務印書館，1982），頁167。

102 黃霖：《金瓶梅考論》，頁49。魯歌、馬征：〈談《金瓶梅》對萬曆帝寵妃鄭貴妃的影射〉一文，載於《金瓶梅藝術世界》（吉林：吉林大學出版社，1991），頁191。

103 鄭培凱：《茶餘酒後金瓶梅》（上海：上海書店出版社，2013），頁140。

(七)第九十八回，征剿宋江、參劾六賊

《金瓶梅詞話》九十八回寫道：話說一日周守備、濟南府知府張叔夜，領人馬征勦梁山泊，賊王宋江三十六人，萬餘草寇，都受了招安，地方平復。表奏，朝廷大喜，加陞張叔夜為都御史、山東安撫大使。[104]

按《宋史》〈張叔夜傳〉所載，在討宋江之前，張叔夜是禮部侍郎，「以徽猷閣待制再知海州」，討宋江之後，徙濟南府。

《金瓶梅》寫張叔夜升「都御史」。「都御史」實屬明朝職官。作者這樣寫，目的何在？留待下文詳論。

《金瓶梅詞話》第九十八回寫到韓道國說起：「朝中蔡太師、童太尉、李右相、朱太尉、高太尉、李太監六人，都被太學國子生陳東上本參劾，後被科道交章彈奏倒了，聖旨下來，拿送三法司問罪，發煙瘴地面**永遠充軍**。太師兒子、禮部尚書蔡攸處斬，家產抄沒入官。」[105]

陳東（1086-1127）上本參劾的事，我們也可以從史籍上查到。史籍所記，和小說所寫的略有出入。

《宋史》卷二十三〈欽宗〉記載：太學生陳東等上書，數蔡京、童貫、王黼、梁師成、李彥、朱勔罪，謂之六賊，請誅之。[106]

《宋史紀事本末》記載：徽宗宣和七年十二月，上以金兵迫，禪位於太子桓。時天下皆知蔡京等誤國，而用事者多受其薦引，莫肯為帝明言之，於是太學生陳東率諸生上書曰：「今日之事，蔡京壞亂於前，梁師成陰賊於內，李彥結怨於西北，朱勔聚怨於東南，王黼、童貫又從而搆釁於二虜，創開邊隙，使天下之勢危如絲髮。此六賊者，異名同罪，願陛下肆諸市朝，傳首四方，以謝天下。」[107]

小說和史傳所記，有四人是相同的：蔡京、童貫、朱勔、李彥。小說名單中的第三個「李右相（李邦彥）」和第五個「高太尉（高俅，?-1126）」不在史籍上的「六賊」名單內。按史籍記載，不是李邦彥、和高俅，應該是：梁師成（?-1126）和王黼（1079-1126）。歷史上「六賊」的結果和小說也不相同：小說上這幾個人的下場是「永遠充軍」，而史籍中，蔡、童的下場是：「〔靖康元年秋七月〕乙亥，安置**蔡京**于儋州；攸，雷州；**童貫**，吉陽軍。〔……〕乙酉，詔：**蔡京**子孫二十三人已分竄遠地，遇赦不許量移。是日，

---

104 《梅節重校本金瓶梅詞話》，頁 1337。
105 《梅節重校本金瓶梅詞話》，頁 1341。
106 《宋史》，頁 422。
107 《宋史紀事本末》，頁 559。

京死於潭州。〔……〕辛卯，遣監察御史張澂誅**童貫**，〔……〕」。[108]

換言之，蔡京先被遠竄，後死於潭州；童貫伏誅。

至於朱勔、李彥（?-1126），都被賜死。《宋史》卷二十三〈欽宗本紀〉記載：「賜翊衛大夫、安德軍承宣使**李彥**死，並籍其家。放寧遠軍節度使**朱勔**歸田里。」[109]朱勔不久就被賜死：「〔九月〕移**蔡攸**于萬安軍，尋與弟絛及**朱勔**及皆賜死。」[110]

王黼在小說中已被提前（第十七回）處決，因此小說不得不將王黼換成別人（高俅）。歷史上的高俅未獲罪，他是在靖康初病死的。

梁師成也被誅殺。《宋史》卷四百十八〈宦者傳三〉記載：開封吏護至貶所。行次八角鎮，縊殺之，以暴死聞，籍其家。[111]

總之，小說上寫這幾個大臣的下場是「永遠充軍」，應該不是事實。

(八)結局，欽宗登基改元、北宋滅亡

《金瓶梅詞話》寫道：「東京朝中徽宗天子，見大金人馬犯邊，搶至腹內地方，聲息十分緊急。天子慌了，與大臣計議，差官往北國講和，情願每年輸納歲幣金銀彩帛數百萬。一面傳位與太子登基，改宣和七年為靖康元年，宣帝號為欽宗。皇帝在位，徽宗自稱太上道君皇帝，退居龍德宮。朝中陞了李綱為兵部尚書，分部諸路人馬；种師道為大將，總督內外軍務。」[112]改年號、退居龍德宮、重用种師道（1060-1126）等事，史書有記載。

據《宋史》所載，金滅遼，事在宣和七年（1125）八月。金兵侵宋，事在同年十月。欽宗在此年十二月登基。以下附錄兩段《宋史》文字，以供參照。

《宋史》卷二十二本紀第二十二記載：「十二月乙巳，童貫自太原遁歸京師。己酉，中山奏金人斡離不、粘罕分兩道入攻。郭藥師以燕山叛，北邊諸郡皆陷。〔……〕戊午，皇太子桓為開封牧。罷修蕃衍北宅，今諸皇子分居十位。己未，下詔罪己。令中外直言極諫，郡邑率師勤王；募草澤異才有能出奇計及使疆外者；罷道官，罷大晟府、行幸局；西城及諸局所管緡錢，盡付有司。以保和殿大學士宇文虛中為河北、河東路宣諭使。庚申，詔內禪，皇太子即皇帝位。尊帝為教主道君太上皇帝，居于龍德宮；尊皇后為太上

---

108 《宋史》卷二十三，第二冊，頁429。
109 《宋史》，頁422。
110 《宋史》第二冊，頁430。朱勔，《宋史》卷四百七十有傳。
111 《宋史》，頁13663。
112 《梅節重校本金瓶梅詞話》，頁1353。

皇后。」[113]

　　《宋史》卷二十三本紀第二十三記載：「靖康元年春正月丁卯朔，受群臣朝賀，退詣龍德宮，賀道君皇帝。詔中外臣庶實封言得失。金人破相州。戊辰，破濬州。威武軍節度使梁方平師潰，河北、河東路制置副使何灌退保滑州。己巳，灌奔還，金人濟河，詔親征。道君皇帝東巡，以領樞密院事蔡攸為行宮使，尚書右丞宇文粹中副之。詔自今除授、黜陟及恩數等事，並參酌祖宗舊制。罷內外官司、局、所一百五處，止留後苑，<u>以奉龍德宮</u>。〔……〕賜翊衛大夫、安德軍承宣使李彥死，並籍其家。放寧遠軍節度使朱勔田里。帝欲親征，以李綱為留守，以李梲為副。給事中王寓諫親征，罷之。庚午，道君皇帝如亳州，百官多潛遁。〔……〕李梲與蕭三寶奴、耶律忠、王汭來索金帛數千萬，且求割太原、中山、河間三鎮，擄宰相親王為質，乃退師。丙子，避正殿，減常膳。括借金銀，籍倡優家財。庚辰，命張邦昌副康王構使金軍，詔稱金國加『大』字。辛巳，道君皇帝幸鎮江。〔……〕丁亥，靜難軍節度使、河北河東路制置使<u>种師道</u>督涇原、秦鳳兵入援，以師道同知樞密院事，為京畿、河北、河東宣撫使，統四方勤王兵及前後軍。庚寅，盜殺<u>王黼</u>于雍丘。癸巳，大霧四塞。乙未，貶少保、淮南節度使<u>梁師成</u>為彰化軍節度副使，行及八角鎮，賜死。」[114]這段文字，交代了朱勔、王黼、梁師成的結局。《金瓶梅詞話》第九十九回所寫，與史籍所記，只是大體相符。

　　《金瓶梅詞話》第一百回寫道：北國大金滅了遼國，又見東京欽宗皇帝登基，集大勢番兵，分兩路寇亂中原：大元帥<u>粘沒喝</u>，領十萬人馬，出山西太原府井陘道，來搶東京；副元帥<u>斡離不</u>，由檀州來搶高陽關。邊兵抵擋不住，慌了兵部尚書李綱，大將<u>种師道</u>，星夜火牌羽書，分調山東、山西、河南、河北、關東、陝西、分六路統制人馬，各依要地防守截殺。[115]一日，<u>不想大金人馬，搶了東京、汴梁。太上皇帝與靖康皇帝，都被虜上北地去了</u>。中原無主，四下荒亂。兵戈匝地，人民逃竄。黎庶有塗炭之哭，百姓有倒懸之苦。[116]粘沒喝、斡離不侵宋擄二帝之事，史有其事（請看下文）。

　　《宋史紀事本末》卷五十六〈金人入寇〉記載：「金粘沒喝、斡離不復分道入寇。〔……〕以金粘沒喝為左副元帥，斡離不為右副元帥，分道南侵。粘沒喝發雲中，斡離不發保州。」[117]以下再摘錄《宋史》文字一段，以供參照。

　　《宋史》卷二十四本紀第二十四記載：「靖康元年春正月，金人犯京師，軍于城西北，

---

[113] 《宋史》，頁 416。
[114] 《宋史》，頁 422。
[115] 《梅節重校本金瓶梅詞話》，頁 1363。
[116] 《梅節重校本金瓶梅詞話》，頁 1366。
[117] 《宋史紀事本末》，頁 583。

遣使入城，邀親王、宰臣議和軍中。<u>朝廷方遣同知樞密院事李梲等使金，議割太原、中山、河間三鎮</u>，遣宰臣授地，親王送大軍過河。欽宗召帝諭指，帝慷慨請行。遂命少宰張邦昌為計議使，與帝俱。金帥斡離不留之軍中旬日，帝意氣閒暇。二月，會京畿宣撫司都統制姚平仲夜襲金人砦不克，金人見責，邦昌恐懼涕泣，帝不為動，斡離不異之，更請肅王。癸卯，<u>肅王至軍中，許割三鎮地</u>。進邦昌為太宰，留質軍中，帝始得還。金兵退，復遣給事中王雲使金，以租賦贖三鎮地。又以蠟書結遼降將耶律余睹，為金人所得。八月，金帥**粘罕**復引兵深入，陷太原。**斡離不**破真定。冬十月，王雲從吏自金先還，言金人須帝再至乃議和。雲歸，言金人堅欲得地，不然，進兵取汴都。十一月，詔帝使河北，〔……〕尊金主為伯，上尊號十八字。被命，即發京師，以門下侍郎耿南仲主和議，請與俱，乃以其子中書舍人延禧為參議官偕行。〔……〕時<u>粘罕、斡離不已率兵渡河，相繼圍京師</u>。」[118]這段文字中的「肅王」，是北宋末年宋徽宗第五個兒子，是他許割三鎮地。《金瓶梅詞話》第十七回、第六十四回都把割三鎮這事算在蔡京的賬內。實際上，議割三鎮者，是李梲；許割三鎮者，是肅王。

此外，《宋史》中的「粘罕」，就是《宋史紀事本末》和《金瓶梅詞話》中的「粘沒喝」（本名）。[119]北宋徽、欽二帝，都被此人所擒。

總之，徽宗讓位和二帝被擄這兩件大事，《金瓶梅》所述跟史籍所記甚為接近。

(九)西門慶的官職

西門慶當的是哪個朝代的官？表面上看，他是宋朝的官，西門慶的大靠山是宋朝的太師。但是，實情要更複雜一點。

《金瓶梅詞話》第三十回，太師道：「既無官役，昨日朝廷欽賜了我幾張空名告身劄付，我安你主人〔西門慶〕在那山東提刑所做個**理刑副千戶**。」即時僉了一道空名告身劄付，把西門慶名字填註在上面，列銜「金吾衛衣左所**副千戶**，山東等處**提刑所理刑**。」[120]崇禎本《金瓶梅》也有這段情節。[121]

西門慶當的這個官（所謂「副千戶」），和他外父的職官似乎是同一性質。西門慶的大老婆吳月娘，是**清河左衛吳千戶**之女。[122]此外，西門慶結拜的十兄弟之一謝希大，「乃

---

118 《宋史》，頁439。

119 漢語訛誤為「粘罕」。粘沒喝，《金史》有傳，見卷七四。

120 《梅節重校本金瓶梅詞話》，頁352。

121 齊煙、汝梅校點：《新刻繡像批評金瓶梅》（香港·濟南：三聯書店·齊魯書社，1990），頁386。

122 《梅節重校本金瓶梅詞話》，頁24。

清河衛<u>千戶</u>官兒應襲子孫」。[123]

「金吾衛衣左所<u>副千戶</u>，山東等處<u>提刑所理刑</u>」實際上指什麼？以下，我們一一探討。

1.關於「提刑所」

西門慶任職的機關，稱為「提刑所」。「提刑所」似不見於宋史。宋代提刑衙門稱「<u>提點刑獄公事</u>」，簡稱<u>提刑司</u>。

《宋史》卷一百六十七志第一百二十〈職官七〉記載：「〔熙寧〕六年，置諸路<u>提刑司</u>檢法官。」又說：「<u>提點刑獄公事</u>，掌察所部之獄訟而平其曲直，所至審問囚徒，詳覆案牘，凡禁繫淹延而不決，竊逋竄而不獲，皆劾以聞，及舉刺官吏之事。」[124]

相應的官府，在明代稱為「提刑按察使司」，是掌一省刑名按劾之事的衙門。《明史》卷七十五、志第五十一〈職官四〉有「<u>提刑</u>按察使司」。

《金瓶梅》的「提刑所」，名稱接近「提刑司」，若論實際職銜，卻有「千戶」「副千戶」，作者似是把明代軍衛的<u>千戶所</u>跟錦衣衛揉合在一起。

2.關於「金吾衛衣左所」

第三十回的告身劄付上，又列銜「<u>金吾衛衣左所</u>副千戶」。

「金吾衛」，《明史》〈職官〉五〈京衛〉記載：京衛中的<u>上直衛</u>親軍指揮使司二十有六，其中有「金吾前衛」「金吾後衛」「金吾左衛」「金吾右衛」（頁1860）。「錦衣衛」也隸屬於上直衛。《金瓶梅詞話》所謂「金吾衛衣」，似是捏合「金吾」和「錦衣」而成。

第三十一回，西門慶當了山東提刑所副千戶以後的衣著，看來就是明代職官的公服。《金瓶梅詞話》第三十六回翟讓稱西門慶為「大錦堂」。[125]同回西門慶又自稱「**襲錦衣千戶之職。現任理刑，實為不稱。**」[126]第七十八回宋喬年又稱西門慶為「**大錦衣**」。[127]

《金瓶梅詞話》第四十八回祖墳上書「錦衣<u>武略將軍</u>西門氏先塋」。[128]武略將軍一名，《明史》〈職官一〉載：「凡武官六品，其勳十有二〔……〕<u>從五品</u>，初授<u>武略將軍</u>，陞授武毅將軍。」（頁1751）

明人的著作中，習慣以「金吾」稱呼錦衣衛。例一、湖北麻城人劉守有任職錦衣衛

---

123 《梅節重校本金瓶梅詞話》，頁116。

124 《宋史》，頁3967。

125 《梅節重校本金瓶梅詞話》，頁435。

126 《梅節重校本金瓶梅詞話》，頁438。

127 《梅節重校本金瓶梅詞話》，頁141。笑笑生撰，白維國、卜鍵校註：《金瓶梅詞話校注》（長沙：岳麓書社，1995），頁2302。

128 《梅節重校本金瓶梅詞話》，頁581。

指揮，屠隆（1543-1605）寫信給劉氏，即稱他為「金吾」或者「大錦衣」。[129]例二、沈德符（1579-1642）《萬曆野獲編》也有「金吾」和「錦衣」這樣的詞。[130]《萬曆野獲編》卷五「世官」條：「嘉靖間，惟夏貴溪暴貴，自擬世襲錦衣，〔……〕直至嚴分宜〔嚴嵩〕，而諸孫始現任金吾，及世蕃誅，盡削去。」[131]這段話中的「夏貴溪」，應指明人夏言（1482-1548），他是江西貴溪人。

「金吾衛衣左所副千戶」，近似錦衣衛副千戶。第七十回寫西門慶之主朱勔的實掌官銜是「金吾衛提督官校」。[132]但是，金吾衛在地方無派出機構。因此，西門慶所屬的「所」，似是明朝地方制度中衛所系統的所。下面我們再來看「衛所」是何機關。

3. 關於「衛所」

《金瓶梅詞話》第十八回，西門慶也稱他的官署為「衛所」：「西門慶下馬進門，先到前邊工上觀看了一遍，然後踅到潘金蓮房中來。金蓮慌忙接著，與他脫了衣裳，說道：「你今日送行去來的早。」西門慶道：「提刑所賀千戶新升新平寨知寨，合衛所相知都郊外送他來，拿帖兒知會我，不好不去的。」[133]

明代軍隊的編制，京師及各地要害處均設衛所。一郡設所，連郡設衛。《明史》卷九十志第六十六〈兵志〉二記載：「天下既定，度要害地，一郡者設所，連郡者設衛。大率五千六百人為衛，千一百二十人為千戶所，百十有二人為百戶所。」（頁2193）各衛所分屬各省的都指揮使司（都司），統由中央五軍都督府管轄。

《金瓶梅》書中的「衛所」卻不從軍事活動，反而負責「提點刑獄」。《金瓶梅》第三十五回寫西門慶和夏提刑談話，從西門慶口透露了這個要點。書中描述：夏提刑進到廳上，西門慶冠帶從後邊迎將來。兩個敘禮畢，分賓主坐下。不一時，棋童兒拿了兩盞茶來吃了。夏提刑道：「昨日所言接大巡的事，今日學生差人打聽，姓曾，乙未進士，牌已行到東昌地方。他列位每〔們〕都明日起身遠接。你我雖是武官，係領敕衙門提點刑獄，比軍衛有司不同。咱後日起身，離城十里尋個去所，預備一頓飯，那裏接見罷！」[134]

因此，西門慶「提點刑獄」，近於「提點刑獄司」（宋制），而不是要預備上戰場打

129　見於《棲真館集》，轉引自魏子雲：《金瓶梅原貌探索》（臺北：臺灣學生書局，1985），頁90。

130　關於沈德符：《萬曆野獲編》的價值，可參張秀芳：〈沈德符與《萬曆野獲編》〉一文，載於《文史知識》，1992年5期，頁73-75。

131　《萬曆野獲編》（北京：中華書局，1959），頁144。

132　梅節校訂：《梅節重校本金瓶梅詞話》，頁929。

133　梅節校訂：《梅節重校本金瓶梅詞話》，頁204。

134　梅節校訂：《梅節重校本金瓶梅詞話》，頁419。

仗那種衛所（明制）。

4.關於「理刑」

西門慶一做官，就是從五品官，當上了「理刑」。所謂「理刑」，也是明代廠、衛中的職稱。《明史》卷九十五志第七十一〈刑法〉記載：「東廠之屬無專官，掌刑千戶一，<u>理刑</u>百戶一，<u>亦謂之貼刑</u>，皆衛官。」[135]

這裏（《明史》〈刑法〉）說「亦稱貼刑」，又與《金瓶梅詞話》所寫若合符節。《金瓶梅詞話》又稱呼西門慶為「貼刑副千戶」，例如，書中這樣寫：「<u>貼刑</u>副千戶西門慶〔……〕宜加轉正，以掌刑名者也。」西門慶看了他轉正千戶掌刑，心中大悅。[136]西門慶「轉正」後，原本的位置便由何太監的姪兒何永壽擔任。[137]

《金瓶梅詞話》第四十七、四十八回，苗青殺害家主一案由西門慶處理，再經「山東察院」，一直到蔡太師，結果，罪犯逍遙，而清官被貶。[138]整個社會一片黑暗，道德淪喪（金權勾結、笑貧不笑娼等等），可從西門慶這個「關係人物」反映一二。

總之，西門慶由宋朝的蔡太師授予官職，但他更像是明朝的錦衣衛。[139]不過，一般讀者未必了解歷史細節，可能會把西門慶看成是宋代悍吏，第七十六回的詩句也提到「宋朝」：「<u>宋朝</u>氣運已將終，執掌<u>提刑</u>甚不公。畢竟難逃天下眼，那堪激濁與揚清。」[140]這裏，《金瓶梅》告訴讀者：西門慶是「宋朝」的「提刑」。

五、結語

綜上所述，《金瓶梅》無疑一再提及北宋末年的政事（不局限於西門家）；書中主角西門慶既是宋代官員，又似是明朝的錦衣衛。

其實，西門慶的「混雜身分」並不是孤例，《金瓶梅》的一大特異處是：明明是宋朝故事，卻羼入大量明朝的「元素」。這一特點，使當代學者紛紛視《金瓶梅》的「背景」為明朝，也就是認定書中人物實際上生活在明朝（所謂「以宋寫明」[141]）。學者從事

---

135 《明史》，頁 2333。

136 《梅節重校本金瓶梅詞話》，頁 930。

137 《梅節重校本金瓶梅詞話》，頁 933。

138 《梅節重校本金瓶梅詞話》，頁 59。

139 陳詔：《金瓶梅小考》（上海：上海書店出版社，1999）早就提出這種看法。日本學者荒木猛也有相同的判斷，參看荒木猛《金瓶梅研究》（京都：仏教大学，2009），頁 305。

140 《梅節重校本金瓶梅詞話》，頁 1059。

141 梅節：〈《金瓶梅》成書的上限〉一文，載於中國金瓶梅學會、國際金瓶梅資料中心編：《國際金瓶梅研究集刊》（成都：成都出版社，1990），頁 124。

《金瓶梅》的外緣研究時，往往羅列大量明朝的歷史事跡以供參考。[142]

明人李贄曾經說過：「《水滸傳》者，發憤之作也。……施羅二公身在元，心在宋，雖生元日，<u>實憤宋事</u>。」[143]《金瓶梅》雖然指斥北宋的朝臣昏君，但骨子裏似乎是「實憤明事」。[144]有的研究者認為西門慶是影射明武宗（明武宗自稱「大慶法王」）。[145]

《金瓶梅》是四大奇書之中時代誤置（anachronism）問題最嚴重的一部。這個現象，無疑是深受成書背景的影響（請參看本書的「生成篇」）。[146]

---

142 例如李時人：《金瓶梅新論》（上海：學林出版社，1991）就有一章：「《金瓶梅》：中國 16 世紀後期社會風俗史」。參該書頁 6-24。鄭慶山：《金瓶梅論稿》（瀋陽：遼寧人民出版社，1987）有一章「《金瓶梅》所反映的明代經濟和社會生活」。參該書頁 32-57。

143 陳曦鐘等輯校：《水滸傳會評本》（北京：北京大學出版社，1987），頁 28。有的學者認為《水滸傳》的「李贄評」只是他人托名李贄。對此，本文無法詳考。

144 不過，政治式解讀（影射明朝政壇），只是眾多解讀中的一種。

145 霍現俊：《金瓶梅藝術論要》（天津：天津古籍出版社，2010），頁 139。不過，霍現俊又承認「並不是說西門慶就等於明武宗。」語見頁 144。事實上，西門慶拜蔡太師為乾爹（第五十五回）才能飛黃騰達，這事似乎很難說是關聯影射明武宗。另，第八十回，西門慶祭文「維靈生前梗直，秉性堅剛。軟的不怕，硬的不降。常濟人以點水，恒助人以精光。囊篋頗厚，氣概軒昂。逢藥而舉，遇陰伏降。錦襠隊中居住，團腰庫裏收藏。有八角而不用撓摑，逢虱蟻而騷癢難當。受恩小子，常在胯下隨幫。也曾在章台而宿柳，也曾在謝館而猖狂。〔……〕」（梅節重校本，頁 1136）按這段話，「西門慶」似是影射陽具。

146 關於 anachronism，請參看 Richard Levin, *New Readings vs. Old Plays: Recent Trends in the Reinterpretation of English Renaissance Drama* (Chicago: University of Chicago Press, 1979) 第四章第二節 "The Problem of Anachronism"。

生成篇

By the <u>historicity of texts</u>, I mean to suggest the cultural specificity, the social embedment, of all modes of writing.

——Louis A. Montrose (1989)

一、《金瓶梅》成書問題的爭論及其重要性

本篇討論文本的歷史性和《金瓶梅》的時代錯置（anachronism）問題。

《金瓶梅》明明是北宋（960-1127）的故事，可是，很多論者認為書中內容反映了十六世紀的現象，[1]例如：飲食[2]、服飾[3]、技藝[4]等等。為什麼會這樣呢？

這涉及文本的歷史性（historicity of texts）。[5]文本的歷史性，可能和文本的寫作背景密切相關。多明尼克‧拉卡帕（Dominick LaCapra，1939-）在 *History & Criticism* 一書中已經提及這一點：

Contexts of interpretation are at least three-fold; those of writing, reception, and critical reading. <u>Context of writing</u> include the intentions of the author as well as more immediate biographical, sociocultural, and political situations with their ideologies and

---

1 參看盧興基：〈十六世紀一個新興商人的悲劇〉一文，載於劉輝、杜維沫編：《金瓶梅研究集》（濟南：齊魯書社，1988），頁 26-54。戴鴻森：〈從《金瓶梅詞話》看明人的飲食風貌〉一文，見於胡文彬，張慶善選編：《論金瓶梅》（北京：文化藝術出版社，1984），頁 372-380。

2 陳詔：〈《金瓶梅》反映了明代哪些筵宴風俗？〉，見於朱一玄、王汝梅編：《金瓶梅探謎集成》（吉林：延邊大學出版社，1999），頁 444-446。

3 陳詔：〈為甚麼說《金瓶梅》裏人物穿的是明代服飾？〉一文，載於《金瓶梅探謎集成》，頁 451-453。

4 《金瓶梅探謎集成》中有蔡國梁「《金瓶梅》反映的明代風習和技藝探謎」「《金瓶梅》反映的明後期城市經濟生活探謎」專輯，可以參看。

5 有關「文本的歷史性」，參看孟酬士（Louis A. Montrose），"Text and Histories"，中譯稿〈文本與歷史〉見《中外文學》，20 卷 12 期（1992 年 5 月），頁 65-109。

discourses.[6]

本篇關注的正是 context of writing（寫作背景）——《金瓶梅》的寫作背景。[7]從這方面考索，我們發現成書時代的事物羼入《金瓶梅》，以致書中出現許多「時代錯置」現象。[8]

(一)《金瓶梅》的成書問題

探討之前，筆者必須先說明的是，前賢也做過《金瓶梅》「成書背景」的研究，例如，徐朔方（1923-2007）《論金瓶梅的成書及其他》等等。[9]然而，本文的論述，仍有獨特之處。

「武松－潘金蓮－西門慶」故事是《水滸傳》和《金瓶梅》共有的，從《水滸傳》到《金瓶梅》之間，發生了什麼重大轉變？

最明顯的轉變是：配角變成主角。西門慶由《水滸傳》小配角躍昇為《金瓶梅》的主角，成為顯赫的人物（大官商）。更重要的是，《金瓶梅》明明是宋代故事，但西門慶面對的卻是眾多明朝事物、人物等。

昭槤（1776-1833）《嘯亭續錄》卷二〈小說〉指出：「《金瓶梅》其淫藝不待言，至敘宋代事，除《水滸》所有外，俱不能得其要領，以宋明二代官名羼亂其間，最屬可笑。」[10]這種失真、可笑的印象，源於《金瓶梅》的方方面面（不限於「官名」）。本章要探討的問題是：

● 成書的背景如何影響小說的歷史性？[11]

● 作者挑選了某些「史實」來敘述，他是否別有所圖？

要解答以上問題，我們必須對《金瓶梅》的「成書」有所認識。藉著歷史考索和文本比

6　Dominick LaCapra, *History & Criticism* (Ithaca: Cornell UP, 1985), p127.

7　略近於西方學者所說的 "the zeitgeist approach"。

8　王德威（David Der-wei WANG）曾指出："[...] the world implied in the bulk of classical Chinese fiction is one in which everything 'means' as long as it is related to a historical context. The problem of anachronism in language, costuming, manners and morals, and so forth, though frequently occurring in the narrative of Chinese fiction, is seldom taken seriously by the writer/storyteller and his reader, because more often than not historical data serve mainly as a reminder alerting readers to some a-temporal significance of moral mechanism, thereby highlighting a fundamental premise of classical Chinese historiography." 參看 David Der-wei WANG, "Fictional History/Historical Fiction", *Studies in Language and Literature* vol.1 (March 1985), p.65-66.

9　徐朔方：《論金瓶梅的成書及其他》（濟南：齊魯書社，1988）。

10　黃霖編：《金瓶梅資料彙編》（北京：中華書局，1987），頁 26。

11　所謂「如何」，重點不在「過程」，而在於「來歷」。

較，我們可以略窺故事（story）和敘述（discourse）之間的分野。[12]

斯金勒（Quentin Skinner）在 "Hermeneutics and the Role of History" 一文中說："[...] any literary work will inescapably be related to <u>the age in which it was produced</u>."[13]他認為所有文學作品無不受寫作時代的影響。我們可以初步判定：《金瓶梅》也不例外，而且是很受寫作時代的影響。以下，我們詳細討論《金瓶梅》的情況。

(二)影射之說和相關的爭論

《金瓶梅》呈現的「明代的特點」，應該是四大奇書（《金瓶梅》《水滸傳》《西遊記》《三國演義》）中最為明顯的。

《金瓶梅》成於嘉靖朝（1521-1566）還是成於萬曆朝（1572-1620）？這是學術界爭論不休的課題。這個問題的重要性是：《金瓶梅》反映的是嘉靖朝事還是萬曆朝事？理論上，如果成書於嘉靖朝，影射萬曆朝的說法就不能成立了。[14]另一方面，如果成書於萬曆朝，則書中內容可能反映了萬曆朝的情況。

《金瓶梅》的刊刻，是萬曆四十一年（1613）之後的事。[15]《萬曆野獲編》記載：「<u>馬仲良時榷吳關</u>，亦勸予應梓人之求，可以療饑。〔……〕未幾時，而吳中懸之國門矣。」[16]所謂「懸之國門」，應該就是公諸於世的意思。

馬之駿（馬仲良）主榷吳縣滸墅鈔關，事在萬曆四十一年之後。何以知之？《康熙滸墅關志》卷八〈榷部〉記載：「萬曆四十一年：馬之駿，字仲良，河南新野縣人。庚戌〔萬曆三十八年〕進士。」[17]

民國《吳縣志》卷六〈職官〉：「明景泰三年，戶部奏設鈔關監收船料鈔。十一月，

---

[12] 用恰特曼（Seymour B. Chatman）的術語。參看 Seymour B. Chatman, *Story and Discourse: Narrative Structure in Fiction and Film* (Ithaca, N.Y.: Cornell University Press, 1978).

[13] Quentin Skinner, "Hermeneutics and the Role of History", *New Literary History*, vol.7 (1975), p.209-32，引文見頁 224。

[14] 更有論者如魏子雲（1918-2005）主張刊於天啟初年，請參看魏子雲：《金瓶梅箚記》（臺北：巨流圖書公司，1983），頁 392。

[15] 學者對此問題曾有探討，參雷威安（Andre Levy）："About the Date of the First Printed Edition of the *Chin P'ing Mei*," *Chinese Literature: Essays, Articles, Reviews* (Jan. 1979), p.43-47. 此文中譯〈《金瓶梅》初刻本年代商榷〉，收入王秋桂編：《中國文學論著譯叢》（臺北：臺灣學生書局，1985），頁 401-411。另，孫立川認為在「丁巳本之前，應有一原刻《金瓶梅詞話》才對。」語見孫立川：〈從京都大學所藏《金瓶梅詞話》殘本談起〉一文，載於《海南師院學報》，1990 年 4 期，頁 107-110。

[16] 沈德符：《萬曆野獲編》（北京：中華書局，1959），頁 652。

[17] 王利器：〈《金瓶梅詞話》成書新證〉一文，見於《金瓶梅研究集》，頁 1。

立分司於澥墅鎮，設主事一員，一年更代。〔……〕張銓〔……〕（萬曆）四十年任。<u>馬之駿，仲良，新野人，進士。四十一年任。</u>李詮台四十二年任。」[18]

綜合以上兩條資料，可知「未幾時」，即萬曆四十一年（1613）之後。現存《金瓶梅詞話》，有東吳弄珠客所撰〈《金瓶梅》序〉，該序之末，署名「萬曆丁巳季冬」。[19]萬曆丁巳年，即萬曆四十五年，公元 1617 年。雖然作序時間不等於刊刻時間，但是，這個署年是很重要的時間座標，可供研究者參考。[20]

二、《金瓶梅詞話》的「前身」？

(一)《金瓶梅詞話》可能源自說書

關於《金瓶梅》的來歷，可供研究的外在材料甚少。[21]從《金瓶梅》文本內部來考索，我們會有這種印象：《金瓶梅》可能與說書有關係，因為《金瓶梅詞話》中有大量評話的特點。[22]

特點之一，《金瓶梅詞話》中有「評話捷說」的話，例如，第三十回：「<u>評話捷說</u>，有日到了東京萬壽門外，尋客店安下。」[23]

我們似乎可以這樣解釋：說書人說到這裏，就向聽眾說明不再囉嗦了，「評話捷說」，直接了當敘說書中人物到達東京萬壽門以後的事。

此外，第七十回西門慶和夏提刑上東京謝恩，書中寫道：<u>評話捷說</u>，到了東京，進得萬壽門來。依著西門慶吩咐，他主意要往相國寺……[24]

---

18 《吳縣志》葉 22 下，葉 27 上（按：古書每葉有上下兩面）。關於此書，請參看魏子雲；《金瓶梅探源》（臺北：巨流圖書公司，1979），頁 129。

19 參考徐恭時：〈「東吳弄珠客」係董其昌考〉一文，載於《上海師範大學學報》，1990 年 2 期，頁 93-96。

20 關於此序文，請參看陳毓羆：〈《金瓶梅》抄本的流傳、付刻與作者問題〉一文，載於《河北師院學報》，1986 年 3 期，頁 48-59。陳氏認為弄珠客即馮夢龍。

21 「外在材料」指《金瓶梅》文本以外的材料。

22 關於《金瓶梅詞話》的「詞話」，學者的理解不同。徐朔方認為是「有詞有話，即有說有唱」，參其《論金瓶梅的成書及其他》，頁 58。李時人則認為：「《金瓶梅》丁巳本書名中的『詞話』二字並不是特指它的體裁形式，在當時，不過是作為小說、話本的同義語使用的。」《金瓶梅》故事未經過說唱。參其《金瓶梅新論》（上海：學林出版社，1991），頁 110。李時人按成化年間詞話底本為標準，因此他給「詞話」的定義是比較狹窄的。

23 梅節校訂：《梅節重校本金瓶梅詞話》（香港：夢梅館，1993），頁 350。

24 《梅節重校本金瓶梅詞話》，頁 932。

這「評話捷說⋯⋯」可能沿襲自原始文本（ur-text）。[25]

特點之二，「下書」。《金瓶梅詞話》講到書信，結尾處署名之前有「下書　某某人拜」，例如，第七十二回應伯爵發的請帖[26]、第九十六回吳月娘給春梅的信。[27]

這「下書」，似是保留了說書時的口吻——如果是書面作品，署名的位置肉眼可見，不必再向讀者說明「下書」。說書時，單憑口講，書信署名的位置，不能目擊，只能靠口頭說出「下書⋯⋯」來表示。[28]

特點之三，省略曲文。《詞話》敘及演唱的曲文，有時不引全文，留下「云云」之類的省略語：

- 唱了一套《南石榴花》「佳期重會」云云。（二十一回）
- 春梅唱了「人皆畏夏日」云云。（三十回）
- 《南呂·紅納襖》「混元初生太極」云云。（六十回）
- 《冬景·絳都春》「寒風布野」云云。（二十一回）

上引各例，似乎沒有方便閱讀之意（若供人閱讀，理應全引）。小說僅記錄首句，後以「云云」代表，這可能是說話人話本的特色。我們設想：說話人憑借首句「⋯⋯云云」的提示，自然會把後文背誦出來。第四十三回寫到：唱燈詞《畫眉序》「花月滿春城」，[29]也是略去燈詞詞文。

特點之四，穿插說唱元素。《金瓶梅詞話》中插入大量詩、詞、歌、贊、曲、快板、小調、謎語、笑話、對聯、唱詞，這是評話的顯著特色。

評話藝人常以此娛樂聽眾，延長演說時間。《金瓶梅詞話》也大量借用《詞林摘艷》《雍熙樂府》《盛世新聲》等集子中的詞曲。

此外，《金瓶梅詞話》中人物唱的快板，其實與書中所寫的特定情境不配合，例如，第三十回，李瓶兒臨盆，急等接生婆來助產，可是接生婆到後，卻唱起大段當眾自貶的快板來（「不管臍帶胞衣，著忙用手撕壞」等等）。[30]

---

[25] 我們目前沒有發現《金瓶梅》的「原始文本」。

[26] 《梅節重校本金瓶梅詞話》，頁 977。

[27] 《梅節重校本金瓶梅詞話》，頁 1315。

[28] 參看梅挺秀：〈論《金瓶梅詞話》的敘述結構〉一文，載於《燕京學報》新二期（1996），頁 345-360。商榷的意見，有孟昭連：〈《金瓶梅詞話》的「敘述結構」能說明甚麼？〉一文，載於《金瓶梅研究（第六輯）》（1999 年 6 月），頁 60-73。

[29] 「花月滿春城」之後，無「云云」二字。

[30] 《梅節重校本金瓶梅詞話》，頁 355。崇禎本沒有接生婆這段自貶的話。

再如，第六十一回，趙醫生給李瓶兒看病，一進門也先說一段自貶的話：「只會賣杖搖鈴，哪有真材實料？行醫不按良方，看脈全憑嘴調。藥治病無能，下手取積不妙。〔……〕」[31]

第七十回，五個俳優在朱太尉面前唱起大罵朱太尉的套曲。[32]又如第七十九回西門慶臨終，還要與吳月娘對唱〈駐馬聽〉。[33]這些片段，與當時的情景不能配合，很可能是源自評話藝人娛樂聽眾的言辭。

以上所述的「評話特點」，也有可能是文人故意模擬話本的特點。但是，模擬的實際效用是什麼？就算是模擬，似乎也沒有必要模擬到與故事情境相矛盾的地步吧？因此，筆者相信是直接承繼，未必是小說家刻意擬作。

(二)《金瓶梅詞話》中的套語和書外書

《金瓶梅詞話》中**套語**很多。描述大風、瑞雪、熱天等等，都有一套現成話。[34]

《水滸傳》第四十四回，石秀眼中的潘巧雲是這般模樣：「黑鬢鬢鬢兒，細彎彎眉兒，光溜溜眼兒，香噴噴口兒，直隆隆鼻兒，紅乳乳腮兒，粉瑩瑩臉兒，嬌滴滴銀盆臉兒，輕嬝嬝身兒，玉纖纖手兒，一撚撚腰兒，軟膿膿肚兒，花簇簇鞋兒，肉奶奶胸兒，白生生腿兒，更有一件〔……〕。」[35]

《金瓶梅詞話》也將類似的套話，用在潘金蓮的身上：「黑鬢鬢賽鴉翎的鬢兒，細彎彎的新月眉兒，清冷冷杏子眼兒，香噴噴櫻桃口兒，直隆隆瓊瑤鼻兒，粉濃濃紅艷腮兒，輕嬝嬝花朵身兒，玉纖纖蔥枝手兒，一撚撚楊柳腰兒，軟膿膿白麵臍肚兒，窄多多尖翹腳兒，肉奶奶胸兒，白生生腿兒，〔……〕」。[36]這一段之後，再來一段「但見頭上載著……」，有百多字的讚語套話，描述潘金蓮的衣飾身貌。

另外，《金瓶梅詞話》中的「書外書」的出現次數特多，而評話也有多講「書外書」的習慣。

所謂「書外書」，即講述過程中插進一段「書」（故事），這段書可以和正在講述的

31　《梅節重校本金瓶梅詞話》，頁939。

32　《梅節重校本金瓶梅詞話》，頁973。美國漢學家韓南（Patrick Hanan）指出，此段源於李開先的《林沖寶劍記》。參看徐朔方編：《金瓶梅西方論文集》（上海：上海古籍出版社，1987），頁27。

33　《梅節重校本金瓶梅詞話》，頁1129。

34　例如描述大風，見於《梅節重校本金瓶梅詞話》，頁956。描述瑞雪，見於頁14。描述天氣熱，見於頁314（《水滸傳》第十六回也有相同的套語）。

35　《水滸傳》（北京：人民文學出版社，1975），頁619。

36　《梅節重校本金瓶梅詞話》，頁22。有關文字應該是抄自李開先《林沖寶劍記》。

故事有關，也可以無關。

《金瓶梅詞話》這樣的「書外書」特多，例如，第三十四回、三十九回、五十七回都有。

第三十四回，西門慶講了個故事：「昨日衙門中，問了一起事，咱這縣中過世陳參政家，陳參政死了，母張氏守寡，有一小姐因正月十六日在門首看燈，有對門住的一個小夥子兒名喚阮三，放花兒看，見那小姐生得標致，就生心調胡博詞，琵琶唱曲兒調戲他。那小姐聽了，邪心動。使梅香暗暗把這阮三叫到門裏，兩個只親了個嘴，後次竟不得會面。不期阮三在家，思想成病，病了五個月不起。父母那裏不使錢請醫看治？看看至死，不久身亡。有一朋友周二定計說：『陳宅母子每年中元節令，在地藏寺薛姑子那裏做伽藍會燒香。你許薛姑子十兩銀子，藏他在僧房內，與小姐相會，管病就要好了。』那阮三喜歡，果用其計。薛姑子受了十兩銀子，在方丈內，不期小姐午寢，遂與阮三苟合。那阮三剛病起來，久思色欲。一旦得了，遂死在女子身上。慌的他母親，忙領女子回家。這阮三父母怎肯干罷！一狀告到衙門裏，把薛姑子、陳家母子都拏了。依著夏龍溪，知陳家有錢，就要問在那女子身上。便是我不肯，說：『女子與阮三雖是私通，阮三久思不遂，況又病體不痊，一旦苟合，豈不傷命？』那薛姑子不合假以作佛事，窩藏男女通姦，因而致死人命，況又受贓，論了個知情，褪衣打二十板，責令還俗。其母張氏，不合引女入寺燒香，有壞風俗。同女每人一拶，二十敲，取了個供招，都釋放了。若不然，送到東平府，女子穩定償命。」[37]

第三十九回的「書外書」是姑子說《大藏經》上的故事。第五十七回則講了永福禪寺和萬回老祖的故事。

總之，《金瓶梅詞話》**可能源自評話底本**這一說法，值得我們重視。[38]（按：《三國志》和《水滸傳》也曾為「彈唱詞話」。[39]）

---

[37] 《梅節重校本金瓶梅詞話》，頁 410。美國漢學家韓南指出：這故事源自《清平山堂話本》。參看徐朔方編：《金瓶梅西方論文集》（上海：上海古籍出版社，1987），頁 13。

[38] 徐朔方在《論金瓶梅的成書及其他》一書中列舉十大例證，指出《金瓶梅詞話》保留著大量說唱藝術的痕跡，可以參看。對徐說之反駁，則有李時人：〈關於《金瓶梅》的創作成書問題──與徐朔方先生商權〉，該文收入李時人之《金瓶梅新論》。

[39] 徐渭〈呂布宅詩序〉說：「始村瞎子習極俚小說，本《三國志》，與今《水滸傳》一轍，為**彈唱詞話**。」轉引自王曉家：《水滸傳作者考論》（西安：陝西人民出版社，1998），頁 41。

三、宋元時期的武松故事（《金瓶梅》的源頭）

《金瓶梅》截取了《水滸傳》的「武松－潘金蓮－西門慶」故事，踵事增華，衍變成以西門慶一家為主的百回大書。在《水滸傳》之前，已經有武松故事在流傳（可惜具體的故事內容大多沒有保留至今）。

(一)話本中的武松故事

武松的故事，最先見於講話（說書）中。南宋羅燁《醉翁談錄》，「杆棒類」中有「武行者」的名目。[40]

《新刊大宋宣和遺事（亨集）》有「行者武松」的字樣。但是，書中只有名字，全無記敘具體情節。武松如何成為「行者」，如何上梁山落草為寇，在這個話本提綱中沒有說明，只在天書中標示其名。

其他宋、元、明間的話本小說，大半保存在《清平山堂話本》《京本通俗小說》《熊龍峰刊四種小說》和馮夢龍、凌濛初的《三言》《二拍》之中。在這些集子中我們找不到武松、西門慶和潘金蓮的故事。此外，《寶文堂書目》和《也是園書目》也不見著錄。

南宋龔開（1221-1305）的《畫贊》說武松：「汝優婆塞，五戒在身，酒色財氣，更要殺人。」[41]這個故事中的武松似是一個不守清規的出家人。實際情節如何，目前我們已經不得而知。值得注意的是「酒色財氣」四字，在今存《水滸傳》中，武松只與「酒」「氣」有關係，與「色」「財」關係不密切，而「酒色財氣」成了《金瓶梅》的內容重心。《金瓶梅詞話》卷首就先列出「四貪詞：酒、色、財、氣」：

> 酒損精神破喪家，語言無狀鬧喧譁。疏親慢友多由你，背義忘恩盡是他。切須戒，飲流霞。若能依此實無差。失卻萬事皆因此，今後逢賓只待茶。
>
> 休愛綠鬢美朱顏，少貪紅粉翠花鈿。損身害命多嬌態，傾國傾城色更鮮。莫戀此，養丹田。人能寡慾壽長年。從今罷卻閒風月，紙帳梅花獨自眠。
>
> 錢帛金珠籠內收，若非公道少貪求。親朋道義因財失，父子懷情為利休。急縮手，且抽頭。免使身心晝夜愁。兒孫自有兒孫福，莫與兒孫作遠憂。
>
> 莫使強梁逞技能，揮拳裸袖弄精神。一時怒發無明火，到後憂煎禍及身。莫太過，免災迍。勸君凡事放寬情。合撒手時須撒手，得饒人處且饒人。[42]

40　羅燁編、周晚薇校點：《新編醉翁談錄》（瀋陽：遼寧教育出版社，1998）卷之一甲集，頁4。

41　馬蹄疾編：《水滸資料彙編》（北京：中華書局，1977），頁453。

42　《梅節重校本金瓶梅詞話》，頁2。「四貪詞」是魏子雲、黃霖「萬曆說」的重要論據。

「酒、色、財、氣」四貪詞不見於崇禎本《新刻繡像批評金瓶梅》卷首，實情是：崇禎本第一回將「酒、色、財、氣」化入正文之中。書中寫道：「單道世上人，營營逐逐，急急巴巴，跳不出七情六慾關頭，打不破酒色財氣圈子。到頭來同歸於盡，著甚要緊！雖是如此說，只這酒色財氣四件中，惟有財色二者更為利害。怎見得他的利害？……」[43]

崇禎本後面重提「四貪」，寫道：「說話的為何說此一段酒色財氣的緣故？只為當時有一個人家，先前恁地富貴，到後來煞甚淒涼，權謀術智，一毫也用不著，親友兄弟，一個也靠不著，享不過幾年的榮華，倒做了許多的話靶。內中又有幾個鬥寵爭強，迎姦賣俏的，起先好不妖嬈嫵媚，到後來也免不得屍橫燈影，血染空房。」[44]這裏說的「當時有一個人家」，應該就是西門慶家。一部百回大書，被崇禎本的寫定者概括為「一段酒色財氣」。這一點，應該也是承襲自武松故事的「酒色財氣」。[45]

(二)戲曲、小說中的武松故事

我們再查看戲曲中的武松故事。戲目中有高文秀《雙獻頭武松大報仇》。黃丕烈（1763-1825）《也是園藏書古今雜劇目錄》，王國維《曲錄》載其目（但是，此劇目不見於《錄鬼簿》和《涵虛子》）。可惜戲曲故事的具體內容未見流傳。

武松以打虎和殺嫂而馳名於世。《雙獻頭武松大報仇》當指武松為兄長武大郎報仇雪恥的故事。所謂「雙獻頭」，可能是指武松殺西門慶和潘金蓮的故事。這一情節，現存《水滸傳》第二十五回（「偷骨殖何九送喪　供人頭武二設祭」）可窺一斑，具體情節如下：

> 武松伸手下凳子邊提了淫婦的頭，也鑽出窗子外，湧身望下只一跳，跳在當街上。先搶了那口刀在手裏，看這西門慶已自跌得半死，直挺挺在地下，只把眼來動。武松按住，只一刀，割下西門慶的頭來。把兩顆頭相結做一處。提在手裏，把著那口刀，一直奔回紫石街來。叫土兵開了門，將兩顆人頭供養在靈前。[46]

在《金瓶梅詞話》第八十七回中，武松先後割下潘金蓮和王婆的頭。[47]

另外，傅惜華《元雜劇全目》著錄紅字李二也有兩種劇本寫武松：《折擔兒武松打虎》《窄袖兒武松》。《錄鬼簿》《遠山堂劇品》《太和正音譜》《元曲選目》《今樂

43　笑笑生撰，齊煙、汝梅校點：《新刻繡像批評金瓶梅》（香港·濟南：三聯書店·齊魯書社，1990），頁2。

44　笑笑生撰，齊煙、汝梅校點：《新刻繡像批評金瓶梅》，頁4。

45　也可能承襲自元劇。參看鄭培凱：《茶餘酒後金瓶梅》（上海：上海書店出版社，2013），頁119。

46　《水滸傳》（北京：人民文學出版社，1975），頁364。

47　《梅節重校本金瓶梅詞話》，頁1216-1217。

考證》《曲錄》，均有著錄這類劇目。明天一閣《錄鬼簿》則錄有《窄袖兒武松》。

筆者設想，由宋朝、元朝到明朝，武松故事（母題）可能分兩線發展：《水滸傳》是一條線（書中真正的好漢都標榜不近女色），《金瓶梅》是另一條線，男主角「酒色財氣」四貪俱全，尤好女色。

不過，一般學者認為《水滸傳》的「武十回」和《金瓶梅詞話》之間有傳承關係。

四、從《水滸傳》到《金瓶梅詞話》

(一)《金瓶梅詞話》襲用《水滸傳》的情節

在故事和描寫方面，《金瓶梅詞話》前五回和《水滸傳》「武十回」雷同，就連句子也甚少異文。[48]筆者推測，很可能是《金瓶梅詞話》襲用《水滸傳》的內容（或者二書有共同的源頭）。[49]

《金瓶梅詞話》第八十四回是「吳月娘大鬧碧霞宮，宋公明義釋清風寨」，吳月娘在清風寨上的遭遇和《水滸傳》（容與堂本）第三十二回劉高妻子的遭遇相同（被王英所劫），二書的文句也很少差異。[50]

《金瓶梅詞話》第二回描寫潘金蓮的文字，與《水滸傳》第四十四回寫潘巧雲的文句相近。[51]

《金瓶梅詞話》第八回把和尚寫得極為不堪。做法事的和尚們看到美女潘金蓮時，色心頓起、神魂顛倒：

> 班首輕狂，念佛號不知顛倒；維摩昏亂，誦經言豈顧高低。燒香行者，推倒花瓶；秉燭頭陀，誤拿香盒。宣盟表白，大宋國錯稱做大唐國；懺罪闍黎，武大郎幾念武大娘。長老心忙，打鼓借拿徒弟手；沙彌情蕩，磬槌敲破老僧頭。從前苦行一時休，萬個金剛降不住。[52]

---

48 微細的分別還是有的，參看大內田三郎：〈《水滸傳》と《金瓶梅》〉一文，見於《天理大學學報》85 期（1973 年），頁 90-107。

49 王利器、大內田三郎都認為《金瓶梅》襲自「天都外臣本」，參王利器：〈《金瓶梅》成書新證〉一文，見於劉輝、杜維沫編：《金瓶梅研究集》（濟南：齊魯書社，1988），頁 1-16。

50 《水滸傳》（北京：人民文學出版社，1975），頁 438-440。

51 《水滸傳》（北京：人民文學出版社，1975），頁 619。

52 《梅節重校本金瓶梅詞話》，頁 90。

這段描述，似是襲用《水滸傳》第四十五回中罵和尚的部分，只不過《金瓶梅》的作者把那美女（潘巧雲）改換成潘金蓮。[53]

《水滸傳》和《金瓶梅》二書共有的人物，在二書中的地位相去甚遠。《金瓶梅》改變了西門慶和潘金蓮的命運，他們的重要性也大大提升。相反，武松的地位下降，成為次要角色。以下略述有關情況。

(二)武松的地位下降，西門家的地位躍昇

1.武松結義，改為西門慶結義

《水滸傳》寫武松先在清河縣酒後打人，後投奔柴大官人躲災避難，因而結識了宋江。《水滸傳》對武松在柴進莊上如何使性見嫌，如何被宋江嚇了一驚，如何與宋江結拜，都有詳細的描寫。《金瓶梅詞話》則只是簡述武松到柴進莊園避難的因由。武松與宋江結識結拜等情節，都不見於《金瓶梅詞話》。

在《水滸傳》中，武松和宋江都是很重要的角色，他們後來還一同上梁山聚義。《水滸傳》中宋、武相遇的情節，文字不甚多，但在人物塑造方面卻有特殊的重要性：例如，武松被宋江一嚇，驚出一身汗來，虐疾好了，卻使性揪住宋江要打。稍後又交待了武松一年多來在莊上因莊客有些顧不到處就拳打莊客的事。這兩件小事顯示武松為人勇武好鬥。

至於宋江的形象，《水滸傳》借武松之口說出「我雖不認的〔宋江〕，江湖上久聞他是個及時雨宋公明。且又使義疏財，扶危濟困，是個天下聞名的好漢。〔……〕他便是真大丈夫，有頭有尾，有始有終。我如今只等病好時，便去投奔他。」到知道他手裏揪住的，就是宋江，武松的反應是「納頭便拜」。後來武松要走，宋江送了一程又一程，武松大受感動，終與宋江結為兄弟。[54]

總之，《水滸傳》表現了宋、武二人「識英雄重英雄」。到了《金瓶梅詞話》，武松也是在柴進家中避禍，但是，他和宋江相遇的情節不見蹤影。[55]

崇禎本《金瓶梅》進一步削減武松的情節。崇禎本第一回是「西門慶熱結十兄弟」，可見，《金瓶梅》也安排了結拜情節，但是，結拜的主角是西門慶和他一幫酒肉朋友。事實上，《金瓶梅》中，應伯爵等幫閒兄弟的「角色」也比宋江、武松來的重。[56]

53　《水滸傳》（北京：人民文學出版社，1975），頁 626。

54　《水滸傳》，頁 294-296。

55　梅節校訂：《梅節重校本金瓶梅詞話》，頁 4。

56　意思是指：《金瓶梅》中涉及武松、宋江的情節比較少。

2.武松的英勇表現被淡化

《水滸傳》第二十三回整回都渲染武松打虎前後的細節，例如，上景陽崗之前如何暢飲，就有大段渲染：店主明言「三碗不過崗」，而武松竟喝了十五碗。這對塑造武松的形象而言，是有必要的，因為這一情節表現了武松個性豪邁、酒量驚人。《金瓶梅詞話》卻只有「吃了幾碗酒」寥寥幾個字。

《金瓶梅詞話》這樣節略，原因可能是：在《金瓶梅》中，武松不再是主角（所以，他的神勇，也就不必像《水滸傳》那樣細細描寫）。武松在《金瓶梅》的作用主要是引出武大郎、潘金蓮和西門慶。[57]

到了《新刻繡像批評金瓶梅》（崇禎本），不但武松上景陽崗之前的情節不見了，連打虎過程也不存在，只由應伯爵向西門慶極為簡略地轉述了一下：「先前怎的在柴大官人莊上，後來怎的害起病來，病好了又怎的要去尋他哥哥，過這景陽崗來，怎的遇了這虎，怎的被他一頓拳腳打死了。」[58]

幾個「怎的」就草草交代了「打虎」，足見《金瓶梅》對「武松打虎」毫不重視。

武松用計殺死潘金蓮後，丟開武大郎的遺孤不管，所以，《金瓶梅》中的武松「是個可怕、甚至可鄙的人，他虛榮殘忍，愛心與一點同情心一點也沒有」。[59]

3.武松籍貫和故事主場景

在《水滸傳》中，武氏兄弟是「清河縣人」。武松從滄州出發南下到清河縣找武大郎，途經陽穀縣景陽崗發生了打虎之事。然而，《水滸傳》這一描寫，出現了地理上的錯誤，因為陽穀縣本在清河縣以南。

《金瓶梅》把武大、武二改為陽穀人，將武松打虎的地方改為清河縣景陽崗，而武大郎和潘金蓮也在清河縣安居。（《金瓶梅詞話》在詠武松打虎的那首古風之中，仍然保留了「清河壯士酒未醒」一句。事實上景陽崗也是在山東的陽穀縣，清河縣並無景陽崗。）[60]

這一改動引起了研究者的注意。徐朔方指出，《金瓶梅》提到守備、提刑、團練，陽穀縣不可能有這樣的官，而清和郡〔sic〕則有接近州府的地位。《金瓶梅》描寫一個破落戶發跡變泰，且和當朝宰輔發生關連，因此，故事發生的所在地由一個縣改為郡，

---

57 當然，潘金蓮最終被武松殺死。

58 笑笑生撰，齊煙、汝梅校點：《新刻繡像批評金瓶梅》（香港·濟南：三聯書店·齊魯書社，1990），頁 16。該書的批者不詳，有人推測是李漁。

59 這是孫述宇的看法。參看石昌渝，尹恭弘編：《臺港金瓶梅研究論文選》（南京：江蘇古籍出版社，1986），頁 104。

60 朱星指出：「山東根本沒有清河縣，只有清平縣。」參其《論金瓶梅》（天津：百花文藝出版社，1980），頁 381-396。

對情節的發展有利得多。[61]

4.金蓮的地位提昇

《水滸傳》對金蓮身世的描寫，相當簡略：那清河縣裏有一個大戶人家，有個使女，小名喚做潘金蓮，年方二十餘歲，頗有些顏色。因為那個大戶要纏他，這使女只是去告主人婆，意下不肯依從。那個大戶以此恨記於心，卻倒賠些房奩，不要武大一文錢，白白地嫁與他。[62]

《金瓶梅詞話》中，對金蓮介紹要複雜一些：潘金蓮父親早喪，她九歲就被賣到王招宣府裏。後來，王招宣死了，又被轉賣到張大戶家。張大戶看中金蓮，把她喚到房中「收用了」，主家婆卻不容她，苦打金蓮，因此張大戶把她嫁給武大，趁武大出去賣炊餅，便入房中與金蓮廝會。武大撞見了，也不敢作聲。

將《水滸傳》和《金瓶梅詞話》兩書比較，我們看得出：《水滸傳》中的金蓮只是個配襯人物，在整個《水滸》故事中，她曇花一現。《金瓶梅詞話》作者改寫了金蓮的背景，為後來的所作所為做了必要的鋪墊。總體來說，金蓮的出身變得更為曲折了：她曾兩次被賣（先賣給王招宣府，再賣給張大戶），嫁了武大後，實際上仍跟張大戶公然「廝會」。有了這些經歷，潘金蓮後來和好幾個人通姦，就事理而言，較為容易令人信服。

此外，在潘金蓮的「本性」方面，《金瓶梅詞話》也多花了一點筆墨：「本性機變伶俐，不過十五，就會描鸞刺繡，品竹張絲，又會一手琵琶。」[63]這明顯為後文描寫她聰明好勝、攻於心計的性格特徵設下了伏筆。

另外，《金瓶梅詞話》多了一段潘金蓮在王招宣府的情況：「從九歲賣在王招宣府裏，習學彈唱，就會描眉畫眼，梳一個纏髻兒，著一件扣身衫子，做張做勢，喬模喬樣。」[64]這種描寫使人覺得潘金蓮從小就受環境影響，不肯安守本分。

《金瓶梅詞話》也增加金蓮對婚姻「匹配」的要求。潘金蓮嫁給武大後，對武大甚為

61　《論金瓶梅的成書及其他》（濟南：齊魯書社，1988），頁74。「清和郡」或是「清河郡」之誤。《金瓶梅》中的「清河」是縣，但這個縣非比尋常（請看下文，有論者認為隱指北京）。此外，美國學者韓南（Patrick Hanan）認為寫臨清是為了臨清此地有官營大瓦廠，方便寫掌事的太監。參其〈《金瓶梅》探源〉一文，載於徐朔方編：《金瓶梅西方論文集》（上海：上海古籍出版社，1987），頁1-48。有關討論見頁40。芮效衛（David Roy）則認為影射「君者民之源也。源清則流清，源濁則流濁。」參其〈湯顯祖創作《金瓶梅》考〉一文，載於《金瓶梅西方論文集》（上海：上海古籍出版社，1987），頁89-137。有關討論見頁98。一丁在〈《金瓶梅詞話》的地理觀念與徐州〉一文也提出解釋，文章刊載於《徐州師範學院學報》，1987年3期，頁42。（全文刊於頁42-45）

62　《水滸傳》（北京：人民文學出版社，1975），頁308。

63　《梅節重校本金瓶梅詞話》，頁9。

64　《梅節重校本金瓶梅詞話》，頁8。

不滿：「原來金蓮自從嫁武大，見他一味老實，人物猥衰，甚是憎嫌，常與他合氣。抱怨大戶：『普天世界斷生了男子，何故將奴嫁與這樣個貨？〔……〕奴端的那世裏晦氣，卻嫁了他！是好苦也！』」她唱的〈山坡羊〉有這樣的句子：「他烏鴉怎配鸞鳳對？」「他本是塊頑石，有甚福抱著我羊脂玉體？」[65]

就潘金蓮這個人物來說，《金瓶梅詞話》和《水滸傳》最大的分野是：潘金蓮在《金瓶梅》中的壽命要長得多，她的厲害手段也得以施展。

事實上，西門慶的情況跟潘金蓮一樣，他沒有死在武松之手，相反，他一躍而成為《金瓶梅》故事的要角。

按照某些研究者的說法，西門慶和潘金蓮二人正寄寓著作者的深意。潘金蓮可能影射明朝的宮女，[66]而西門慶，他是一個很奇特的角色，有的研究者認為西門慶影射明朝的皇帝（明武宗朱厚照）。[67]

5.西門慶的發蹟

對西門慶背景的介紹，《金瓶梅詞話》和《水滸傳》有雷同之處：西門慶是暴發戶，交通官吏，橫行霸道——這些介紹是二書共有的。《金瓶梅》對西門慶背景介紹，還多了一段出來：「父母雙亡，兄弟俱無，先頭渾家是早逝，身邊止有一女。新近又娶了清河左衛吳千戶之女，填房為繼室。房中也有四五個丫鬟婦女。又常與勾欄的李嬌兒打熱，今也娶在家裏。南街子又占著窠子卓二姐，名卓丟兒，包了些時，也娶來家居住。專一嫖風戲月，調佔良人婦人。娶到家中，稍不中意，就令婦人賣了；一個月倒在媒人家去二十餘遍。人都不敢惹他。」[68]西門慶一開始就嫖風戲月，顯然為下文西門家的故事（妻妾成群）鋪路。

西門慶地位的提昇，在崇禎本（指《新刻繡像批評金瓶梅》）的第一回已經露出端倪。詞話本的故事是由武松尋兄開始的，西門慶要在第二回才出場。崇禎本則不同。崇禎本第一回的主角是西門慶等人，武松的出場倒要靠後了。[69]在西門慶擺佈下，武松被遞配到孟州。

65　《梅節重校本金瓶梅詞話》，頁 10。

66　霍現俊：《金瓶梅藝術論要》（天津：天津古籍出版社，2010）指出明武宗和明世宗時期，皇宮中都有名為「金蓮」之人。霍現俊據此認為小說影射明武宗和明世宗的歷史。筆者認為名字相同值得注意，但仍需考慮其他行事特點，這樣才能增加「影射說」的說服力。

67　霍現俊：《金瓶梅藝術論要》（天津：天津古籍出版社，2010）。

68　《梅節重校本金瓶梅詞話》，頁 23-24。

69　寺村政男曾比較過其他細節，參其〈《金瓶梅》從詞話本到改訂本的轉變〉。該文出處如下：〈《金瓶梅》詞話本より改訂本への改變をめぐって〉一文，載於《中國古典研究》，23 期（1978），頁 74-89。

其後，西門慶和西門家成為故事的中心（有評論者直指「西門慶是明王朝的一個縮影」[70]），《金瓶梅》許多重要場面都設在西門家，<u>西門慶本人上連皇帝權臣、文武大僚，中連地方官員、富豪，下連市井無賴、地痞流氓，組成一個龐大的社會關係網</u>。

這個社會，是哪個時代的社會？以下，筆者從九個方面來「認識」《金瓶梅》所描寫的社會。下文所論述的，涉及歷史指涉的問題（the problem of historical reference）。[71]

五、《金瓶梅》的時代錯置（anachronism）現象

從以下分析可以看出，《金瓶梅》所描寫的，其實更像是明代的社會。這反映《金瓶梅》這個宋朝故事很受成書（明朝）背景的影響。[72]我們試從以下幾方面來剖析。

- 行政系統：內閣、大學士
- 監察系統：科道官
- 司法系統：三法司
- 皇家故事：道教、大僕寺馬價銀、皇木
- 太監系統：鎮守、惜薪司、皇莊、磚廠
- 地方政制：「天下十三省」
- 封疆大吏：都、布、按三司
- 地方大員：巡撫、巡按、總督
- 軍事系統：總兵、參將、守備

(一)行政系統：內閣、大學士

西門慶的官職，是憑藉與朝廷重臣的良好關係得到的。我們再看這些大員是甚麼人。

《金瓶梅詞話》第十回寫道：早有人把這件事〔重審武松一事〕報到清河縣。西門慶知道了，慌了手腳。陳文昭是個清廉官，不敢來打點他。只得走去求親家陳家心腹，並使家人來旺星夜往東京，下書與楊提督。提督轉央<u>內閣</u>蔡太師。[73]

宋代的中央制度中無內閣之稱，內閣是明朝的制度。明初，為了加強君主集權統治，

[70] 凱瑟琳·卡爾麗茨：〈《金瓶梅》以家喻國的隱射〉，收入王利器編：《國際金瓶梅研究集刊》（成都：成都出版社，1991），頁 68-84。引文見頁 73。魏子雲同樣認為西門慶影射明朝皇帝。

[71] 關於此問題，可參 Howard Felperin, *The Uses of the Canon: Elizabethan Literature and Contemporary Theory* (Oxford: Calrendon Press, 1990), p.5.

[72] 當然也可能是作者有意如此寫。

[73] 《梅節重校本金瓶梅詞話》，頁 106。

廢掉了中書省和丞相。《明史》卷七十三、志第四十九〈職官二〉：「其年〔永樂九年〕特簡講、讀、編、檢等官參預機務，謂之內閣。」[74]

洪武十五年（1382），仿宋制設華蓋殿、武英殿、文淵閣、東閣等殿閣大學士，官五品，為皇帝侍從顧問，不與政務。

成祖即位（1402）後，秋七月（一說九月）特簡翰林院編修、檢討等官，入文淵閣當直，參預機密重務。因文淵閣位在午門之內以東，文華殿之南，地處內廷，閣臣又常侍皇帝於殿閣之下，故稱內閣。[75]

《金瓶梅》第十七回又稱蔡京為「崇政殿大學士」。但是，歷史上並無崇政殿大學士一職，蔡京也沒有被封為大學士。[76]因此，論者認為這個「蔡京」另有所指，實際上是影射明朝的嚴嵩（1480-1567）。[77]

(二)監察系統：科道官（六科給事中、十三道監察御史）

《金瓶梅詞話》第十七回寫道：〔西門慶〕女婿陳敬濟磕了頭，哭說：「近日朝中，俺楊老爺被科道官參論倒了。聖旨下來，拿送南牢問罪。門下親族用事人等，都問擬枷號充軍。」[78]

「科道官」其實是合稱。「科」，指六科給事中；「道」，指十三道監察御史。《明史》卷七十一〈選舉三〉記載：「給事中、御史謂之科道。」[79]《明史》〈李時傳〉記載：「乃科道專責，寢不行。」[80]

關於「科」，《明史》卷七十四〈職官三〉記載：「吏、戶、禮、兵、刑、工六科。各都給事中一人，左、右給事中一人」。[81]《金瓶梅詞話》第十八回又稱為「科中」。

---

[74] 《明史》，頁 1787。

[75] 參王毓銓、曹貴林編：《中國歷史大辭典·明史》（上海：上海辭書出版社，1995），頁 70。

[76] 參明蘭陵笑笑生原著，白維國、卜鍵校註：《金瓶梅詞話校註》（長沙：岳麓書社，1995），頁 486。

[77] 《萬曆野獲編》，頁 652。後來學者對於這一影射頗有發揮，例如許建平：《金學考論》（石家莊：河北教育出版社，1999），頁 105 認為蔡京實際影射嚴嵩，具體論據為：書中蔡京廣收義子，此點與歷史上的蔡京對不上號，卻與嚴嵩行事相同。另，書中寫西門慶送蔡京的禮物，竟與嚴家被抄時所獲財物諸多一致。其他如丁朗《金瓶梅與北京》（北京：中國社會出版社，1996）、陳詔《金瓶梅小考》（上海：上海書店出版社，1999）等書也做了這方面的研究。

[78] 《梅節重校本金瓶梅詞話》，頁 189。

[79] 《明史》，頁 1717。

[80] 《明史》，頁 5113。

[81] 《明史》，頁 1804。

關於「道」，《明史》卷七十三〈職官二〉記載：「十三道監察御史，〔……〕十三省各一人。」[82]職責是：掌侍從、規諫、補闕、拾遺、稽察六部百司之事。凡制敕宣行、大事覆奏，小事署而頒之，有失，封還執奏。[83]《明史》又說：「主察糾內外百司之官邪，或露章面劾，或封章奏劾」。[84]

《金瓶梅詞話》中六個權臣（包括西門慶的大靠山蔡太師），就是被科道官彈劾倒台的。第九十八回寫到：朝中蔡太師、童太尉、李右相、高太尉、李太監六人，都被太學國子生陳東上本參劾，後被科道交章彈奏倒了，聖旨下來，拿送三法司問罪，發煙瘴地面永遠充軍。[85]

負責問罪的「三法司」，其實也是明朝的職官（請看下文）。

(三) 司法系統：三法司（大理寺、都察院、刑部）

《金瓶梅》第十七回、十八回已寫到科道官、三法司。第十七回寫京師大事：「茲因北虜犯邊，搶過雄州地界，兵部王尚書不發救兵，失誤軍機，連累朝中楊老爺，俱被科道官參劾太重。聖旨惱怒，拿下南牢監禁，會同三法司審問。其門下親族用事人等，俱照例發邊衛充軍。」[86]

「三法司」的職責，《明史》卷九十四〈刑法二〉有記錄：「三法司曰刑部、都察院、大理寺。刑部受天下刑名，都察院糾察，大理寺駁正。」[87]

據《明史》志第七十所載，三法司曰刑部、都察院、大理寺。刑部受天下刑名，都察院糾察，大理寺駁正。明太祖嘗曰：「凡有大獄，當面訊，防搆陷鍛鍊之弊。」故其時重案多親鞫，不委法司。洪武十四年命刑部聽兩造之詞，議定入奏。既奏，錄所下旨，送四輔官、諫院官、給事中覆覈無異，然後覆奏行之。有疑獄，則四輔官封駁之。踰年，四輔官罷，乃命議獄者一歸於三法司。十六年命刑部尚書開濟等，議定五六日旬時三審五覆之法。十七年建三法司於太平門外鍾山之陰，命之曰貫城。〔……〕又諭法司官：「布政、按察司所擬刑名，其間人命重獄，具奏轉達刑部、都察院參考，大理寺詳擬。著

82　《明史》，頁 1768。

83　《明史》，頁 1805。

84　《明史》，頁 1768。

85　《梅節重校本金瓶梅詞話》，頁 1341。

86　《新刻繡像批評金瓶梅》（香港·濟南：三聯書店·齊魯書社，1990），頁 210。《梅節重校本金瓶梅詞話》，頁 189。

87　《明史》，頁 2305。

為令。」[88]

《金瓶梅》第十七回所說的「會同三法司審問」，即由三法司各自派人會審。如何分工？若按明制，則《明史》〈職官〉二有說明：「都察院。左、右都御史，〔……〕都御史職專糾劾百司，辯明冤枉，提督各道，為天子耳目風紀之司。〔……〕大獄重囚會鞫於外朝，偕刑部、大理寺讞平之。」[89]

刑部和大理寺不是明朝獨有的機關，姑且不論（大理寺始設於北齊，歷代沿置）。都察院卻是明朝才設立的。都察院，有長官「都御史」，《金瓶梅》講述宋朝故事，偏偏出現這個明朝職官（見第四十八回）。《明史》記載，明太祖洪武十五年改御史台為都察院，長官為都御史，翌年設左右都御史，左右副都御史。左右僉都御史。[90]《金瓶梅》第九十八回，陞張叔夜為都御史、山東安撫大使。[91]第七十回有張閣擔任「僉都御史」。[92]

《明史》〈職官二〉記載：總督、提督、巡撫等官員，都有外加都御史銜。關於總督、提督、巡撫，下文還會論及。

這種做法在《金瓶梅》之中也不乏其例，第六十五回出現「山東巡撫都御史侯蒙」。

《中國歷史大詞典·明史》「大理寺」條說：「明制：有大獄由三法司會審：初審，刑部、都察院為主；覆審，大理寺為主。」[93]《金瓶梅》顯然將明制充當宋制來寫。

(四)皇家故事：崇道教、大僕寺馬價銀、皇木

《金瓶梅詞話》有意無意抨擊皇帝迷信道教。最突出之處是「道士封伯爵」。

《金瓶梅詞話》中，林靈素獲皇上封為「忠孝伯」：「國師林靈素，明知朕兆，佐國宣化，遠致神運，北伐虜謀，實與天通；加封忠孝伯，食祿一千石，賜坐龍衣一襲，肩輿入內，賜號玉真教主、加淵澄玄妙廣德真人、金門羽客、通真達靈玄妙先生。」[94]

《宋史紀事本末》卷五十一〈道教之崇〉記載：「尋加靈素號通真達靈元妙先生。」[95]但是，宋史上似乎沒有道士封為「伯爵」。道士獲封為「伯爵」的，在明史之中卻有其事。

88　《明史》，頁 2305。

89　《明史》，頁 1768。

90　參《明史》卷七十三志第四十九，頁 1767。

91　《梅節重校本金瓶梅詞話》，頁 1337。

92　《梅節重校本金瓶梅詞話》，頁 931。

93　《明史》，頁 24。

94　《梅節重校本金瓶梅詞話》，頁 930-931。

95　《宋史紀事本末》，頁 515。

《明史》卷三百七列傳一百九十五〈佞倖〉載道士陶仲文（1475-1560）封恭誠伯：「時都御史胡纘宗下獄，株連數十人。二十九年春，京師災異頻見，帝以咨仲文。對言慮有冤獄，得雨方解。俄法司上纘宗等爰書，帝悉從輕典，果得雨。乃以平獄功，<u>封仲文恭誠伯</u>，歲祿千二百石。」[96]

《明史紀事本末》卷五十二〈世宗崇道教〉也記載：「二十九年夏四月，加封陶仲文**恭誠伯**。」其實，早在嘉靖二十四年，已「加禮部尚書陶仲文為少師。」史家谷應泰指出：「前此大臣無兼總三孤如仲文者」。[97]

此外，《金瓶梅詞話》中有一個羅萬象，見於第六十八、六十九回（梅節重校本，頁912）。這個羅萬象，職銜是同知。明朝也有一個羅萬象。

明朝的羅萬象似乎就是嘉靖朝那個懂得「扶鸞術」的道士羅萬象。《明史》卷三百七、列傳第一百九十五〈佞倖〉記載：「胡大順者，仲文同縣人也。緣仲文進，供事靈濟宮。〔……〕遣其弓元玉從妖人何廷玉齎入京，因左演法藍田玉、左正一**羅萬象**以通內宮趙楹，獻之〔《萬壽金書》〕帝。〔……〕田玉亦自以召鶴術託僬附奏，得召為演法，與**萬象**並以扶鸞術供奉西內，因交歡楹〔趙楹〕。帝時方幸此三人，故大順書由三人進。」[98]順帶一提：藍田玉也是道士。

另外，《金瓶梅》中也寫到大做道教法事，《金瓶梅詞話》第六十五回寫：「朝廷差他來泰安州進金鈴吊掛御香，建<u>七晝夜羅天大醮</u>。」[99]

《明史》卷八十二、志第五十八〈食貨六〉也記敘因皇帝大做法事而需要許多物資：「世宗初，內府供應減正德什九。中年以後，營建齋醮，採木採香，採珠玉寶石，吏民奔命不暇，用黃白蠟至三十餘萬斤。又有召買，有折色，視正數三倍。沉香、降香、海漆諸香至十餘萬斤。」[100]

此外，明朝皇帝的事情，也被寫進《金瓶梅》中。《金瓶梅》提到「太僕寺馬價銀」「皇木」等，都與明朝皇帝因佞道而揮霍有關。

關於**太僕寺馬價銀**，《金瓶梅詞話》第七回孟玉樓說：「〔……〕常言道：世上錢財倘來物，那是長貧久富家？緊著起來，朝廷爺一時沒錢使，還問**太僕寺借馬價銀子**支來使。」[101]

96　《明史》，頁 7897。

97　《明史紀事本末》第八冊，頁 5。

98　《明史》，頁 7899。

99　《梅節重校本金瓶梅詞話》，頁 853。

100　《明史》，頁 1994。

101　《梅節重校本金瓶梅詞話》，頁 76。

明初規定各地蓄馬以供邊備。成化四年（1468）起，以南方不產馬，改徵銀，儲太僕寺常盈庫，稱馬價銀。嘉靖時，皇帝多次動支馬價銀。其實，明武宗早就開過先例，支借過數次。[102]

《明實錄》「嘉靖四年九月」記載：詔發**太僕寺馬價銀**壹萬二千二百六十兩並陝西苑馬寺馬價銀二萬七千七百三十九兩，給三邊買馬邊用。從楊一清奏也。[103]

《明實錄》卷二百三十六記載：嘉靖十九年四月〔……〕宣府諸路墩台宜修置者一百二座，邊牆宜修者二萬五千丈，通賊險峻崖應剷者四萬五千丈，因求工料，兵科都給事中馮亮亦為請。上詔出**太僕寺馬價**三萬兩給之。[104]

關於**皇木**。《金瓶梅》第三十四回、第四十九回、第五十一回都提到「皇木」。第三十四回說劉太監的兄弟劉百戶，因在河下管蘆葦場，賺了幾兩銀子，新買了一所莊子在五里店，拿**皇木**蓋房。[105]第五十一回提到：安主事選在工部備員主事欽差督運**皇木**前往荊州，向東道經此處，來拜訪西門慶。[106]

辦皇木的事，恰恰在明嘉靖、萬曆年間做得最多。《明史》卷八十二志第五十八〈食貨六〉記載：「採造之事，累朝侈儉不同。大約靡於英宗、繼以憲、武，**至世宗、神宗而極。其事目繁瑣，徵索紛紜。最鉅且難者，曰採木。**」[107]

嘉靖朝「辦皇木」的情況，《明史》記載頗詳。《明史》卷八十二志第五十八記載：「〔嘉靖〕二十年，宗廟災，遣工部侍郎潘鑑、副都御史戴金於湖廣、四川**採辦大木**。二十六年復遣工部侍郎劉伯躍採於川、湖、貴州，湖廣一省費至三百三十九萬餘兩。〔……〕萬曆中，三殿工興，採楠杉諸木於湖廣、四川、貴州，費銀九百三十餘萬兩，徵諸民間，較嘉靖年費更倍。」[108]

綜上所述，《金瓶梅》寫了許多明代皇家事情，那麼，書中大罵當朝天子：「賕歡暮樂，依稀似劍閣孟蜀王，愛色貪盃〔杯〕，仿佛如金陵陳後主」[109]這會不會是指桑罵槐呢？（即表面上罵宋徽宗，其實是罵明朝皇帝。）筆者認為：這種可能性是存在的。換言之，

---

102 霍現俊：《金瓶梅藝術論要》（天津：天津古籍出版社，2010），頁 35-36。

103 黃彰健校勘：《明實錄》（臺北：中央研究院歷史語言研究所，1984〔縮印本〕），頁 7796。底本頁碼 1341。

104 《明實錄》，頁 8677。底本頁碼 4822。

105 《梅節重校本金瓶梅詞話》，頁 402。

106 《明史》，頁 631。

107 《明史》，頁 1989。

108 《明史》，頁 1996。

109 《梅節重校本金瓶梅詞話》，頁 954。

小說在寫及歷史事件時，似乎也有針砭政事的意圖。[110]

(五)太監系統：鎮守、惜薪司、皇莊、磚廠

《金瓶梅詞話》也寫了不少太監活動。這些太監是哪個朝代的太監？《金瓶梅詞話》第十回有以下情節：「那時花太監由御前班直升**廣南鎮守**，因侄男花子虛沒妻室，就使媒婆說親，娶為正室。太監到廣南去，也帶他到廣南，住了半年有餘。」（頁 108）

《明史》〈職官三〉「鎮守」下注：「**鎮守太監**始於洪熙，遍設於正統，凡各省各鎮無不有鎮守太監，至嘉靖八年後始革。」[111]又說「洪熙元年，以鄭和領下番官軍守備南京，遂相沿不改。敕王安鎮守甘肅，而各省鎮皆設**鎮守**矣。」[112]

《金瓶梅》提及的明代宦官職司，還有「惜薪司」。第二十回先是玉簫問：「六娘，你家老公公，當初任皇城內那衙門來？」李瓶兒道：「先在**惜薪司**掌廠，御前班直，後陞廣南鎮守。」王簫笑道：「嗔道你老人家昨日挨的好柴！」[113]第二十三回又有一句歇後語「**惜薪司**擋住路兒——柴眾」。[114]

惜薪司是明朝太監之職。《明史》卷七十四志第五十〈職官三〉記載：「惜薪司，掌印太監一員，總理、僉書、掌道、掌司、寫字、監工及外廠、北廠、南廠、新南廠、新西廠各設僉書，監工俱無定員，掌所用薪炭之事。」[115]

明宦官有十二監、四司、八局，共二十四衙門。四司：惜薪司、鐘鼓司、寶鈔司、混堂司。[116]（《明史》對宦官制度有詳細記錄，可以參看。）[117]

皇莊、磚廠，也和《金瓶梅》中的宦官有關係。《金瓶梅詞話》第三十一回有管皇

---

[110] 文學與政治，有時是密切相關的，參看 Jonathan Dollimore and Alan Sinfield, *Political Shakespeare: New Essays in Cultural Materialism* (Ithaca and London: Cornell University Press, 1985). 霍現俊認為小說中的宋徽宗影射的是嘉靖皇帝，而絕不是萬曆皇帝。參看霍現俊《金瓶梅藝術論要》（2010）一書。

[111] 《明史》，頁 1822。

[112] 《明史》，頁 1822。

[113] 《梅節重校本金瓶梅詞話》，頁 229。

[114] 《梅節重校本金瓶梅詞話》，頁 266。

[115] 《明史》，頁 1820。

[116] 參看《明史》卷七十四志第五十，頁 1820。

[117] 關於十二監，《明史》卷七十四、志第五十記載：「宦官。十二監。每監各太監一員，正四品，左、右少監各一員，從四品，左、右監丞各一員，正五品，典簿一員，正六品，長隨、奉御無定員，從六品。此洪武舊制也。」語見中華書局版《明史》，頁 1818。

莊的薛公公和掌**磚廠**的劉公公。[118]

皇莊，即明代皇室私家的莊田。《明史》志第五十三〈食貨一〉說「皇莊」之名起於明憲宗：「初，洪熙時，有仁壽莊，其後又有清寧、未央宮莊。天順三年，以諸王未出閣〔即進居封地〕，供用浩繁，立東宮、德王、秀王莊田。二王之藩，地仍歸官。憲宗即位，以沒入曹吉祥地為宮中莊田，**皇莊**之名由此始。」[119]

至於太監掌**磚廠**，《明史》〈食貨六〉記載：「燒造之事，在外臨清磚廠，京師琉璃、黑窯廠，皆造磚瓦，以供營繕。〔……〕嘉靖初，遣**中官**督之。給事中陳皋謨言其大為民害，請罷之。帝不聽。」（頁 1998）[120]

《金瓶梅》中的宴會上，兩個內相的座次居於地方軍政長官之上，地位甚高（第三十一回）。有論者認為那是萬曆時代的寫照。[121]

(六)地方政制：「天下十三省」

《金瓶梅》顯示的地方政制，更是明制無疑。

「天下十三省」，在《金瓶梅詞話》第七十八回出現：「今朝廷東京行下文書，**天下十三省**，每省要萬兩銀子的古器。」[122]第七十三回則提及十三省提刑官。

「天下十三省」的說法，與宋朝的情況完全不吻合。

宋初定全國為十五路，至神宗時增至二十三路和一個特別行政區。路之下是府、州、軍、監。最下一級是縣。

徽宗宣和四年，把開封府特別區改為京畿路，並增設燕山府和雲中府二路。全國共二十六路（改了只有四年，北宋便亡了。元朝將中國本部分成十個「行中書省」）。

關於「路」，《宋史》卷八十五志第三十八記載：「至道三年，分天下為**十五路**，天聖析為十八，元豐又析為二十三：曰京東東、西，曰京西南、北，曰河北東、西，曰永興，曰秦鳳，曰河東，曰淮南東、西，曰兩浙，曰江南東、西，曰荊湖南、北，曰成

118　《梅節重校本金瓶梅詞話》，頁 369。《新刻繡像批評金瓶梅》（香港・濟南：三聯書店・齊魯書社，1990），頁 400。

119　《明史》，頁 887。《中國歷史大辭典・明史》「皇莊」條解釋道：明代皇室私家的莊田。〔……〕起源有三說：(1)始於永樂。洪武時，燕王朱棣在河北宛平黃伐，東莊營等地，建有王莊。永樂改元，改稱皇莊。(2)始於正統，見《明史・李敏傳》。(3)始於天順八年（1464），憲宗即位，以沒入曹吉祥莊田三十五頃為皇莊。

120　另參《天工開物》卷七〈磚〉。

121　蔡國梁：〈《金瓶梅》——一部現實主義小說〉一文，見朱一玄、王汝梅編：《金瓶梅名家評解集成》（吉林：延邊大學出版社，1999），頁 292。

122　《梅節重校本金瓶梅詞話》，頁 1107。《新刻繡像批評金瓶梅》，頁 1130。

都、梓、利、夔，曰福建，曰廣南東、西。東南際海，西盡巴僰，北極三關〔……〕。崇寧四年，復置京畿路。大觀元年，別置黔南路。三年，黔南入廣西，以廣西黔南為名。四年，仍舊為廣南西路。〔……〕視西漢盛時蓋有加焉。隋、唐疆理雖廣，而戶口皆有所不及。迨宣和四年，又置燕山府及雲中府路，<u>天下分路二十六</u>，京府四，府三十，州二百五十四，監六十三，縣一千二百三十四，可謂極盛矣。」[123]

明朝的地方制度和《金瓶梅》書中所寫，若合符節。《明史》卷四十、志第十六〈地理一〉記載：「終明之世，為直隸者二：曰京師，曰南京。為<u>布政使司者十三</u>：曰山東，曰山西，曰河南，曰陝西，曰四川，曰湖廣，曰浙江，曰江西，曰福建，曰廣東，曰廣西，曰雲南，曰貴州。」[124]

布政使司通常亦稱為「省」。《明史・職官四》「布政使掌一<u>省</u>之政。」（頁 1839）《明史・職官二》稱「十三省」（頁 1768），《明史・職官五》也稱「十三省」（頁 1872）。

總之，《金瓶梅詞話》第七十八回那句「朝廷東京行下文書，天下十三省」，上半句提及北宋的首都（東京），下半句卻指明朝的天下。

(七)封疆大吏：都、布、按三司

《金瓶梅詞話》第四十八回寫安童到東昌府向曾孝序告狀，在門前等候，看到「頭面牌出來，大書告親王、皇親、駙馬、勢豪之家；第二面牌出來，告<u>都、布、按</u>並軍衛有司官吏；〔……〕」[125]都、布、按，都是明朝的地方官職。

- 都＝都指揮使
- 布＝承宣布政使司（承宣布政使）
- 按＝提刑按察院（提刑按察使）

《明史》卷九十志第六十六〈兵志二〉記載：「當是時，都指揮使與布、按並稱三司，為封疆大吏。」（頁 2195）

《金瓶梅詞話》第六十五回，又有「布按三司」：「兩邊<u>布按三司</u>，有桌席列坐。」[126]

這種簡稱（「布按」）在正史中也曾出現，《明史》卷七十六〈職官〉五記載：「凡朝廷吉凶表箋，序銜<u>布按</u>二司上。」[127]以下再摘錄兩條，以供參考。

《明史》卷五十三志第二十九記載：

123 中華書局版《宋史》，頁 2094。
124 《明史》卷四十志第十六，頁 882。
125 《梅節重校本金瓶梅詞話》，頁 577。
126 《梅節重校本金瓶梅詞話》，頁 854。
127 《明史》卷七十六志第五十二，頁 872。

諸司朝覲儀明制，天下官三年一入朝。自十二月十六日始，鴻臚寺以次引見。二
十五日後，每日方面官隨常朝官入奉天門行禮，府州縣官及諸司首領官吏、土官
吏俱午門外行禮。正旦大朝以後，方面官於奉天殿前序立，知府以下，奉天門金
水橋南序立，如常朝儀。天順三年令凡方面官入朝，遞降京官一等。萬曆五年令
凡朝覲，南京府尹、行太僕寺苑馬寺卿、**布按二司**，俱於十二月十六日朝見，外
班行禮。由右掖門至御前，鴻臚寺官以次引見。[128]

《明史》卷七十一志第四十七記載：

> 至仁宗初，一新庶政，洪熙元年特申保舉之令。京官五品以上及給事、御史，外
> 官**布按兩司**正佐及府、州、縣正官，各舉所知。惟見任府、州、縣正佐官及曾犯
> 贓罪者，不許薦舉，其他官及屈在下僚，或軍民中有廉潔公正才堪撫字者，悉以
> 名聞。是時，京官勢未重，臺省考滿，由吏部奏陞方面郡守。既而定制，凡**布按
> 二司**、知府有缺，令三品以上京官保舉。[129]

我們可以瞭解一下「都、布、按」的細節。

1.都指揮使

　　《金瓶梅》也寫到「指揮」，《金瓶梅》第七十一回寫到西門慶夢見李瓶兒，李瓶兒
臨走時指著一白板門說是她家。翌日，西門慶從造釜巷經過，又再見到雙扇白板門，與
夢中所見一般。問旁人，方知是「袁指揮家」。這個「指揮」應該不是「都指揮使」？[130]
但《金瓶梅》第四十八回肯定有「都、布、按」。關於「都」，史籍記載如下：

　　《明史》卷七十六志第五十二記載：

> 都指揮使司。都指揮使一人，（正二品，）都指揮同知二人，（從二品，）都指揮僉
> 事四人，（正三品。）其屬，經歷司，經歷，（正六品，）都事，（正七品。）斷事司，
> 斷事，（正六品，）副斷事，（正七品，）吏目各一人。司獄司，司獄，（從九品。）

128　《明史》，頁 1354。

129　《明史》，頁 1719。

130　書中又有不少「指揮」，但似乎都不是封疆大吏。西門慶的上司夏龍溪，升做「指揮直駕」，夏龍
　　溪倒想「以指揮職銜再要提刑三年」。見笑笑生著，齊煙，汝梅校點：《新刻繡像批評金瓶梅》（香
　　港・濟南：三聯書店・齊魯書社，1990），頁 993。第七十五回有「清河左衛指揮僉事荊忠」（頁
　　1042）。第七十六回有「清河右衛指揮同知」（頁 1084）。第七十六回，有「雲指揮娘子」（頁
　　1131）。

倉庫、草場,大使、副使各一人。行都指揮使司,設官與都指揮使司同。[131]

《明史》卷四十志第十六記載:

> 洪武初,建都江表,革元中書省,以京畿應天諸府直隸京師。後乃盡革行中書省,置十三布政使司,分領天下府州縣及羈縻諸司。又置十五都指揮使司以領衛所番漢諸軍,其邊境海疆則增置行都指揮使司,而於京師建五軍都督府,俾外**都指揮使司**各以其方附焉。成祖定都北京,北倚群山,東臨滄海,南面而臨天下,乃以北平為直隸,又增設貴州、交阯二布政使司。仁、宣之際,南交屢叛,旋復棄之外徼。[132]

其中,《明史》卷四十志第十六說得最清楚:<u>都指揮使司是朱元璋(洪武初)革除元代「行中書省」後才設置的,絕非宋制</u>。王圻《續文獻通考》〈職官考〉說:「明既改行中書省為<u>十三布政司</u>,而向所稱各道各路者,遂創為<u>十三省</u>之名。是布政司固當列於行中書省之後,然明代改設以來,布政司為一方守土官之首,與都指揮使、提刑按察使稱三司。或布按並稱,則藩兩司,兩司設官互有兼銜,故置諸按察司前。」[133]《金瓶梅》第六十五回,應伯爵道:「這<u>山東一省</u>官員,並巡撫巡按、人馬散級,也與咱門戶添許多光輝。」「咱<u>山東一省</u>也響出名去了」。[134]這裏稱山東為「省」,又有巡撫。若依宋制,山東是京東路。

2.承宣布政使司

《明史》卷七十五、志第五十一〈職官〉四:「承宣布政使司。左、右布政使各一人(從二品)。左、右參政(從三品),左、右參議,無定員。」(頁1838)

在《金瓶梅詞話》第六十五回中,布政、參政、參議之官,一應俱全。[135]

3.提刑按察使司

《明史》卷七十五志第五十一記載:提刑按察使司。按察使一人,正三品。[136]

明代省級司法和監察機構。簡稱按察司。朱元璋建國前各地已設。洪武十三年(1380)罷革,次年復設。建文時政名肅政按察司。成祖即位,復舊稱。南北兩京不設。宣德五

---

131 《明史》,頁1872。
132 《明史》,頁881。
133 王圻:《續文獻通考》(杭州:浙江古籍出版社,1988),頁3343。
134 《梅節重校本金瓶梅詞話》,頁853、857。
135 《梅節重校本金瓶梅詞話》,頁855。
136 《明史》,頁1840。

年（1430）後定為浙江、江西、福建、廣西、四川、山東、河南、陝西、湖廣、山西、雲南、貴州十三按察司。下屬有經歷史、照磨所、司獄司等。提刑即提點刑名之意。初設時被稱為外台，彈壓百僚，震懾群吏，藩司以下皆得察舉，與都察院表裏均權。明中葉以後各地多設巡撫，其職始輕。[137]

　　總之，《金瓶梅》書中出現的「都、布、按」，應為明朝官名。

(八)地方大員：巡撫、巡按、總督

　　《金瓶梅》提及的明代地方大員，還有巡撫、巡按、總督。

　　《金瓶梅詞話》六十五回寫西門慶設宴送六黃太尉，出席的官員很多：「為首就是山東巡撫都御史侯蒙，巡按監察御史宋喬年參見。太尉還依禮答之。其次就是山東左布政龔共、右參政何其高、右布政陳四箴、右參政季侃、左參議馮廷鵠、右參議汪伯彥、廉訪使趙訥、採訪使韓文光、提學副使陳正彙、兵備副使雷啟元等兩司官參見，太尉稍加優禮。及至東昌府徐崧、東平府胡師文、袞州府凌雲翼、徐州府韓邦奇、濟南府張叔夜、青州府王士奇、登州府黃甲、萊州府葉遷等八府官行廳參之禮，太尉答以長揖而已。」[138]

　　這裏提及多種官銜。除了上文提及的「布政」等布政司轄下官員外，侯蒙當的「山東巡撫都御史」，也值得注意。「巡撫」是明朝的地方要職。《金瓶梅》第二十六回已有「撫按」（當為巡撫、巡按的合稱），第二十七回提及「山東巡撫侯爺」（頁313），第七十回也提及「巡撫兩浙僉都御史」。其實，宋代無巡撫。《明史》〈職官二〉記載：「巡撫之名，起於懿文太子巡撫陝西。」[139]懿文太子是明太祖朱元璋的長子，名為朱標（1355-1392）。

　　至於「巡按」，《金瓶梅》第三十五回提到：「明日管皇莊薛公公家請吃酒，路遠去不成。後日又要打聽接新巡按。」第四十七回又有「巡按山東察院」。巡按也是明朝職官，《明史》〈職官二〉記載：「巡按則代天子巡狩，所按藩服大臣、府州縣官諸考察舉劾，尤專大事奏裁、小事立斷。按臨所至，必先審錄罪囚，吊刷案卷，〔……〕凡政事得失，軍民利病，皆得直言無避。」[140]《金瓶梅》第七十六回有宋巡按。[141]

　　尤其令人詫異的是，第六十五回出現的官員，有好幾個可以在明史上找到同名同姓者：何其高（嘉靖十一年榜二甲第二十六名進士，參《明世宗實錄》）；趙訥（嘉靖三十八年榜三

---

137 據《中國歷史大辭典·明史》，頁474。

138 梅節校訂：《梅節重校本金瓶梅詞話》，頁855。

139 《明史》，頁1768。

140 《明史》，頁1768-1769。

141 梅節校訂：《梅節重校本金瓶梅詞話》，頁1052。

甲第一百八十二名進士，參《四庫全書》史部地理類）；凌雲翼（嘉靖二十六年進士，參《明史》卷 222〈凌雲翼傳〉）；韓邦奇（正德三年進士，參《明史》卷 201〈韓邦奇傳〉）；黃甲（嘉靖二十九年庚戌二甲第三十一名進士，參《列朝詩集小傳》丁集）；徐崧（《明詩綜》卷八十）。[142]

這種現象，是否「純粹同名同姓」？其他章回中還有一些人名見諸明史，為數不少，有學者判定這些人就是指明朝人物。[143]霍現俊認為《金瓶梅》中插入了 85 個正德、嘉靖時期的真實的歷史人物，攝入了 59 個宋代歷史實有人物。[144]

《金瓶梅》還出現一個「三邊總督」之名，可以進一步確定《金瓶梅》借宋寫明。第五十五回，西門慶來到太師府前，但見：堂開綠野，閣起凌煙。門前寬綽堪旋馬，閥閱嵬〔巍〕峨好豎旗。錦繡叢中，風送到畫眉聲巧；金銀堆裏，日映出琪樹花香。左右活屏風，一個個夷光紅拂；滿堂羅寶玩，一件件周鼎商彝。室掛明珠十二，黑夜裏何用燈油；門迎珠履三千，白日間盡皆名士。九州四海，大小官員，都來慶賀；六部尚書，**三邊總督**，無不低頭。正是：除卻萬年天子貴，只有當朝宰相尊。[145]

三邊：明代一般指延綏、甘肅、寧夏三地區。《明史》〈憲宗紀〉記載：「（成化十年正月）癸卯，王越總制延綏、甘肅、寧夏**三邊**，駐固原。」[146]

總督：明代始置，又稱「總制」。總督有管轄地方與管轄專務之兩種，例如，總督河糟、總督漕運，是管轄專務之總督；負責某處地方軍務，是管轄地方之總督。三邊總督，是明代特設的邊防大臣，權力很大，常兼兵部尚書銜。

(九)軍事系統：總兵、參將、守備、屯田

《金瓶梅》第三回有「提督」。[147]第十回寫西門家去央求親家陳家心腹，並使家人來旺星夜往東京，下書與<u>楊提督</u>。查明永樂二十二年京師置三大營，主管武官名「提督」。[148]宋代禁軍的主管官員卻稱為「都指揮使」。

---

142 第十七回隴西公王曄，也是明代有名的官吏。另有出現於小說第四十九回的曹禾，明史上也有同名同姓的人。另參顧國瑞：〈《金瓶梅》中的三個明代人〉一文，載於劉輝、杜維沫編：《金瓶梅研究集》（濟南：齊魯書社，1988），頁 245-258。

143 參看陳詔：〈《金瓶梅》人物考〉一文，見於《學術月刊》1987 年 3 期，頁 60-62。

144 霍現俊：《金瓶梅藝術論要》（天津：天津古籍出版社，2010），頁 10-14。濤按：《金瓶梅》的人物，若和明代的人物姓名相同，是否即以明人為原型？這個問題，實難有肯定的答案。另參黃吉昌：《金瓶梅新論》（北京：中國社會科學出版社，2007），頁 34。

145 《梅節重校本金瓶梅詞話》，頁 692。《新刻繡像批評金瓶梅》，頁 720。

146 《明史》卷十三本紀第十三，頁 169。

147 楊提督指楊戩。《金瓶梅》中，西門慶的女婿陳家，與楊提督是親家。

148 《中國歷史大辭典·明史》，頁 473。

此外，《明史》卷七十六〈職官五〉記載：「<u>總兵官</u>、副總兵、<u>參將</u>、遊擊將軍、<u>守備</u>、把總，無品級，無定員。總鎮一方者為鎮守，獨鎮一路者為分守，各守一城一堡者為守備，與主將同守一城者為協守。」[149]

守備、參將、總兵官，都在《金瓶梅》中出現。

《金瓶梅》第七回出現「守備」：「西門慶為娶孟玉樓，帶領家中小廝伴當，和幾個閑漢外，又從<u>守備</u>府裏討了一二十名軍牢，來搬孟月樓的東西。」[150]

守備的由來，《明史》說「洪熙元年，以鄭和領下番官軍<u>守備</u>南京，遂相沿不改。敕王安鎮守甘肅，而各省鎮皆設鎮守矣。」[151]

守備一職，明初置南京守備，職位甚高。中葉以後，軍事日繁，各地城保皆置之，職位漸卑。《明史》〈職官志〉記有南京守備及協同守備之職掌。明代也確有「清河守備」的職名。[152]

至於「總兵」，第二十九回吳神仙稱周秀為「周老總兵」。[153]第七十六回，西門慶也稱周秀為「周總兵」。在第十二回，周秀還只是「守備」（《詞話》，頁131；第十七回，頁186），第七十七回寫他將轉任副參將，第九十九回寫山東濟南制置使周秀，陞為「山東都統制，兼四路防御史。」[154]此外，第三十一回，西門慶請客，客人中有一個團練張<u>總兵</u>。

「總兵官」是明代武職中的職級。《金瓶梅詞話》第七十八回有<u>總兵官</u>荊忠，第一百回雲離守又是「總兵官」。[155]第十一回，雲離守還只是一個「參將」：「〔……〕<u>雲參將</u>兄弟，名喚雲離守。」[156]

《金瓶梅詞話》第七十八回還寫到養兵的**屯田**。吳大舅道：「太祖舊例，為養兵省轉輸之勞，纔立下這屯田。」[157]這個太祖，似指宋太祖趙匡胤，實指明太祖朱元璋。《明史》〈食貨七〉記載：「屯田之制，曰軍屯、民屯。太祖初，立民兵萬戶府，富兵於農，其法最善。」[158]

---

[149] 《明史》，頁1866。

[150] 《梅節重校本金瓶梅詞話》，頁77。

[151] 《明史》，頁1822。

[152] 《明史》卷三百二十七，列傳第二百十五，頁8484。

[153] 《梅節重校本金瓶梅詞話》，頁338。

[154] 《梅節重校本金瓶梅詞話》，頁1354。

[155] 《梅節重校本金瓶梅詞話》，頁1372。

[156] 《梅節重校本金瓶梅詞話》，頁117。

[157] 《新刻繡像批評金瓶梅》（三聯書店1990年版），頁1114。

[158] 《明史》志第五十三，頁1883。

　　《金瓶梅》的「明代特色」還有都水司、宗人府、臨清鈔關，又如宗教活動、地理曆法、社會風俗（包括書中很突出的性描寫），甚至衣著如忠靖冠、網巾等等無不打上明代的烙印，這裏不能一一詳列了。[159]

　　綜上所述，由於《金瓶梅》的政治制度和社會結構有大量明朝史實，此書「借宋寫明」之說，大致可以成立。有論者進一步認為：《金瓶梅》的要角，一一影射明朝的人物。《萬曆野獲編》指出：

> 聞此為嘉靖間大名士手筆，指斥時事，如蔡京父子則指分宜，林靈素則指陶仲文，朱勔則指陸炳，其他各有所屬云。中郎又云：尚有名《玉嬌李》者，亦出此名士手〔……〕至嘉靖辛丑庶常諸公，則直書姓名，尤可駭怪。[160]

影射之說自然難以完全證實，也許作者只是無意中把明朝的事寫進書內，但是，我們必須承認，《金瓶梅》之中還有其他令人大感詫異的「明代印記」，令「無心插柳」之類的話不容易說得通，例如，《金瓶梅》中有兩個妓院子弟，名為李銘、王相（王相到第七十八回才出場），人稱「王八」，而嘉靖皇帝的兩個家公，就叫做王相、李銘。

　　《明實錄》〈世宗實錄〉第三百九十三卷記載：「嘉靖三十二年正月，加錦衣衛百戶李銘副千戶；授太醫院院醫藉王相東城兵馬指揮。」[161]同年二月，冊封李銘女為裕王妃，王相女為景王妃（關於此事，請參看丁朗《金瓶梅與北京》第六章）。

　　《金瓶梅》第二十二回，春梅大罵李銘，接連罵了二十二次「王八」，[162]如果我們想到明嘉靖朝那個李銘和嘉靖皇帝的關係，我們就不能不同意《金瓶梅》或有真正的諷刺對象。《金瓶梅》寫吏治敗壞，社會黑暗等等，實際都令人聯想起晚明。這一點顯示《金瓶梅》似乎有意借說部針砭時弊。

　　當然，小說中的某人，是否等同歷史中的某人，這個問題，我們必須審慎對待。徐朔方曾指出：「〔梅節〕論文又以萬曆八年以兵部尚書總督漕運的凌雲翼等同於小說第六十五回列名迎候六黃太尉的袞州知府凌雲翼，從而將《金瓶梅》的成書上限推遲五年。依此類推，第十回東平府君陳文昭是正德九年同姓名進士，第十七回兵科給事中宇文虛中奏本中『乃者張達殘於太原』，他是嘉靖二十九年死於戰場的大同總兵，第四十八回陽穀縣丞，在第六十五回升為陽穀知縣的狄斯彬成為嘉靖二十六年的同姓名進士，那麼，

159　關於忠靖冠、網巾，參陳詔的〈《金瓶梅》小考〉，見《論金瓶梅》，頁404-405。

160　《萬曆野獲編》，頁651。另參陳詔〈金瓶梅——嘉靖時期的影射小說〉一文，載於《中報月刊》，卷八十五（1987），頁90-91。

161　參看《明實錄》（臺北：中央研究院歷史語言研究所，1984〔縮印本〕），頁9198。底本頁碼6905。

162　《梅節重校本金瓶梅詞話》，頁259-260。

請問『頗有功於漕運』的兵部尚書凌雲翼為甚麼在小說中要降職為兗州知府？山東濮州人陳文昭為甚麼在小說裏要改成河南人？大同總兵改為死於太原又是為甚麼？狄斯彬進士出身而選官為縣丞，這是明朝官制中從未出現的異常現象，這又是為甚麼？按照這樣的邏輯，小說中西門慶的寶貝女婿陳經濟豈不成為萬曆八年的同姓名進士，是不是仇家為了泄憤才把這位河南禹州籍的進士醜化為西門慶的女婿呢？」[163]徐朔方的意見，值得後學深思。

六、結語

西方學者馬徹利(Macherey)和巴厘巴(Balibar)在 "On Literature as an Ideological Form" 一文中認為："Literature is a product of social desire."[164]意思是，文學是社會欲望的產物。

《金瓶梅》寫的是宋朝故事，但是，內文多處流露出明朝的痕跡（制度上很相似，尤其地方制度更是雷同得令人咋舌），究其原因，可能是最後寫定者無意中受時代背景的影響，更可能是寫定者有意（也是 desire）借小說故事批評當時（明朝）的社會現象。

至於成書年代（明代）的整體社會風氣，魯迅說得甚為清楚：「成化時，方士李孜僧繼曉已以獻房中術驟貴，至嘉靖間而陶仲文以進紅鉛得幸于世宗，官至特進光祿大夫柱國少師少傅少保禮部尚書恭誠伯。於是頹風漸及士流，都御史盛端明布政使參議顧可學皆以進士起家，而俱借『秋石方』致大位。瞬息顯榮，世俗所企羨，僥幸者多竭智力以求奇方，世間乃漸不以縱談閨幃方藥之事為恥。風氣既變，並及文林，故自方士進用以來，方藥盛，妖心興，而小說亦多神魔之談，且每敘床笫之事也。」[165]如果我們基於故事發生的時代背景（宋朝）去理解《金瓶梅》的「床笫之事」，將不得要領。

但是，對待《金瓶梅》書中的「床笫之事」，卻不是用「明代時尚」來解釋就一勞永逸（因為這一點涉及接受者的社會心理。請參看本書的「流傳篇」）。[166]

另一方面，《金瓶梅》的「內容」也遠不止於「床笫之事」和政治影射，它的各「方面」在特定語境下將會受到特別的重視，例如，二十世紀就有「《金瓶梅》是現實主義小說」之論（請看本書的「流傳篇」）。

---

[163] 徐朔方：《小說考信編》（上海：上海古籍出版社，1997），頁 157。

[164] Pierre Macherey and Etienne Balibar, "On Literature as an Ideological Form", in Robert Young (ed.) *Untying the Text: a Post-structuralist Reader* (London: Routledge, 1981), p.79-99.

[165] 魯迅：《中國小說史略》（中國：人民文學出版社，1981），頁 155。

[166] 就算是「明代因素」，仍需考慮「明代的哪個時期」，例如，是否王學左派思想（重視「人欲」）流行的時代。

【附記】

　　筆者注意到《金瓶梅》特多葷笑話，特多演奏樂曲的場面，這些描寫可能也涉及「明代因素」。[167]關於這一層，請參看本書的「上卷」。

167　徐扶明觀察到：「書中頻繁演唱海鹽腔，正是概括地反映了嘉靖前後海鹽腔的盛況，而對萬曆年間盛行的昆山腔，並未涉及。」語見徐朔方，劉輝編：《金瓶梅論集》（北京：人民文學出版社，1986），頁 36。

流傳篇

(各種歷史文化框架下的《金瓶梅》)

The history of the reception of literary texts shows how the present appropriates the text for itself.

——Catherine Belsey

一、引言

中國傳統的文化論述體系對於小說這個文類，一向甚為輕視，直到明代中、後期，四大奇書（《金瓶梅》《水滸傳》《西遊記》《三國演義》）先後面世，情況才有顯著改變。由於傳統觀念勢力強大，明代後期的一些文人為了維護小說，只好費煞思量反覆辯解，比如《金瓶梅》這部有「淫書」之名的小說，在出版時已經遇上阻力，文人要推許《金瓶梅》就必須想方設法力排眾議；又如《水滸傳》，此書有「誨盜」之名，文人也需要提出「忠義水滸」之論來保護這部小說。

推崇小說的論者，是些什麼人？他們看重小說的什麼特質？他們用什麼手法「釋除」傳統觀念的壓力？他們認為小說有什麼作用？這些都是本文要探討的問題。

明清之際，時局動盪，沒有多少人會去關心小說，《金瓶梅》和《水滸傳》的出版似乎沒受到統治階層的特別關注。到了清中葉，世人對四大奇書的接受（reception）也順時改易——有人嘗試收編、利用，有人主張禁毀、貶抑，不一而足（請看下文）。

五四新文化運動以後，歷史環境又有幾番重大轉變，《金瓶梅》等小說名著的命運同樣「載浮載沉」：有時候被捧得極高，有時候淪為社會忌諱（尤其是《金瓶梅》）。我們研究《金瓶梅》的接受史，可以更清楚地了解社會價值觀的變化和社會能量（social energy）的流轉。[1]

1 　所謂 social energy，是 New Historicism（新歷史主義）的核心課題之一。Stephen Greenblatt, *Shakespearean Negotiations: The Circulation of Social Energy in Renaissance England* (Oxford: OUP 1988).

　　本節的重心是《金瓶梅》的流傳，將集中分析與《金瓶梅》相關的各種現象，但是，對《金瓶梅》產生前和產生時的論域（field of discourse），我們也應該有一個概括的認識。[2]

　　上文，我們討論過《金瓶梅》文本內部營造的「（宋朝）歷史感」。小說若有「歷史感」，應該比較容易取得讀者的信任，因為故事至少顯得有歷史依據。

　　「真實感」難以量化計算，卻可以分出強弱，例如，鄭振鐸（1898-1959）認為「從皇帝宰相的家庭一直到最下層的小市民的生活，寫的都非常逼真」。[3]但是，《金瓶梅》作者筆下的一些場景，不夠「逼真」，真實感不夠強。[4]又如，沒有多少人會相信《西遊記》的子母河是真有其河、《三國演義》的張飛真的吼斷了橋樑。

　　「真實」，是中國文化論述中的重要規範（norm）。由於歷史著作（史籍）被認為較具真實性兼有經世功能，所以，史籍在中國文化體系中地位甚高，例如，梁啟超（1873-1929）認為「《史記》千古之絕作也。」[5]《史記》的作者司馬遷更被尊為「文化巨人」，比肩孔子。[6]另有當今學者評道：「《史記》這部書在我國學術史上的地位，怎麼說也不為過，司馬遷的歷史地位當然也相當崇高，〔……〕」[7]

　　《金瓶梅》作者也有「營造真實感」的觀念，他把小說人物活動安排在北宋末年這個歷史框架中（例如，《金瓶梅》第十七回提到「我皇宋建國，大遼縱橫」「金虜背盟、憑陵中夏」等等）。不過，作者有時候把明代事實也摻進宋朝歷史框架之中，令讀者感到《金瓶梅》的「年代」是個宋明混合體。很多讀者相信這部小說骨子裏寫的是明朝的事。[8]

　　起初，小說在中國文化體系中不受重視（到清末民初才被拔高到「最上乘」）。在漢代儒家學者的眼中，小說是「不入流」的。[9]到了唐朝，劉知幾（661-721）將小說列入史部，但是，劉知幾本人不見得看重小說（請看下文）。

　　明嘉靖年間（1521-1567）《三國演義》出版後，小說得到新的機遇。由於《三國演義》這部書甚為特殊，小說（虛構）與歷史（正史）渾為一體，難以截然分開，於是，有些評論者大力發掘此書的史傳價值（「擬史批評」）。在「擬史批評」的推波助瀾之下，其他

2　Field of discourse 是功能語言學的觀念，指話語產生的大環境。參看 M. A. K. Halliday, *Language and Society* (London: Continuum, 2007), p.19.

3　王煒編著：《金瓶梅學術檔案》（武漢：武漢大學出版社，2012），頁 372。

4　例如，《金瓶梅》書中描寫西門慶曾面見蔡京，但是，作者筆下那個蔡京不像是個朝廷大臣，只像個見識淺陋的人。

5　轉引自熊鐵基：《漢代學術史論》（北京：高等教育出版社，2013），頁 327。

6　陳其泰：《史學與中國文化傳統》（北京：書目文獻出版社，1992），頁 77。

7　熊鐵基：《漢代學術史論》（北京：高等教育出版社，2013），頁 323。

8　關於這個問題，請參看本書的「生成篇」。

9　東漢時，班固有此看法。請看下文。

小說的地位也日漸提昇。

事實上，明萬曆（1573-1620）年間《金瓶梅》面世後，論者為了維護此書，同樣使用了比附史籍的論述手段（請看下文）。

我們要考察中國小說地位提昇的過程，必須從東漢的《漢書》說起，一直追蹤到嘉慶、萬曆時期。<u>入清以後，推崇小說和排斥小說兩股力量一直不斷角力</u>。《金瓶梅》正處於這兩種力量之間。

二、明末清初，將《金瓶梅》比附史籍

《金瓶梅》在晚明面世，此書的東吳弄珠客序言提到《金瓶梅》有「楚《檮杌》之意」。[10]《檮杌》是一部史書（請看下文）。

清人張竹坡（1670-1698）評點《金瓶梅》時，提出以下觀點：「會作文章的人讀《金瓶》，純是讀《史記》。」[11]《史記》也是史書。

上述這種將小說比附史籍（juxtaposition）的做法，是為了借用史籍的名氣來抬高小說的地位。這做法的前因後果和具體理據，本文將要細加考究。

(一)中國傳統對小說的輕視

中國的小說觀念，發軔於班固（32-92）《漢書》卷三十〈藝文志〉。在班固之前，雖然有人提到「小說」這個詞（例如：《莊子》[12]、桓譚[13]），但是，「小說」的定義甚為含糊，遠不及班固一段話受後世論者的重視。班固說：

> 小說家者流，蓋出於稗官。街談巷語，道聽塗說者之所造也。孔子曰：「雖小道，必有可觀者焉；致遠恐泥，是以君子弗為也。」[14]

10　王汝梅校注：《皋鶴堂批評第一奇書金瓶梅》（長春：吉林大學出版社，1994），頁48。

11　王汝梅校注：《皋鶴堂批評第一奇書金瓶梅》，頁48。

12　《莊子·外物》：「飾小說以干縣令，其於大達亦遠矣。」語見王先謙：《莊子集解》（北京：中華書局，1987），頁239。

13　桓譚與劉歆差不多同時在世。有關其言論，請參看《文選》卷三十一江淹雜體詩〈李都尉陵從軍〉注引述：「若其小說家，合叢殘小語，近取譬論，以作短書，治身理家，有可觀之辭。」

14　班固：《漢書》（北京：中華書局，1962），頁1745。中國小說評論選之類的書都會指出「小說」源自《莊子》，例如，黃霖、韓同文選注：《中國歷代小說論著選》（南昌：江西人民出版社，1990），頁1-6。其實《莊子》這個「小說」與今日所指，應該是有差別的，例如，成玄英疏為「修飾小行，矜持言說」。「小說」是相對於「大道」的瑣碎言辭，比較接近「小道」，即《漢書·藝文志》：「街談巷議，道聽塗說」。

班固的劃分標準，不是按照文體的形式特徵來訂定的。排在「小說家」前面的九家，也以學說內容來命名。《漢書》對「小說家」的評斷，只著眼於它包含「街談巷語」，沒有具體談論小說在形態上內容上有什麼特徵。《漢書·藝文志》所說的「小說」，與今天一般分類表上排在最後的「其他」相似。[15]

《漢書》所謂「小說家」，似乎是班固出於「方便歸類」而界定的。[16]此外，他決定地位高低的時候，「實用」的因素成為關鍵，例如，他談論小說，考慮的是小說能否「致遠」。也就是說，班固的觀點有「功用決定論」的意味。

以上談的是主要是「分類」。其實，重要的是，班固營建了文化等級結構，這點對後世的影響既深且遠。班固只區分出兩大等級，即「九家」和「小說家」，他對「九家」的評價很高：「觀此九家之言，舍〔捨〕長取短，則可以通萬方之略矣」，而小說家屬於「小道」，是「閭里小知者所及」，「如或一言可采，此亦芻蕘狂夫之議也」，總之，小說是淺鄙不足道的。

我們也許可以這樣看：在班固心目中，凡與主流意識形態的需要無甚關係的、無關重要的文化論述就可以定義為「小說」。[17]班固以後，這觀點長期沒有變化。

魏晉六朝出現一些以文體為基本探討對象的著述，但均未討論「小說」這個文體。曹丕《典論·論文》、陸機〈文賦〉、摯虞〈文章流別論〉、劉勰《文心雕龍》都沒有踵繼班固探討何謂「小說家」。[18]

唐代編撰的《隋書》，內有〈經籍志〉。此志開創中國古代圖書「著錄四分法」（經、史、子、集）。小說屬於子部，與經史相對。

《隋書》認為小說出自「訓誦」和「訓方氏」所職掌。「訓誦」掌四方古籍、方言、風俗，「訓方氏」掌四方政治、歷史、民情。二者雖為王官，但都不掌軍國機要和皇室中心文化，只是職掌次要文化的小官。[19]

《隋書》的說法，確認了「小說」在文化等級結構中處於低下位置。正因為小說屬於次要類別，所以，凡不能被中心文化所容納的文化樣式都有可能被劃入「小說類」。又，

15　班固所列的十家中，有「雜家」，雜家「出於議官」。熊鐵基認為這個「雜家」問題很多參看熊鐵基：《漢代學術史論》（北京：高等教育出版社，2013），頁176。

16　關於「稗官」和當時「小說」的內容，可參閱潘建國：〈「稗官」說〉一文，載於《文學評論》1999年2期，頁76-84。潘建國指顏師古注（注釋「稗官」）是錯誤的。

17　參看張開焱：〈中國古代小說概念流變與定位再思考〉一文，載於《廣東民族學院學報》1997年3期，頁26-33。

18　《文心雕龍》僅在〈諧讔〉中提到：「文辭之有諧讔，譬九流之有小說。蓋稗官所采，以廣視聽。」見劉勰著，趙仲邑譯注：《文心雕龍譯注》（南寧：廣西人民出版社，1982），頁129。

19　參看魏徵、令狐德棻：《隋書》（北京：中華書局，1973），卷34，志29，頁1012。

《隋書》確定了四部分類名稱，[20]以後，《四庫全書總目》也把「小說」排入子部。

唐代著名史學家劉知幾在《史通‧雜述》中，對於所謂「偏記小說」作了一個總的評價，他認為小說「能與正史相參」而「自成一家」，因為小說有一定的史學價值而予與嘉許。同時，劉知幾將小說從子部<u>移入史部</u>，[21]又將「偏記小說」分為十類，亦即：偏記、小錄、逸事、瑣言、郡書、家史、別傳、雜記、地理書、都邑簿。[22]總之，「偏記小說」包羅繁雜。

「偏記小說」的「偏」，看來是相對於「正史」的「正」而言的。[23]《史通》卷五〈采撰〉說：「其事非聖，〔……〕其言亂神，〔……〕雖取悅於小人，終見嗤於君子。」[24]最後這句話，和《漢書》所說的「君子弗為」差不多。

可見，虛構的小說，劉知幾是看不上眼的。[25]值得注意的是，<u>他把小說列入史部，這做法可能給後世論者一點啟示</u>（請看下文）。

北宋初，宋太宗（939-997）敕令李昉（925-996）等編撰小說集《太平廣記》，這表明當時統治者對小說並不排拒。宋仁宗（1010-1063）更要臣下「日進一奇怪事」作為娛樂。[26]《夢粱錄》卷二十「小說講經史」條記載：「又有王六大夫，元係御前供話」。[27]此外，《古今小說‧序》提及：「南宋供奉局，有說話人。」[28]「供話」和「說話人」應該都與演述小說故事有關。

宋高宗趙構（1107-1187）退位後，喜歡閱讀故事書，孝宗皇帝便命宦官每天進奉一本。[29]

南宋前期的洪邁（1123-1202）曾將唐人小說提高到與律詩並列的地位。[30]在以詩文為

---

[20] 參閱曾貽芬、崔文印：《中國歷史文獻學史述要》（北京：商務印書館，2000），頁149-162，〈隋唐時期四部分類法的確立〉。

[21] 程毅中：《唐代小說史話》（北京：文化藝術出版社，1990）第一章對此有詳述。

[22] 浦起龍釋：《史通通釋》（上海：上海古籍出版社，1978），卷十〈雜述〉，頁273。

[23] 關於「正史」觀念，請參看雷家驥：《中古史學觀念史》（臺北：臺灣學生書局，1990），第九章、第十章「正史及其形成理念」。見該書頁429-590。

[24] 浦起龍：《史通通釋》，頁116-117。

[25] 參閱 Sheldon Hsiao-peng Lu, *From Historicity to Fictionality: The Chinese Poetics of Narrative* (Stanford: Stanford UP, 1994) 第3章 "Chinese Historical Interpretation in the Reading of Narrative"；第4章 "The Poetics of Historiography"。

[26] 郎瑛：《七修類稿》（北京：中華書局，1961）卷二十二，頁230。

[27] 吳自牧：《夢粱錄》，頁196。耐得翁《都城紀勝》記有「說話有四家」。

[28] 丁錫根編：《中國歷代小說序跋集》（北京：人民文學出版社，1996），頁773。

[29] 《古今小說‧敘》，見丁錫根編：《中國歷代小說序跋集》，頁773。

[30] 見於清人陳世熙《唐人說薈》「例言」所引「洪容齋」語，參看陳世熙《唐人說薈》（上海：掃葉山房石印本，1922），頁1。

正宗的年代，洪邁這種看法是罕見的。

宋元之際，羅燁《醉翁談錄》說：「夫小說者，雖為末學，尤務多聞。非庸常淺識之流，有博覽該通之理。幼習《太平廣記》，長攻歷代史書。」[31]

羅燁這段話替小說辯護（須「多聞」「博覽該通」），但我們可以看出當時小說被視為「末學」。因此，他年輕時讀小說，長大後就改攻居於正統地位的「歷代史書」。

大明立國後的一個半世紀內（即弘治七年，公元 1494 年，蔣大器撰寫〈《三國志通俗演義》序〉之前），討論小說的言論甚少，只有四篇圍繞瞿佑（1347-1433）《剪燈新話》的序言、六篇圍繞《剪燈餘話》的序文。[32]瞿佑在序言中說：

> 〔書〕既成，自以為涉語怪，近於誨淫，藏之書笥，不欲傳出。客聞而求觀者眾，不能盡卻之，則又自解曰：《詩》《書》《春秋》，皆聖筆之所述作，以為萬世大經大法者也；然《易》言「龍戰於野」，《書》載「雉雊於鼎」，《國風》取淫奔之詩，《春秋》記亂賊之戶，是又不可執一論也。今余此編，雖於世教民彝，莫之或補，而勸善懲惡，哀窮悼屈，其亦庶乎「言者無罪，聞者足戒」之一義云爾。[33]

這段話反映出小說在當時的艱難處境：書成後，他「不欲傳出」。他的辯解只是附和正統之見，攀援儒家經典（《詩》《書》《易》《春秋》），他指出儒家經典中也有語怪敘情的內容。至於他那「言者無罪，聞者足戒」的自我開脫之語，實是取自《毛詩序》。總之，他的辯護並不夠大膽，話講得委婉而含蓄，小說仍只能以「言者無罪」而委曲求存。[34]

《剪燈餘話》的作者，卻未獲「言者無罪」的待遇，相反，他被判定「有罪」。《都公談纂》記載：「景泰間，韓都憲雍巡撫江西，以廬陵鄉賢祀學官，〔李〕昌祺獨以作《餘話》不得入。」（參葉盛《水東日記》卷十四。[35]）寫小說成為罪狀，受到排斥，足證當時（景泰年間，1450-1457 年）的統治思想對小說的貶抑。

31　羅燁編，周曉薇校點：《新編醉翁談錄》（瀋陽：遼寧教育出版社，1998），頁 3。另參孟元老撰、鄧之誠注：《東京夢華錄注》（北京：中華書局，1982），頁 136。

32　瞿佑的生卒年有不同的記載，本文所引係據徐朔方〈瞿佑年譜〉，此譜收入徐朔方《小說考信編》（上海：上海古籍出版社，1997），頁 465-491。

33　丁錫根編：《中國歷代小說序跋集》，頁 600。另參陳洪：《中國小說理論史》（合肥：安徽文藝出版社，1992），頁 45。

34　其他的論者，立場也和瞿氏相近，本文不必細表。

35　葉盛：《水東日記》（北京：中華書局，1980），頁 142。

明嘉靖（1521-1567）中期以後，雖有文人為小說大力鼓吹，但傳統觀念難以完全改易，小說「低等文類」的地位，一直維持到《四庫全書總目》撰寫的時代（參看：《四庫全書總目》卷 1400〈子部五十・小說家類一〉）。[36]此外，《四庫全書總目》卷四十五〈正史類〉提要說：「<u>正史體尊</u>，義與經配。非懸諸令典，莫敢私增，所由與<u>稗官野記</u>異也。」[37]

「正史」和「稗官野記」兩者，誰尊誰卑，十分清楚。

近人趙毅衡在《當說者被說的時候：比較敘事學導論》第八章指出：中國小說自四世紀葛洪的《西京雜記》到晚清小說，一直有「慕史」的傾向。他認為原因是儒家的思想體系使「實際發生的事之敘述（歷史）比可能發生的事件之敘述（小說）具有充分得多的真理性。」[38]

小說的地位不但遠遜於經史，即便**與詩文相比**，也是長期居於次要地位。以下以《三國演義》為例，具體說明文人眼中小說到底有何地位。

輕視小說虛構的觀念，在明朝胡應麟（1551-1602，即嘉靖 30 年生，死於萬曆 28 年）的著作中，有很清晰的表述。胡應麟在《少室山房筆叢》卷四十一中說：「古今傳聞偽謬，率不足欺有識。惟關壯繆明燭一端，則大可笑。乃讀書之士，亦什九信之，何也？」[39]被嘲笑的「關壯繆明燭」，是《三國演義》的關羽故事。

明萬曆三十年（1602）十二月，朝廷官員建議，奏議之中不能援引小說語。當時，禮部大臣陳請建議，奏語中「如作字必依《正韻》，不得間寫古字，用語必出經史，<u>不得引用子書，及雜以小說俚語</u>。」上諭是之，指示要「嚴行申飭」，「違者參究」。[40]

通俗小說在晚明大行其道，影響頗大，文人作詩，也不自覺地以小說故事為典實。這種情況，在傳統文人眼中，是混淆了**文類的等級**，有違常規，難以接受，例如，清人嚴元照《蕙櫋雜記》和王應奎（字東漵，1683-1759）都異口同聲抨擊王士禎（1634-1711）將「落鳳坡」三字入詩。

嚴元照《蕙櫋雜記》說：

> 演義、傳奇，其不足信一也，而文士亦有承訛襲用者。王文簡《雍益集》有〈落鳳坡弔龐士元詩〉，士元死於落鳳坡，自《演義》外更無確據。元人撰〈漢壽廟

36　參永瑢等撰：《傳世藏書・史庫・四庫全書總目》（海口：海南國際新聞出版中心，1995），頁1371。

37　永瑢等撰：《四庫全書總目》（北京：中華書局，1965），史部卷 45，正史類 1，頁 397。

38　趙毅衡：《當說者被說的時候》（北京：中國人民大學出版社，1999），頁 215：「中國小說的慕史傾向，也是一種順從文化規型的傾向。」

39　胡應麟：《少室山房筆叢》（北京：中華書局，1958），頁 565。

40　王利器編：《元明清三代禁毀小說戲曲史料》，頁 16，引《大明神宗顯皇帝實錄》卷三百七十九。

碑〉，其銘云：「乘赤兔兮隨周倉」，亦祖襲《演義》。[41]

王應奎《柳南隨筆》卷五說：

> 統〔指龐統〕致命處，在鹿頭山下，今其墓尚存。而通俗《三國演義》載統進兵
> 至此，勒馬問其地，知為落鳳坡，驚曰：「吾道號鳳雛，此處有落鳳坡，其不利
> 於吾乎？」落鳳坡之稱，蓋小說家妝點之詞，而後人遂以名其地。所謂俗語不實，
> 流為丹青者，此類是也。而王新城詩中，有吊龐士元之作，竟以「落鳳坡」三字
> 著之於題。然則《演義》又有曹操表關羽為壽亭侯，羽不受，加一「漢」字，羽
> 乃拜命之說，亦可據為典要，而以「壽亭侯」三字入之詩文乎？此不容以作者名
> 重而遂置不論，開後人用小說之門也。[42]

關於龐統的死所，《三國演義》第六十三回這樣寫：龐統迤邐前進，抬頭見兩山逼窄，
樹木叢雜；又值夏末秋初，枝葉茂盛。龐統心下甚疑，勒住馬問：「此處是何地？」數
內有新降軍士，指道：「此處地名落鳳坡。」龐統驚曰：「吾道號鳳雛，此處名落鳳坡，
不利於吾。」令後軍疾退。只聽山坡前一聲砲響，箭如飛蝗，只望騎白馬者射來。可憐
龐統竟死於亂箭之下。[43]

但是，《三國志》卷三十七蜀書七〈龐統法正傳〉記載：「先主進圍雒縣，統率眾
攻城，為流矢所中，卒。」[44]可見龐統死於雒縣城門前，不是落鳳坡。（王士禎的詩題卻
是〈落鳳坡吊龐士元〉。）

嚴元照抨擊的「文簡」，是王士禎「諡號」，而王應奎筆下的「新城」，是王士禎
地望稱，因為王士禎是山東新城人。王士禎是清朝詩壇「神韻說」的倡導者，影響很大，
可謂一代詩壇盟主，他的詩作也備受時人推崇。可是他一「越界」（詩在當時是文學的正宗，
小說的地位未完全確立），就備受抨擊。

王應奎本人其實很喜愛王士禎的詩，可是他也絕不放過王士禎的「毛病」。王應奎
在《柳南續筆》卷一「生瑜生亮」條又指出：

> 「既生瑜，何生亮？」二語出《三國演義》，實正史所無也。而王阮亭《古詩選·
> 凡例》、尤悔庵《滄浪詩話·序》並襲用之。以二公之博雅，且猶不免此誤，今

41 朱一玄、劉毓忱編：《三國演義資料匯編》，頁711，據《峭帆樓叢書》本引錄。
42 王應奎：《柳南隨筆 續筆》（北京：中華書局，1983），頁104。另見於朱一玄、劉毓忱編：《三國演義資料匯編》，頁687。
43 羅貫中：《三國演義》（北京：人民文學出版社，1973），頁543。
44 陳壽：《三國志》（北京：中華書局，1959），頁956。

之臨文者，可不慎歟？[45]

《柳南續筆》所指的「阮亭」，是王士禛的號（尤悔庵即尤侗，1681-1704）。王應奎攻擊的焦點仍然落在「正史所無」這一點上。

無獨有偶，「既生瑜，何生亮」這典故，也在何焯（1661-1722，字屺瞻）的詩中出現。何焯同樣逃不出被譏誚的命運。袁枚（1716-1798）《隨園詩話》卷五第八十一條有這樣的記載：

> 崔念陵進士，詩才極佳；惜有五古一篇，責關公華容道上放曹操一事。此小說演義語也，何可入詩？何屺瞻作札，有「生瑜」「生亮」之語，被毛西河誚其無稽，終身慚悔。某孝廉作關廟對聯，竟有用「秉燭達旦」者。俚俗乃爾，人可不解學耶？[46]

譏誚何焯（何屺瞻）的那個「毛西河」，就是毛奇齡（1623-1716）。何焯本人顯然也認同毛西河的觀點。他承認錯誤，以至於「終身慚悔」。由此可見傳統觀念約束力之強大。[47]至於記錄此事的袁枚，他的立場顯然跟毛奇齡相去不遠，因為他講了毛奇齡的事跡之後，馬上另外舉了「某孝廉」出來「開刀」——他指責「某孝廉」用「秉燭達旦」的話來作對聯。（按：「秉燭達旦」是《三國演義》的情節。）

以小說語入詩被視為不妥，在統傳文人眼中，作序也不能用「小說語」（見上引《柳南續筆》卷一）。等而下之，小說故事摻入注疏之內，也遭人竊笑。清·顧家相《五餘讀書廛隨筆》說：

> 「東風不與周郎便，銅雀春深鎖二喬。」蓋謂周郎借東風之力，僥幸成功耳。作注者但照正史本事釋之足矣，若東風之所由來，固不必問，亦無可問也。乃江西坊本，有《唐詩三百首注疏》者，於此詩下竟引《三國演義》諸葛亮祭風事，余竊笑之。嗣見湖南重刻本，改「注疏」為「注釋」，而此條注文，亦為刪正，余方嘆世間固不乏有心人矣。[48]

45　王應奎：《柳南隨筆　續筆》，頁 138。
46　袁枚著、王英志主編：《袁枚全集》（南京：江蘇古籍出版社，1993），卷五，頁 159。按，「秉燭達旦」指毛宗崗評本第二十五回故事：關公秉燭立於戶外，以免與嫂嫂共處一室，亂了君臣之禮。這一情節，是毛宗崗評本加插的。
47　「傳統觀念」，指當時作詩的一整套成規，包括詩歌的用語應該是怎樣的。
48　朱一玄、劉毓忱編：《三國演義資料匯編》，頁 700。

這種觀點,一直維持到晚清,這裏列舉兩個事例:陸繼輅的《合肥學舍札記》記載了一個議事時「誤引小說」的事例,而平步青(1832-1896)則指責尺牘引用小說語。先看清光緒四年(1878)刊行的陸繼輅《合肥學舍札記》:

> 嘗見京朝官論蜀漢事,有誤引《演義》者,頗遭訕笑,甚至哀然大集其中詠古之作,用及挑袍等事,笑柄流傳,非細故也。[49]

小說地位之低,可從這個故事略窺一斑:談論史事時,混淆了史書和小說故事,就成為訕笑的對象,寫其他文章,更不在話下了。平步青《霞外捃屑》卷七下「小說不可用」:

> 《世說》豈足與《左》《史》並論?《西廂》《牡丹》皆艷曲,施、羅平話,均不可置齒頰。《金瓶》乃弇州報父仇,有為而作,堪為案頭不可少之書乎?此《荊園小語》之所為深喝切戒也。所讀之書如是,其文可知。國初此風猶未盡滌。如陳孟象(龍巖)〈與程石門書〉:「惟恨無情巒巘,遮吾望眼,不啻劉豫州之伐樹望徐元直也。」按:元直事,僅見《蜀志》諸葛注《魏略》。此所引用,蓋為貫中《三國演義》所誤。尺牘雖小文,佛經俗諺,無不可摭入之,然不可用無稽小說演義也。況它文乎?[50]

平步青卒於光緒二十二年(1896),已是晚清,仍有人如此輕視小說。他所持的理由,不過是小說「無稽」。(關於「《金瓶》乃弇州報父仇」,請看下文。至於《金瓶》的地位,「堪為案頭不可少之書乎」這個問句顯示平步青猶豫應該如何對待《金瓶梅》。他那句話似乎是反問句。)

姚元之(1776-1852,即乾隆四十一年至咸豐二年)《竹葉亭雜記》卷七記載了一件援引小說而被枷示的事:「《三國演義》不知作於何人。東坡嘗謂兒童喜看《三國演義》影戲,則其書已久。嘗聞有談《三國志》典故者,其事皆出於《演義》,不覺失笑。乃竟有引其事入奏者。〔……〕雍正間,札少宗伯因保舉人才,引孔明不識馬稷事,憲皇怒其不當以小說入奏,責四十,仍枷示焉。」[51]

小說之所以被蔑視,主要原因是真實性不夠(比不上史籍)。[52]然而,明代後期,社會上有另一股「力量」卻要抬舉小說。這股力量起於明嘉靖年間,由李贄(1527-1602)、

49　朱一玄、劉毓忱編:《三國演義資料匯編》,頁709。

50　平步青:《霞外捃屑》(上海:上海古籍出版社,1982),頁559。

51　姚元之:《竹葉亭雜記》(北京:中華書局,1982),頁158。

52　英語中的 fiction,初義是虛構。在中國,小說家和評論家長期排斥的正是「虛構之作」。關於二者之分別,參看 Victor Mair, "The Narrative Revolution in Chinese Literature: Ontological Presuppositions", *Chinese Literature: Essays, Articles, Reviews*, vol.5 (1983), p.1-27. (尤其是 p.21)

金聖歎（約 1608-1661）等人強化，影響日深。

小說被認為「真實性」不足，不如史籍之可信，然而，小說的經典化（canonization）正是從「小說與歷史敘述類比」做起的（請看下文）。

(二)對小說文類地位的估定與《金瓶梅》的處境

對於文學作品的經典化，雲・賀伯格（Robert von Hallberg）在 *Canons* 一書提出了很有意思的問題："how poet-critics and academic critics, through the institutions of literary study, construct canons."[53]同樣，中國學者許經田也提出以下問題：「在何種時空背景裏作品被納入典律？以何種理由（以何種閱讀策略）？」[54]

四大奇書的出現，一方面標誌著小說作品趨向成熟，另一方面也為小說地位的提高營造了良好的客觀條件。

我們注意到，明人為了抬舉小說，往往會利用司馬遷《史記》的「名氣」。《史記》和小說同為敘事體，而且《史記》地位崇高，所以李贄、金聖歎等人評點小說時都攀援《史記》。

四大奇書之中，以《三國演義》和《水滸傳》刊行較早，從現存文獻追溯，《三國演義》和《水滸傳》在明代嘉靖年間已經有刊本。圍繞這兩部書的評論，可能也影響到萬曆年以後對《金瓶梅》的評論（請看下文）。

趙毅衡在《苦惱的敘述者》一書中說：「對小說文類地位的重新評價，都導致了中國小說的豐收：明末清初的小說重估，使中國傳統白話小說在十八世紀登上其最高峰，〔……〕」[55]

趙毅衡的說法似乎有「倒果為因」之虞：從現存文獻觀察，應該是先有了出色的作品，然後論者才能夠借助出色的作品來提高小說的地位。晚明評家往往拿《三國演義》和《水滸傳》兩部書（再加上史學名著）來加以發揮，請看李開先（1502-1568）《詞謔・時調》怎麼說：

> 崔後渠、熊南沙、唐荊州、王遵巖、陳後岡謂《水滸傳》委曲詳盡，血脈貫通，<u>《史記》而下，便是此書</u>。且古來更無有一事而二十冊者。倘以奸盜詐偽病之，不

53　Robert von Hallberg (ed)., *Canons* (Chicago: University of Chicago Press, 1984), p.2.

54　參看許經田：〈典律、共同論述與多元社會〉一文，載於《中外文學》，第 21 卷第 2 期，頁 19-34，語見頁 32。

55　趙毅衡：《苦惱的敘述者》（北京：北京十月文藝出版社，1994），頁 206。

知<u>序事之法史學之妙者也</u>。[56]

李開先這段話中提到五個人，他們的社會地位甚高。他們是：

● 崔後渠，即崔銑，弘治十八年進士。[57]

● 熊南沙，即熊過，嘉靖八年進士。

● 唐荊川，即唐順之，嘉靖二十九年進士。

● 王遵巖，即王慎中，嘉靖五年進士。

● 陳後岡，即陳束，嘉靖八年進士。

李開先本人是嘉靖八年進士。其餘五人都名列「嘉靖八才子」。《明史》卷一百八十七〈文苑三〉記載：「時有『嘉靖八才子』之稱，謂〔陳〕束及王慎中、唐順之、趙時春、熊過、任瀚、李開先、呂高也。」[58]

五人之人，王遵巖卒於 1559 年，即嘉靖三十八年。我們參考這一卒年，可以推知，五人的言論發表於嘉靖年間。唐順之（1507-1560）、王慎中（1509-1559）是當時的「古文家」，世稱「唐宋派」。

得到這些「才子」「古文家」的抬舉，《水滸傳》的地位大大提高了（僅次於《史記》而矣）。

到了萬曆中期，**李贄**（字卓吾）對於《水滸傳》地位的拔高，起了極重要的作用，他的看法也影響了當時的「小說論」。這一點，有文獻可徵。

袁中道（1570-1623，字小修）《遊居柿錄》卷九記載：「袁無涯來，以新刻卓吾批點《水滸傳》見遺。予病中草草視之。記萬曆壬辰夏中，李龍湖〔李贄〕方居武昌朱邸，予往訪之，正命僧常志抄寫此書，逐字批點。」[59]

龍湖是李贄的號。萬曆壬辰，即萬曆二十年（1592），李贄六十六歲。《遊居柿錄》這一記載告訴我們李贄在萬曆二十年開始評點《水滸傳》，而李贄死於萬曆三十年（1602），因此，李贄批評、推崇《水滸傳》的時間，當在萬曆二十年至三十年之間。李贄《焚書》卷三〈童心說〉聲稱：

詩何必古選？文何必先秦？降而為六朝，變而為近體，又變而為傳奇，變而為院本，為雜劇，為《西廂記》，為《水滸傳》，為今之舉子業，大賢聖人之道，皆

56　馬蹄疾編：《水滸資料彙編》，頁 351。

57　此點據徐朔方《小說考信編》，頁 60。

58　《明史》（中華書局版），頁 7370。

59　袁中道撰，步問影校：《遊居柿錄》（上海：上海遠東出版社，1996），頁 211。另參，馬蹄疾編：《水滸資料彙編》，頁 354。

<u>古今之至文，不可得而時勢先後論</u>。[60]

李贄反對的正是明朝貴古賤今的風氣。他評《水滸傳》為「古今之至文」。這真是石破驚天之言，聞所未聞之語。[61]

另外，據周暉《金陵瑣言》卷一所說，李贄曾將《水滸傳》列入「宇宙五大部文章」，而且與《史記》並列，《金陵瑣事》記載：「太守李載贄（濤按，即李贄），字宏甫，號卓吾，閩人。在刑部時，已好為奇論，尚未甚怪僻。嘗云：『宇宙內有五大部文章』；<u>漢有司馬子長《史記》</u>，唐有《杜子美集》，宋有《蘇子瞻集》，<u>元有施耐庵《水滸傳》</u>，明有《李獻吉集》。」[62]

李贄的言論，當時就流傳開來。龔煒《巢林筆談》卷一有所引述：「施耐庵《水滸》一書〔……〕李卓吾謂：『宇宙有五大部文字』，並此《史記》《杜詩》《蘇文》《李獻吉集》。」[63]

李贄推崇《水滸傳》的言論，隨著「《李卓吾先生批評忠義水滸傳》」之類的本子而廣泛流傳。服膺李贄「水滸論」的名人，可舉袁宏道（1568-1610）、鍾惺（1574-1624）為例：

袁宏道《東西漢通俗演義・序》說：

> 里中有好讀書者，緘默十年，忽一日拍案狂叫曰：「異哉！卓吾老子吾師乎？」客驚問其故。曰：「人言《水滸傳》奇，果奇。予每撿《十三經》或《二十一史》，一展卷，即忽忽欲睡去，未有若《水滸》之明白曉暢，語語家常，使我捧玩不能釋手者也。若無卓老揭出一段精神，則作者與讀者，千古俱成夢境。」[64]（附注：袁宏道同樣對《金瓶梅》有極高的評價。）

此外，鍾惺有批注《水滸》之作，名為《鍾伯敬批注忠義水滸傳》。[65]他的《水滸傳・序》說：「予謂《水滸傳》明是畫出一幅英雄面孔，裝成個漆城葬馬笑譚，堪與<u>貨殖、刺客</u>諸醜世語並垂勿朽也。<u>李卓吾復恐讀者草草看過，又為點定，作藝林一段佳話，</u>

60　《焚書・續焚書》（北京：中華書局，1975），頁99。轉引自劉輝：《小說戲曲論集》，頁4。

61　具體論點是：李贄指《水滸傳》也像《史記》那樣，屬「發憤之所作」。

62　周暉：《金陵瑣事》（臺北：成文出版社，1983），頁141「五大部文章」條。另參馬蹄疾編：《水滸資料彙編》，頁362。

63　轉引自何香久：《金瓶梅傳播史話》（北京：中國文聯出版公司，1998），頁133。

64　馬蹄疾編：《水滸資料彙編》，頁354。

65　安徽文藝出版社1992年重印。

〔……〕何怪卓吾氏以《水滸》為絕世奇文也者〔……〕」[66]這段話中提到「貨殖、刺客」，應該也是隱指《史記》之文（《史記》中有貨殖列傳、刺客列傳）。

鍾惺是明代詩壇名家，萬曆三十八年進士（是年袁宏道卒），是竟陵派的靈魂人物。鍾惺評《水滸》，也不忘效忠於朝廷：「世無李逵吳用，今〔努爾〕哈赤猖獗遼東。每誦《秋風》，思猛士，為之狂呼叫絕。安得張、韓、岳、劉五六輩掃清遼蜀妖氛，剪滅此而後朝食也。」[67]這與李贄所說的「忠義（水滸）」完全一致。也許，鍾惺蹈襲了李贄之見？

美國學者浦安迪（Andrew Plaks）提出：《金瓶梅》可能也有李贄的評點本。[68]

明末另一個為小說推波助瀾的人物是金聖歎（原名采，後改名人瑞，聖歎是法名）。金聖歎生於 1608 年，即萬曆三十六年。他自稱十一歲得《水滸傳》，十二歲（泰昌元年，1620）開始批評《水滸》。有學者認為《金瓶梅詞話》是金聖歎寫定的。[69]

金聖歎《貫華堂第五才子書》〈序三〉署崇禎十四年（1641），[70]據說實際刊行年分是崇禎十七年（1644）。[71]

按照學者的研究，金聖歎雖然攻擊過李贄（例如，金氏反對《水滸》「忠義」之說），但是金聖歎的《水滸》批評，其實也受到李贄評本的影響。[72]何士龍、袁世碩、陸大偉（David Rolston）都得出這個結論。[73]

---

66 《水滸書錄》，頁 91。鍾氏序文不見於鍾惺的文集，因此劉世德推測該篇序文「當非鍾惺所作。」參看劉世德：〈鍾批本《水滸傳》的刊行年代和版本問題〉一文，見於《文獻》，1989 年第 2 輯（1989 年 4 月），頁 32-49。劉氏之見，俟考。關於「鍾惺評」是否出自鍾惺之手，尚可參王長友：〈《鍾伯敬先生批評三國志》探考〉，載於譚洛非編：《三國演義與中國文化》（成都：巴蜀書社，1992），頁 131-148。（附帶一提：《三國演義》也有一本題「景陵鍾惺伯敬父批評」。）

67 《水滸書錄》，頁 91。

68 徐朔方編選校閱，沈亨壽等翻譯：《金瓶梅西方論文集》（上海：上海古籍出版社，1987），頁 17。

69 高明誠：《金瓶梅與金聖歎》（臺北：水牛圖書出版事業公司，1988）。

70 《第五才子書施耐庵水滸傳》，頁 12。近人陳洪：《金聖歎傳論》（天津：天津人民出版社，1996）或據此而認定金本刊於崇禎十四年。參該書頁 63。

71 參 Richard Gregg Irwin, *The Evolution of a Chinese Novel: Shui-hu-chuan* (Harvard: Harvard UP, 1953), p.108. 另外，貫華堂屬金氏之友韓住。參看覃賢茂：《金聖歎評傳》（成都：四川人民出版社，1998），頁 118。

72 左東嶺：《李贄與晚明文學思想》（天津：天津人民出版社，1997），第五章第二節「李贄與金聖歎」。見頁 286-315。

73 參看何士龍：〈李贄、金聖歎的《水滸》評論比較觀〉一文，載於《水滸爭鳴》第 5 輯（1987），頁 351-359。袁世碩：《文學史學的明清小說研究》（濟南：齊魯書社，1999），頁 51。陸大偉（David L. Rolston）也指金氏看過袁無涯本和容與堂本的評語。參 David L. Rolston, *Traditional Chinese Fiction and Fiction Commentary: Reading and Writing between the Lines*, p.33, 35.

金聖歎把《水滸傳》與《莊子》《離騷》<u>《史記》</u>《杜詩》並列為「六才子書」，接著他表揚《水滸傳》說：「天下之文章，無有出《水滸》右者；天下之格物君子，無有出耐庵先生右者。」[74]可見，金聖歎也利用《史記》來立說。

金聖歎對後來讀書人的影響，絕對不下於李贄。《柳南隨筆》卷三記錄時人愛讀金聖歎之書：「顧一時學者，愛讀聖歎書，幾於家置一編。」[75]最明顯的影響，可從毛宗崗評《三國演義》看到。毛宗崗把評點後的《三國演義》稱為「聖歎外書」，[76]評點的方法也承襲金批。此外，蔡元放翻刻的《西遊證道書》，也題「聖歎外書」。[77]又，清初張竹坡評《金瓶梅》，也有受金批影響的痕跡。[78]《金瓶梅》乾隆乙卯本《四大奇書第四種》，內封上題「金聖歎批點」。[79]

明末清初的評家（李贄、金聖歎、張竹坡等人）是以何種手段提高小說的文類地位？下文詳論。

(三)借史以自重：「勝似《史記》」之論

中國傳統文化中有強大的史官意識，加上不少小說又與「史」有不可分割的天然聯繫，這令苦於小說卑微地位的評家**借史以自重**——他們強調小說有史的功能，希望藉此為小說取得類近史的地位。本節要探討論者採用什麼具體手段。

《三國演義》是「歷史小說」，用來比附正史，甚為方便。《三國演義》最早的兩個評家庸愚子和修髯子都是這樣做的。他們的意圖不難推測：為小說爭取更多的生存權。這種做法，當今學者稱之為「擬史批評」。[80]傳統文人往往一提起小說稗史，就想起史籍，例如：

---

[74] 《第五才子書施耐庵水滸傳》〈序三〉，見《第五才子書施耐庵水滸傳》（鄭州：中州古籍出版社，1985），頁9。

[75] 《柳南隨筆 續筆》，頁46。

[76] 羅貫中著，毛宗崗評：《第一才子書》（臺北：天一出版社，1985，第十三輯，第八種，據三槐堂《四大奇書第一種》影印），總目部分頁1。按：此書屬於《明清善本小說叢刊初編》。

[77] 參看吳聖昔：〈《西遊證道書》撰者考辨〉一文，載於《明清小說研究》，1997年2期，頁69。（全文刊於頁59-69）。

[78] 參閱其〈《第一奇書》凡例〉。陸大偉曾論及此點，參其 Traditional Chinese Fiction and Fiction Commentary, p.44.

[79] 宋莉華：《明清時期的小說傳播》（北京：中國社會科學出版社，2004），頁118。「金聖歎批點」或是冒充的。冒名批點反映「金聖歎」的名氣很大。

[80] 參楊義：《中國古典小說史論》（北京：人民出版社，1998），頁20。

閒齋老人說：「稗官為史之支流，善讀稗官者，<u>可進於史</u>。」[81]

周永保〈《瑤華傳》跋〉：「四大奇書，各臻絕頂，堪與《左》《國》《史》《漢》並傳，厥後罕有繼此。」[82]

這兩家的說法足以顯示傳統文人怎樣看待說部和史籍之間的關係。四大奇書是說部中極有分量的作品，免不了被拿來和史籍比較一番。

用《三國演義》做「擬史批評」最為便利，因為該書取材自歷史。庸愚子（蔣大器）〈《三國志通俗演義》序〉說：「夫史，非獨紀歷代之事，蓋卻昭往昔之盛衰，鑒君臣之善惡，載政事之得失，觀人才之吉凶，知邦家之休戚。」他列舉昭、鑒、載、觀、知五項，以示史籍作用之巨大。但是，歷史撰述理微義奧，非大眾所能懂，所以他又說：

若東原羅貫中，以平原陳壽傳，考諸國史，〔……〕留心損益，目之曰《三國志通俗演義》。文不甚深，言不甚俗，事紀其實，亦<u>庶幾乎史</u>。[83]

蔣大器表面上肯定《三國演義》對史實有所取捨，實際上他是把歷史演義看作通俗而不失文雅的史書（「庶幾乎史」）。

修髯子在《三國志通俗演義·引》中同樣認為正史不容易讀，他說：「史氏所志，事詳而文古，義微而旨深，非通儒夙學，展卷間鮮不便思困睡。」所謂「文古」「旨深」，與蔣大器的看法如出一轍。《三國演義》的特點正是：「好事者以俗近語，櫽括成編，欲天下之人，入耳而通其事，因事而悟其事因義而興乎惑。是可謂<u>羽翼信史</u>而不違者矣！」[84]

一個說是「庶幾乎史」，另一個說是「羽翼信史」，總之《三國演義》有「類史」的地位，而《三國演義》本身的文藝特徵（「文學加工或虛構」）沒有受到關注。他們或是刻意為之，因為不依史實的小說甚難在當時立足，例如，章學誠一發現《三國演義》有「三分虛構」，馬上表示不滿。（認定《三國演義》不可信的言論，上文已徵引了不少。）

攀援正史的具體做法，常常是先攀援《史記》，然後再作具體的闡釋（例如：談論寫法）。[85]《史記》是古典敘事文的最高典範，常常被評家拿來作為評判小說優劣的標準。以《水滸傳》的評價為例，評家似乎特別喜歡拿《史記》來和《水滸傳》作比較。這種

81　馬蹄疾編：《水滸資料彙編》，頁 388。

82　黃霖編：《金瓶梅資料彙編》（北京：中華書局，1987），頁 278。

83　《三國志通俗演義》（上海：上海古籍出版社，1980），頁 1。

84　《三國志通俗演義》（上海：上海古籍出版社，1980），頁 3。

85　「攀援正史」一詞，取自錢鍾書：《管錐編》（北京：中華書局，1979），頁 166。

做法，自嘉靖以來，便開始流行。除了上引「嘉靖八才子」說的「《史記》以下便是此書」外，汪道昆（1525-1592）的〈《水滸傳》序〉和胡應麟（1551-1602）的《少室山房筆叢》都記載了這種言論。請看：

汪道昆萬曆十七年〈《水滸傳》序〉說：

> 雅士之賞此書者，甚以為**太史公演義**〔……〕。夫《史記》上國武庫，甲仗森然，安可枚舉？而其所最稱屬利者，〔……〕真千秋之絕調矣！《傳》中警策，往往似之。[86]

胡應麟《少室山房筆叢》卷四十一辛部記載：

> 嘉隆間，一巨公案頭無他書，僅左置《南華經》，右置《水滸傳》各一部；又近一名士聽人說《水滸》，作歌謂奄有**丘明、太史**之長。[87]

「太史」「太史公」都是指《史記》（以作者代稱作品）。這種類比主要是從傳統的「稗史」觀而來，同時小說和正史都涉及大量的敘事成分，構成足資比較的範疇。（按，上引胡氏之文中，「丘明」指《左傳》作者左丘明。）

拿《水滸傳》和《史記》相提並論，地位不過是小說可比肩史籍。後來，有些評家已經不能滿足於此，於是，《水滸傳》「勝似《史記》」的說法就出現了，袁宏道、李贄、金聖歎都有類似的說法。萬曆二十五年丁酉（1597）袁宏道《解脫集》二〈聽朱生說《水滸傳》〉說：

> 少年工諧謔，頗溺滑稽傳。後來讀《水滸》，文字益發奇。
> 六經非至文，**馬遷**失組練。一雨快西風，聽君酣舌戰。[88]

他的意思是：《水滸傳》之佳，已凌駕六經和《史記》之上（按，司馬遷被簡稱為「馬遷」）。但是，袁宏道這裏只稱讚《水滸傳》的文字「奇」，怎麼個「奇」法，他沒有進一步的具體分析。

李贄（或托名李贄之人）在容與堂刻本《李卓吾先生批評忠義水滸傳》第十二回的回末評中說：「李贄曰：《水滸傳》文字形容既妙，轉換又神，如此回文字形容刻畫周謹、

86　《水滸資料彙編》，頁3。按：汪道昆，字伯玉，嘉靖二十六（1547）年進士，與王世貞齊名，是當時有名的文人。

87　《少室山房筆叢》（北京：中華書局，1958），頁573。另參馬蹄疾編：《水滸資料彙編》，頁353。

88　袁宏道撰，錢伯城箋校：《袁宏道集箋校》（上海：上海古籍出版社，1981），頁418。

楊志、索超處，<u>已勝太史公一籌</u>，至其轉換到劉唐處來，真有出神入化手段。」[89]

　　他說的「已勝太史公一籌」，將比較的焦點放在敘寫的技法上，排名時將《水滸傳》置於《史記》之上。

　　李贄之後，金聖歎也用「擬史批評」的手段。他首先採取「並列」（juxtaposition）的做法，在實際評論《水滸》時，金聖歎同樣喜歡拿《史記》來作具體的比較。金聖歎〈讀《第五才子書》法〉：

> 《水滸傳》方法，都從《史記》出來，卻有許多**勝似《史記》**處。若《史記》妙處，《水滸》已是件件有。[90]

如何勝似《史記》？金聖歎的答案是：因文生事。金聖歎〈讀《第五才子書》法〉說：

> 某嘗道《水滸》**勝似《史記》**，人都不肯信，殊不知某卻不是亂說。其實《史記》是以文運事，《水滸》是因文生事。以文運事，是先有事生成如此如此，卻要算計出一篇文字來，雖是史公高才，也畢竟是吃苦事。因文生事即不然，只是順著筆性去，削高補低都由我。[91]

所謂「以文運事」，應該是指以歷史上的實事（事）為主，設法用上乘的文筆（文）來寫這些實事。

　　至於「因文生事」的「生事」，其實就是虛構出一些事來。金聖歎說《水滸》勝似《史記》，似乎在暗示虛構要比紀實來得便利。[92]太史公紀實之舉，被金聖歎視為「吃苦事」。

　　金聖歎又把《水滸》與《春秋》相提並論，認為：施耐庵寫宋江，用了《春秋》筆法。[93]

　　金聖歎之後的評論家如毛宗崗、李漁、張竹坡等，都拿《史記》來作「並列」參照。毛宗崗認為：

89　陳曦鐘、宋祥瑞、魯玉川輯校：《水滸傳會評本》（北京：北京大學出版社，1987），頁257。

90　《第五才子書施耐庵水滸傳》，頁18。

91　《第五才子書施耐庵水滸傳》，頁18。

92　有一種說法是：畫鬼容易畫人難。鬼，代表虛構想像之物，畫鬼比畫人較少受到限制。參《韓非子》〈外儲說〉記齊王問：「畫孰最難者？」畫工答道：「犬馬最難，〔……〕鬼魅最易」。小說評家也曾用此語，參 David L. Rolston, *Traditional Chinese Fiction and Fiction Commentary: Reading and Writing between the Lines*, p.185.

93　後來張竹坡也指《金瓶梅》中的吳月娘，也是用「春秋筆法」來寫。這一點，似受金氏的影響。

　　昔羅貫中先生作《通俗三國志》共一百二十卷，其紀事之妙，<u>不讓史遷</u>。

　　《三國》敘事之佳，<u>直與《史記》</u>仿佛，其敘事之難則有倍難於《史記》者。《史記》各國分書，各人分載，於是有本紀、世家、列傳之別。今《三國》則不然，殆合本紀、世家、列傳而總成一篇。分則文短而易工，合則文長而難好也。[94]

對時間長、範圍廣的重大歷史事件，《史記》是通過將各列傳並列的方式來反映的，讀者只有在仔細閱讀了這些列傳之後，才能在腦海裏營構那些歷史事件的全貌。長篇小說似乎不宜採用這種結構方式，因為讀者在欣賞時要求能直接看到比較完整的生活畫面以及變化發展。毛宗崗認為，合寫比《史記》的分寫更難。（毛氏刪掉了《三國演義》中一些與史籍所載不符的章節。）[95]此外，毛評中也寓有強烈的正統史觀。毛評的〈讀《三國志》法〉第一條就說：「讀《三國志》者，當知有正統、閏運、僭國之別。」[96]

　　李漁（1602-約1679，萬曆三十年生）除了提及《史記》外，更將《三國演義》和《左傳》相比：

　　　　因陳壽一《志》擴而為《傳》，仿佛<u>左氏之傳麟經</u>。〔……〕且行文如九曲黃河，一瀉直下，起結雖有不齊，而章法居然井然，<u>幾若《史記》</u>之列「本紀」「世家」「列傳」，各成段落者不侔，是所謂奇才奇文也。[97]

《三國演義》和《水滸傳》以帝王將相為主角，以國家大事為情節軸心，因此，二書被拿來和正史比較，可以說是自然之事。然而，像《金瓶梅》和《西遊記》這類虛構成分甚多的小說（詳參本書「本源篇」），竟也被比作史籍，張竹坡等人就這樣做。

　　張竹坡〈批評《第一奇書金瓶梅》讀法〉說：「<u>《金瓶梅》是一部《史記》</u>。然而《史記》有獨傳，有合傳，卻是分開做的。《金瓶梅》卻是一百回共成一傳，而千百人總合一傳，內卻斷斷續續，各人自有一傳，固知作《金瓶》者必能作《史記》也。何則？既已為其難，又何難為其易？」[98]張竹坡又說：「會作文章的人讀《金瓶》，<u>純是讀《史記》</u>。」[99]這是從寫作角度談論二書的異和同，目的是要說明《金瓶梅》在寫法上更勝

94　《三國演義會評本》，頁18。

95　按照魏安的研究，粵地出版的毛評本在清朝獨霸天下，最為通行，取代了以前閩本的地位。參其《三國演義版本考》（上海：上海古籍出版社，1996），頁137。

96　羅貫中著，毛宗崗評：《第一才子書》（臺北：天一出版社，1985），第十三輯，第八種，據三槐堂《四大奇書第一種》影印），頁1。按：此書屬於《明清善本小說叢刊初編》。

97　《三國演義會評本》，頁35-36，錄自清兩衡堂刊本《李笠翁批閱三國志》卷首。

98　王汝梅校注：《皋鶴堂批評第一奇書金瓶梅》，頁39。

99　王汝梅校注：《皋鶴堂批評第一奇書金瓶梅》，頁48。

一籌。

另外，張竹坡在〈《金瓶梅》讀法〉五十三說：「凡人謂《金瓶》是淫書者，想必伊止看其淫處也。若我看此書，純是一部<u>史公文字</u>。」[100]言下之意，似是世人不應該忽略《金瓶梅》的歷史價值。

〈《金瓶梅》讀法〉第七十七條說：「《金瓶梅》到底有<u>一種憤懣的氣象</u>。然則《金瓶梅》斷斷是<u>龍門再世</u>。」[101]（按：「龍門」是司馬遷的別稱。司馬遷生於龍門山，因此得名。）司馬遷「發憤著書」，人所共知，張竹坡說的「憤懣」，似乎與《金瓶梅》作者報父仇有關。這一點，留待下文詳論。

總之，張竹坡的論點基本上和毛宗崗、李漁一致（筆者不排除張竹坡受毛、李影響的可能性），他們都視小說為「合傳」，有別於《史記》專做分傳。

張竹坡這樣拿《史記》來比較，新意不多。他只是師承李贄、金聖歎之故技，轉而施用於《金瓶梅》的評論上。

重要的是，張評本流傳甚廣，他把《金瓶梅》的地位抬得和《史記》一樣高，在言論上可能影響到很多讀者。

事實上，在《金瓶梅》書本上，也有相近的論調，例如《金瓶梅》詞話本的東吳弄珠客序言認為：「諸婦多矣，而獨以潘金蓮、李瓶兒、春梅命名者，亦楚《檮杌》之意也。」[102]他是指書名取自書中三女角，有警戒意味，但是，弄珠客沒有詳細解析。

清順治年間，宋起鳳也說：「世但目為淫書，豈穢書比乎？亦楚<u>《檮杌》</u>類歟！」[103]為什麼弄珠客、宋起鳳會提及「楚《檮杌》」？

《孟子·離婁》篇記載：「王者之跡熄而《詩》亡，《詩》亡然後《春秋》作。晉之《乘》，<u>楚之《檮杌》</u>，魯之《春秋》，一也。」[104]唐朝的張萱《疑耀》卷四說：「檮杌，惡獸，楚以名史，主於懲惡。又云，檮杌能逆知未來，故人有掩捕者，必先知之。史以示往知來者也，故取名焉。亦一說也。」[105]張萱所說的「示往知來」，相當於中國

---

[100] 王汝梅校注：《皋鶴堂批評第一奇書金瓶梅》，頁 45。

[101] 王汝梅校注：《皋鶴堂批評第一奇書金瓶梅》，頁 47。

[102] 參看本書的上卷。

[103] 參看本書討論東吳弄珠客序文的部分。

[104] 這句話，劉殿爵（1921-2010）的英譯是：After the influence of the true King came to an end, songs were no longer collected. When songs were no longer collected, the *Spring and Autumn Annals* were written. The *Sheng* of Chin, the *T'ao U* of Ch'u and the *Spring and Autumn Annals* of Lu are the same kind of work. 參看 *Mencius*. Translated by D. C. Lau (Hong Kong: Chinese University Press, 1984), p.164.

[105] 張萱：《疑耀》（臺北：新文豐出版公司，1984），頁 76。張萱還提到「鑿齒，乃惡獸名，與檮杌同類。余怪晉習王薄以之為名，未審其意。」

史學中的「以史為鑑」，也就是鑑戒作用。

綜上所述，張竹坡等人提及史籍，目的是借助「高等文類」（正史）之名，讓小說與正史的文化等級意義保持一致。他們在文章中說「奇書」可比肩史籍，甚至高過史籍，其實等於認同固有的文化結構，服從於固有文化的意義規範（norm）。換言之，評家是讓「奇書」攀援正史，讓原本屬於亞文化的小說躋身於主流文化的意識形態之列。

三、「聖人不刪」：讓《金瓶梅》攀援經典

在儒家功利主義文學觀的影響下，中國小說的評論頗為重視教化作用（或者說是發掘教化作用）。這不僅是小說作者的事（寫作意圖中應包含著教化目的），也涉及小說閱讀論。不過，我們懷疑「道德教化論」有時候只是為了替「問題小說」作掩護。

論者往往將小說比肩經、史。比肩「史」，著眼點在敘述方面；比肩「經」，主要是就道德教化而言。所謂「經」，以儒家經典為主，有時候也旁及釋家、道家。

在晚明論者的心目中，小說的敘事難免失實，不過，如果在「勸懲」方面有表現，那麼失實也不算罪過，例如，袁無涯的《出像批評忠義水滸全書·發凡》說：「《傳》出於左氏，論者猶謂其失之誣，況稗說乎？顧意主勸懲，**雖誣而不為罪**。今世小說家雜出，多離經叛道，不可為訓。間有借題說法，以殺盜淫妄，行警醒之意者；或釘拾而非全書，或捏節而習見；雖動喜新之目，實傷雅道之亡，何若此書之為正耶？普賢**比於班馬，余謂進於丘明**，殆有《春秋》之遺意焉，故允宜稱傳。」[106]

這段話表明：經籍的教化作用要比史籍的存真作用更受傳統評家重視。

(一)小說與儒家倫理：忠、義、孝

班固認為，儒家「於道為最高」。[107]他可能沒有預想到：地位最卑下的小說家，卻可以體現儒家的要義（忠、義、孝，等等）。

早期的《三國演義》評論，強調的就是《三國演義》怎樣宣揚儒家「忠」「義」「孝」等觀念，庸愚子和修髯子（張尚德）都是這樣做的。

庸愚子和修髯子都提到一個「益」字，即讀《三國演義》的益處。他們認為，讀者讀這部書，可以師法其中的「忠孝」之行，這樣一來「方是有益」「裨益風教」。

其他人的立場也大同小異，如李祥、博古生、清溪居士的意見，也不出「扶綱植常」

---

[106] 陳曦鐘等輯校：《水滸傳會評本》，頁30。
[107] 《漢書》（北京：中華書局，1962），頁1728。

「忠義」之論，我們不必細談。[108]

無礙居士（或馮夢龍化名）在《警世通言·序》提供了一個實際事例：

> 《六經》《語》《孟》，譚者紛如，歸於令人為忠臣，為孝子，為賢牧，為良友，
> 為義夫，為節婦，為樹德之士，為積善之家，如是而已矣。〔……〕里中兒代庖
> 而創其指，不呼痛，或怪之。曰：吾頃從玄妙觀聽說《三國志》來，關雲長刮骨
> 療毒，且談笑自若，我何痛為！夫能使里中兒有刮骨療毒之勇，推此說孝而孝，
> <u>說忠而忠，說節義而節義</u>，觸性性通，導情溢出。[109]

「里中兒」所聽的《三國志》並不是陳壽的史書《三國志》，而是小說，因為刮骨療毒一
事，只見於《三國演義》。無礙居士指出，《六經》誨人無非是為了忠孝節義。他認為
小說也有這種作用。他舉里中兒聽《三國演義》為例，說明小說宣揚忠孝節義（說孝而孝，
說忠而忠），效果不在《六經》之下。這實在是依據儒家的道德觀來抬舉小說。

這種「潛移默化之功，關係世道人心」的論點，清朝的論者也說得很多，這裏僅舉
一例，以避煩贅。顧家相《五餘讀書廛隨筆》說：「蓋自《三國演義》盛行，又復演為
戲劇，而婦人孺子，牧豎販夫，無不知曹操之為奸，關、張、孔明之為忠，其潛移默化
之功，<u>關係世道人心</u>，實非淺鮮。」[110]

《水滸傳》的「作用」，也和《三國演義》相似。天都外臣（汪道昆）在《水滸傳·
序》中引「古經」謂「竊鈎者誅，竊國者侯。侯之門，仁義存。」（濤按，竊鈎竊國，典出
《莊子·胠篋》篇），判定「壅蔽主聰，操弄神器」的蔡京、童貫、高俅之徒，才是真正的
竊國大盜。他讚美宋江等人，「誦義負氣，百人一心。有俠客之風，無暴客之惡，是亦
有足嘉者。」[111]

雖然有人說《水滸》誨盜，然而天都外臣卻認為《水滸》有教化功能。他提出「權
教」的觀念：「仲尼刪詩，偏存鄭衛。有世思者，固以正訓，亦以權教。」

汪道昆之後，李贄《忠義水滸全傳·序》把宋江說成是「忠義之烈」，也就是說宋
江是**忠義思想**的代表，因為宋江「一意招安，專圖報國」，為了忠君報國，不惜犧牲兄
弟性命，甚至服毒自盡。[112]

---

108 李祥、博古生、清溪居士的言論，分別見於朱一玄、劉毓忱編：《三國演義資料匯編》，頁272、
273、494。

109 丁錫根編：《中國歷代小說序跋集》，頁777。

110 朱一玄、劉毓忱編：《三國演義資料匯編》，頁701。

111 馬蹄疾編：《水滸資料彙編》，頁1-2。

112 《水滸傳會評本》，頁28。

儒家強調「忠孝」，與《金瓶梅》相關的論述中也有「苦孝說」（請看下文）。

(二)《詩經》中的「淫詩」與《金瓶梅》作為「淫書」

《金瓶梅》所寫的內容極具爭議性，有些片段純屬道德說教，但是，學者（如 W. L. Idema）卻判定此書非道德家所作。[113]只不過《金瓶梅》出版不久就與「孝」拉上了關係，因為作者據說是個孝子（請看下文）。

指斥《金瓶梅》「誨淫」的言論，時有所聞。明人沈德符承認他不敢刊刻此書，因為他怕「他日閻羅究詰」。[114]因此，論者要為此書開脫，往往需要「動用」**主流學說**（儒家經典、儒家詩論）來作擋箭牌，例如：

● 袁宏道
● 東吳弄珠客[115]
● 廿公
● 謝肇淛
● 張竹坡

袁宏道在〈寄董思白〉中說：「《金瓶梅》從何得來？伏枕略觀，雲霞滿紙，勝於枚生〈七發〉多矣。」[116]

「勝於枚生〈七發〉多矣」很可能是指《金瓶梅》比枚乘（?-約前 140）的〈七發〉更能發揮諷諫作用，讓讀者目觀色慾淫情之餘，心中有所警惕，不要蹈西門慶的覆轍。

〈七發〉的創作時地不詳，大抵不出枚乘仕於吳梁之際。舊解務求「知人論世」，故產生五臣注《文選》所謂：「恐孝王反，故作〈七發〉以諫之」的說法。[117]

我們知道，諷諫、勸戒是中國儒家詩論（《詩・大序》以來）的核心價值觀。[118]

萬曆四十五年（1617）東吳弄珠客的《金瓶梅・序》也說：「作者亦自有意，蓋為世戒，非為世勸也。」[119]

這似乎是針對《金瓶梅》「誨淫」的責難而發的。東吳弄珠客用「作者意圖」來開

---

[113] W. L. Idema, *Chinese Vernacular Fiction* (Leiden: E. J. Brill, 1974), p.52.

[114] 《萬曆野獲編》，頁 652。

[115] 東吳弄珠客，真實姓名不詳。有人認為是馮夢龍，有人認為是董其昌。參徐恭時：〈「東吳弄珠客」係董其昌考〉一文，載於《上海師範大學學報》，1990 年 2 期，頁 93-96。

[116] 《袁石公集》之《錦帆集》卷四，據魏子雲：《金瓶梅研究必讀——明代金瓶梅史料詮釋》（臺北：貫雅文化事業公司，1992），頁 1。

[117] 李善等注：《六臣注文選》（上海：上海古籍出版社，1987），中冊，卷 34。

[118] 夏傳才：《思無邪齋詩經論稿》（北京：學苑出版社，2000），頁 139。

[119] 《梅節重校本金瓶梅詞話》（香港：夢梅館，1993），頁 4。

脫。他的看法是，《金瓶梅》的作者意圖是為了警戒世人才寫出西門慶縱慾（暴亡）的事。這種「警戒論」在欣欣子《金瓶梅詞話·序》也得到強調：「關繫世道風化，懲戒善惡，滌慮洗心，不無小補。」[120]

然而，《金瓶梅》之中，的確有很露骨的性描寫，而讀者也未必人人都接受勸戒。於是，論者進一步引用儒家經典中相同的例子，為《金瓶梅》開脫，例如，〈廿公跋〉說：「〔《金瓶梅》〕曲盡人間醜態，其亦先師**不刪鄭、衛**之旨乎。」他甚至認為：「今後流行此書，功德無量。不知者竟目為淫書，不惟不知作者之旨，併亦冤卻流行者之心矣。」[121]

他這樣一說，《金瓶梅》就成了救世之書了。這裏他提到一個可堪比擬的例子：《詩經》中的「鄭風」和「衛風」也寫男女相悅，言下之意是「早有前例」。最重要的是，孔子也沒有刪去這些「男女相悅」之詩，而《金瓶梅》屬於同類，那麼，《金瓶梅》也有存在的理由。

我們知道，鄭風、衛風，確有描寫男女相悅之事，其中部分篇章更被後世儒生視作「淫詩」。[122]宋人朱熹（1130-1200）明確指斥《邶風·靜女》《鄘風·桑中》為淫詩。[123]他又指《衛風·氓》中的女主角為「淫婦」。

《詩經》是儒家的五經之首，在中國文化史上地位頗高，連朱熹也沒有刪除這些「淫詩」，所以廿公拿《詩經》來作為《金瓶梅》的擋箭牌，其中的道理不難明白。

這種回護方法，在謝肇淛〈《金瓶梅》跋〉（《小草齋文集》卷二十四）也可以見到，他說：「其不及《水滸傳》者，以其猥瑣淫媟，無關名理。〔……〕有嗤余誨淫者，余不敢知。然**〈溱洧〉之音，聖人不刪**，亦〔袁〕中郎帳中必不可無之物也。」[124]

其實，〈溱洧〉與《金瓶梅》相去甚遠，謝肇淛沒有顧及「過度猥褻」這一層面。〈溱洧〉只提到男女「相與戲謔」，沒有具體的細節描寫，而《金瓶梅》的部分性愛描寫卻近於性變態性虐待。另外，孔子可能與「刪定《詩經》」無關。[125]

謝肇淛曾經攀援《孟子》「求放心」之論來回護《西遊記》，現在要回護《金瓶梅》，

---

120 《梅節重校本金瓶梅詞話》，頁2。

121 《梅節重校本金瓶梅詞話》，頁3。

122 參李家樹：〈宋代「淫詩公案」初探〉一文，收入其《詩經的歷史公案》（臺北：大安出版社，1990），頁113-124。

123 《衛風·有狐》《衛風·木瓜》和其他「淫奔期會之詩」類同，但是，朱子沒有明文指《衛風·有狐》《衛風·木瓜》為淫詩。

124 黃霖編：《金瓶梅資料彙編》，頁2。

125 夏傳才：《思無邪齋詩經論稿》（北京：學苑出版社，2000），頁321。宋朝的王柏就不承認孔子按禮義刪詩的說法。

他就援引《詩經》。他的做法，和廿公等人沒有兩樣。[126]

筆者認為，攀援《詩經》，最重要的也許不是《詩經》寫了「男女相悅」，而是「聖人不刪」的「聖人」。這應該也是一種訴諸權威的做法（聖人，即孔子）。

四、《金瓶梅》文本內外與淫書之名

說部（尤其是《水滸傳》《金瓶梅》等「奇書」）自晚明以來就風行四海。明人胡應麟《少室山房筆叢》說：「今人耽嗜《水滸傳》，至縉紳文士亦間有好之者。」[127]

到了明末金聖歎批本面世，讀評點本小說的風氣蔚然而興。王應奎在《柳南隨筆》卷三說：「顧一時學者，愛讀聖歎書，幾於家置一編。」[128]他說的「聖歎書」是指金聖歎的評點。

《水滸傳》受人歡迎，其他奇書也不乏讀者。楊懋建《夢華瑣簿》記載：「常州陳少逸撰《品花寶鑒》，用小說演義體，凡六十回。此體自元人《水滸傳》《西遊記》始，繼之以《三國志演義》，至今家弦戶誦，蓋以其通俗易曉，市井細人多樂之。又得金聖歎諸人為野狐教主，以之論禪說，論文法，張皇揚翊，耳食者幾奉為金科玉律矣。」[129]

按照楊懋建的說法，這些奇書大行其道，原因首先是奇書本身「通俗易曉」，其次是得到批者評點解說、「張皇揚翊」，才會有「耳食者幾奉為金科玉律」的情況出現。

這種風氣，一直維持不墮，一反「小說卑下」的觀念。昭槤（1776-1829）說：「士大夫家几上，無不陳《水滸傳》《金瓶梅》以為把玩。」[130]昭槤生於清乾隆四十一年，卒於清道光十三年，他所說的「無不把玩」，應該是清中葉的情況。

咸豐（1850-1861）年間的古月老人在《蕩寇誌‧序》中說：「耐庵之有《水滸傳》也，盛行海隅，上而冠蓋儒林，固無不寓目賞心，領其旨趣；下而販夫皂隸，亦居然口講手畫，矜為見聞。」[131]

昭槤和古月老人的話，足以反映《水滸傳》和《金瓶梅》的流行程度（磯部彰、麥克

---

126 《金瓶梅》有一篇跋文，撰者署名「廿公」。

127 馬蹄疾編：《水滸資料彙編》，頁 352。

128 《柳南隨筆　續筆》，頁 46。

129 朱一玄、劉毓忱編：《三國演義資料匯編》，頁 693。（據《清代燕都梨園史料》本輯錄。）

130 《嘯亭雜錄》（北京：中華書局，1980），頁 427。

131 丁錫根：《中國歷代小說序跋集》，頁 1517。（據清咸豐三年刊本輯錄。）另參馬蹄疾編：《水滸資料彙編》，頁 67。

拉倫〔Anne E. McLaren〕對此有專門研究。[132]這種新形勢,是文本內容以外的文本接受(reception),是既定事實,當權者再強說小說內容屬於「街談巷語」,也無補於事,因此,當權者不能再對小說名著掉以輕心。

　　這些小說(四大奇書)的魔力到底有多大,我們可以從陳際泰《太乙山房文稿》略窺一斑:

> 從族舅借《三國演義》,向牆角曝日觀之,母呼我食粥,不應,呼食飯,又不應。後忽饑,索粥飯,怒捉襟,將與之杖,既而釋之。母後問舅:「何故借爾甥書?書中有人馬相殺之事,甥耽之,大廢眠食。」[133]

在說部大行其道的情況下,固然有些評家努力彰顯「四大奇書」的「名教倫理」思想,甚至連官方也嘗試找其中一些可資「收編」(Co-optation)的成分,[134]可是,說部(四大奇書)的地位一旦提高,書中的所蘊含的影響力就可能轉化為社會力量,不再受當權者操控。

　　西方學者多利摩爾(Jonathan Dollimore)和辛費爾德(Alan Sinfield)在 *Political Shakespeare* 的前言中說:"[...] although subversion may indeed be appropriated by authority for its own purposes, once installed it can be used against authority as well as used by it."[135]這話與中國古語「水能載舟,亦能覆舟」相近。

　　在承平時期,統治階層可以嘗試「挪用」(appropriation)說部,例如,以《三國演義》為兵書去對付外敵。可是,一旦統治力量減弱,說部也會轉化為異己力量。於是,統治階層反過來嚴屬對待說部(異己力量)。這時,小說的處境是:建制中的士大夫肆意攻擊,統治階層則下令禁毀。這種現象告訴我們:統治階層對於說部不再輕視,也不是再任其自生自滅,而是表現出異常的重視,甚至焦慮,例如,**清統治者起初將《金瓶梅》翻譯成滿文,後來卻要徹底禁毀《金瓶梅》**,連演戲也不許演唱小說情節。以下,筆者描述

---

132 磯部彰:〈清代におはる《西遊記》の諸形態とその受容層について〉一文,載於《漢學研究》,6卷1期(1988年6月),頁487-509。該文指出:《西遊記》在當時屬於昂貴的讀物,讀者要相當有錢才能買得起。Anne E. McLaren, "Ming Audiences and Vernacular Hermeneutics: The Uses of *The Romance of the Three Kingdoms*", *T'oung Pao*, LXXXI (1995), p.1-50.

133 朱一玄、劉毓忱編:《三國演義資料彙編》,頁644。(據孔另境《中國小說史料》轉錄)。

134 參看洪濤:〈清朝上層意識形態對明朝小說奇書的收編(co-optation)——以《三國演義》和《西遊記》為論析中心〉一文,載於單周堯主編:《明清學術研究》(北京:中國社會科學出版社,2009),頁449-467。

135 Jonathan Dollimore and Alan Sinfield (ed.), *Political Shakespeare: New Essays in Cultural Materialism* (Manchester: Manchester UP, 1985), p.12.

具體的實況。

清朝初期，《金瓶梅》的出版似乎沒有遇上當權者的阻礙。可能統治階層對這書沒有認真對待。另一原因是，「苦孝說」當時「支撐」著《金瓶梅》，所以《金瓶梅》在保守派的口誅筆伐之下（參看上引俞正燮《癸巳存稿》的描述），仍得流傳不絕。

孝道和《金瓶梅》有什麼關係呢？原來，不少人在「王世貞為報父仇，寫成《金瓶梅》」的前設下解讀《金瓶梅》。當代學者葉桂桐指出：「清時苦孝說成風」。[136]

清初批評家張竹坡就是「苦孝說」的主力。「苦孝說」是怎樣一回事？

(一)文本之外：「苦孝說」的掩護

「苦孝說」見於張竹坡的批語（以下簡稱「張評本」）。[137]他在〈竹坡閑話〉中說：

> 《金瓶梅》，何為而有此書也哉？曰：此仁人志士、孝子悌弟不得於時，上不能問諸天，下不能告諸人，悲憤鳴唈，而作穢言以泄其憤也。雖然，上既不可問諸天，雖作穢言以醜其仇，而吾所謂悲憤鳴唈者，未嘗便慊然於心，解頤而自快也。〔……〕作者固仁人也，志士也，孝子悌弟也。欲無言，而吾親之仇也，吾何如以處之？且欲無言，而又吾兄之仇也，吾何如以處之？且也為仇於吾天下萬世也，吾又何如以公論之？〔……〕展轉以思，惟此不律可以少泄吾憤，是用借西門氏以發之。雖然，我何以知作者必仁人志士、孝子悌弟哉？我見作者之以孝哥結也。「磨鏡」一回，皆〈蓼莪〉遺意，啾啾之聲刺人心窩，此其所以為孝子也。[138]

短短一段話，五提「孝」。〈蓼莪〉，見於《詩經・小雅》，寫孝子不能終養父母。張竹坡援引〈蓼莪〉，目的在加強說服力。這是攀援經典的另一種表現：此前的焦點多集中在《金瓶梅》的「淫」與《詩經》中的「淫詩」，而張竹坡帶出「孝」。〈蓼莪〉寫的是：

> 蓼蓼者莪，匪莪伊蒿。哀哀父母，生我劬勞。蓼蓼者莪，匪莪伊蔚。哀哀父母，生我勞瘁。缾之罄矣，維罍之恥。鮮民之生，不如死之久矣。無父何怙，無母何恃。出則銜恤，入則靡至。父兮生我，母兮鞠我、拊我畜我、長我育我、顧我復我，出入腹我。欲報之德，昊天罔極。南山烈烈，飄風發發。民莫不穀，我獨何

---

136 葉桂桐等：《金瓶梅作者之謎》（銀川：寧夏人民出版社，1988），頁45。

137 張竹坡康熙三十四年乙亥（1695）正月初七批起，至三月二十七日告成，約經三個月時間。

138 王汝梅校注：《皋鶴堂批評第一奇書金瓶梅》，頁1。徐朔方已指出，王世貞根本沒機會見到嚴世蕃，也不可能數日之內寫成《金瓶梅》來「盡孝」。參徐氏書《論金瓶梅的成書及其他》，頁49。

害。南山律律，飄風弗弗。民莫不穀，我獨不卒！[139]

「無父何怙，無母何恃」「欲報之德，昊天罔極」這種心情，和《金瓶梅》的「寫作動機」拉上了關係，因為，據說《金瓶梅》的作者也是「無父」，而且有父仇在身。

張竹坡說孝子「悲憤嗚唈」，說得很含糊。其實，「苦孝說」不是泛泛而論，而是有確指的。在張竹坡評本上有謝頤序，提及：「《金瓶梅》一書，傳為鳳洲門人之作也。或云即出鳳洲手。然洋洋灑灑，一百回內，每令觀者望洋而嘆。」[140]

鳳洲就是王世貞（1526-1590），他與嚴嵩（1480-1567）有仇。

顧公燮（康熙時人），在他的《銷夏閑記》中，把王世貞和嚴嵩之間的糾葛說得比較清楚：王家藏有名畫《清明上河圖》，嚴世蕃硬要索取，王世貞之父捨不得，就請名手臨摹一幅贗品。獻畫時，有湯姓裱工指出畫是偽畫。世蕃大為惱怒，後使人彈劾王總督薊遼無方而殺之。世貞圖報父仇，碰巧世蕃索小說看，世貞以《金瓶梅》對，構思數日，寫成以獻。世貞收買修腳工，趁世蕃閱書時微傷其腳，陰擦爛藥。世蕃腳爛不能入朝，其父嚴嵩孤立無援，失寵於帝，終至一敗塗地。[141]

姚平仲《綱鑒絜要》記載的故事稍有不同：書本（《金瓶梅》）塗上砒霜，使閱者用手粘唾液揭書時中毒身亡。[142]

這種說法在康熙年間甚為流行，與顧公燮同時的王廷機在《在園雜誌》中也如此說。

張竹坡等人費煞苦心地把《金瓶梅》解釋為一部「仁人，志士，孝子」之書，也和當時的統治思想（程朱理學）相配合。康熙九年頒佈的《聖諭十六條》，第一條即為「敦孝悌以重人倫」，這不正是張竹坡那套「苦孝」高論的核心所在嗎？

但是，孝子設計「毒殺」仇敵的說法是文本以外的事，所謂「苦孝」，充其量只能算是「寫作動機」，和《金瓶梅》的情節內容關係不大（只有「穢語」一點是相關的）。[143]

(二)文本之內：「曲筆」

乾隆六十年乙卯（1795）苧樵山長《奇酸記傳奇·跋》把「苦孝」與小說內容解釋得更為相關：

---

139 陳子展：《詩經直解》（上海：復旦大學出版社，1983），頁720。

140 黃霖編：《金瓶梅資料彙編》，頁14。另，吳敢認為謝頤可能是張竹坡的化名。

141 關於《清明上河圖》與《金瓶梅》的故事，參周鈞韜：《金瓶梅資料續編》（北京：北京大學出版社，1990）一書所收錄的文章。

142 佚名《寒花盦隨筆》指出嚴世蕃乃正法而死，並非被王世貞所獻之書毒死。

143 張竹坡提及「作穢言以醜其仇」。然而，「穢言」若是指「性愛描寫」，那不是更確定《金瓶梅》是「穢書」嗎？

原夫《金瓶梅》之作也，韻語傷風，拔舌已追難四馬，威權蔽日，炙手之勢挾六龍，頸血糢糊，意同梗斷，心機險阻，終屬株連。舉朝共倚冰山，此獄堪然雪窖，於是以**孝子之曲筆**，誅賊臣之深心。易潯江為清河，南蠻居然北語，視重臣如市僧，**東樓忽作西門**。留一字之小名〔慶？〕，著萬年之遺臭。試觀醜場中蟲，無非孤媚之妖，可知釁啟外藩，悉屬狼貪之罪。詞則萬言難盡，意亦百出不窮。然祇遺孽之初生，點睛而命名曰孝，實乃沉冤莫白，刺骨而未釋其酸，此《奇酸記》傳奇之所由作也。[144]

也就是說，王世貞用西門慶的醜行影射嚴家的醜行，以貶損仇家，盡孝報仇。上述引文中的「東樓」，是指嚴嵩之子嚴世蕃（嚴世蕃字「東樓」）。

「苦孝說」一直流傳，到了光緒四年（1878）觀鑑我齋《兒女英雄傳·序》還在說：「王鳳洲痛親之死冤且慘，義〔意〕圖復仇雪恥，又不得手仇人而刃之，不得已影射仇家名姓，設為穢言，投廠所好，<u>更酡其篇頁</u>，思有以中傷之，其苦心苦於臥薪吞炭，是則<u>意在教孝</u>，本修身以立言也。」[145]

所謂曲筆，應該等於「影射」手段，例如「易潯江為清河，南蠻居然北語，視重臣如市僧，東樓忽作西門」。其中的「重臣」所指何人？若論《金瓶梅》書中的重臣，是蔡京；若論「影射對象」，則可能是嚴嵩（明朝的重臣），可能還包括嚴嵩之子嚴世蕃，因為嚴世蕃得到父親提攜，也一度掌握明朝內閣大臣的權力。[146]

雖然「孝子（著書）」和「孝子曲筆」之說借助傳統孝道為《金瓶梅》「護航」，但是，歷史事實證明《金瓶梅》的「淫書」之名還是沒法徹底消除（請看下文）。[147]

(三)淫書之名

《金瓶梅》「誨淫」「穢書」的稱號從明代萬曆朝開始就已出現：袁中道《遊居柿錄》、李日華《味水軒日記》、崇禎年間薛岡《天爵堂筆餘》、笑花主人《今古奇觀·序》、煙霞外史《韓湘子十二渡韓昌黎全傳·敘》等等莫不如此說，不必細表。

到了清朝，「淫書」之罵，仍不時出現。順治朝的宋起鳳、康熙朝的申涵光（1619-1677）、乾隆朝的李綠園、蒲松齡（1640-1715）、周春、李寶嘉、惠康野叟、方濬等人，或轉述他

---

144 黃霖編：《金瓶梅資料彙編》，頁 20-21。

145 黃霖編：《金瓶梅資料彙編》，頁 290。馬蹄疾：《水滸資料彙編》，頁 387。

146 陳詔認為書中的「左侍郎蔡攸影射嚴世蕃。」參看陳詔的《金瓶梅小考》頁 11。

147 事實上，為報仇而著書之說，到 2000 年仍有支持者。參看李洪政：《金瓶梅解隱》（臺北：臺灣商務印書館，2000），頁 280。

人之說，或自己用「淫」字來標籤《金瓶梅》。有關言論如下：

● 宋起鳳（生卒年不詳）《稗說》說：

世但目為穢書。[148]

● 申涵光（1619-1677）《荊園小語》說：

淫穢之書如《金瓶梅》等，喪心敗德，果報當不止此。[149]

● 乾隆時期李綠園〈歧路燈自序〉說：

若夫《金瓶梅》，誨淫之書也。[150]

● 蒲松齡（1640-1715）〈聊齋誌異〉說：

惟淫史中有林、喬耳，〔……〕[151]

● 周春〈《紅樓夢》約評〉說：

天下《紅樓夢》者，俗人與《金瓶梅》一例，仍為導淫之書。[152]

● 李寶嘉說：

道光帝向潘文公借書，潘奏舉《金瓶梅》曰：「此皆淫書。」[153]

● 惠康野叟說：

然《金瓶》書麗，貽譏於誨淫。[154]

● 方濬〈蕉軒隨錄〉說：

《水滸》《金瓶梅》二書倡盜誨淫，有害於世道人心者不小。[155]

---

148 黃霖編：《金瓶梅資料彙編》，頁 237。
149 黃霖編：《金瓶梅資料彙編》，頁 250。
150 黃霖編：《金瓶梅資料彙編》，頁 257。
151 黃霖編：《金瓶梅資料彙編》，頁 251。林、喬，都是《金瓶梅》的人物。關於「林」，《金瓶梅》
第七十八回的回目便是「西門慶兩戰林太太」。「喬」，指喬五太太。
152 黃霖編：《金瓶梅資料彙編》，頁 265。
153 黃霖編：《金瓶梅資料彙編》，頁 308。
154 黃霖編：《金瓶梅資料彙編》，頁 363。

另一方面，有人認為《金梅瓶》不是「淫書」，例如：西湖釣叟《續金瓶梅·序》、紫髯狂客《豆棚閑話·總評》、宋起鳳《稗說》、劉廷璣《在園雜誌》、紫陽道人（丁燿亢）《續金瓶梅·序》、曳隱道人《續金瓶梅·序》。

在「淫與非淫」論辯不休的情況下，《金瓶梅》還是在康熙朝印行了兩次：一次是張竹坡評本，另一次是滿文譯本。

五、康熙朝的《金瓶梅》：竹坡之評、滿文譯本

(一)竹坡之評：《第一奇書》非淫書論

張竹坡的話顯示《金瓶梅》在康熙朝（至少是康熙三十四年張氏批書時）頗為讀者看官的歡迎。他在〈《第一奇書》非淫書論〉中說：「目今舊版，現在金陵印刷，原本四處流行買賣。〔……〕現今通行發賣，原未禁止。」[156]

張評本確切的刊行日期應該是康熙三十四年（乙亥年，1695）。現存的本子題《彭城張竹坡批評金瓶梅》（指框右。框中題：《第一奇書》），此書卷首謝頤序署：「康熙歲次乙亥清明中浣，秦中覺天者謝頤題於皋鶴堂。」[157]

張竹坡評本上，外族貶稱被淡化（或「中性化」）。整理此書的人，用了不少中性詞語來替代崇禎本上的仇外話語，例如，陳洪給西門慶的信上有「北虜犯邊」這樣的話，在張評本上，「北虜犯邊」被改成了「邊關告警」。[158]我們知道，「北虜」的「虜」是貶稱，而取而代之的「邊關」，則屬於中性詞。

張評本在新的歷史條件下出版，對書中文字作出一些「調整」，應該是考慮到政治環境（統治者是北方民族）。

上文，筆者已經提及張竹坡繼承前人的「苦孝說」，並用《詩經》的〈蓼莪〉來比附。其實，「淫書」這個問題，張竹坡也有所論析。

《皋鶴堂批評第一奇書金瓶梅》有一篇張竹坡〈第一奇書非淫書論〉。顧名思義，該文要為《金瓶梅》洗脫「淫書」之名：

---

[155] 黃霖編：《金瓶梅資料彙編》，頁 283。

[156] 王汝梅校注：《皋鶴堂批評第一奇書金瓶梅》，頁 14。有人認為此文或非出自張竹坡之手。筆者認為這個問題目前難有定論。

[157] 參看王汝梅：《金瓶梅探索》（長春：吉林大學出版社，1990），頁 60。

[158] 王汝梅校注：《皋鶴堂批評第一奇書金瓶梅》（長春：吉林大學出版社，1994），頁 267。

《金瓶》一書，作者亦是將〈褰裳〉〈風雨〉〈蘀兮〉〈子衿〉諸詩細為摹倣耳。
夫微言之，而文人知儆；顯言之，而流俗皆知。[159]

〈褰裳〉〈風雨〉〈蘀兮〉〈子衿〉都是《詩經・鄭風》的詩篇。張竹坡強說《金瓶梅》
只是把以上諸篇的內容「放大」，這種做法，不過是師明人（廿公和謝肇淛）之故技。

　　張竹坡提及這幾首詩，應該是建基於朱熹的「淫詩說」，而不是孔子刪詩說。《鄭
風》的〈風雨〉與〈子衿〉兩篇，依《毛詩序》之意，一為思君子，一為刺學校，但朱
熹都定為淫詩。

　　此外，〈蘀兮〉一詩，《詩序》以為刺詩：「刺忽也。君弱臣強，不倡而和也。」
但朱子認為：「此淫女之詞。言蘀兮蘀兮，則風將吹女矣。叔兮伯兮，則盍倡予，而予
將和女矣。」[160]

　　〈褰裳〉一詩，朱熹《詩集傳》謂：「淫女語其所私者曰：子惠然而思我，則將褰裳
而涉溱以從子。子不思我，則豈無他人之可從，而必於子哉？」[161]

　　鄭國之詩共十三篇被朱熹視為淫詩，佔全部淫詩（二十三篇）的一半以上。[162]

　　張竹坡列舉《詩經》中的四首詩，自是為了借助儒家之力（主要是朱子的官學地位），
因為朱子雖提出「淫詩說」，但沒有刪詩。

　　總之，張竹坡運用的思想武器，不外乎聖人之言、先賢經典。他這種攀附儒家經典
的做法，就對抗「淫書說」而言，有其積極的一面，但張竹坡並無突破，因為他還是屈
從傳統的主流文化觀念。[163]

　　除了「孝」「淫」兩個話題，張竹坡還運用了傳統詩論中的「思無邪」之論，張竹
坡說：

> 詩三百，一言以蔽之，曰思無邪。註云：詩有善有惡，善者起發人之善心，惡者
> 懲創人之逆志。聖賢著書立言之意，固昭然千古也。

「懲創」，就是「懲戒，警戒」的意思，針對讀者而言（考慮到閱讀效果）。引用「思無邪」，

---

159 蘭陵笑笑生著，王汝梅校注：《皋鶴堂批評第一奇書金瓶梅》（長春：吉林大學出版社，1994），
　　頁14。

160 朱熹：《詩集傳》（香港：中華書局，1961），頁52。

161 朱熹：《詩集傳》，頁53。

162 黃忠慎：《朱子詩經學新探》（臺北：五南圖書出版公司，2002），頁218。

163 關於《金瓶梅》的「德」與「色」之間的矛盾，可參看李建中：《瓶中審醜》（臺北：文史哲出版
　　社，1982），第一章「德色論」。

意即：讀者應以無邪之心讀《金瓶梅》。這也是考慮到閱讀效果。[164]

綜上所述，張竹坡告訴我們一個重要信息：他那個年代，「原本〔《金瓶梅》〕四處流行買賣」，這似乎可以說明當時《金瓶梅》沒有被點名禁毀，或者雖禁而無效。[165]對待《金瓶梅》，他是從三個層面入手的：

- ●「孝」：這關乎<u>作者</u>著書動機
- ●「非淫」：這關乎<u>文本</u>的內容情節
- ●「懲創」：這關係<u>閱讀</u>的效果

可見，張竹坡的論述，顧及了作品產生，文本內容和閱讀效果，可謂周全。

張竹坡本人因為評刻「淫書」，受到族人排斥，他付出沉重的代價。[166]

張竹坡評點本，是康熙朝以來在社會上流傳最廣的本子。[167]《皋鶴堂批評第一奇書金瓶梅》《張竹坡批評金瓶梅》等等都是同出一源。張評本還傳到日本。日本的宮內廳書陵部藏舶載書目，其中有「彭城張竹坡批評金瓶梅第一奇書，二十四本一百回。」[168]

在結束本節小節之前，我們看一看清初（順治）西湖釣叟《續金瓶梅·序》的言論，就知道張竹坡之論在清初並非特殊。西湖釣叟說「《西遊》闡心而證道於魔，《水滸》戒俠而崇義於盜，<u>《金瓶梅》懲淫</u>而炫情於色，此皆顯言之，誇言之，放言之，而其旨則在以隱，以刺，以止之間。唯不知著，曰怪，曰暴，曰淫，以為非聖而畔道焉。烏知夫稗官野史足以<u>翼聖而贊經者</u>。〔……〕以之翼聖也可，以之贊經也可。」[169]

《金瓶梅》被他說成是「懲淫」之作。他所謂「翼聖而贊經」，實際的意思是：「反面教材（如《金瓶梅》）」可以產生出傳統經典的「正面作用」。

西湖釣叟的說法本身就是一種「轉化」，是評家將小說「經典化」的一種重要手段。

(二)滿文譯本：吸收漢文化？

康熙朝除了張評本，還有滿文譯本《金瓶梅》，滿文本出版時間是康熙四十七年（1708）

---

[164] 參看本書上卷討論東吳弄珠客序的部分。宋代的呂祖謙的理解是：詩人以無邪之思作之，學者亦以無邪之思觀之。

[165] 清統治階層有明文貶斥「淫詞小說」，關於這層，請讀者參看王利器的《元明清三代禁毀小說戲曲史料》。但是，我們沒有找到康熙朝針對《金瓶梅》的禁令。

[166] 吳敢：《張竹坡與金瓶梅》（天津：百花文藝出版社，1987），頁86。

[167] 吳敢：《張竹坡與金瓶梅》，頁79。

[168] 何香久：《金瓶梅傳播史話》（北京：中國文聯出版社，1998），頁359。

[169] 方銘編：《金瓶梅資料匯錄》（合肥：黃山書社，1986），頁193。另參黃霖編：《金瓶梅資料彙編》，頁15。

五月。[170]據昭槤《嘯亭續錄》卷二「小說」條,滿文本譯者是「戶曹郎中和素」。一說是徐蝶園(參《隨園詩話》卷五)。

《金瓶梅》滿文譯本四十卷一百回,無插圖,序文與正文每頁均為九行,文字豎排,人物姓名和詩詞旁附有漢字。其中若干回有大量漢字,基本上做到滿漢對照,例如第九十七回、九十八回就是如此。此外,第九十六回後半和第十五回的五個頁面也是全版滿漢對照。這是比較特殊的現象。

筆者發現滿譯本所附的漢字有錯誤,例如,張評本最後一回回末詩「可怪金蓮遭惡報」(詞話本、崇禎本同),滿文本作「可惟」。[171]又如,滿譯本第九十五回卷首把「金瓶梅」三字誤寫為「金屏梅」。[172]

當代學者認為,《金瓶梅》的滿譯是統治階層首肯的,例如,黃霖說:「像《金瓶梅》這樣一部書的翻譯,一定是當朝皇帝下令組織人力於翻書房進行的。」[173]黃潤華也說:「滿譯《金瓶梅》問世,肯定得到最高統治階層的默允。」[174]不過「當朝皇帝」和「最高統治者」是誰,似乎沒有人能說得明確,也沒有歷史證據。

王汝梅(1935-)在《皋鶴堂批評第一奇書金瓶梅》的「前言」中表示:《金瓶梅》滿譯「是滿清前期統治者重視汲取漢族文化,確認通俗小說價值,實行進步文化政策的結果。」[175]以下是《金瓶梅》滿文本的序言(中譯):

> 大凡編撰故事者,或揚善懲惡,以結禍福;或娛心申德,以昭詩文;或明理論性,譬以他物;或褒正疾邪,以辨忠奸,雖屬稗官,然無不備善。《三國演義》《水滸傳》《西遊記》《金瓶梅》四部書,在平話中稱為四大奇書,而《金瓶梅》堪稱之最。凡一百回為一百戒,全書皆是朋黨爭鬥,鑽營告密,褻瀆貪歡,荒淫姦情,貪贓豪取,恃強欺凌,構陷詐騙,設計妄殺,窮極逸樂,誣謗傾軋,讒言離間之事耳。然於修身齊家有益社稷之事者無一件。
>
> 西門慶鴆毒武大,(武大)旋飲潘金蓮之藥而斃命。潘金蓮以藥殺夫,終被武松以利刃殺之。至若西門慶姦他人之妻,而其妻妾與其婿與家奴通姦之。吳月娘瞞夫

170 日本天理圖書館藏有滿文本。四十卷八十冊。澤田瑞穗:〈增修《金瓶梅》研究資料要覽〉一文著錄。參黃霖、王國安編譯:《日本研究金瓶梅論文集》(濟南:齊魯書社,1989),頁312。

171 王汝梅校注:《皋鶴堂批評第一奇書金瓶梅》,頁1668。《滿文本金瓶梅》(San Francisco: Chinese Materials Center, INC, 1975),頁5803。

172 《滿文本金瓶梅》(San Francisco: Chinese Materials Center, INC, 1975),頁5389。

173 黃霖:《金瓶梅考論》(瀋陽:遼寧人民出版社,1989),頁333。

174 黃潤華:〈滿文翻譯小說述略〉一文,載於《文獻》,卷16(1983),頁6-23。引文見頁11。

175 王汝梅校注:《皋鶴堂批評第一奇書金瓶梅》,頁2。

將女婿引入內室，姦西門慶之妾，家中淫亂。吳月娘並無貞節之心，竟至於殷天錫強欲逼姦，來保有意調戲。而蔡京等人欺君妄上，賄賂公行，僅二十年間身為刑徒，其子亦被正法，奸黨皆坐罪而落荒。

西門慶心滿意足，一時巧於鑽營，然終不免貪欲喪命。西門慶死後屍骨未寒，有盜竊的，有逃走的，有詐騙的，不啻燈吹火滅，眾依附者亦皆如花落木枯而敗亡。

報應之輕重宛如秤戥權衡多寡，此乃無疑也。西門慶尋歡作樂不過五六年，其諂媚、鑽營、作惡之徒亦可為非二十年，而其惡行竟可致**萬世鑒戒**。

自尋常之夫妻、和尚、道士、尼姑、命相士、卜卦、方士、樂工、優人、妓女、雜戲、商賈，以至水陸雜物、衣用器具、戲謔之言、俚曲，無不包羅萬象，著述詳盡，栩栩如生，如躍眼前。此書實可謂四奇中之佼佼者。

此書乃明朝逸儒盧柟為斥嚴嵩嚴世蕃父子所著之說，不知確否？此書**勸戒之意，確屬清楚，是以令其譯之**。余趁閒暇之時作了修訂。

觀此書者，便知百回百戒，惴惴思懼，篤心而知自省，如是才可謂不悖此書之本意。倘若津津樂道，效法作惡，重者家滅人亡，輕者身殘可惡，在所難免，可不慎乎！可不慎乎！至若不懼觀污穢淫靡之詞者，誠屬無稟賦之人，不足道也。是為序。康熙四十七年五月穀旦序。[176]

這篇序文沒有署名，但內容透露了是序者命人（和素？）譯成滿文。序文首先斷定《金瓶梅》「修身齊家有益社稷之事者無一件」，貶得很厲害，然後，筆鋒一轉，強調「萬世鑒戒」「勸戒」等等，又把《金瓶梅》說得具有正面意義。

序者寫到最後似乎仍然有點擔心，在收筆之前，他告誡讀者，看此書須「思懼」「自省」，若效法書中人物的所作所為，則家滅身殘，下場悲慘。序者又認為閱此書者，應具有特定的「稟賦」。他這論調，實與東吳弄珠客序文（「方許他讀」）相近。[177]

關於滿文譯本《金瓶梅》的流傳情況，筆者目前沒有可供研究的資料。據說，清代的滿文譯書「在滿族民眾中廣為流傳」。[178]

滿文譯本《金瓶梅》不是收藏在皇宮大內。徐珂《清稗類鈔》「滿文金瓶梅」條說：「京師琉璃廠書肆有滿文之《金瓶梅》，人名旁注漢字，蓋為內務府刻本，戶部郎中和泰

---

176 王汝梅：〈滿文譯本《金瓶梅》敘錄（上篇）〉一文，載於《現代語文（學術綜合版）》2013 年 2 期，頁 21。另參《金瓶梅資料彙編》（北京：北京大學出版社，1985）。王汝梅：《王汝梅解讀金瓶梅》（長春：時代文藝出版社，2007）也提及滿文譯本。

177 參看本書討論東吳弄珠客的部分。

178 李永海：〈滿文本《金瓶梅》及其序言〉，載於《民族文學研究》2007 年第 4 期，頁 65-67。

所譯者也。」[179]徐珂稱譯者為「和泰」，不知道是不是將「素」誤為「泰」。

滿譯本《金瓶梅》曾被轉譯為蒙文。今天，中國境內還有蒙文《金瓶梅》殘本，蒙古人民和國國家圖書館中藏有多個蒙文《金瓶梅》的抄本，其中一部有明確標示 1910 年譯自滿文本。[180]

滿譯本《金瓶梅》也流傳到域外。日本天理圖書館藏有《金瓶梅》滿文本，四十卷，八十冊（見澤田瑞穗《增修金瓶梅研究資料要覽》）。[181]香港中文大學所藏之滿譯本《金瓶梅》影印本，是美國三藩市的重印本，共分十冊。[182]

格奧爾格·伽貝棱次（Georg von der Gabelentz，1840-1893）的德語節譯本 *Kin Ping Mei*（Paris: Revue orientale et américaine, 1879）譯自滿文。[183]此書上距滿文本《金瓶梅》出版年（1708）只有八十多年。

六、清代中葉以後《金瓶梅》的命運

康熙時，《金瓶梅》還可以公開出版，但是，衛道之士一直對《金瓶梅》口誅筆伐。到了清中葉，統治階層對「小說淫書」的打壓漸趨嚴厲。

筆者沒有找到《金瓶梅》在雍正朝被禁毀的信息，只看到乾隆元年（1736）有人說《金瓶梅》「久干例禁」，據此推測，雍正朝也許是「禁毀」的分水嶺（請看下文）。關於此點，因史料不足，暫時難以確定。另外，禁書令似乎只在南方（尤其是江、浙一帶）實行。以下，筆者簡述《金瓶梅》被禁毀的情況。

(一)乾隆至光緒之間的《金瓶梅》：一再被禁毀

乾隆元年（1736）春二月閑齋老人〈《儒林外史》序〉已經透露：「《水滸》《金瓶梅》，誨盜誨淫，久干例禁。」[184]

道光、同治年間，江、浙地區三下禁書令，《金瓶梅》都是名列禁書榜。這三次禁

---

[179] 徐珂編，劉卓英點校：《清稗類鈔選：文學、藝術、戲劇、音樂》（北京：書目文獻出版社，1984），頁 178。

[180] 黃潤華：〈略談滿文譯本《金瓶梅》〉一文，徐朔方、劉輝編：《金瓶梅論集》（北京：人民文學出版社，1986），頁 213。

[181] 黃霖、王國安編譯：《日本研究金瓶梅論文集》（濟南：齊魯書社，1989），頁 312。

[182] 索書號為 PL2698.H73 C516。

[183] 據李士勳（1945-）的網誌 http://blog.sina.com.cn/s/blog_70adf15401015mku.html。

[184] 丁錫根編：《中國歷代小說序跋集》，頁 1681，摘自嘉慶八年臥閑草堂刊本。

書的日期和主持者分別是：

- 道光十八年　江蘇裕謙；
- 道光二十四年　浙江兵部侍郎、浙江巡撫；
- 同治七年　江蘇丁日昌。

1.道光十八年禁毀

道光十八年（1838）江蘇按察使裕謙（1793-1841）主持禁書。

據余治（1809-1874）《得一錄》所列書單，當時禁毀的包括：《金瓶梅》《唱金瓶梅》《續金瓶梅》。其他「足以誨淫誨盜者，一概嚴禁收燬」。[185]

這次禁書，連與《金瓶梅》相關的《續金瓶梅》和《唱金瓶梅》也一同被禁。

《續金瓶梅》，應該是指明末清初作家丁耀亢（1599-1669）所寫的小說，此書約四十二萬字，刊於順治年間。

《唱金瓶梅》，筆者未見，也許是指供說唱的彈詞《金瓶梅》。乾隆間《東調古本金瓶梅》以彈詞體演出《金瓶梅》。道光壬午（1822）年漱芳軒刊本《雅調秘本南詞繡像金瓶梅傳》也是彈詞。[186]從內容看，《雅調秘本南詞繡像金瓶梅傳》的文字基本上來自張評本系統，書前序文落款為：「嘉慶二十五年歲次庚辰嘉平月書於吳趨客邸，廢閑主人識幷書」。[187]嘉慶二十五年即西元 1821 年，說唱活動可能早於此年。[188]

2.道光二十四年禁毀

道光二十四年（1844）《勸毀淫書徵信錄》中〈禁毀書目〉列有《金瓶梅》《唱金瓶梅》《續金瓶梅》……《漢宋奇書》……。當時的告示說：

> 此外名目尚多，未能備載，望各自檢點，一並送局。自禁之後，凡屬省城內外，及各州縣鄉村等處，統宜遵照，設局收毀，其不能送局者，亦應自行銷毀淨盡，以免日後覺察，種多未便。特白。[189]

從上引告示的最後一段可以看出，這次查禁的範圍，擴展到「各州縣鄉村」。因此，我

185　據余治《得一錄》卷十一。王利器編：《元明清三代禁毀小說戲曲史料》，頁 135。

186　宋莉華：《明清時期的小說傳播》（北京：中國社會科學出版社，2004），頁 183。

187　參看陳維昭：〈南詞繡像金瓶梅傳考論〉一文，載《戲劇藝術》2011 年第 6 期。濤按：此文也載於互聯網。

188　北京大學圖書館編：《不登大雅文庫藏珍本戲曲叢刊》（北京：學苑出版社，2003）第十冊收錄撰者不明的戲曲《金瓶梅》。另可參看荒木猛《金瓶梅研究》（京都：仏教大学，2009），頁 452-473。

189　黃霖編：《金瓶梅資料彙編》，頁 272。王利器編：《元明清三代禁毀小說戲曲史料》，頁 122。

們看到浙江仁和縣知縣也發出禁書令（參《勸毀淫書徵信錄》[190]）。

這次禁書，考慮周詳，目錄之末說明禁書名目不限於書目所列，所謂「名目尚多，未能備載」云云。

3.同治七年禁毀

同治七年（1868）江蘇丁日昌（1823-1882）禁書一百二十二種，除首兩種為新增者外，其餘與浙江書目全同。[191]四大奇書之中，有三種被禁：《三國演義》《水滸傳》《金瓶梅》。[192]

據光緒乙酉（1885）寶善堂重刊本《得一錄》卷十五：此時〔光緒乙酉〕「《水滸》《金瓶梅》百數十種業已全數禁燬。」當局變本加厲，就連演唱有關故事也不容許了。裕謙在〈裕中丞訓俗條約〉中說：

> 一應崑徽戲班，只許演唱忠孝節義故事，如有將《水滸》《金瓶梅》《來福山歌》等項奸盜之齣，在園演唱者，地方官立將班頭並開戲之人嚴拏治罪，仍追行頭變價充公。[193]

可見，除了書本文字外，口頭傳唱也被禁制。

(二)《金瓶梅》禁而不絕

三大奇書（《金瓶梅》《水滸傳》《三國演義》）經過點名禁毀，本應再難流行。但是，我們翻查清中葉以後的文獻，卻發現禁書的成效有限。

按照道光二十五（1843）年青玉山房刊本鄭光祖《一斑錄雜述》的記載，大約慶嘉、道光年間，《水滸傳》《金瓶梅》竟然可以在書攤上發售。鄭光祖雖然覺得「近歲稍嚴書禁」（可能是指道光十八年的禁書事件），但是，他對於禁書的效果，也頗有懷疑，他說：

> 偶於書攤見有書賈記數一冊云，是歲所銷之書，《致富奇書》若干，《紅樓夢》《金瓶梅》《水滸》《西廂》等書稱是，其餘名目甚多，均不至前數。切嘆風俗繫乎人心，而人心重賴激勸。乃此等惡劣小說盈天下，以逢人之情慾，誘為不軌，

190　王利器編：《元明清三代禁毀小說戲曲史料》，頁 124。

191　參考陳益源：〈丁日昌的刻書與禁書〉，收入其《古代小說述論》（北京：線裝書局，1999），頁 127。

192　朱一玄、劉毓忱編：《水滸傳資料匯編》，頁 537。

193　王利器編：《元明清三代禁毀小說戲曲史料》，頁 130。據《得一錄》卷十五之四。

所以棄禮滅義，相習成風，載胥難挽也。幸近歲稍嚴書禁，漏卮可以塞乎？[194]

果然，到了**光緒年**間，鄭光祖擔心的問題（禁而不能止）出現了。

光緒年間，地方官文龍就評點過《金瓶梅》。他的評語寫在張竹坡評本《第一奇書》上。

光緒八年（1882），文龍任蕪湖知縣。他在安徽省安慶的一個書肆中看到《第一奇書》在茲堂本。[195]文龍是朝廷的官員，他應該知道此書是禁書，然而，他不但細讀了此書，還寫下評語。他在第一回回末評中說：「《金瓶梅》淫書也，亦戒淫書也。」[196]

文龍評點《金瓶梅》這件事，正好說明禁書令的效果有限。至少，我們肯定《金瓶梅》在長江流域（例如安徽省）並未絕跡。

文龍認為，《金瓶梅》不必全然禁看，他的理由是：「年少之人，欲火正盛，方有出焉，不可令其見之。〔……〕迨至中年，娶妻生子，其有一琴一瑟，不敢二色終身者，此書本可不看，即看亦未必入魔。若夫花柳場中，曾經翻過筋頭，脂粉隊裏，亦頗得過便宜，浪子回頭，英雄自負，看亦可，不看亦可。至於閱歷既深，見解不俗，亦是統前後而觀之，固不專在此一處也，不看亦好，看亦好。果能不隨俗見，自具心思，局外不齒局中，事前已知事後，正不妨一看再看。」[197]換言之，他認為不同素養的人閱讀《金瓶梅》有不同的效果。他所說的第三類「不妨一看再看」，更是與禁書令大唱反調。

但是，由於官府查禁《金瓶梅》，此書大概不易購獲。《古本金瓶梅》蔣敦良同治三年（1864）序說：書肆架中見抄本《金瓶梅》，「書賈索價五百金。」書價甚昂，大概是因為物以罕為貴。[198]

光緒十三年（1887）管可齋刊本夢癡學人在《夢癡說夢》一書中提及：「即以《水滸》《金瓶》而言，其書久經焚毀，禁止刊刻，至今毒種尚在。」[199]總之，書版被焚毀，還有抄本（毒種？）可以流傳。

再過十年，時局變遷，通俗小說不再被視為「毒種」，反而得到極高的評價，其地位「幾幾出於經史之上」，成為救國的工具（請看下文）。

194　黃霖編：《金瓶梅資料彙編》，頁277。另參馬蹄疾編：《水滸資料彙編》，頁398。

195　何香久：《金瓶梅傳播史話》（北京：中國文聯出版公司，1998），頁169。

196　黃霖編：《金瓶梅資料彙編》，頁411。文龍認為：「生性淫，不觀此書亦淫；性不淫，觀此書可以止淫。然則書不淫，人自淫也；人不淫，書又何嘗淫乎」語見《金瓶梅資料彙編》，頁422。

197　黃霖編：《金瓶梅資料彙編》，頁437。

198　宋莉華：《明清時期的小說傳播》（北京：中國社會科學出版社，2004），頁157。

199　黃霖編：《金瓶梅資料彙編》，頁281。另參馬蹄疾編：《水滸資料彙編》，頁406。

七、可讀與善讀：《金瓶梅》在清末民初的「新生命」

同治七年（1868）官方還在禁制小說（當時《金瓶梅》名列禁書榜），可是，再過二十多年（到光緒二十三年，1897），人心思變，小說反被說成是「救國」的重要工具，就連《金瓶梅》也很獲抬舉。

僅在 1897 年，就有四個評論家力陳小說有政治作用，這四位是：梁啟超（1873-1929）、嚴復（1854-1921）、夏曾佑（1863-1924）、康有為（1858-1927）。他們的文章是：

● 梁啟超：〈《舊學報》序〉〈《清議報》序〉；
● 嚴復、夏曾佑：〈國聞報附印說部緣起〉；
● 康有為：〈《日本書目志》識語〉。

1897 年，康有為在〈《日本書目志》識語〉一文把小說抬到極高的地位，他說：

> 宋開此體〔小說〕，通於俚俗，故天下讀小說者最多也。啟童蒙之知識，引之以正道，俾其歡欣樂讀，莫小說若也。
>
> 易逮於民治，善入於愚俗，可增七略為八、四部為五，蔚為大國，直隸王風者，今日急務，其小說乎？僅識字之人，有不讀「經」，無有不讀小說者。故「六經」不能教，當以小說教之；正史不能入，當以小說喻之；律例不能治，當以小說治之。[200]

他的意思，無非是小說通俗易讀，便於移風易俗；小說的教化功能要比六經和正史還要大。康有為這種論調比晚明評論家似乎要更進一步。

晚明的輿論，旨在提高小說的地位。[201]到了晚清，論者的目的是「社會改革」。梁啟超為《舊學報》《清議報》寫文章，提出「日本之變法，賴俚歌與小說之力。」[202]

同一年，嚴復和夏曾佑（號列士）在天津創辦《國聞報》，二人聯名發表的〈《國聞報》附印說部緣起〉說：

> 聞歐、美、東瀛，其開化之時，往往得小說之助。[203]

---

200 陳平原、夏曉虹編：《二十世紀中國小說理論資料（第一卷）》，頁 13。

201 當然這不是唯一的目的。

202 這種「外國經驗」，一直到了 1907 年陶祐曾〈論小說之勢力及其影響〉還有出現：「列強進化，多賴稗官；大陸競爭，亦由說部。」參陳平原、夏曉虹編：《二十世紀中國小說理論資料（第一卷）》，頁 247。

203 《二十世紀中國小說理論資料（第一卷）》，頁 27。

這種言論和梁啟超如出一轍。小說為甚麼會有這麼大的作用呢？嚴、夏二人認為小說足以左右天下的風俗人心，影響力比經、史還要大。他們引《三國演義》和《水滸傳》為例：

> 夫說部之興，其入人之深，行世之遠，幾幾出於經史之上，而天下之人心風俗，遂不免為說部之所持。《三國演義》者，志兵謀也，而世之語兵者取焉；《水滸傳》者，志盜也，而萑蒲狐父之豪，往往標之以為宗旨。[204]

這種說法，或與政局有關。光緒年間義和拳利用小說內容吸引信眾，終釀成大禍。吳永（1865-1936）口述的《庚子西狩叢談》卷一記載：「該教〔八卦教〕每糾合若干人為一團，多者或至逾萬人，少亦以千百計，每團各設有壇宇，所奉之神，任意妄造，殊不一律，率以出於《西遊》《封神》《三國》《水滸》諸小說者為多數。〔……〕練習時，由大師兄拈香誦咒，其人即昏然仆地俄頃倔起，謂之神來附體，則面目改異，輒自稱沙僧、八戒、悟空之類。」[205]

《庚子西狩叢談》卷五又說：「義和拳之亂所以釀成此大戾者，原因固甚複雜而根本癥結實不外於二端。一則民智之過陋也。北方人民，簡單樸質，向乏普通教育，耳目濡染衹有小說與戲劇之兩種觀感。戲劇乃本於小說，括而言之，謂小說教育可也。小說中之有勢力者，無過於兩大派：一為《封神》《西遊》，侈仙道鬼神之魔法；一為《水滸》《俠義》，狀英雄草澤之強梁。由此兩派思想，渾合製造，乃適成義和團原質。」[206]

庚子事變的發生，使有識之士認識到：一、當時民眾的智識十分貧乏（由此得出結論：以前維新運動的重點在於政治制度的變革，今後重點應轉為民智的開發）；二、小說影響力的巨大。

對於小說影響力的認識，在庚子事變之前已經有人提出。事變後，論者就想用小說來開啟民智。於是，在梁啟超發表〈論小說與群治之關係〉之後幾年間，「小說救國論」甚囂塵上，俠民、吳沃堯（1866-1910，字趼人，號我佛山人）、王無生等人的論調幾乎跟梁啟超沒有兩樣：

● 1904 年，俠民〈《新新小說》敘例〉說：

> 小說有支配社會之能力，近世學者論之甚詳，比年以來，亦稍知所趨重矣。<u>故欲</u>

---

[204] 《二十世紀中國小說理論資料（第一卷）》，頁 27。馬蹄疾，頁 422。另參朱一玄、劉毓忱編：《三國演義資料匯編》，頁 49。

[205] 引自吳永口述；劉治襄筆記：《庚子西狩叢談》（臺北：文海出版社，1966），頁 34。原版頁 8。

[206] 《庚子西狩叢談》，頁 206-207。原版頁 181。

　　　　新社會，必先新小說；欲社會之日新，必小說之日新。[207]

● 1906 年，吳沃堯受梁啟超影響，他在〈《月月小說》序〉中說要：

　　　　借小說之趣味之感情，為德育之一助云爾。[208]

● 1907 年，王無生〈論小說與改良社會之關係〉說：

　　　　吾以為吾儕今日，不欲救國也，則已；今日誠欲救國，不可不自小說始，不可不
　　　　自改良小說始。[209]

● 1907 年，陶祐曾〈論小說之勢力及其影響〉說：

　　　　小說者，實學術之導火線也。

● 1908 年，燕南尚生〈新評水滸傳敘〉說：

　　　　小說為輸入文明利器之一。[210]

● 1910 年，陸士諤〈《新上海》自序〉說：

　　　　〔小說是〕開智覺民之利器。[211]

可見，把小說視為一種「利器」，是當時部分論者的共識。這種共識雖然有助於提昇小
說社會地位，但小說這種文體也就淪為工具了。

　　當時，有些論者把小說提昇到至高無上的地位，例如：別士〈小說原理〉說「欲求
輸入文化，除小說更無他途。」楚卿〈論文學上小說之位置〉（1903）說「小說者，實文
學之最上乘也。」陶祐曾〈論小說之勢力及其影響〉（1907）說：「小說，小說，誠文學
界中之佔最上乘者也。」[212]

　　當時的論者也明白這種「小說救國論」是一種時代風潮，例如：1904 年（光緒三十年），
海天獨嘯子〈《女媧石》凡例〉說：「近來改革之初，我國志士，皆以小說為社會之藥

207　《二十世紀中國小說理論資料（第一卷）》，頁 140。原刊於《大陸報》第 2 卷第 5 號（1904）。
208　《二十世紀中國小說理論資料（第一卷）》，頁 140。原刊於《月月小說》第 1 年第 1 號（1906）。
209　《二十世紀中國小說理論資料（第一卷）》，頁 284。
210　黃錦珠：《晚清時期小說觀念之轉變》（臺北：文史哲出版社，1995），頁 154。
211　《二十世紀中國小說理論資料（第一卷）》，頁 384。
212　《二十世紀中國小說理論資料（第一卷）》，頁 78、247。

石。」[213]1906年陸紹明〈《月月小說》發刊詞〉也說：「今也〔……〕實為小說改良社會、開通民智之時代也。」[214]

小說，以前被（班固）評為「不入流」，到晚清被評為「最上乘」，其地位由一個極端轉到另一個極端！

簡言之，在清末民初，小說非但不因「通俗」而價值降低，反而因為具有通俗的特性，便於教育民眾，就被梁啟超等人推為「文學之最上乘」。過往三大奇書因為不夠「正派」而被禁，如今卻因通俗的特性而獲得抬舉。

小說家的地位，也大大提高。以前各奇書的「作者」羅貫中、施耐庵被說成「子孫三代皆啞」的惡徒，連批評家金聖歎也因為評點《水滸傳》而「不得好死」。[215]到晚清，小說作者和評者都大獲青睞：「混混世界上，與其得百司馬遷，不若一施耐庵；生百朱熹，不若生一金聖歎。」[216]

值得注意的是，晚清時期的論者、評家，並不是要把小說變成「雅正」文學，他們是要消除雅正文學和通俗文學之間的價值差距。

除了創作「新小說」之外，也有人用重新詮釋來達到「小說改造社會」的目的，例如，梁啟超把舊小說打為「誨盜」「誨淫」，而另一批讀者卻從舊小說中「挖掘」到新的元素（請看下文）。

(一)晚清時期的「善讀《金瓶梅》」之論

由於《金瓶梅》因「淫」而被禁毀，到了晚清，「小說救國論」大盛，在這種情況下，《金瓶梅》是否「可讀」自然成為論者辯說的話題。

晚清論者高出前人之處在於：以前對於《金瓶梅》的興論，主要是從書中的「性描寫」（是否「淫書」）本身著眼，只有寥寥幾個論者（例如東吳弄珠客、文龍）從讀者角度看問題。[217]

晚清的論者固然知道此書舊有「淫書」之名，但是，仍然有人認為《金瓶梅》不必禁絕，因為在他們心目中，小說是有害還是有益，要視乎讀者的閱讀心態。（例如，程郖

213　《二十世紀中國小說理論資料（第一卷）》，頁148。

214　黃錦珠：《晚清時期小說觀念之轉變》，頁152-53。

215　這是後人為金氏設想的「報應」。

216　伯耀：〈小說之支配於世界上純以情理之真趣為觀感〉一文，載於《中外小說林》，1卷15期（1907年）。引自《二十世紀中國小說理論資料（第一卷）》，頁242。

217　東吳弄珠客、張竹坡和文龍都有觸及這個話題，但只有文龍討論較詳。

秋〈翠巖館筆記〉認為：「余以為小說非能壞人，在觀之者何如耳。」）[218]

　　1906 年佚名的〈讀新小說法〉說：「**善讀**之，則雅鄭不異其聲，葷荼不異其味。微特《三國志》可讀，《桃花扇》可讀，即污如《金瓶梅》，<u>亦何嘗不可讀</u>？」[219]我們注意到，他用「污」字形容《金瓶梅》，卻聲稱「可讀」。

　　然而，「可讀」的下一步卻是「善讀」與「不善讀」之分（有點像西方讀者反應批評中的 competent reader）。[220]吳趼人、夢生和王無生都曾提出「善讀」問題。

　　吳趼人〈雜說〉（1906 年《月月小說》第一卷）記：「顧世人每每指為淫書，官府且從而禁之，亦可見**善讀**者之難〔得〕其人矣。推是意也，吾敢謂今之譯本偵探小說，皆誨盜之書。夫偵探小說，明明為懲盜之書也，顧何以謂誨盜？夫仁者見之謂之仁，智者見之謂之智，若《金瓶梅》《肉蒲團》，淫者見之謂之淫，偵探小說則盜者見之謂之盜耳。嗚夫！是豈獨不善讀書而已耶，毋亦<u>道德缺乏</u>之過耶！社會如是，捉筆為小說者當如何其慎之又慎也。」[221]吳趼人關心的是「讀者的角度」，他指出「不善讀」是由於讀者自己「道德缺乏」，只有淫者才會認為《金瓶梅》是「淫書」。我們再看天僇生和夢生的論點：

　　天僇生〈論小說與改良社會之關係〉（1907）說：

> 著諸書〔《水滸傳》《金瓶梅》等〕者，其人皆深極哀苦，有不可告人之隱，乃以委曲譬喻出之。讀者不知古人用心之所在，而以誨淫與盜目諸書，此**不善讀**小說之過也。[222]

　　夢生〈小說叢話〉（1914）說：

> 吾所謂能讀小說者，非粗識幾字，了解其中事實如何如何也。善讀小說者，賞其文，不善讀小說者，記其事。善讀者是一副眼光，不善讀者又是一副眼光。〔……〕《金瓶梅》以絕世妙文，以受誤讀者之厄，致不能公行於世。**誤讀《金瓶梅》者**，真罪過不小。[223]

218　馬蹄疾編：《水滸資料彙編》，頁 435。

219　《二十世紀中國小說理論資料（第一卷）》，頁 297。黃霖編：《金瓶梅資料彙編》，頁 324。文章原載於《新世界小說社報》1906 年第 6、7 期。

220　參看 *Reader-response Criticism: from Formalism to Post-structuralism.* Edited by Jane P. Tompkins (Baltimore: Johns Hopkins University Press, 1980).

221　黃霖編：《金瓶梅資料彙編》，頁 322。

222　《二十世紀中國小說理論資料（第一卷）》，頁 284。原刊於《月月小說》。

223　黃霖編：《金瓶梅資料彙編》，頁 337。

他們聲稱：所謂「誨淫」，其實是讀者「不善讀」或者「誤讀」。夢生還指出哪些人不宜讀《金瓶梅》，他說：「《金瓶梅》不許未成年之男女讀，以彼血氣未定必致誤會故。《金瓶梅》不許無知識之男女讀，以彼毫無見解必致誤會故。」（出處同上）[224]這種想法，和後世電影分級制度（有「兒童不宜」級別）相近。

但是，到底要怎樣才算是「善讀」呢？夢生主張：「讀《金瓶梅》須正襟危坐讀之，細玩其通篇文理，索解其言外命意，方是<u>善讀</u>者。」（出處同上）

夢生說的「言外命意」，大概也就是天僇生心目中的「委曲譬喻」。這樣說來，他們的「善讀」理論也<u>不純粹視乎讀者的能力，而且涉及作者的「設計」</u>。可惜，對於「不可告人之隱」和「言外命意」是甚麼，他們卻語焉不詳。

實際上，《金瓶梅》有「言外命意」這種說法，早在 1903 年狄葆賢（1875-1921）的言論中已經出現，[225]而且這種「言外命意」又和「作者本意」有關係：「《金瓶梅》一書，<u>作者抱無窮冤抑</u>，無限深痛，而又處黑暗之時代，無可與言，無從發洩，不得已藉小說以鳴之。其描寫當時之社會情狀，略見一斑。」[226]明末清初之時，「作者抱冤」是指「孝子父仇未報」。到清末民初，「冤抑」似乎別有所指：焦點落在「時代黑暗、民不聊生」之上，這和「苦孝說」關心的「私人恩怨」（「家恨」）不同。

王鍾麒（署名天僇生）在〈中國歷代小說史論〉（1907）認為：「描寫<u>社會之污穢、濁亂</u>、貪酷、淫媒諸現狀，而以刻毒之筆出之，如《金瓶梅》之寫淫，〔……〕讀諸書（《金瓶梅》等）者，或且詆古人以淫冶輕薄導世，不知<u>其人作此書時，皆深極哀痛</u>，血透紙背而成者也。其源出於太史公諸傳。」[227]王鍾麒所說的「社會之污穢、濁亂」和狄葆賢所說的「黑暗之時代」應該是同一個意思。

從這些言論，我們可以看出評論家所感受到的「深痛」或「哀痛」，其實是社會問題造成的。換言之，這個時期評家的**著眼點不再是那些性愛描寫，也不再是「影射嚴東樓」**。他們要求讀者採取另一種「視角」來審視《金瓶梅》作者的「言外命意」「譬喻」。這種閱讀角度與清末民初要求「藉小說認識社會」的主張相配合。

兩年後（1909），王鍾麒（署名天僇生）在〈中國三大家小說論贊〉就示範他怎樣從《金瓶梅》認識「中國之人物、之社會」：

元美〔王世貞〕生長華閥，抱奇才，不可一世，乃因與楊仲芳結納之故，致為嚴

---

224 文龍也有相似的論點。前文已有引述。

225 《二十世紀中國小說理論資料（第一卷）》，頁 84。

226 黃霖編：《金瓶梅資料彙編》，頁 303。

227 《二十世紀中國小說理論資料（第一卷）》，頁 287。黃霖編：《金瓶梅資料彙編》，頁 317。

嵩所忌，戮及其親，深極哀痛，無所發其憤。彼以為中國之人物、之社會，皆至
污極賤，貪鄙淫穢，靡所不至其極，於是而作是書。蓋其心目中，固無一人能少
有價值者。彼其記西門慶，則言富貴人之淫惡也；記潘金蓮，則傷女界之穢亂也；
記花子虛、李瓶兒，則悲友道之衰微也；記宋惠蓮，則哀讒佞之為禍也；記蔡太
師，則痛仕途黑暗，賄賂公行也。嗟乎！嗟乎！天下有過人之才人，遭際<u>濁世</u>，
把彌天之怨，不得不流而為厭世主義，又從而摹繪之，使<u>並世者之惡德</u>，不能少
自諱匿者，是則王氏著書之苦心也。輕薄小兒，以其善寫淫媟也實之，而此書遂
為老師宿儒所詬病，亦不察之甚矣。[228]

這種讀法表面上是說作者的抑鬱無從發洩，實際上卻是將閱讀的焦點放在「針砭社會」
之上。王鍾麒舉出的幾點：富貴人之淫惡、女界之穢亂、友道之衰微、讒佞之為禍、仕
途之黑暗等，實際上都涉及讀者對《金瓶梅》社會的認識。這種閱讀角度正是當時（晚
清）對《金瓶梅》甚為流行的看法。

　　1904 年，曼殊（可能是梁啟超之弟梁啟勳）的〈小說叢話〉一文正好反映讀者改換閱讀
角度後得到全新的閱讀感受：

《金瓶梅》之聲價，當不下於《水滸》《紅樓》，此論小說者所評為淫書之祖宗者
也。余昔讀之，盡數卷，猶覺毫無趣味，心竊惑之。後乃**改其法，認為一種社會
之書**以讀之，始知盛名之下，必無虛也。凡讀淫書者，莫不全副精神，貫注於寫
淫之處，此外則隨手披閱，不大留意，此殆讀者之普遍性矣。至於《金瓶梅》，
吾固不能謂為非淫書，然其奧妙，<u>絕非在寫淫之筆</u>。蓋此書的是描寫下等婦人之
書也。試觀書中之人物，一啟口，則下等人之言論也；一舉足，則下等婦人之行
動也。雖裝束模倣上流，其下等如故也，供給擬於貴族，其下等如故也。若作之
宗旨在於寫淫，又何必取此粗賤之材料哉？[229]

他固然承認《金瓶梅》是「淫書」，但是，他認為讀書有主次之分：「寫淫之筆」不重
要，重要的是把《金瓶梅》當成「社會之書」來看。

　　十年之後（1914），夢生在同名文章〈小說叢話〉也注意到《金瓶梅》所描寫的「下
等社會」：

228　原刊於光緒三十四年《月月小說》第二卷第二期，見黃霖編：《金瓶梅資料彙編》，頁 321。
229　黃霖編：《金瓶梅資料彙編》，頁 305。原刊於《新小說》第八期。黃霖指出：近人多認為這個曼
　　殊是梁啟超之弟梁啟勳。

> 《金瓶梅》乃一最佳最美之小說，以其筆墨寫<u>下等社會</u>、下等人物，無一不酷似故。
> 若以《金瓶梅》為不正經，則大誤。《金瓶梅》乃一懲勸世人、針砭惡俗之書。
> 若以《金瓶梅》為導淫，則大誤。[230]

總言之，晚清的論者對《金瓶梅》的看法和以前的著眼點很不相同。以前的爭論焦點往往在於是否「誨淫」、是否影射政壇秘辛。到了晚清，論者開拓了一個新的視角——以「社會之書」來讀《金瓶梅》。

這種注重「社會」的讀法，和當時的「社會改革」之論大有關係。

(二)五四時期：「正統文學」「第一流」

五四運動（1919 年 5 月 4 日）前後，知識界批判傳統思想，提出全面打倒或局部調整，或批判後繼承，或全盤西化等主張。傳統的文學觀念，受到很大的沖擊。四大奇書也因緣際會，被捲進了新的時代漩渦之中。新文學運動有兩篇最重要的文章：

- 1917 年 1 月 1 日，胡適〈文學改良芻議〉[231]
- 1917 年 2 月 1 日，陳獨秀〈文學革命論〉[232]

起初胡適（1891-1962）小心翼翼，只用上「改良」的字眼，豈料陳獨秀（1879-1942）比胡適更加激進，倡議「革命」，終於促成胡適所說的「文學革命」。

所謂「文學革命」，在形式方面是用「白話」代替「古文」，在理論方面是胡適後來提出的「歷史的文學的進化觀」，在文學研究方面是推崇元明以來的戲曲小說。

胡適對白話小說的影響有他自己一套看法。他在〈五十年來中國之文學〉一文中說：「〔……〕這五個時期的<u>白話文學</u>之中，最重要的是這五百年的白話小說。這五百年之中，流行最廣，勢力最大，影響最深的書，並不是『四書』『五經』，也不是性理的語錄，乃是那幾部『言之無文行之最遠』的《水滸》《三國》《西遊》《紅樓》。」[233]

胡適與梁啟超等人不同，胡適看重的不是這些小說的內容（「誨盜」「誨淫」「社會黑暗」），而是這些小說的語言媒介——白話。

英國學者 Catherine Belsey 說過："The history of the reception of literary texts shows how the present appropriates the text for itself".[234]胡適正是善於「古為今用」（appropriating）。

---

230 黃霖編：《金瓶梅資料彙編》，頁 336。

231 見於《新青年》第 2 卷第 5 號。

232 見於《新青年》第 2 卷第 6 號。

233 胡適：《胡適古典文學研究論集》（上海：上海古籍出版社，1988），頁 152。

234 Catherine Belsey. "The Plurality of History." *Southern Review* 17, no.2. (1984):138-41.

　　胡適把文言作品都視為「死文學」，把白話作品視為「活文學」。他的「歷史的文學的進化觀」其實就是要注意白話文學的進化。他提倡用白話來創作新作品，把白話視作國語。他認為提倡白話，不能靠官方的教育部，也不能靠語言專家，更不能靠幾本國語教科書和國語辭典，而要靠白話文學作品的薰陶。

　　在這種情況下，四大奇書中的《水滸傳》《西遊記》獲封為「活文學」。[235]在推廣白話（後來正名為「國語」）時，《水滸傳》和《西遊記》成了「模範的白話文學」（參看1918 年〈建設的文學革命論〉）。尤其是《水滸傳》，受到胡適的極口稱讚，許為「第一流的小說」（參看 1923 年 3 月〈五十年來中國之文學〉）。[236]

　　我們可以徵引胡適本人的文章片段，看他怎樣藉四大奇書來推動他的「文學革命」：〈文學改良芻議〉說：

> 吾主張今日作文作詩宜採用俗語俗字。與其用三千年前之死字，不如用二十世紀之活字；與其用不能行遠不能普及之秦、漢、六朝之文字，不如作家喻戶曉之《水滸》《西遊》文字也。[237]

〈文學的國語〉說：

> 我們提倡新文學的人，儘可不必問今日中國有無標準國語，我們儘可採用《水滸》《西遊記》《儒林外史》《紅樓夢》的白話；〔……〕[238]

在胡適筆下，《水滸傳》《西遊記》的另一種價值（語言）被發掘出來了。《水滸傳》《西遊記》在胡適推廣白話的文章中常常充當「模範」，受到胡適的表揚。四大奇書的另外兩部（《金瓶梅》和《三國演義》）在胡適文章中出現的頻率較低。

　　《三國演義》在這場「文學革命」的位置尤其不明朗，因為《三國演義》到底是不是「白話」作品，也未能遽定。[239]

　　然而，我們細心考察，《金瓶梅》和《三國演義》在胡適的「文學革命」中還是有一定地位的，例如，在《中古文學概論·序》，胡適聲稱歸有光、唐順之的古文遠不如

235　《胡適古典文學研究論集》，頁 53。
236　《胡適古典文學研究論集》，頁 136。
237　《胡適古典文學研究論集》，頁 30。
238　《胡適古典文學研究論集》，頁 56。
239　《三國演義》可用「文不甚白」來形容，請看第一回的文字：玄德幼時，與鄉中小兒戲於樹下，曰：「我為天子，當乘此車蓋。」叔父劉元起奇其言，曰：「此兒非常人也！」因見玄德家貧，常資給之。年十五歲，母使游學，嘗師事鄭玄、盧植，與公孫瓚等為友。

《金瓶梅》《西遊記》能代表時代。這一意見，在《白話文學史·引子》（1828 年）中又再提了一次。[240]

　　所謂「代表時代」，就是白話小說被視為明朝的「正統文學」。這層意思，胡適在後來的〈《中國新文學大系·建設理論集》導言〉（1935 年）說得很清楚：

> 我們在那時候所提出來的新的文學史觀，正是要給全國讀文學史的人們戴上一副新的眼鏡，使他們忽然看見那平時看不到的瓊樓玉宇，奇葩瑤草，使他們忽然驚嘆天地之大，歷史之全！大家戴了新眼鏡去重看中國文學史，拿《水滸傳》《金瓶梅》來比當時的正統文學。[241]

從這幾段話我們可以看出胡適沒有因為「淫書」之名而輕視《金瓶梅》。《金瓶梅》在他的心目中還是有代表性。[242]

　　至於《三國演義》，胡適在〈文學改良芻議〉中也把《三國》視為「通俗行遠之文學」。[243]胡適在〈五十年來中國文學〉一文中推許「言之無文行之最遠」的《水滸》《三國》《西遊》《紅樓》。[244]這話中「無文」的「文」，大概就是「文言」「文雅」。可見，在胡適心目中，《三國演義》似乎也不算是文言作品。

　　胡適把白話文看成中國古典文學的中心，也看成自己的研究中心，而在研究的範圍內，白話小說是重中之重。從 1920 到 1929 年，他對《水滸傳》《三國演義》《西遊記》《紅樓夢》《鏡花緣》《兒女英雄傳》等小說進行了系統的研究：

● 1920 年 7 月〈《水滸傳》考證〉；

● 1921 年 1 月〈《水滸傳》後考〉；

---

[240] 胡適：《白話文學史》（上海：上海古籍出版社，1999），頁 3。按，此書原於 1928 年由新月書店出版。

[241] 趙敏俐（1954-）、楊樹增：《20 世紀中國古典文學研究史》（西安：陝西人民教育出版社，1998）。胡適：〈《中國新文學大系·建設理論集》導言〉，載於《中國新文學大系·建設理論集》（香港：香港文學研究社，1962），頁 21。另參《胡適古典文學研究論集》，頁 261。

[242] 不過，胡適對《金瓶梅》的內容甚為反感，他在〈答錢玄同書〉中說：「先生與陳獨秀所論《金瓶梅》諸語，我殊不贊成。我以為今日中國人所謂男女情愛，尚全是獸性的肉慾。今日一面正宜力排《金瓶梅》一類之書，一面積極譯著高尚的言情之作，五十年後，或稍有轉移風氣之希望。此種書即以文學的眼光觀之，亦殊無價值，何則？文學之一要素，在於美感，請問先生讀《金瓶梅》，作何美感？」語見《胡適古典文學研究論集（下）》，頁 723。這封信寫於 1917 年 11 月 20 日。

[243] 《胡適古典文學研究論集》，頁 29。

[244] 《胡適古典文學研究論集》，頁 152。

● 1921 年 11 月〈《紅樓夢》考證〉；

● 1922 年 5 月〈《三國志演義》序〉；

● 1923 年 2 月〈《西遊記》考證〉；

● 1929 年 2 月〈《百二十回忠義水滸傳》序〉。

胡適的研究，示範了他「大膽的設想、小心的求證」的研究方法，同時他也採用了「歷史演進法」來考量以上各種奇書。他的方法，對後來學者頗有影響。

不過，我們注意到，胡適對《三國演義》《水滸傳》《西遊記》《紅樓夢》都有研究，卻「迴避」了《金瓶梅》。[245]

陳獨秀、錢玄同（1887-1939）等人也很重視戲曲小說，但是，陳、錢二人不像胡適那樣強調「白話」。

陳獨秀推許《金瓶梅》說：「此書描寫舊社會，真如禹鼎鑄奸，無微不至。《紅樓夢》脫胎於《金瓶梅》，而文章清健自然遠不及也。」[246]可見，《金瓶梅》在陳獨秀的心目中，地位很高。他重視的是書中展現的「舊社會」和描寫手法。

錢玄同也推崇《金瓶梅》，他說：「若拋棄一切世俗見解，專用文學的眼去觀察，則《金瓶梅》之位置固亦在第一流也。」[247]他還認定《水滸傳》為文學正宗。[248]

魯迅（1881-1936）的《中國小說史略》在 1923 年 12 月、1924 年 9 月分上下卷出版。[249]魯迅認為：「作者之於世情，蓋誠極洞達，凡所形容，或條暢，或曲折，或刻露而盡相，或幽伏而含譏，或一時並寫兩面，使之相形，變幻之情，隨在顯見，同時說部，無以上之。」[250]

總之，陳獨秀、錢玄同、魯迅主要是就描寫手法和文學價值來衡量《金瓶梅》。

「《紅樓夢》遠不及」「第一流」「同時說部，無以上之」這三句評語，分別來自陳、錢、魯三人，這顯示，在民國初期，《金瓶梅》得到的評價非常高。陳、錢、魯三人不再（像明人那般）攀附史籍，能夠從「文章」「文學」的角度去看待《金瓶梅》。

---

245 胡適早已認定《金瓶梅》是「大淫書」。參看張遠芬：〈談胡適對《金瓶梅》的認識〉一文，載於《徐州師範學院學報》1995 年 2 期，頁 57-58。

246 見 1917 年 6 月 1 日致胡適信。引自鍾揚：〈陳獨秀論《金瓶梅》〉一文，載於《徐州師範學院學報》1996 年 3 期，頁 95。（全文刊於頁 94-96。）

247 這是錢玄同在 1917 年 7 月 2 日〈寄胡適信〉中的話。參看《中國新文學大系·建設理論集》一書。

248 吳奔星：《錢玄同研究》（南京：江蘇古籍出版社，1990），頁 60。錢玄同後來寫信給胡適，修訂了對《金瓶梅》的看法。

249 參趙景深：《中國小說史略旁證》（西安：陝西人民出版社，1987）。

250 《魯迅全集》第九卷，頁 180。另參魯迅、鄭振鐸：《名家眼中的金瓶梅》（北京：文化藝術出版社，2006），頁 3。

到了三十年代，吳晗（1909-1969）、鄭振鐸（1898-1958）等人發表一系列論文，《金瓶梅》研究中「萬曆說」開始得到世人的重視。[251]吳晗討論《金瓶梅》的作者、成書年代、創作方法和產生的社會背景，否定「嘉靖大名士」之論，主張「萬曆說」，認為創作方法是「現實主義」。鄭振鐸也支持「萬曆說」、認為《金瓶梅》是「寫實小說」、否定王世貞擁有著作權。[252]鄭振鐸推許《金瓶梅》為「第一流小說」，他說：「其實《金瓶梅》豈僅僅為一部『穢書』！如果除淨了一切的穢藝的章節，她仍不失為一部<u>第一流</u>的小說，其偉大似更過於《水滸》，《西遊》《三國》更不足和她相提並論。」[253]

四十年代，較值得關注的研究者是馮沅君（1900-1974）。馮沅君提出要重視文學作品中的文學史料，從而考證作者、成書等問題。她從《金瓶梅》中搜集了許多俗講、院本的材料。[254]馮沅君關注的是古代通俗文學發展的問題。

八、潛隱與重現：《金瓶梅》在當代中國

二十世紀三、四十年代，馬克思文論被引入中國，評論者也開始應用馬克思文論來分析古典文學作品。但是，大規模、有系統的移植和應用，要到中華人民共和國成立（1949年 10 月）才開始。五十年代是移植的發軔時期，當時的主流論述（例如：現實主義）尤其值得文學史家注意。

(一)《金瓶梅》在「新中國」初期

懷特（Hayden White）在 *Tropics of Discourse* 一書中指出，詮釋本質上就是將原生陌生的東西轉化成自己能掌握的東西："Understanding is a process of rendering the unfamiliar, or the 'uncanny' in Freud's sense of that term, familiar; of removing it from the domain of things to be 'exotic' and unclassified into one or another domain of experience encoded adequately enough to be felt to be humanly useful, nonthreatening, or simply known by association. This process of understanding can only be tropological in nature, for what is involved in the <u>rendering of the unfamiliar into the familiar</u> is a troping that is generally

---

[251] 其後，「萬曆說」演化成「影射萬曆朝政」之論。

[252] 吳晗、鄭振鐸等人的論文，收入胡文彬、張慶善選編：《論金瓶梅》（北京：文化藝術出版社，1984）。

[253] 王煒編著：《金瓶梅學術檔案》（武漢：武漢大學出版社，2012），頁 61。

[254] 馮沅君：〈一種古小說中的文學史料〉一文，載於《語言文學專刊》第 2 卷第 1 期（1940 年）。

figurative."[255]五、六十年代，受到政治氣氛的影響，中國大陸的評論界甚為重視文學作品的「階級鬥爭」和「農民起義」。[256]因此，《水滸傳》的梁山「好漢」、《三國演義》中的黃巾，都得到關注，甚至《西遊記》的「大鬧天宮」也被解讀為「起義」。《金瓶梅》也寫到若干宋江事蹟，但是，宋江故事顯然不是《金瓶梅》的重心。此外，「現實主義」也成為討論的焦點。

《金瓶梅》在「新中國」初期（1949 年至文革時期），是「四大奇書」之中最受冷落的一部。由於《金瓶梅》舊有「淫書」的惡名，人們除了肯定它「進步的」描寫手法之外，一般都避免從政治角度對它作正面的直接的評論。事實上，一般人也難以看到《金瓶梅》。

三十年代，《金瓶梅詞話》曾經得到有限的出版機會。1931 年冬，北平琉璃廠古書鋪文友堂的太原分號在山西介休縣購得《新刻金瓶梅詞話》，後來售給北平圖書館。1933年 2 月，由北大教授、孔德學校圖書館主任馬廉集資影印了一百零四部，第五十二回缺頁由崇禎本抄配；又附印通州王氏收藏的崇禎本插圖二百幅，訂成一冊，全書裝成兩函二十一冊。到 1935 年，有施蟄存校點的刪節本《金瓶梅詞話》（上海雜誌公司出版）。1936年，又有鄭振鐸校點的《金瓶梅詞話》（只出版 33 回就中止）。[257]

魏子雲提到：「民國以還，政府從未頒過對於此書的禁令〔……〕在社會上，則仍延續了清朝的禁令，一如在清朝時一樣，未敢公開發行。」[258]

以上這些，是中華人民共和國成立以前的情況。

文化大革命（1966 年）前，只有文學古籍刊行社於 1957 年影印過少量《新刻金瓶梅詞話》，供古典小說研究者參考，實際發行面非常狹窄，連大學中文系師生也難有閱讀的機會。

大陸學者王啟忠有一段話道出五、六十年代《金瓶梅》在中國大陸的處境：「它〔《金瓶梅》〕一向被視為『淫書』，長期處於『查』與『禁』之中。不但一般的讀者難以見到，就是大學中文系的學生也只能望『金』興嘆，『不識廬山真面目』。」[259]

王啟忠本人有機會讀《金瓶梅》，但是，他不敢讓別人知道這事，他說：「我於五六十年代在北京大學中文系讀書時就處於這種困惑之中。好在我是圖書館的『常客』，

---

[255] Hayden White, *Tropics of Discourse: Essays in Cultural Criticism* (Baltimore: Johns Hopkins University Press, 1978), p.94.

[256] 當時，《紅樓夢》研究領域中，「階級鬥爭論」方興未艾。在《金瓶梅》這個領域，朱星的《金瓶梅考證》（1980 年）也論述書中所反映的階級鬥爭。這篇文章疑亦建國初「鬥爭論」的產物。

[257] 王煒編著：《金瓶梅學術檔案》（武漢：武漢大學出版社，2012），頁 355、357。

[258] 魏子雲：《小說金瓶梅》（臺北：臺灣學生書局，1988），頁 60。

[259] 王啟忠：《金瓶梅價值論》（上海：上海文藝出版社，1991），頁 292。

一個偶然機會在一個閱覽室翻閱『世界文庫』時，發現了鄭振鐸先生的刪節《金瓶梅》。那時已屆大學四年級，下午多半無課，我幾乎每天下午兩三點鐘獨自潛入那個閱覽室，躲在一個角落閱讀。〔……〕當時這樣潛行秘蹤的讀書行狀，對其他同學是秘而不宣的，不是由於『奇貨可居』的自私，<u>是出於自我保護的心理，生怕由此引起麻煩。</u>」[260]

王啟忠這段話用了「潛入」「躲」「潛行秘蹤」「秘而不宣」等語，很具體地表現出當時他私看《金瓶梅》所承受的社會壓力。其實，王啟忠看的只是刪節本。

由 1950-1964 年，全國大約發表了 10 篇左右關於《金瓶梅》的論文，較有代表性的是：李長之的〈現實主義和中國現實主義的形成〉，載於《文藝報》1957 年第 3 期；李希凡的〈《水滸》和《金瓶梅》在我國現實主義文學發展中的地位〉，載於《文藝報》1957 年第 38 期；龍傳生的〈《金瓶梅》創作時代考索〉，載於《湖南師院學報》1962 年第 4 期。[261]

李希凡認為《水滸傳》優於《金瓶梅》，因為他認為《水滸傳》廣泛地概括了歷代農民起義的特徵，同時也具有宋徽宗時代的具體的歷史特點。

當時的主流論調是要重視文學作品中的「農民起義」，因此，李希凡的「判斷」不難理解。在李希凡眼中，《金瓶梅》離開了現實主義而陷入了客觀主義，《水滸傳》才是現實主義的代表作。

六十年代比較有價值論述是任訪秋〈略論《金瓶梅》中的人物形象及其藝術成就〉一文，載於《開封師範學院學報》1962 年第 2 期。這篇論文肯定了《金瓶梅詞話》的藝術上成就（例如，描寫人物栩栩如生），較少意識形態上的陳腔濫調。

以後，政治形勢發生變化（1966 年文革爆發），當時的社會要破四舊，要消滅「牛鬼蛇神」，人們深知忌諱，絕少談及《金瓶梅》。直到「四人幫」被粉碎那年（1976 年），《金瓶梅》的研究幾乎是一片空白，只有幾部文學史和小說史用了很少的篇幅略談《金瓶梅》，專論一本也沒有。[262]（中國大陸以外，則有若干專著出版。本文主要是描述中國大陸的情況。）

---

[260] 王啟忠：《金瓶梅價值論》，頁 292。

[261] 此外，五十年代還有潘開沛、徐夢湘、張鴻勳討論過「累積而成」和「個人獨創」的問題。此處不贅述。

[262] 游國恩、王起、蕭滌非等主編：《中國文學史》（北京：人民文學出版社，1963）描述《金瓶梅》只花了 3 頁半的篇幅，而描述《紅樓夢》則花了數十頁。另一方面，黃霖指六十年代的「中國文學史」教材受到毛澤東見解的影響。參看黃霖：《金瓶梅講演錄》（桂林：廣西師範大學出版社，2008），頁 360。

(二)「解凍」後的《金瓶梅》

到了二十世紀八十年代，《金瓶梅》漸獲「解凍」。[263]所謂「解凍」，首先從《金瓶梅》文本的出版開始。「禁書令」雖然不復存在，但是，《金瓶梅》的出版和「流通範圍」仍受到限制，國家新聞出版署負責這方面的工作。[264]

1985 年戴鴻森校點的《金瓶梅詞話》由人民文學出版社出版。此書刪去穢語，注明字數，全書刪去了 19610 字。這書是官方出版社印行的第一個《金瓶梅》整理本，旨在供研究者之用（內部發行）。[265]吳敢先生記載，贈買此書，須有購書證。[266]

1987 年，王汝梅等人校點《張竹坡批評第一奇書金瓶梅》由濟南市齊魯書社出版，刪去 10385 字。

1989 年，齊煙和汝梅校點《新刻繡像批評金瓶梅》由齊魯書社出版。這是新中國第一次出版排印的崇禎本，沒有刪節，但是，此本只限於「內部發行」，校注者「齊煙、汝梅」應該是筆名。隔一年，這個校點本在香港版印行，可以公開發售。[267]1994 年，王汝梅校注《皋鶴堂批評第一奇書金瓶梅》由長春市吉林大學出版社出版，略有刪節。

1995 年，長沙市岳麓書社出版白維國、卜鍵的《金瓶梅詞話校注》（四冊）。此書略刪穢語，增加大量注釋，且列出語源和典故出處，對一般讀者了解原著幫助頗大。

1998 年秦修容整理的《會評會校本金瓶梅》由中華書局出版（以張評本為底本）。這書也刪去淫穢內容。

2000 年，陶慕寧校注《金瓶梅詞話》由人民文學出版社出版，刪去四千三百字。比起 1985 年戴鴻森的校本，陶慕寧校注本少刪了一萬五千多字；和 1987 年齊魯書社的本子相比，陶慕寧校注本少刪了六千多字。[268]

---

263 在臺灣，增你智文化事業公司出版過無刪節的《金瓶梅詞話》（1980）；在香港，梅節先生整理的本子，也無刪節。

264 早在三十年代，《金瓶梅》已經是刪節出版。鄭振鐸、施蟄存、襖霞閣主人等人整理出版的本子，都是刪節本。關於國家新聞出版署的工作，請參看吳敢：《20 世紀金瓶梅研究史長編》（上海：文匯出版社，2003），頁 145。

265 梅節：《金瓶梅詞話校讀記》（北京：北京圖書館出版社，2004），序文部分，頁 14。

266 吳敢：《20 世紀金瓶梅研究史長編》（上海：文匯出版社，2003），頁 75。

267 齊煙在「校點後記」中說「這是建國以來首次整理出版這部名著」，語見該書頁 1435。據說該書印刷時，須由公安把守。齊魯書社這個本子，後來分別由香港三聯書店、臺灣曉園出版社出版。筆者手頭上有 1990 年的「香港第一版」。該書另有 2009 年 7 月香港修訂版，又有「重訂版」，三聯（香港）2011 年 10 月 1 日出版。「修訂版」和「重訂版」都由閆昭典、王汝梅、孫言誠、趙炳南校點。

268 另外還有一些刪節本，被收入李漁的作品集（1992 年，1997 年出版）之中。本文不詳述。

2008 年，《大中華文庫·金瓶梅》（人民文學出版社）採取「（性描寫）漢文刪節、譯文不刪」的形式出版。[269]

在中國大陸，《金瓶梅》刪節本較為常見，無刪節的本子多屬於「內部發行」（普通民眾不易得到）。[270]所以，沒有刪節的梅節重校本有人盜印，因為「內地有些人好奇，想看看沒有刪節的本子究竟啥樣。」[271]

刪節本（「潔本」）、全本先後出版，間接促成「新時期」的研究熱潮。

1980 年 10 月，百花文藝出版社出版了中國大陸《金瓶梅》研究的第一部專著《金瓶梅考證》（作者是天津師範大學的朱星）。[272]隔一年，又有孫遜、陳詔著《紅樓夢與金瓶梅》（寧夏人民出版社）。到了 1984 年，又有蔡國梁《金瓶梅考證與研究》，由陝西人民出版社出版。[273]

1985 年南開大學出版社和北京大學出版社分別出版《金瓶梅資料匯編》（二書同名）。1986 年有黃山書社《金瓶梅資料匯錄》。1987 年又有中華書局的《金瓶梅資料彙編》（黃霖編）。此後，《金瓶梅》研究論著漸多，二十世紀最後二十年內出版專著 200 部。[274]

二十世紀最後的二十年內，《金瓶梅》常常被奉為「現實主義文學巨著」。[275]這個「認識」沒有多少新意，因為三十年代吳晗已經提出過，五十年代李長之和李希凡也談論過。此外，「暴露黑暗面」「認識晚明文化」也是常見的論述重心。[276]較具體、較專門的研究焦點則為「嘉靖說」與「萬曆說」、「獨創說」與「累積說（成於眾手）」。[277]

---

269 本書的上卷，有一篇文章詳論此書。此處不贅。

270 北京大學出版社曾影印崇禎本（1988 年），內部發行，供副教授以上文科教授購買。

271 梅節：《金瓶梅詞話校讀記》，頁 15。

272 臺灣學者魏子雲也在二十世紀最後三十年內發表一系列專著，例如：《金瓶梅編年紀事》巨流圖書公司 1981 年版、《金瓶梅的問世與演變》時報文化出版公司 1981 年版，等等。

273 關於此後的研究概況，請讀者參看吳敢的《20 世紀金瓶梅研究史長編》。

274 吳敢：《20 世紀金瓶梅研究史長編》，頁 21。

275 蔡國梁：〈《金瓶梅》——一部現實主義小說〉，載於朱一玄、王汝梅編：《金瓶梅名家評解集成》（吉林：延邊大學出版社，1999），頁 286-298。另參該書頁 325（張俊）、頁 347（孫遜）、頁 376（章培恒）。《金瓶梅》到底是現實主義作品還是自然主義作品，這個問題，也有爭論。參該書甯宗一的文章（頁 408）。另，關於「自然主義」，請參周鈞韜：《金瓶梅新探》（天津：百花文藝出版社，1987），頁 294-315；徐朔方：《論金瓶梅的成書及其他》（濟南：齊魯書社，1988），頁 1-22；鄭慶山：《金瓶梅論稿》（瀋陽：遼寧人民出版社，1987），頁 16-31。吳小如認為它的寫法是自然主義，參看徐朔方、劉輝編：《金瓶梅論集》（北京：人民文學出版社，1986），頁 23。

276 黃霖用了「暴露文學」一詞，他認為「暴露」是《金瓶梅》最大的特色。

277 參看本書的「上卷」。

九、國際化：《金瓶梅》在海外（各種譯本的特點）

《金瓶梅》在中國曾經被禁毀、限制出版，但是，這部書早就流傳到域外，而且出現各種別具特色的外譯本。

中國學者王麗娜對「《金瓶梅》在國外」這個課題，已經發表過文章；魏子雲又有「近年來亞洲各國研究《金瓶梅》現況」，此處不必細表。[278]本節主要關注《金瓶梅》外譯本的**特點**和**命運**。

(一)《金瓶梅》德譯本、法譯本

1.德譯本

Franz Kuhn. *Kin Ping Meh, oder, Die Abenteuerliche Geschichte von Hsi Men und seinen sechs Frauen* （Leipzig: Insel-Verlag, 1930; Wiesbaden: Insel-Verlag, 1955, 1970）

Franz Kuhn（庫恩，1884-1961）此書是個節譯本，全書 49 章，內文只保留西門慶和六個妻妾故事，略去旁枝。

德國評論界對庫恩譯本頗有非議，原因是 Kuhn 對書中的性描寫添油加醋，「因此，這個譯本就給歐洲人留下一個扭曲的印象：《金瓶梅》不過就是一部淫穢小說！這個版本被轉譯成許多歐洲的文字，傳播很廣。他的這個譯本在納粹統治後期（1942 年）也被禁止。後來，這個譯本在德國書店裏一直被放在淫穢小說類書架上。可以說，這個譯本是不嚴肅的，給這部世界名著造成了不良影響。」[279]法國學者（René Étiemble，1909-2002）對庫恩的「詳此略彼」，也表達了反對意見。[280]

話雖如此，據說早期法文、瑞典、芬蘭、匈牙利等譯本，多半是根據庫恩的德譯本轉譯。

順帶一提，像 Kuhn 那樣重視「性描寫」的，還有日本人土屋英明（1935-?）的《金瓶梅》（德間書店，2007），土屋英明此書也是「性描写は完訳、他は編訳」。[281]也就是說，只有性描寫他才完全譯成日語，其他情節則未必全譯。土屋英明本人對「性愛」這個題目有專門的研究，著有《道教の房中術：古代中国人の性愛秘法》（東京：文藝春秋，

---

278 王麗娜的文章，見於魯迅、鄭振鐸等著：《名家眼中的金瓶梅》（北京：文化藝術出版社，2006），頁 268 以下。魏子雲：《金瓶梅散論》（臺北：臺灣商務印書館），頁 172-185。

279 摘自學者李士勳的網誌：http://blog.sina.com.cn/s/blog_70adf15401015mku.html。（2013 年 12 月 17 日讀取）

280 徐朔方編選校閱，沈亨壽等翻譯：《金瓶梅西方論文集》，頁 286。

281 據 http://www.weblio.jp/wkpja/content/金瓶梅__邦訳。（2014 年 2 月讀取）

平成 15〔2003〕）。[282]

1944 年 5 月，Kuhn 譯本獲得解禁。[283]此書印本眾多，流傳甚廣。

Otto and Artur Kibat. *Djin Ping Meh: Schlehenblüten in goldener Vase*

這個全譯本由 Otto Kibat 和 Artur Kibat 兩兄弟翻譯。據說，Kibat 兄弟用了三十年時間才譯畢全書。[284]此書 1967-1983 年有五卷本出版。[285]據詹春花《中國古代文學德譯綱要與書目》一書所記，Kibat 兄弟譯本在柏林、慕尼黑、蘇黎世等地都出版過，卷數不一。[286]

關於德語全譯本（六卷本）的概況，請讀者參看李士勳：〈關於《金瓶梅》德文全譯本：譯者祁拔兄弟及其他〉一文，見於《徐州師院學報》1992 年第 1 期，頁 32-33。據李士勳所說，Kibat 兄弟的第一冊（頭十回）曾在納粹時期被銷毀。不過，法國學者 René Étiemble 說，被銷毀的共有四十九章。[287]

目前 Kibat 兄弟譯本在德國被歸入「世界文學名著」類別。[288]法國學者 André Lévy 稱許 Kibat 兄弟合譯本完整、優美。[289]

2.法譯本

Jean-Pierre Porret, *Kin P'ing Mei; ou, La merveilleuse historie de Hsi Men avec ses six femme*（Paris: G. Le Prat, 1949-?）

這個法譯本是據 Franz Kuhn 的德譯本轉譯的，當然也是個節譯本。此書筆者未見，不知其詳。法國學者（René Étiemble）對這個節譯本的評價不高，多所貶斥。[290]

據說，此譯本的第一卷（1949）出版後，法國政府擔心西門慶的生活方法會給法國社會帶來不良影響，因而下了禁書令。直到 1979 年，禁令取消，出版社才得將後文出

282　此書頁 38、39、128，都提及《金瓶梅》。

283　André Lévy, *Jin Ping Mei: Fleur en Fiole d'or* (Paris: Gallimard, 1985), vol.1, p.viii.

284　曹衛東：《中國文學在德國》（廣州：花城出版社，2002），頁 83。

285　徐朔方編選校閱，沈亨壽等翻譯：《金瓶梅西方論文集》，頁 287。按，Kibat 兄弟此書曾在不同的城市出版。

286　詹春花：《中國古代文學德譯綱要與書目》（北京：中國文史出版社，2011），頁 58。

287　徐朔方編選校閱，沈亨壽等翻譯：《金瓶梅西方論文集》，頁 287。

288　Kibat 兄弟的譯本有簡短的書評：H. Bruce Collier, "*Djin Ping Meh* by Artur Kibat; Otto Kibat; *King Ping Meh* by Franz Kuhn; *Chin P'ing Mei, the Adventurous History of Hsi Men and His Six Wives* by Bernard Miall; Franz Kuhn; *The Golden Lotus* by Clement Egerton," *Isis*, vol.35, no.4 (Autumn, 1944), pp.344-346.

289　André Lévy, *Jin Ping Mei: Fleur en Fiole d'or* (Paris: Gallimard, 1985), vol.1, p.v.

290　徐朔方編選校閱，沈亨壽等翻譯：《金瓶梅西方論文集》，頁 291-292。

版。[291]

André Lévy, *Fleur En Fiole D'or*（Paris: Gallimard, 1985）

此書由 André Lévy（雷威安，1925-）據《金瓶梅詞話》譯出，共二冊，書首有 André Lévy 的 Introduction（導言），長達 41 頁。這篇 Introduction 的前半已有中譯，見於《金瓶梅西方論文集》（上海：上海古籍出版社 1987）。Lévy 明確表示：對《金瓶梅》作者的研究會是徒勞無功的。[292]他也發表過與《金瓶梅》有關的學術論文。[293]

Lévy 將全書故事分為十卷（每卷涵蓋原著十回的內容），各有標題，例如，開頭三十回被譯者概括為三卷：

● Lotus-d'or（金蓮）

● Fiole（瓶）

● Lotus-de-Bonté（惠蓮）

André Lévy 此書也有刪節，卻不是刪去原著的性描寫。

原來，Lévy 注重譯文的可讀性，節略就是為了提高法譯本的可讀性，他說：「在艱難得要命的文句和使人弄得莫明〔名〕其妙的轉折之間，難道不需要優先考慮保持讀者閱讀的興味嗎？這就是我們從第四十回起，進行一些刪節的原因。刪節的方式也各有不同，但沒有十七世紀那部修訂本的刪節範圍之廣，〔……〕」[294]

也許有人會建議：可以用「不刪節，多加譯注」的方式來解決問題。對此，André Lévy 表明：「我們這個譯本旨在提供一個不必借助注釋即可讀懂的本子。」[295]

事實上，Lévy 譯本中的註釋甚多：第一冊頁 1051 至頁 1262，都是譯註。第二冊的譯註，所佔篇幅也接近 200 頁。

有些文字細節，Lévy 也為西方讀者做了解釋，例如："Kuai zhi ren kou"（膾炙人口），是譯註的一個條目。[296]有些譯註內容反映了中國學者的意見，例如，解釋「明賢里」時，Lévy 就徵引張遠芬《金瓶梅新證》的說法。

不過，若論譯註之多之詳，Lévy 這個譯本還是和美國翻譯家 David Roy 的英譯本有

---

291 魯迅、鄭振鐸：《名家眼中的金瓶梅》，頁 278。禁令事，俟考。

292 見於張兵選編：《金瓶梅說》（南昌：江西教育出版社，1999），頁 465-470。

293 Andre Levy, "About the Date of the First Printed Edition of the *Chin P'ing Mei*," *Chinese Literature: Essays, Articles, Reviews* (Jan. 1979), p.43-47.

294 徐朔方編選校閱，沈亨壽等翻譯：《金瓶梅西方論文集》，頁 270。André Lévy, *Jin Ping Mei: Fleur en Fiole d'or* (Paris: Gallimard, 1985), vol.1, p.x.

295 《金瓶梅西方論文集》，頁 271。

296 「膾炙人口」見於《金瓶梅》欣欣子序。Lévy 翻譯此序文時，解釋一些詞語的詞義。

一段距離。David Roy 非常依重譯註（請看下文）。[297]

(二)《金瓶梅》日本、越南、韓國譯本

1.日譯本

第二次世界大戰以前，日本沒有完好的《金瓶梅》日譯本。[298]戰後，依據《金瓶梅詞話》翻譯的日譯本有：小野忍（Shinobu ONO, 1906-1981）和千田九一（Kuichi CHIDA, 1912-1965）的合譯本、岡本隆三（R. OKAMOTO）的完譯本。

據第一奇書本翻譯的譯本有：尾阪德司（Tokuji OZAKA）《全譯金瓶梅》由東京的東西出版社出版（1948-1949 年），共四冊。

此外，村上知行（Tomoyuki MURAKAMI，1899-1976）所譯《金瓶梅》（角川書店 1973-1974 年出版，全 4 卷；筑摩書房，2000），是個「抄譯本」。

其他日語編譯本、改寫本甚多，此處不能一一介紹。筆者認為，以下兩種是比較出色的日譯本。

小野忍和千田九一合譯《金瓶梅》

小野忍和千田九一的日譯本據詞話本譯出，1948-1949 開始出版（東京東方書局，只有四冊 40 回）。1959 年，這個譯本列入東京平凡社的《中國古典文學全集》，共三卷（亦即《全集》中的第 15，16，17 冊）。後來，又列入平凡社《中國古典文學大系》（第 33、34、35 冊）。1973 年至 1974 年間，東京岩波書店出版該譯本的修訂版，共 10 冊。[299]

平凡社的版本（1959）第一冊之末（第三十一回之後）附有小野忍撰寫的「解說」，論及《金瓶梅》的成書背景、版本、特質、素材、詞話本和崇禎本的差異、歐洲譯本，最後簡略介紹小野忍自己的翻譯情況。小野忍還撰有譯後記，名為「《金瓶梅》批判研究」。[300]

小野和千田這個譯本（1959），也有刪節不譯之處，例如，第二十七回「潘金蓮醉鬧

---

[297] 該書有 W. L. Idema 和 Andrew Plaks 的書評，即(1)"*Fleur en Fiole d'or (Jin Ping Mei cihua)* by André Lévy", *T'oung Pao*, Second Series, vol.75, Livr. 1/3(1989), pp.182-183. (2)"*Fleur en Fiole d'or (Jin Ping Mei cihua)* by André Lévy", *Journal of the American Oriental Society*, vol.108, no.1 (Jan.-Mar., 1988), pp.142-145.

[298] 這是小野忍的說法。參看小野忍：〈《金瓶梅》之日譯與歐譯〉一文，載於《中外文學》4：8（1976 年），頁 97。全文載於頁 94-100。

[299] 小野忍也將《西遊記》翻譯成日語（同樣列入「岩波文庫」）。可惜，1983 年小野忍去世，未竟全功。此書後由中野美代子接手翻譯。

[300] 小野忍的文章 1963 年發表在《亞洲學刊》。中譯見於包振南、寇曉偉編選：《金瓶梅及其他》（長春：吉林文史出版社，1991），頁 142-157。

葡萄架」描寫西門慶和潘金蓮交歡，內文「於是先摳出⋯⋯」到「我如今頭目森森，莫知所之」這段，沒有翻譯成日語。

　　譯者在譯註中解釋何以「省略」，又將被省略不譯的漢語原文刊載於頁 267。不過，這段漢語原文，也非全文載錄：「送了幾送」以下的漢語原文（共一六九字），還是被略去。

　　這種「不譯，附錄漢語原文，但又不全附」的狀況，似乎反映出譯者內心的「斟酌」。

岡本隆三譯：《完譯金瓶梅》（東京：講談社，昭和 46〔1971〕-1974）

　　此書據《金瓶梅》詞話本譯出。岡本隆三在譯註中指出詞話本一些記述上的混亂。[301]譯本分為四卷（共四冊），每卷各有譯者自擬的副題：

- 第 1 卷　妖炎の卷
- 第 2 卷　撩乱の卷
- 第 3 卷　情怨の卷
- 第 4 卷　無常の卷

第一卷之末附有「解說」一篇。岡本隆三在這篇「解說」中說明他參考過「小野・千田」的譯本。

　　岡本隆三這個譯本標榜「完譯」，實是針對小野和千田的刪節。[302]《金瓶梅》第二十七回「醉鬧葡萄架」那段，小野和千田譯本省略不譯，岡本隆三卻沒有迴避，譯文見於第 1 冊頁 366-367。

　　岡本隆三對中國古代的纏足現象有專門研究，著有《纏足史話》一書。[303]在《完譯金瓶梅》中，他也用註釋的方式為讀者詳細解說「金蓮」是什麼意思（第一卷，頁 29）。同類解說還有第二回的第一條註釋（頁 49）、第七回第一條注釋（頁 93）。第七回的譯註說明：中國古時，女人必須有小足，才配稱得上是「美人」（頁 93）。

　　關於《金瓶梅》在日本的情況，請讀者參看：小野忍〈《金瓶梅》之日譯與歐譯〉一文；澤田瑞穗《增修金瓶梅研究資料要覽》（東京：早稻田大學中國文學會，1981 年 10 月 1日）；黃霖、王國安編譯：《日本研究金瓶梅論文集》（濟南：齊魯書社，1989）。

　　近年，張義宏發表〈日本《金瓶梅》譯介述評〉，載於《日本研究》2012 年 4 期。此文指出：《金瓶梅》在日本的譯介史大致可分為三個階段：江戶時代的注釋、改編階段；明治時代的節譯階段；二戰以後的全譯階段。張義宏簡要介紹了三個階段中《金瓶

301　參看該譯本第一冊，頁 354，頁 367。

302　參看岡本譯本第 1 冊頁 382 的解說。

303　該書有中譯本，即岡本隆三撰，馬朝紅譯：《纏足史話》（北京：商務印書館，2011）。

梅》各個日譯本的特點、流傳情況以及產生的影響，同時探討了《金瓶梅》譯本在日本的拒斥與接受、沉寂與流行所受到的意識形態、文學思潮、贊助人以及譯者身分等因素的巨大影響。[304]

2.越南譯本

阮國雄的越譯本分成 12 集，1969 年由西貢市的昭陽出版社出版。此書的序文明確提到「出版准許證書」的問題。可見，譯本能否在越南出版，是一大問題。

關於此書，讀者可以參看阮南：〈魚龍混雜：文化翻譯學與越南流傳的《金瓶梅》〉一文，載於陳益源主編：《2012 臺灣金瓶梅國際學術研討會論文集》（臺北：里仁書局，2013），頁 555-591。

阮南指出，阮國雄的越譯是據「潔本」譯出，卻向讀者宣稱是基於一部「最完整、最豐富」的底本翻譯的。同時，「越譯本還進一步將那些已經『潔淨』化的章回譯成更『潔淨』的。」（頁 578）

3.韓國譯本

關於韓國譯本，讀者可以參看金宰民：〈《金瓶梅》在韓國的流播、研究及影響〉，載於《明清小說研究》，2002 年 4 期。

近年的研究報告有崔溶澈、禹春姬：〈《金瓶梅》韓文本的翻譯底本考察〉一文，載於陳益源主編：《2012 臺灣金瓶梅國際學術研討會論文集》（臺北：里仁書局，2013），頁 669-686。

韓文「全譯本」大約有六種，例如：金龍濟本（1956）、金東成本（1962）、趙誠出本（1971，1993）、朴秀鎮本（1991-1993）、康泰權本（2002）。所謂「大約有六種」，是因為有些「全譯本」未必是真正的「全譯」。

金東成譯本（乙酉出版社，1962）不翻譯穢語，只收錄原文以供參考。朴秀鎮本也刪除部分性描寫內容。

(三)《金瓶梅》的英、美譯本

《金瓶梅》的英文本「全譯」，上世紀只有 Clement Egerton 一種（實際上該書也略去若干細節）。另有 Bernard Miall 的譯本，是個轉譯本，只呈現與西門慶相關的故事主幹。到二十一世紀，才有 David Tod Roy 的全譯本。

Clement Egerton, *The Golden Lotus*（London: Routledge, 1939）

Egerton 據張竹坡評本譯出，有 1954 年修訂版。1972 年紐約 Paragon Book Gallery

304　張義宏：〈日本《金瓶梅》譯介述評〉一文，載於《日本研究》2012 年 4 期，頁 117。

再版。此書有多種重印本。[305]

　　初版（1939 年）的卷首有 Introduction 一文，譯者說明他用了十五年時間在翻譯工作上。但是，原著有些片段沒有翻譯成英語，他解釋道："... if the book was to be produced at all, it must be produced in its entirety. But it could not all go into English, and the reader will therefore be exasperated to find occasional long passages in Latin. I am sorry about these, but there was nothing else to do."（p.viii）所謂 passages in Latin，是指原著中的一些性描寫他用拉丁文呈現。後來，這些拉丁文片段才由別人（J. M. Franklin）翻譯成英語。[306]

　　到了 2008 年，Egerton 譯本被改編成《大中華文庫·金瓶梅》漢英對照本，由人民文學出版社出版。這個本子把 Clement Egerton 譯為「克萊門特·厄杰頓」。對照本在文字編排上有不少瑕疵，關於這點筆者已撰有文章細論，此處不贅。值得一提的是，對待性描寫，這個本子採取雙重標準：漢文刪節、譯文不刪。這樣做，其實是違反了「漢英對照」的原則。

　　Egerton 譯本 2011 年重印，出版社是 Charles E. Tuttle。此版中，專有名詞（人名等）改用漢語拼音，卷首有 Robert Hegel 新撰的導言。Hegel 為讀者簡介與《金瓶梅》相關的基本知識，並描述了 Egerton 的生平事跡。Hegel 認為 Egerton 的合作者舒慶春（1899-1966，筆名老舍）可能先草擬一個粗略的譯稿，再由 Egerton 潤飾，Hegel 說："It seems much more likely that as his Chinese tutor Shu might have provided a rough translation, which Egerton then spent years polishing into its present form."（p.18）這段話中的 Shu，就是舒慶春。

　　關於 Egerton 譯文的評價問題，請參看本書的「上卷」。筆者指出此本有簡化的傾向，譯者有時候會不動聲色略去原著的一些細節（與 David Roy 的做法正好相反），例如：原著有些隱語、笑話和雙關語，Egerton 沒有翻譯。

Bernard Miall, *Chin P'ing Mei: The Adventurous History of Hsi Men and His Six Wives*

（London: John Lane, 1939）

　　這個譯本由 Franz Kuhn 的德譯本轉譯而成，因此，它和 Kuhn 譯本一樣，全書只有 49 章。此書有 New York 的 Putnam（1940）的重印本；上世紀六十年代又有 Capricorn Books 的重印本。

　　何以內容不全，而書商樂意重印此書？原因是 Miall 能保持情節的連貫性，譯筆又生動，可讀性高。Lionel Giles 評論道："There is a lot of paraphrase and unnecessary

---

[305] Robert Hegel 說：Egerton's translation of *Jin Ping Mei* has undergone 25 editions since its first appearance in 1939. 語見 Hegel 為 Egerton（2011 年版，出版社是 Charles E. Tuttle）所寫的導言。

[306] 參看本書的「上卷」。

embroidery, but the frequent omissions are so skilfully contrived that the thread of the story suffers very little, if at all. Mr. Miall has an agreeably animated style, and he has produced a most readable book, but I am afraid it is not quite the *Chin P'ing Mei*."[307]

Miall 這個譯本只能稱得上是簡譯本，例如，原著第二十七回「醉鬧葡萄架」一節，西門慶睡醒後與潘金蓮交媾，原著描寫交媾過程不厭其詳，而 Miall 譯本（Chapter Twenty-One *In the Vine Arbour Gold Lotus and Hsi Men celebrate*）只呈現了一個梗概：

> But an hour later Hsi Men was awake again, and as he woke his lustful desires revived. When <u>he had once more satisfied</u> them he released Gold Lotus from his embrace. She lay limply on the mats, completely exhausted, and hardly able to breathe; the tip of her tongue seemed cold as ice. At last he released her feet, and helped her to assume a comfortable, half-sitting posture. Gradually life returned to her.（p.320-321）

可見，原文的諸多細節，Miall 只用極簡單的 "When he had once more satisfied"（西門慶再次滿足了）一句就交代了二人性交的過程。

Miall 譯本卷首冠有著名翻譯家 Arthur Waley（1889-1966）的序言，論及《金瓶梅》的文學價值、寫作情況、時代背景、作者、版本、禁毀等。值得注意的是，Waley 認為《金瓶梅》作者可能是徐渭，他說："Of possible candidates for the authorship of the *Chin P'ing Mei* I personally regard Hsü Wei as the strongest."（p.xvi）

到了二十世紀末，「徐渭是《金瓶梅》的作者」這個說法，得到中國學者潘承玉的支持。潘承玉的論證很詳細，值得參看。[308]

David Tod Roy, *The Plum in the Golden Vase or, Chin P'ing Mei*（Princeton: Princeton University Press, 1993-2013）

此書據《金瓶梅詞話》譯出，全書分為五巨冊，每冊有二十回。譯者 David Tod Roy 漢名為芮效衛。譯本分五冊，各有標題：

● Volume One: The Gathering（聚）

● Volume Two: The Rivals（對手）

● Volume Three: The Aphrodisiac（春藥）

---

[307] 摘自 Lionel Giles 的書評，見於 *Journal of the Royal Asiatic Society of Great Britain and Ireland*, no.3 (July, 1940), pp.370.

[308] 參看潘承玉《金瓶梅新證》（合肥：黃山書社，1999）。潘承玉認為徐渭因感於鄉風並激於沈煉的死而寫《金瓶梅》。

● Volume Four: The Climax（高潮）

● Volume Five: The Dissolution（散）

Roy 譯本第一冊 1993 年出版；第二冊 2001 年出版，第三冊 2006 年出版，第四冊 2011 年出版，第五冊 2013 年出版。換言之，David Roy 前後用了二十多年時間才完成此巨大工程。

此譯本大小情節基本上完整保存。Roy 對原著的成語、典故、套語等小節也十分重視，書中稍為特別的詞語他都要盡量翻譯並溯本窮源，因此，*The Plum in the Golden Vase* 譯文極少簡化，而且譯註特別豐贍，例如：第四冊的正文部分達 688 頁，註釋有 166 頁；最後一冊篇幅最短，但正文部分也有 420 頁，另有註釋 80 頁。有學者認為 Roy 這個譯本的讀者對象不限於普通讀者。[309]

譯本卷帙浩繁，是有原因的。David Roy 認為其他歐洲譯本或節譯，或底本不佳，所以，他有意盡量呈現《金瓶梅》的「真貌」（authentic form）。Roy 聲明："This complete and annotated translation aims to faithfully represent and elucidate all the rhetorical features of the original in its most <u>authentic form</u> and thereby enable the Western reader to appreciate this Chinese masterpiece at its true worth."（摘自譯本封套）

David Roy 除了做翻譯，也發表過研究文章，他討論的重點是作者問題和張竹坡評語。他認為《金瓶梅》的作者可能是湯顯祖。[310]

筆者比較熟悉英譯本的概況，對英譯本的各種情況有較細緻的評析、解說，讀者若感興趣，不妨參看本書的「上卷」。

(四)外譯本的命運

《金瓶梅》中的性愛描寫特別引人注目，世人為爭論「是否淫書」「禁與不禁」「刪與不刪」而大費周章。外譯本同樣面對這個問題，有些外譯本被當地政府禁止出售。但是，也有譯者對性描寫青眼有加，例如 Kuhn 的德譯本和土屋英明的日譯本對書中的性描寫都著意呈現。

世人看英譯本，也特別關注英譯本怎樣呈現（或不呈現）的身體和性愛活動。這種「關注」，從以下的論文可見一斑：

● 劉華文：〈身體如何翻譯？——以《金瓶梅》英譯為例〉，載於《廣譯》2011 年

---

309 黃衛總：〈英語世界中《金瓶梅》的研究與翻譯〉一文，載於《勵耕學刊》2011 年 2 期，頁 167-175。

310 David T. Roy, "The Case for T'ang Hsien-Tsu's Authorship of the Jin Ping Mei", *Chinese Literature: Essays, Articles, Reviews (CLEAR)*, vol.8, no.1/2 (Jul., 1986), pp.31-62.

4 期，頁 89-97。

● 鄭怡庭：〈原汁原味還是走味？──論 Clement Egerton 與 David Roy 英譯《金瓶梅》中的鹹溼描寫〉，載於陳益源主編《2012 臺灣金瓶梅國際學術研討會論文集》（臺北：里仁書局，2013）。

實際上，有些外譯本不但沒有刪除《金瓶梅》的性描寫，反而特意渲染，這似乎是為了迎合某些讀者的喜好（即「投其所好」）。在新千年，有些學者認為性描寫的作用很大，例如，在臺灣，胡衍南認為：「性描寫非但不足以讓它〔《金瓶梅》〕揹上『淫書』罪名，甚至還讓這部現實主義小說更加偉大。」[311]中國大陸的霍現俊則認為性描寫是影射的「掩體」，他稱讚：「作者耍的手法是多麼的高明」。[312]

當然，有些外譯本也像《金瓶梅》原著那般被禁止發行，例如：德譯本和法譯本。

外譯本中，刪節現象也甚為常見，部分越譯本、韓譯本、日譯本、英譯本酌量回避（沒有翻譯）了《金瓶梅》的「穢詞」。

此外，Egerton 英譯本（1939）中的「拉丁文片段」、人民文學出版社的「（性描寫）漢文刪節、譯文不刪」、小野和千田的「不譯，附錄漢語原文，但又不全附」，這些奇特現象，都反映出《金瓶梅》是各種觀念（包括「權力」）衝突的「場所」。

十、結語

雖然當代的中國學者一再強調「性描寫」只佔《金瓶梅》的小部分（約二萬字），又一再強調「《金瓶梅》非淫書」，[313]但是，我們可以預見，「性」「有用還是有害」「權力與壓制」等等將會是圍繞此書的永恆話題。[314]矛盾的是，有些東西可能越禁制越能吸引人。

此外，綜上所述，我們歸納出幾個要點：

● 明末清初：有《金瓶梅》作者盡孝道之說；

● 清中葉以後：《金瓶梅》因「誨淫」而被禁；

---

311 胡衍南：《金瓶梅到紅樓夢：明清長篇世情小說研究》（臺北：里仁書局，2009），頁 81。

312 霍現俊：《金瓶梅藝術論要》（天津：天津古籍出版社，2010），頁 166。

313 例如，1993 年的「第六屆全國《金瓶梅》學術討論會」上「進一步澄清」這個問題。參看王煒編著：《金瓶梅學術檔案》（武漢：武漢大學出版社，2012），頁 422。另，臺灣學者胡衍南：《金瓶梅到紅樓夢：明清長篇世情小說研究》一書中有整整一章（頁 47-81）論述「《金瓶梅》非淫書」。

314 胡衍南：《金瓶梅到紅樓夢：明清長篇世情小說研究》認為後人無權「任意刪改別人的作品」。參看該書頁 67。

- 清末：《金瓶梅》被視為「社會小說」；

- 民初：《金瓶梅》被視為第一流的文學巨著；

- 五四時期：《金瓶梅》被視為「白話文學」的代表；

- 四九年以後：《金瓶梅》被視為現實主義作品。

也就是說，《金瓶梅》不斷有展現「新生命」和「價值」，而且，就算《金瓶梅》真是淫書，它的「價值」也將不斷隨世變而生成、浮現。往後，《金瓶梅》的哪個層面會被「前景化」（foregrounded），是個很值得關注的課題。筆者相信各種各樣的「前景化」會不斷發生。

　　相對而言，《金瓶梅》的指涉對象為何（是宋朝還是明朝，是嘉靖朝還是萬曆朝，是南方還是北方⋯⋯），這類研究有強烈的「溯源色彩」，其發展空間，可能不及「新語境生成式研究」。

附　錄

一、洪濤小傳

　　男，原籍福建。香港大學一級榮譽文學士、哲學碩士、哲學博士。中國《紅樓夢》學會常務理事，中國《金瓶梅》研究會（籌）理事，中國屈原學會理事。目前任教於香港中文大學。曾在香港大學擔任導師，在香港城市大學擔任講師，在香港浸會大學兼任碩士課程客席教授。學術著作有：《紅樓夢與詮釋方法論》（北京：北京圖書館出版社，2008），《女體和國族：從紅樓夢翻譯看跨文化移殖與學術知識障》（北京：國家圖書館出版社，2010），《從窈窕到苗條：漢學巨擘與詩經楚辭的變譯》（南京：鳳凰出版社，2013）。譯作有以下幾種：《英語文法新解》（香港：朗文出版亞洲公司，1995）、《英語文法與表達技巧》（香港：朗文出版亞洲公司，1997）；與友人合譯《牛津進階英漢雙解詞典》（香港：牛津大學出版社，1998、2005、2008 共三個版次）。研究重點為：詮釋方法與翻譯、中國小說與知識論、傳統漢學與域外漢學、話語分析等方面，發表學術論文 100 多篇，可分為六個系列：《紅樓夢》與詮釋方法論、《紅樓夢》英譯問題、《紅樓夢》譯評的話語分析、四大奇書英譯評議、四大奇書變容考析、《詩經》《楚辭》與漢學研究。

二、洪濤《金瓶梅》研究論文目錄

1. 歷史化閱讀和諷諭化閱讀——評《金瓶梅與北京》的新看法
   讀書人，1997 年 7 月號（1997 年 7 月），頁 53-57。

2. 《金瓶梅詞話》「四季詞」的解釋與金學中的重大問題
   保定師專學報，第 14 卷第 3 期（2001 年 7 月），頁 49-54。

3. 論中國五大小說名著的不可譯現象
   唐都學刊，第 19 卷第 2 期，總 76 期（2003 年），頁 26-30。

4. 論《金瓶梅詞話》的雙關語和跨文化翻譯問題
   羅選民主編：文化批評與翻譯研究，北京：外文出版社，2005 年 10 月第一版，頁 251-261。

5. 《金瓶梅詞話》中雙關語、戲謔語、葷笑話的作用及其英譯問題
   金瓶梅文化研究，第五輯，北京：群言出版社，2007 年 5 月，頁 345-365。

6. 《金瓶梅詞話》的外來樂器與民俗文化——兼論相關的英譯問題
   金瓶梅與臨清——第六屆國際金瓶梅學術討論會論文集，濟南：齊魯書社，2008 年 6 月，頁 412-424。

7. 從東吳弄珠客《金瓶梅·序》看金學問題及英譯問題
   金瓶梅與清河，長春：吉林大學出版社，2010 年 7 月，頁 299-310。

8. 《金瓶梅》的文化本位觀念與仇外話語的英譯
   國立成功大學人文社會科學中心主辦、陳益源主編：2012 臺灣金瓶梅國際學術研討會論文集，臺北：里仁書局，2013 年 4 月，頁 643-668。

9. 文化軟實力與大中華文庫本《金瓶梅》
   第九屆（五蓮）國際《金瓶梅》學術討論會（2013 年 5 月 11 日-13 日，由中國《金瓶梅》研究會、山東省《金瓶梅》文化專業委員會主辦）與會論文。

10. 明清小說英譯本所折射的士林生態
    俗文學中的科舉與民間社會國際學術研討會（2013 年 11 月 8 日-10 日，武漢大學中國傳統文化研究中心、中國俗文學學會與武漢大學文學院共同主辦）與會論文。

後　記

　　我想在這裏談一談《洪濤金瓶梅研究精選集》這本書的來歷。

　　起初，我不大喜歡《金瓶梅》。現在，我能交出一部二十五萬字的精選集，實由三大因素促成。第一，我鑽研的《紅樓夢》問題和《金瓶梅》有關係；第二，我在香港中文大學翻譯系教書，自然就注意到《金瓶梅》的外譯本；第三，金學家梅節先生對我有影響，友人朱偉光兄也不時襄助。

　　第一個因素與小說的源流有關。我念碩士時開始鑽研紅學，我發現《紅樓夢》的一些寫法可能是承襲自《金瓶梅》，例如，《紅樓夢》第十三回，秦可卿死後，靈牌疏應寫上「賈門秦氏恭人」還是「秦氏宜人」呢？紅學家對這點有不同的解讀。原來，《紅樓夢》庚辰本、己卯本、夢稿本、甲戌本、蒙府本、戚寧本、舒序本、列藏本並作「恭人」，但是，有四個版本（戚序本、甲辰本、程甲本、程乙本）作「宜人」。俞平伯（1900-1990）認為「宜人」二字是校訂者按照官制來改訂原著，校改後雖然在官制上與賈蓉的五品官銜對應，但是「恭人」才是作者的「特筆」，這樣寫暗示了不倫關係。另一位學者啟功（1912-2005）卻從「恭人」一詞推斷出另一種「作者意圖」。啟功認為作者一直都避忌露出清代的特點，他說：「作者用意正是要使品級和封號差開，才露不出清代官制的痕跡。改為『宜人』，於清代官制雖對了，而於作者本意卻錯了。」

　　其實，「恭人」「宜人」這個異文問題未必反映「作者意圖」。賈蓉是五品官，秦氏本來應該封為「宜人」，但舊俗為了喪禮體面，可以在旗幡、靈牌上將死者的品級提高一級。《金瓶梅詞話》第六十三回有一個實例。此回寫西門慶小妾李瓶兒去世，西門慶位居五品，卻要在旗上寫「詔封錦衣西門恭人李氏柩」，應伯爵認為不妥，最終，西門家還是用了「恭人」二字（見第六十五回）。《紅樓夢》作者或仿此例。

　　再有一例：《紅樓夢》中薛蟠提到男人「要當忘八〔王八〕」，這個說法匪夷所思，其「靈感」也許來自《金瓶梅》。《金瓶梅》的韓道國正是「要當忘八」：韓道國知道老婆王六兒跟西門慶有染，他為了賺西門慶的錢，竟對王六兒說：「等我明日往鋪子裏去了，他〔西門慶〕若來時，你只推我不知道，休要怠慢了他，凡事奉承他些兒！如今好容易賺錢，怎麼趕的這個道路！」韓道國如此無恥，所以第六十三回潘金蓮譏稱韓道國為「明忘八」。第七十八回，她又說賁四「也是明王八」。

　　總之，我認為，研《紅》者也應該熟讀《金瓶梅》，所以，我碩士畢業後就開始做《金瓶梅》的研究。

　　第二個因素涉及工作和事業。我在大學任教翻譯科，自然就比較注意《金瓶梅》的外譯。起初我多看美國學者 David Roy 的英譯，並和 Roy 偶有書信來往，後來才兼顧其他譯本。

　　據說，有名氣的譯者多半不喜歡評論者，也不大理會評論者說些什麼。可是，Roy 竟給我這個陌生的評論者回了信。

　　我曾將討論「胡博詞」「扠兒難」的拙文寄給 Roy，請他批評，蒙他的撥冗回信（事在 2007 年 10 月 5 日），信上有幾句話令我心下大慰："Thank you very much for sending me a copy of your paper. I have read it, and find it to be both fascinating and highly informative. The problems of translation that you discuss, are very real, and translators stand to benefit from any helpful suggestions they can get from studies such as yours. I am an admirer of your work, and hope that you will continue to share it with me in the future." 這自是 Roy 的自謙之詞，禮貌背後興許寓有鼓勵後輩之意。Roy 見多識廣，拙文只算是野人獻曝吧。

　　其後，我不敢多打擾 Roy（到 2013 年他終於出齊五大冊英譯本），但自己似乎患上了「職業病」，所以多年來一直關注《金瓶梅》的翻譯動態。本書上卷諸篇，主要是討論微觀的翻譯問題。本書「流傳篇」則略探各種《金瓶梅》外譯本的特點和命運，屬於較宏觀的考察。

　　《金瓶梅》翻譯研究向來頗受世人冷待。其實，從翻譯和詮釋角度看小說，我們會發現許多有趣的文化交流現象。

　　最後，是友人的襄助。我和梅節先生大約是 1998 年相識的。起初我和梅先生一同出席《紅樓夢》研討會，後來梅先生又傳來《金瓶梅》學術活動的信息，所以，2000 年 10 月我開始參加《金瓶梅》研討會（那是在山東五蓮召開的第四屆國際《金瓶梅》學術討論會），並認識了魏子雲先生、陳詔先生、陳慶浩先生、陳益源老師等前輩學人。梅節先生又贈我夢梅館校本《金瓶梅》多冊，對我的研究很有幫助。另外，友人朱偉光常常跟我談論英譯問題，相與切磋。對於梅、朱二位，我一定要在這裏表達謝意。最近幾年，我因為致力撰寫《紅樓夢與詮釋方法論》《女體和國族：從紅樓夢翻譯看跨文化移殖與學術知識障》《從窈窕到苗條：漢學巨擘與詩經楚辭的變譯》三本書，沒能集中精神鑽研《金瓶梅》，全賴師友因緣（例如寄來研討會邀請函），我才沒有中斷自己的《金瓶梅》研究。

　　最後，感謝主編先生青眼相看，邀我把散見各處的拙文匯成一書；感謝學生書局的編輯先生；感謝 Yinty CHU 和 Heidi WONG 幫忙做一部分校對工作。沒有他們，本書不可能以現在這模樣和讀者見面。（2014 年記於香港中文大學）

國家圖書館出版品預行編目資料

洪濤《金瓶梅》研究精選集

洪濤著.－初版.－臺北市：臺灣學生，2015.06
面；公分（金學叢書第2輯；第28冊）

ISBN 978-957-15-1677-6 (精裝)

1. 金瓶梅 2. 研究考訂

857.48   104008106

洪濤《金瓶梅》研究精選集

著　作　者：洪　　　　　　　　　濤
主　　　編：吳　敢、胡　衍　南、霍　現　俊
出　版　者：臺　灣　學　生　書　局　有　限　公　司
發　行　人：楊　　　　　雲　　　　　龍
發　行　所：臺　灣　學　生　書　局　有　限　公　司
　　　　　　臺北市和平東路一段七十五巷十一號
　　　　　　郵 政 劃 撥 帳 號 ： 0 0 0 2 4 6 6 8
　　　　　　電　話　：（0 2）2 3 9 2 8 1 8 5
　　　　　　傳　眞　：（0 2）2 3 9 2 8 1 0 5
　　　　　　E-mail：student.book@msa.hinet.net
　　　　　　http://www.studentbook.com.tw

定價：精裝30冊不分售
　　　新臺幣 45000 元

二　○　一　五　年　六　月　初　版

金學叢書 第二輯